UNA HISTORIA DE DIOS Y DE TODOS NOSOTROS

UNA HISTORIA DE

DIOS

Y DE TODOS NOSOTROS

UNA NOVELA BASADA
EN LA ÉPICA MINISERIE TELEVISIVA

LA
BIBLIA

POR ROMA DOWNEY Y MARK BURNETT

FaithWords
Hachette Book Group
237 Park Avenue
New York, NY 10017

www.faithwords.com

Impreso en los Estados Unidos de América

RRD-C

Primera edición: Febrero 2013
10 9 8 7 6 5 4 3 2 1

FaithWords es una división de Hachette Book Group, Inc.
El nombre y el logotipo de FaithWords es una marca
registrada de Hachette Book Group, Inc.

El Hachette Speakers Bureau ofrece una amplia gama de autores
para eventos y charlas. Para más información, vaya a
www.hachettespeakersbureau.com o llame al (866) 376-6591.

ISBN: 978-1-4555-2560-7

*Para nuestros padres con gratitud por las lecciones
aprendidas, los valores enseñados y el amor compartido.*

Maureen O'Reilly Downey
Patrick Joseph Downey

Jean Scott Burnett
Archibald Wilson Burnett

ÍNDICE

NOTA DE LOS AUTORES

En la primavera de 2011 comenzamos a trabajar en una miniserie de diez horas para televisión: *La Biblia*. Comenzaba con el libro de Génesis y terminaba con el libro de Apocalipsis. Como puede imaginar, inmediatamente nos enfrentamos a un inmenso desafío creativo: ¿cómo relatamos esta historia? Más concretamente: ¿cómo transformamos una narrativa sagrada que se extiende a lo largo de un periodo de miles de años y presenta cientos de historias individuales en solo diez horas de televisión?

Teníamos una de dos opciones: elegir docenas de breves resúmenes y relatar muchas historias breves; o escoger menos personajes e historias pero establecer una conexión emocional mucho más profunda.

Claramente, teníamos que seguir la segunda opción.

Por tanto, comenzamos los guiones de televisión, escritos por un equipo de escritores bajo la dirección de muchos teólogos, consejeros y expertos en la Biblia. Su experiencia combinada produjo gráficas imágenes espirituales e históricas. Para nuestro gran gozo, cuando mostramos a otras personas los guiones para recibir comentarios técnicos y creativos, los mensajes que oímos una y otra vez fueron: "Nunca he sido capaz de imaginar estas historias de la Biblia tan claramente en mi mente"; "Voy a volver a leer la Biblia"; y "Realmente deberían ustedes publicar estos guiones".

Inicialmente éramos reacios, pero entonces comenzamos a examinarlo detenidamente. Nos encontramos con hechos sorprendentes, como: la mitad de los estadounidenses no pueden enumerar los cinco primeros libros de la Biblia, el 12 por ciento de los cristianos estadounidenses creen que la esposa de Noé fue Juana de Arco, y muchos creen que Sodoma y Gomorra eran una pareja que estaba casada. Si nuestros guiones habían proporcionado un impulso para que personas quieran releer la Biblia y les habían dado una imagen más clara de esas historias, entonces quizá al dar forma de novela a los guiones podríamos alentar incluso a más personas a agarrar la Biblia.

Por tanto, comenzamos la novela *Una historia de Dios y de todos nosotros*. Nos sentimos muy inadecuados para enseñar la Biblia, y ciertamente no somos teólogos. Somos narradores de historias en televisión. Será fácil para las personas centrarse en que tenemos "historias comprimidas" o encontrar "imprecisiones teológicas". Pero en este punto debemos ser claros: no estamos volviendo a relatar la historia de la Biblia; ya ha sido relatada de la manera más rica y completa posible, desde la boca de Dios y por medio de sus profetas escogidos, estudiantes y apóstoles. En cambio, estamos escenificando algunas de esas hermosas historias desde nuestros guiones.

Tenemos una inmensa deuda de gratitud con todo el pequeño ejército de guionistas, nuestro increíble equipo de producción y todos nuestros consejeros y expertos en la Biblia. También queremos darle las gracias a usted por tener esta novela en sus manos. Nuestra miniserie de televisión la verán millones de personas en todo el mundo, y es nuestra esperanza que la serie juntamente con este libro inspire a muchos millones más a leer y releer la historia más grande jamás contada: la Biblia.

Roma Downey y Mark Burnett
California, 2013

PRÓLOGO

Hasta ahora, nada existe. Ningún universo. Ninguna vida. Ninguna luz. Ninguna oscuridad.

Ningún aliento. Ninguna esperanza. Ningún temor. Ningún sueño. Ninguna vergüenza.

Ningún pecado.

Nada.

Solo existe Dios. Y Dios es Amor.

Entonces, en un instante, Dios se convierte en el Creador.

"¡Sea la luz!", resuena su voz sobre el gran vacío.

Un rayo de infinito brillo subyuga la nada, creando los cielos. Y con esa luz llega viento, una cruda ráfaga que barre el universo totalmente nuevo. Entonces el agua, sin forma y aparentemente interminable, lo inunda todo.

Dios separa las aguas, creando los mares, el cielo y la tierra.

Él decreta que plantas, semillas y árboles cubran el terreno y que haya estaciones. Y estrellas en el cielo. Y criaturas por toda la tierra y las aguas.

Entonces Dios crea al hombre a su propia imagen. Después la mujer, porque el hombre no debería estar solo. Sus nombres son Adán y Eva, y ellos habitan un paraíso conocido como Edén.

Todo eso toma seis días en el tiempo de Dios.

El séptimo día, Dios descansa.

Pero la perfecta creación de Dios se vuelve defectuosa, estropeada por hombres y mujeres que dan la espalda a su Creador. Primero Eva, después Adán, a continuación Caín, y así sucesivamente. Pasan generaciones, y la devoción a Dios ha desaparecido por completo. La maldad gobierna en los corazones de los hombres y las mujeres. Esto no agrada al Creador, quien ama la tierra y a su gente, y solo quiere lo que es mejor para ellos.

Por tanto, Dios comienza de nuevo. Él va a destruir a la humanidad a fin de salvarla.

Así es como llegó a suceder que una inmensa arca de madera ahora cabecea sobre un mar agitado por la tormenta. Es de noche. Un viento huracanado y una inmensa lluvia amenazan con hundir el barco construido de modo artesanal. La escena dentro del barco es de caos total. Una lámpara de aceite se balancea desde el techo e ilumina una jaula que contiene dos papagayos de colores brillantes. Un anciano llamado Noé batalla por mantenerse en su asiento en un banco que está fijado a una de las paredes. Su esposa se sienta al lado de él. Al otro lado de la cabina, los tres aterrados hijos de Noé se agarran con fuerza a sus esposas mientras el gran barco se agita en medio de la noche. Esos arrebatos de terror son un hecho diario de la vida para esta familia, pero nunca nadie llega a acostumbrarse a ellos.

Noé es lanzado de repente al suelo. Él no es marinero, y solo a regañadientes ha emprendido este viaje. Oye, desde bajo cubierta, los mugidos de los bueyes, los resoplidos de los caballos, el balido de las ovejas, y otros incontables sonidos animales que muestran intranquilidad. Hay precisamente dos de cada tipo de animal y de ave. Por mucho que Noé intentase limpiar los establos diariamente, la bodega del arca es un lugar nauseabundo, con poca ventilación. Solo una estrecha fila de ventanas en la cubierta superior del barco libera el olor del grano que se pudre y del estiércol animal. Se mezcla con la fría humedad para formar un hervidero de nauseabundos olores. Esos aromas se dispersan por las cubiertas hasta cada estancia fría y claustrofóbica del arca. Los olores no solo se han fundido en el aire que Noé y su familia respiran, sino también en el tejido de sus mantos, los poros de su piel, y las sencillas comidas que ellos comen. Si la tormenta terminase, Noé podría abrir una escotilla y dejar entrar una brisa fresca. Pero esta tormenta parece que nunca tendrá fin.

Un géiser de agua se mete por una nueva grieta en el casco. Las mujeres gritan. Noé batalla para tapar el agujero. Fuera del barco, ondea la cola de una ballena azul. Es un animal enorme, y aun así se ve empequeñecida por el arca de Noé.

Noé es un líder fuerte, un esposo amoroso y un buen padre. Él mantiene en calma a su aterrorizada familia relatándoles la historia de la creación. Una historia que él conoce bien.

"El tercer día", dice Noé con calma, "Dios creó la tierra, con árboles y plantas…".

"¿Volveremos a ver tierra otra vez?", pregunta la esposa de Sem, el hijo de Noé.

Noé la ignora. "…con árboles y plantas, y fruto. Y…".

"¿Volveremos a verla?", insiste la mujer. Ella es hermosa, y el temor que se refleja en su rostro es aún más inquietante debido a su expresión inocente. "¿Volveremos a ver tierra?".

La fe de Noé está al límite. Sin embargo, adopta una expresión de valentía. "Desde luego que sí". Él continúa su relato, aunque solo sea porque les da consuelo. "Y el quinto día…todas las criaturas del mar…". Se ríe entre dientes al oír los gritos de los dos monos que hay bajo cubierta. Su jaula está cerca de la jaula de los pavos reales. ¡Casi criaturas del mar! "Y del aire", añade Noé, pensando en las palomas y los halcones que viven incómodamente cerca los unos de los otros. "Entonces el *sexto* día, todas las criaturas terrestres; ¡lo que nos incluye a nosotros! Y se nos otorgó el paraíso. Increíble, ¿no? El paraíso. Pero entonces…". Noé hace una pausa, y se recupera. El pensamiento de lo que está a punto de decir le confunde. La humanidad antes lo tenía todo.

Todo. Pero entonces…

"¡Pero entonces Adán y Eva lo estropearon todo! Comieron del único árbol en el paraíso del que se les había prohibido comer. Aquello fue lo único que Dios pidió. Nada más. NO COMAN DE

ESTE ÁRBOL. ¿Qué podría ser más fácil?". El soliloquio de Noé empieza a ponerse interesante, a la vez que la tormenta se va volviendo más feroz. Los truenos resuenan con fuerza, como si una explosión hubiera hecho un agujero en el barco. "Malas decisiones", dice él con amargura. "Malas decisiones. Esa es la fuente de toda maldad: desobedecer a Dios. Por eso, con un simple acto de desobediencia deliberada, Adán y Eva causaron que la maldad entrase en el mundo. Por eso estamos en este barco. Porque la maldad que Adán y Eva introdujeron se ha extendido por todo el mundo, y Dios está limpiando la tierra para que la humanidad pueda comenzar de nuevo". Mira alrededor de la pequeña cabina a las pocas personas que la llenan. Su historia ha hecho que las mentes de ellos se aparten de la tormenta, y se siente con aliento para seguir hablando. "Por eso Dios me dijo: 'Construye un arca'". Noé hace una pausa, recordando el estado de ánimo de ese momento. "Yo pregunté: '¿Qué es un arca?'. Dios me dijo: 'Es lo mismo que un barco'. Y yo le dije a Dios: '¿Y qué es un barco?'".

Todos se ríen. Ellos han vivido en un desierto toda su vida: no hay mucha agua, y mucho menos la necesidad de construir una embarcación especial que flote sobre ella.

Dios describió el arca a Noé. Sería diseñada y construida según especificaciones que Dios dictase. Este enorme barco albergaría a una pareja de cada animal. Cuando estuviera completa, Dios inundaría el mundo con una inmensa tormenta, que cubriría toda la tierra seca y mataría a toda la creación de Dios. Solamente las personas y los animales que estuvieran a bordo del arca de Noé vivirían.

Noé construyó el barco, aunque sus amigos se burlaban de él y su propia esposa le consideraba un necio. Porque él estaba a kilómetros del agua más cercana y sin manera alguna de lanzar esa embarcación. Sin embargo, Noé siguió construyendo, clavo a clavo y madero a madero, creando corrales para meter a los tigres, elefantes, leones y rinocerontes. Su inmenso barco se erigía por encima del terreno del desierto y podía verse desde kilómetros de distancia. Noé y su arca eran una gran broma, que se contaba por todas partes, y más de un hombre hizo el viaje para ver el arca, aunque solo fuese para menear su cabeza y reírse de la necedad de Noé.

Entonces cayó la primera gota de lluvia. Aquella primera gota no era una pequeña cantidad de lluvia común, porque golpeó el terreno con una fuerza que presagiaba la llegada de la condenación. Los cielos pasaron del azul más claro al gris, y después al negro. "Entra en el arca", ordenó Dios a Noé. Él obedeció y embarcó a su familia.

"No fue necesario que me lo dijera dos veces", recuerda Noé a la embelesada audiencia que hay en el interior de la pequeña cabina. Cada uno de ellos recuerda al instante la carrera para entrar, a la vez que también recuerda la desgarradora escena de amigos y vecinos que entonces clamaban para tener un lugar en "la necedad de Noé". Pero no hubo lugar.

Las lluvias que caían eran incesantes. Las aguas fueron subiendo de nivel a medida que los ríos subterráneos salían a la superficie de la tierra. Grandes olas se levantaban y barrían el terreno. Rápidas inundaciones se llevaron casas, mercados, aldeas. La gente moría por miles. Los que tuvieron suerte fueron quienes no sabían nadar y se ahogaron al instante. Quienes sabían cómo mantenerse a flote tuvieron tiempo para pensar en su destino, y en el de sus seres queridos, antes de que las aguas se los tragasen.

Y a medida que la tierra iba desapareciendo lentamente, para ser sustituida por todas partes solamente por agua, Noé cerró la escotilla, y derribó los puntales de apoyo. Pronto el agua elevó ese inmenso barco, que flotaba bastante bien, para alivio de ellos, y se alejó moviéndose, dirigiéndose hacia donde solo Dios sabía. Pero una cosa era segura: Dios los salvaría de la destrucción, a pesar de la furia de las tormentas o de lo elevados que estuvieran los mares.

La historia de Noé ha tenido su efecto deseado. Todos en la pequeña cabina están ahora en calma. Noé sube a cubierta solo, y por primera vez en lo que parecen meses, los mares están en calma. Él sabe que las aguas pronto irán retrocediendo.

El mundo comienza de nuevo, gracias a Noé y su arca. Dios le considera un hombre justo, y por medio de él la humanidad recibe un nuevo comienzo. Por medio de él nacerá la fe. Por medio de Noé, Dios seguirá aceptando al mundo. Por medio de Noé, Dios ejecutará su plan para la humanidad: un plan diseñado antes de que la tierra fuese creada.

Pero antes de abrazar al mundo, Dios se enfocará en una única nación de personas que le temen, le honran y le adoran. En esa nación vivirá un hombre recto y fiel, como lo es Noé. Su nombre será Abram. Pero todo eso aún ha de llegar.

Noé ahora se deleita en la calidez del sol sobre su rostro. El arca se mueve hacia tierra, y él ya puede sentir que las aguas retroceden. Entonces oye la voz de Dios con toda claridad, y él sabe que su viaje ha terminado.

"Salgan del arca", ordena Dios.

La gran puerta que está a un lado del arca es bajada. Los animales salen a tierra seca y se dispersan rápidamente.

Dios ha salvado al mundo al casi destruirlo. Noé fue escogido para continuar los planes de Dios para la humanidad. Pero la humanidad es veleidosa, y está destinada a cometer una y otra vez los mismos errores, dando la espalda a Dios y a su amor que todo lo abarca.

Pero Dios actuará una vez más para salvar el mundo. De una vez por siempre. Pero la próxima vez no necesitará un Noé.

La próxima vez enviará a su único hijo.

Esta es la historia de Dios y de todos nosotros.

UN HOMBRE LLAMADO ABRAHAM

Hace miles de años, en la ciudad de Ur, en la actual Iraq, vive un hombre llamado Abram. Él es descendiente directo de Noé, ocho generaciones después, por medio del linaje de Sem. Abram es un vigoroso hombre de setenta y cinco años, de hombros anchos y una larga barba apenas teñida de gris. Su esposa Sarai es conocida en todas partes por su gran belleza, aunque ella pertenece a la misma generación que Abraham. La única tristeza en la vida de otro modo encantadora es que Sarai no ha podido tener hijos. Uno no podría detectar esta tristeza en la conducta de Abram. Él siempre tiene una rápida sonrisa, y permanentemente tiene la frase "la paz sea contigo" en sus labios.

Abram entra en el gran templo en Ur, donde es saludado cálidamente por los amigos. Ur es una ciudad de muchos dioses, y los muros del templo están cubiertos por elaborados símbolos: un búho, una luna creciente, una serpiente, y la pacífica sonrisa de una diosa. Alrededor de Abram, ruidosos adoradores giran y se balancean, consumidos por el ritmo de una procesión que entra por las grandes puertas. Una estatua de madera brillantemente pintada y que es transportada encima de una camilla es situada en un altar bajo, al cual está atada una cabra viva. La multitud canta con voz cada vez más alta a la vez que el sacerdote del templo saca su cuchillo del sacrificio. El ruido es ensordecedor: gritos, cantos, estruendosos ánimos. El sacerdote agarra la parte trasera de la cabeza de la cabra y la sube para dejar a la vista el cuello.

Abram normalmente estaría absorto en el ritual, pero ese día oye una voz que nunca antes ha oído. Le habla solamente a Abram; ninguna otra persona en el templo puede oírla.

"Abram". Es la voz de Dios. "Sal de tu país, de tu pueblo y de la casa de tu padre, y ve a la tierra que yo te mostraré".

Abram levanta su mirada al cielo, con su boca abierta de asombro cuando la inconfundible voz de Dios hace promesas espectaculares a cambio de la enorme demanda.

El sacerdote ha cortado la garganta de la cabra, y hunde su cuchillo profundamente en su suave vientre para dejar al descubierto su hígado. Abram no ve nada de eso.

"Yo haré de ti una gran nación, y te bendeciré. Engrandeceré tu nombre, y serás bendición. Bendeciré a los que te bendigan, y maldeciré a los que te maldigan. Y todos los pueblos de la tierra serán benditos por medio de ti".

Otro hombre quedaría perplejo; o quizá temeroso. Pero Abram oye el llamado, razón por la cual Dios le escogió para la tarea que tiene en mente, al igual que antes escogió al justo Noé. Abram está de pie en el enloquecido templo, donde el sacerdote ahora sostiene el hígado de la cabra, sin un mínimo de duda en sus venas.

"Sí", le dice suavemente Abram a Dios, con una voz que rebosa pasión. "Sí".

Una cosa es que Dios le indique a un hombre que deje su tierra natal, sus amigos, y el linaje mismo que ha recorrido su familia durante generaciones, y otra cosa es que un hombre lleve esa sorprendente noticia a su esposa. Abram se apresura a regresar a casa desde el templo, deseoso de decírselo a Sarai. Entra en su patio y ve a su querido sobrino, Lot.

"Abram", le saluda Lot.

Abram le da una amigable palmada en el hombro y sigue caminando con brío hacia la puerta principal.

La esposa de Lot está a un lado del patio, limpiando, cuando Abram pasa por su lado. Ella y su esposo intercambian miradas curiosas: reconocen que hay algo distinto en Abram. Muy distinto. Los dos se encogen de hombros.

Dentro, Abram llama: "Sarai"; y después grita: "¡Sarai!".

Encuentra a su esposa en la parte trasera de la casa, arrodillada delante de una pequeña figurita de arcilla.

La voz de Abram es tierna y consoladora. "¿Diosas de la fertilidad? ¿Diosas de la fertilidad? ¿De verdad tenemos necesidad de diosas de la fertilidad? ¿De qué nos han servido? ¿Nos han dado hijos?".

Sarai llora, pensando que oye desengaño en su voz. "Abram, te he fallado. Es culpa mía que no hayamos sido bendecidos".

Abram recuerda su buena noticia, y toma a su esposa entre sus brazos. "Sarai, *somos* bendecidos. Hoy, Dios me ha hablado".

"¿Qué Dios?".

"*El único* Dios".

Sarai se aparta, confundida. El suyo es un mundo de muchos dioses e ídolos distintos, cada uno diseñado para satisfacer una necesidad concreta. Poner fe solamente en un dios es un acto tremendamente arriesgado.

"Hablo la verdad", promete Abram. "Él me ha escogido. *Nos* ha escogido".

"¿Para qué? No lo entiendo".

"Él quiere que nos vayamos de aquí".

"¿Irnos? Pero toda nuestra vida está aquí".

"Sí, Sarai. Irnos. Nos vamos de esta ciudad a una nueva tierra. Y tendremos hijos en esa nueva tierra. De eso estoy seguro. Dios lo ha prometido".

Sarai quiere creer a Abram. Ella quiere desesperadamente un hijo, y haría cualquier cosa para presentarle a su esposo un hijo. Pero el panorama de abandonar su casa y partir al desierto es casi más de lo que ella puede soportar. Mira seriamente a Abram, dividida entre su amor por él y sus temores de lo que podría suceder así abandonan la seguridad de Ur.

Abram lo entiende. Él es un hombre compasivo que ama a su esposa más que a la vida misma. Pero también sabe que deben hacer la voluntad de Dios. "Créeme, Sarai. Créeme. Él me habló. Sarai, Él lo prometió. Piensa en eso: Dios me hizo una promesa. Un pacto. Y Dios siempre cumple sus promesas. Debemos tener fe en que nos conducirá a una tierra de maravilla".

Sarai siempre ha creído que había algo notable con respecto a su esposo. Él no es del tipo de persona que hace afirmaciones ilusorias. Aunque le está pidiendo que haga algo extraordinario, algo inimaginable, ella sabe que debe confiar en él.

Sarai aprieta la mano de Abram y sonríe. "Llévanos allí".

Abram emprende camino con Sarai, su sobrino Lot y su esposa, y un pequeño ejército de amigos y sirvientes que forman su familia extendida. Entre ellos está la joven sirvienta de Sarai, una egipcia llamada Agar. Viajan hacia el noroeste, siguiendo los antiguos caminos de lo que ahora denominamos el Creciente Fértil, confiando en que Dios les guiará a la tierra que ha prometido a Abram. Su viaje les lleva a cruzar una ciudad conocida como Harán y finalmente a una abundante tierra de agua y palmeras que ofrece un verde oasis en un desierto estéril. Pero la tierra no es suficiente para todo el grupo de Abraham y sus animales. Para empeorar más las cosas, semillas de disensión son sembradas por la esposa de Lot, una mujer celosa y mezquina que se irrita ante la autoridad de Abram por obligarla a reubicarse. Pronto se convierte en un callejón sin salida, con Abram y sus seguidores por un lado, y los seguidores de su querido sobrino Lot por el otro.

La situación finalmente explota cuando dos pastores comienzan una pelea. Cada uno cree que el otro es un intruso en su terreno de pastos. Dan vueltas en medio del polvo, golpeándose el uno al otro. Lot los ve primero. Se apresura a acudir al lugar de la pelea, con su esposa unos pasos por detrás de él.

"¡Lemuel!", grita Lot a su pastor. "¡Para! ¡Ahora!".

Lemuel a regañadientes suelta a Amasa, uno de los pastores de Abram. Amasa lanza un último puñetazo y después se retira antes de que Lemuel pueda vengarse. Ambos hombres necesitan aire, con sus mantos cubiertos de polvo y sus caras arañadas y manchadas de sangre.

Abram ha oído la conmoción y llega a la escena. "¿Qué está sucediendo aquí?", pregunta.

"Tu pastor está robando nuestro terreno de pastos", dice la esposa de Lot.

"Necesitamos tierras de pastos para alimentar a nuestras familias", insiste Amasa.

"Y nosotros también", argumenta Lemuel, que cierra sus puños, preparado para luchar una vez más.

"Esta tierra nos pertenece a todos", les dice calmadamente Abram a los hombres. "Dios nos la dio para que la compartamos".

La esposa de Lot está furiosa. Se queda mirando enfurecida a Abram. "Entonces debería habernos dado más", le dice. Un aturdido silencio cae sobre el grupo. No solo la esposa de Lot se burla de Abram, sino que también se burla de Dios. Ella debería disculparse, o al menos pedir perdón. Pero no ha terminado.

"Esto no puede seguir así", le dice a Abram antes de mirar con dureza a su esposo. "Dile lo que hemos decidido".

Lot está incómodo. Él quiere a Abram como un padre y no puede soportar la idea de defraudarle. Traga saliva antes de decir lo que debe decir. "Abram", musita con duda. "Somos demasiados. Y sencillamente no hay suficiente terreno".

"Pero el Señor proveerá", responde Abram, intentando todo lo posible parecer alentado. "¡Ten fe!".

"¿En un Dios al que no podemos ver?", se ríe la esposa de Lot.

Abram finge no oír esas palabras. Mira a Lot a los ojos.

Su sobrino no le corresponde con la mirada. "Es momento de que vayamos por caminos diferentes", le dice Lot.

Abram queda horrorizado. "No. Debemos permanecer juntos".

Lot está a punto de hablar, pero su esposa interrumpe. "¿Quedarnos y morir de hambre, viejo? ¿Quedarnos y ver a nuestros pastores matarse entre ellos por una pizca de pasto?".

Esta vez Abram da la razón a la esposa de Lot, pero solo con una mirada de hierro. A pesar de lo amoroso que puede ser Abram, y a pesar de su reputación de amabilidad, también es un hombre duro. La esposa de Lot se encoge ante su mirada, y su lengua cortante queda al instante en silencio.

"Tío", dice Lot con renuencia. "Nos vamos. No tenemos elección".

"Pero ¿dónde irán?", dice Abram rogando.

"A los pastos más verdes, más cerca de Sodoma".

"Lot, esa es una ciudad cruel y malvada. Esas personas han dado la espalda a Dios".

"Pero al menos no se mueren de hambre", responde la esposa de Lot.

Abram se queda solo en la cumbre de un monte desde el cual puede ver kilómetros en todas direcciones. Está construyendo un altar para honrar a Dios. Piedra a piedra construye, perdido en la tranquila meditación de la labor. Ve las tiendas de su pueblo en el valle medio vacío que esta debajo, a los rebaños reuniéndose para pasar la noche, los grandes bosques. También ve a Lot y a su tribu en la distancia dirigiéndose serpenteantes hacia el este, hacia Sodoma. Es un momento triste. La gran tierra está bañada por la rojiza luz del atardecer. Abram suspira. Le encanta esa Tierra Prometida que Dios le ha dado, y se deleita en sus muchas bellezas. Dios le habló después de la partida de Lot. Abram había escuchado como un siervo obediente. "Levanta tu vista desde donde estás, y mira hacia el norte y hacia el sur, al oriente y al occidente. Toda la tierra que ves te la daré a ti y a tu descendencia para siempre".

Abram hizo lo que Dios le dijo, y construir un altar para ofrecer un sacrificio es una manera de dar gracias. Pero sigue habiendo un gran conflicto en el corazón de Abram. Está profundamente turbado por la partida de Lot, y el reciente uso que hizo Sarai de ídolos de la fertilidad una vez más. Las dudas acerca de su liderazgo le atormentan cada día.

Para Abram, ser escogido por Dios había parecido una bendición, pero ahora sabe que también significa lucha. Abram pone una última piedra a los pies del altar y después se arrodilla en oración. Pasan semanas, y Abram sigue extrañando a Lot. Un día mientras está en oración ante el altar, vuelve a mirar sobre el valle, y se sorprende al ver una figura solitaria que camina hacia donde él está. Parece ser Lemuel, el pastor de Lot. Y mientras sigue estando lejos, Abram puede ver que va cojeando y agarrándose la cadera.

Abram se apresura a bajar del monte y camina rápidamente hacia la figura que se acerca. Lemuel se tambalea hacia él, cercano al agotamiento. Sus ropas están desgarradas. Sangre seca cubre su piel. Su cara está arañada y sucia. Cuando ve a Abram, se detiene y se tambalea, como si estuviera a punto de caerse.

"¿Qué ha sucedido?", pregunta un asombrado Abram.

"No tuvimos oportunidad. Había muchos de ellos", se queja Lemuel, cayéndose al suelo. "Quedamos atrapados en una pelea entre señores de la guerra locales. Mi rebaño ya no está. Ninguno".

Abram agarra la piel de cabra que lleva sobre su cuello y se la da al pastor, quien deseoso bebe agua. Espera hasta que Lemuel haya bebido antes de hacer su siguiente pregunta. Mira fijamente a los ojos de Lemuel, sin retirar la mirada.

Lemuel sabe lo que hay en la mente de Abram, y mientras le entrega de nuevo la piel de cabra, su voz queda ahogada por la tristeza. "Lot está vivo", dice. "Pero es su prisionero".

Abram se queda horrorizado.

"Él me ayudó a escapar", continúa Lemuel, "para que pudiera encontrarle y venir a suplicarle ayuda".

Agar, llena de juventud y vitalidad, llega con un lebrillo de agua. Moja un paño en el agua y lo escurre, y después abre la túnica de Lemuel y tapa un corte profundo en su costado. A la vez que Lemuel se retuerce de dolor, no se aleja de Abram. "Usted es nuestra única esperanza", dice el pastor.

———

Más avanzada aquella noche, Abram convoca un consejo en su tienda con Sarai y las familias que llegaron con él en busca de su nuevo hogar. El tema es la guerra. "Lucharemos. Tenemos muchos hombres entrenados entre nosotros", Abram les dice a los reunidos.

"Pero Abram, querido", interrumpe Sarai ansiosamente, "apenas son soldados".

"No importa. Yo hice que Lot viniera con nosotros. Le dije que confiase en Dios".

"¡Pero Lot y su esposa tenían lo mejor de la tierra. ¡Fue su decisión irse!".

La mente de Abram ya ha decidido. "Ellos son familia", le dice a Sarai. "Tenemos que ayudarles".

La esposa de Amasa, el pastor combativo, menea su cabeza. Está a punto de hablar para decirle a Abram que rescatar a Lot sería una necedad. Pero antes de que pueda pronunciar palabra alguna,

Amasa pone un dedo sobre sus labios. Entonces se pone de pie y se acerca al lado de Abram. Los otros hombres se unen a él.

"Regresaremos", promete Abram a Sarai. Echa un vistazo a sus valientes hombres mientras ellos se preparan rápidamente para la batalla y se despiden de sus familias, sin saber si alguna vez regresarán. Sarai está ansiosa y abraza con fuerza la cintura de Abram. Tiene lágrimas en sus ojos.

"Te amo", dice ella.

Abram se separa sin decir palabra. Su amor por Sarai se entiende. Él es un hombre firme y un buen esposo. Abram agarra su espada, cuyo afilado filo resplandece ante la luz del fuego. Eleva la espada para examinarla y encontrar señales de debilidad. Sus puños son fuertes y sus antebrazos potentes. Al no ver imperfecciones en la espada, la pone en su cinto. "Dios nos cuidará", le asegura a su esposa.

Hay poder en sus palabras, y la confianza que hay en los ojos de Abram hace que el corazón de Sarai se llene de orgullo, a pesar del temor. Ella pone sus manos suavemente sobre el rostro de él y le acerca el suyo; le besa desesperadamente, sabiendo que esa podría ser la última vez.

Abram le mira profundamente a los ojos, y entonces se aleja en la noche. No hay tiempo que perder.

Abram y su dispar y desharrapado ejército se acercan sigilosamente hacia el campamento del enemigo. Habría guardianes situados si esa fuera época de guerra, y las hogueras para cocinar hace tiempo que habrían sido apagadas. Pero estos soldados acaban de derrotar a sus enemigos, enviándolos en huida hacia los montes y los precipicios de alquitrán del valle de Sidim. Es tiempo de alegría. Están sentados en torno a sus hogueras riendo y bebiendo. Los prisioneros a los que han elegido no matar están sentados en círculo en el suelo, con las manos atadas a sus espaldas. Unos guardias pinchan con una espada a la esposa de Lot. Ella grita de dolor, lo cual solo hace que los soldados se deleiten maliciosamente. El tiempo que lleva alejada de su casa y de las comodidades de una mujer ha sido largo.

Uno, quizá muchos, de aquellos hombres se saldrán con la suya con ella esa noche. Lot está atado, con su boca tapada, y es forzado a ver a esos hombres mirar y humillar a su querida esposa. Sus intentos de dar gritos de protesta son inútiles, y solo divierten a los guardias.

Abram ve todo eso desde el perímetro del campamento. El tamaño de su casa ha crecido desde que siguió las órdenes de Dios y partió en busca de una nueva tierra. Su ejército está formado por pastores, unos 318. Apenas son soldados de guerra, pero todos son experimentados con un cuchillo o un hacha debido a años de perseguir lobos y alejarlos de sus rebaños.

Sus enemigos, por otro lado, se cuentan por millares. Son hombres duros, con cicatrices y músculos obtenidos por largos días de marcha e incontables horas en combate cuerpo a cuerpo. Esos enemigos están entrenados y son disciplinados, y acaban de conquistar a los reyes de Sodoma y Gomorra y sus ejércitos. Sus estómagos están llenos, y están bien descansados. Un ataque a su campamento sería un suicidio.

Pero Abram sabe que sus hombres tienen dos cosas a su favor: el elemento sorpresa y su profunda fe en Dios.

A medida que sus hombres se dispersan por el perímetro del campamento en la oscuridad de la noche, Abram ora. Pide la bendición de Dios sobre su batalla, y que él pueda tener la fuerza y la confianza para dirigir a sus hombres valientes. Mientras ora, puede oler el cordero que es asado en las fogatas, humo de leña, el olor de hombres no aseados, y el pesado aroma de la noche misma. Los olores hacen que la batalla sea más inmediata. Una voz suave en su cabeza le recuerda que hay tiempo para darse la vuelta e irse. Lot y su esposa tomaron una mala decisión al abandonar a Abram. Nadie llamaría cobarde a Abram por darse media vuelta ahora que las probabilidades son obvias. Abram aquieta esa voz y termina su oración. Saca su espada, la eleva al aire, y hace una señal de avanzar, la señal para que sus hombres lancen su ataque a hurtadillas. Una silenciosa oleada de soldados pastores inunda el campamento enemigo.

"¡Confíen en Dios!", ruge Abram. Su ejército ataca. Abram y sus hombres son claramente iluminados delante de las fogatas de cocinar. Abram es el primero en derramar sangre, al clavar su espada profundamente en el estómago de un soldado enemigo. El soldado grita en agonía, por un instante, y todas las cabezas en el campamento se dirigen hacia esa dirección. "¡¡Ahhhhhh!!", grita Abram, sacando su espada del hombre muerto y blandiéndola inmediatamente ante otro soldado enemigo.

Otros se unen al grito de batalla. Una espada corta el aire cerca de la cara de Abram, fallando por milímetros. Él se retira, y después clava la espada en el costado del hombre. El campamento está en caos, a medida que soldados enemigos se apresuran a agarrar sus armas. En medio de la confusión, el enemigo no puede llegar a sus tiendas para agarrar sus espadas o cuchillos. Abram y sus hombres los abaten como si fuesen grano cosechado, golpeando al enemigo. Abram tenía razón con respecto a su ataque sorpresa.

Abram pasa por encima de un montón de cuerpos hacia donde Lot está prisionero. "¡Dios está con nosotros!", susurra Abram al oído de su sobrino, mientras desata la cuerda que ata las manos de Lot.

A esas alturas, la batalla se está convirtiendo en una huida. Los soldados enemigos se alejan corriendo en medio de la noche. Muchos son perseguidos y muertos por los hombres de Abram, quienes saben demasiado bien que si esos hombres no son muertos, finalmente regresarán para vengarse.

La esposa de Lot llega al lado de su esposo. Le abraza fuerte y le susurra, evitando la mirada de Abram.

"Lot", dice un extasiado Abram. "¿Lo ves ahora? ¡Tan pocos contra tantos! Este es un triunfo para nuestro poderoso Dios".

Pero ahora es Lot quien no puede mantener la mirada de Abram.

"¿Qué pasa?", pregunta Abram. Su instinto le dice que llegan malas noticias. Pero ¿qué malas noticias podrían darle ahora, después de esa gran victoria?

Lot hace una pausa, y después mira hacia su esposa, quien asiente. "Abram...tío...", Lot dice tartamudeando. Esas son las palabras más difíciles que ha tenido que pronunciar nunca: "Seguimos adelante".

Abram les mira a los dos con confusión. "¿Hacia dónde?", pregunta.

"Sodoma".

"¡Sodoma! No es posible que lo digas en serio".

"Vamos a regresar a la ciudad a vivir. Estamos mejor allí".

La cara de Abram se entristece. Esa no es una expresión que Lot haya visto con frecuencia, y sabe cómo temerla. Abram señala con su brazo abierto, mostrando los cuerpos de los caídos. Los conoce a todos por nombre; conoce a sus esposas y a sus hijos y sabe que, al regresar, deberá dar personalmente la noticia de sus muertes. Todos ellos lucharon bien. Fue una buena pelea. Una pelea justa. La decisión de Lot hace que todo haya sido en vano. Abram siente una profunda tristeza en su corazón cuando habla: "Lot, escúchame cuando te digo esto: hombres han muerto para salvarte".

"¡Lo sé! Y no hay modo en que yo pueda reparar su pérdida. Pero también yo he perdido hombres", justifica Lot.

"Habrías estado muerto en la mañana", le dice Abram. "Tu esposa habría sido el trofeo de algún sucio soldado, y de muchos de sus amigos. No me hables de los hombres que has perdido".

"Tío, mira, tu Dios no ha cumplido sus promesas. No podemos comer fe. Nos podemos beber fe. La fe no nos vestirá".

"Pero lo hará, Lot. Y Dios *está* cumpliendo sus promesas, Lot. ¿No lo viste? Mi pequeño ejército de pastores sin entrenamiento derrotó a un poderoso ejército. ¿Cómo si no habría sido posible esto? Te suplico: ¡ven con nosotros!".

"¿Por qué?", interviene con valentía la esposa de Lot. "¿Qué ha prometido tu Dios?".

"¡Una nación! ¡Un futuro! ¡Una familia! ¡Un hijo!", responde Abram. Él cree cada sílaba.

"Tu esposa nunca tendrá un hijo", dice ella.

Esas palabras le atraviesan, y un devastado Abram permanece en silencio.

La esposa de Lot continúa: "¿Y la comida? ¿El agua? ¿El refugio?".

Abram la ignora. Está agotado. La batalla sacudió sus nervios. ¿Y ahora eso? Pone su mano en el hombro de Lot. "Sobrino. Esta vez. Debemos permanecer juntos".

Los ojos de Lot están tristes, pero su mente esta decidida. Pone su mano sobre la de Abram, y después suavemente la retira de su hombro. "No, tío. Debemos irnos".

Mientras los cuerpos de los heridos son apilados en carretas para el regreso a casa, la esposa de Lot intenta racionalizar con Abram. "Ven con *nosotros*", le ofrece ella.

Abram le mira fijamente a los ojos durante lo que parece una eternidad. Entonces se da media vuelta con disgusto y pasa al lado de sus hombres. "Vámonos", les ordena por encima del hombro. Abram y sus soldados se van.

El aire está pesado. Lot y su esposa permanecen en silencio en medio del enemigo muerto, sabiendo que Abram nunca volverá a confiar en Lot.

Abram no regresa. En cambio, fija su mente en las tristes viudas a las que debe consolar y en los queridos amigos a los que tendrá que enterrar. La parte más difícil será enfrentarse a Sarai, e intentar explicarle cómo pudo haber permitido que Lot y su esposa continúen hasta Sodoma después del elevado costo que sus hombres pagaron para rescatarles. Ella siempre ha confiado en la sabiduría de él, pero esta vez, y Abram lo sabe, le ha defraudado.

Dios ha prometido a Abram una tierra que fluye leche y miel, y descendientes tan numerosos como las estrellas. La fe de Abram nunca vacila. Él hace inmediatamente lo que Dios le pide; cree verdaderamente en Dios y en sus promesas. Sin embargo, ha llegado a frustrarse por el calendario de Dios. ¿Cuándo le dará un hijo Sarai? ¿O cualquier bebé? La barba de Abram ahora está ya casi por completo gris. Y aunque es vieja, la belleza de Sarai sigue sin tener comparación; ella es la personificación viva de una princesa. La aventura compartida de su estilo de vida nómada se ve reforzada por sus muchos intentos para tener un hijo, pero la idea de que Abram será verdaderamente el padre de muchas naciones parece no tener esperanza.

Abram está a solas en la fría noche del desierto, mirando al cielo. Una fogata se extingue hasta sus últimos rescoldos. El viento agita la tienda que tiene a sus espaldas, donde Sarai tiembla mientras duerme. Él piensa en los hombres muertos en la batalla mientras rescataban a Lot, y la futilidad de su pérdida.

"Abram", susurra Sarai, temblando mientras sale de la tienda. El resplandor del fuego ilumina su belleza. Está envuelta en una tupida manta tejida con tosco tejido que la protege de los vientos del desierto. Pero incluso cubierta por una manta, su belleza deja sin respiración a Abram. "Ven dentro", le dice amorosamente, manteniendo abierta la puerta de la tienda.

Abram tiembla. Ve el interior de la tienda, y su cama, tan cálida y segura. Pero en cambio, aleja su mirada de su esposa, mira al cielo, y piensa en la enormidad del universo y sus millones de estrellas, como si comprendiera por primera vez la vasta amplitud de la creación de Dios.

Entonces se derrumba.

"¡Abram!", grita Sarai, apresurándose a su lado. Cuando le mira a los ojos, no ve otra cosa sino su profunda creencia en la promesa de Dios.

"Todas las estrellas. ¡Cuéntalas! ¡Cuéntalas!", grita él.

Sarai acuna su cabeza, aterrorizada por si su querido esposo se está volviendo loco. Acaricia su barba para calmarle.

"Nuestro Creador, que hizo las estrellas, ¡nos dará toda esa descendencia!", dice él con total fe, recordándose a sí mismo al igual que a Sarai las promesas de Dios. El fuego que hay en los ojos de Abram crece a medida que su revelación sigue saliendo a la luz. "¡Para poblar nuestra tierra! ¡Para nosotros! ¡Y para nuestros hijos!".

Ahora es el turno de Sarai para entristecerse. "¿Cuánto tiempo hemos estado orando por hijos?".

Él no responde.

Ella le mira directamente a los ojos y dice tres palabras muy duras. "Yo. Soy. Estéril".

"¡Pero él lo ha prometido! ¡Tú tendrás un hijo! ¡Lo tendrás!".

Ella menea su cabeza. "No puedo. No lo tendré. No hay posibilidad de que yo tenga un hijo".

Ellos mantienen la mirada. El silencio es ensordecedor. Finalmente Sarai habla, lentamente, suavemente, deliberadamente. "Es demasiado tarde para mí, pero tú eres un hombre. Para ti aún hay posibilidad". Sarai se muerde los labios. Acerca más a su esposo. "Los planes de Dios son muchos, y sus promesas siempre se cumplirán, pero a la manera de Él. ¿Quiénes somos nosotros para decir cómo se cumplirán los planes de Dios?".

"¿Qué estás diciendo?".

"Estoy diciendo que Dios ha prometido que tú serás padre. No ha prometido que *yo* seré quien te dé tus hijos".

Sarai señala hacia la tienda de Agar, la hermosa sirvienta egipcia. La luz de una vela parpadea dentro de la tienda. "Ve a ella, Abram", dice Sarai. "Ve con mi permiso".

Abram mira a su esposa con incredulidad. "No", dice con firmeza. "No. No. No".

Sarai asiente, pareciendo resignada. "Sí", le dice, dándole un beso suavemente. "Debes hacerlo".

Abram está dividido. Siempre le ha sido fiel a Sarai, creyendo que es voluntad de Dios que él no duerma con ninguna otra mujer. Ha observado la belleza de Agar pero ni una sola vez ha imaginado dormir con ella.

Sarai no puede mirar a su esposo mientras le empuja suavemente hacia la tienda de ella. "Necesitas un heredero", le dice con suavidad. "Dios te ha prometido un hijo. Ahora ve".

Abram acerca la cara de Sarai a la de él, la besa en los labios y acerca su cuerpo al de él, para que ella sepa sin duda alguna que es su verdadero amor. Entonces se pone de pie lentamente y camina hacia la tienda de Agar. Es pequeña, correspondiente con su estatus social, el tejido no es tan brillante ni tan duradero como el de ellos. Ella es de una tierra diferente, de otros dioses. Abram no conoce los caminos de Dios. Quizá Dios quiere que Abram una esas otras naciones al ser el padre de un hijo cuya sangre esté mezclada y cuyo linaje unirá las dos tradiciones religiosas separadas. Abre la puerta de la tienda de Agar y entra.

La hermosa y estéril Sarai se sienta junto al fuego. Una lágrima cae lentamente por sus mejillas mientras mira fijamente a las llamas.

Cuando Abram sale de la tienda de Agar, Sarai puede ver por la puerta abierta que Agar está dormida. Sarai sigue sentada junto al fuego, acunándose a ella misma lentamente. Los ojos de Sarai se encuentran con los de Abram. Los de ella están hinchados, y siguen corriendo lágrimas por sus mejillas. Tanto Abram como Sarai sienten que algo no está bien, y un gran error carga sus corazones. A pesar de sus mejores intenciones, puede que se hayan apresurado y no hayan confiado en Dios.

Abram ve las lágrimas de celos y lamento en los ojos de su esposa. Ella no está contenta por haber compartido a su esposo con otra mujer. Si él ciertamente ha engendrado un hijo en Agar, Sarai nunca volverá a tener a Abram para sí. Cada vez que ella mire a ese niño pensará en aquella noche, en ese sentimiento de pérdida latiendo en su pecho, y sabrá que daría cualquier cosa por vivir otra vez aquella noche.

Abram está afligido. *Lo hecho, hecho está*, se dice para sí. Momentáneamente, hace a un lado la dura verdad de que ha forzado la promesa de Dios de un hijo para que tenga lugar según su propio calendario, en lugar de confiar en el plan de Dios. Se agarra con fuerza de la túnica que rodea su cuerpo y entra en su tienda. Su camino le lleva directamente al lado de Sarai, que sigue mirando fijamente el fuego.

El breve tiempo que ha pasado en la tienda de Agar en esa clara noche en el desierto alterará el mundo para siempre.

Han pasado catorce años.

Ismael, el hijo de Abram y Agar, ahora tiene trece años. El muchacho es todo lo que un padre podría querer de un hijo: compasivo, amoroso, divertido, fuerte y bien parecido. Sarai no siempre comparte la alegría de Abram. Siempre que mira a Ismael, recuerda aquella noche de hace tanto tiempo cuando ella y Abram mostraron su falta de fe, intentaron forzar la promesa de Dios y tomaron el asunto en sus propias manos. Lo que ha pasado por la mente de

Sarai una y otra vez desde aquella noche es: Dios puede hacer todas las cosas. Eso significa que puede hacer que una mujer estéril se quede embarazada, sin importar cuál sea su edad. Ella ha sabido eso todo el tiempo. Debería haber confiado en la promesa de Dios. Debería haber esperado.

Abram ahora tiene noventa y nueve años. Sarai tiene noventa. Ahora viven en un oasis cerca de un lugar llamado Mamre, entre palmeras, cedros e higueras, y clara agua corriente; aún viviendo en las tiendas que han llamado hogar por tantos años. Eso no es el paraíso, ni tampoco es la tierra que Abram imaginó cuando sus seguidores y él salieron hacía tantos años. Hay mucha disensión entre su pueblo, comenzando con Sarai y Agar. Cada vez que Sarai ve a Agar y a Ismael, siente una punzada de dolor en su corazón. Está amargada. Una calurosa tarde, mientras Abram está sentado delante de su tienda, el Señor se le aparece. "Yo soy el Dios Todopoderoso", le dice a Abram, quien se postra con su rostro a tierra.

"Confirmaré mi pacto entre tú y yo", continúa Dios. "Y te aumentaré en gran manera".

Dios ordena que Abram cambie su nombre por el de "Abraham", que significa "padre de muchas naciones". Desde ahora en adelante, Sarai será llamada "Sara", que significa "princesa". Dios también ordena que todos los varones de su tribu, a la que algunos llaman "hebreos", sean circuncidados. La circuncisión es una señal del pacto entre Dios y el hombre, y un recordatorio físico diario de la presencia de Dios en sus vidas. Incluso Abram, a una edad tan avanzada, ahora debe hacer que su prepucio sea retirado de su pene.

Y entonces Dios hace una promesa extravagante a Abraham: Sara dará a luz a un hijo. "Ella será la madre de naciones. Reyes de pueblos saldrán de ella".

Abraham se ríe ante la idea. No cree que Sara pueda dar a luz. Pero Dios insiste, y dice que una larga línea de reyes terrenales surgirá de este linaje.

Las palabras se quedan en el corazón de Abraham, llenándole de un gozo que nunca ha conocido. No puede esperar a decírselo a Sara. Y aunque se siente que es totalmente imposible que un hombre de su edad pueda ser padre de un hijo, Abraham también se recuerda a sí mismo que Dios puede hacer cualquier cosa, incluso traer a este hijo al mundo.

Abraham se gira hacia Dios para darle las gracias, pero Dios ya se ha ido.

Un día, no mucho tiempo después, Abraham está practicando con el arco y las flechas junto con su hijo. Ismael es un buen tirador, y da en el blanco con facilidad.

"Bien hecho, hijo", dice Abraham con orgullo. Llama a Sara: "¿Viste a Ismael, Sara? ¿Viste a mi muchacho?".

"'Mi muchacho'. No 'nuestro muchacho'", susurra ella con desdén en voz baja. La vieja señora se mete enseguida en la tienda. Abraham suspira. Se ha acostumbrado a la constante tensión.

"Corre, Ismael", le dice al muchacho. Agar está a un lado, observando la escena con orgullo de madre. Está contenta de que su hijo será el heredero legítimo de Abraham, y le importa poco la tensión entre ella misma y Sara.

Abraham se detiene para recoger las flechas y ve a tres poderosos y misteriosos hombres en la distancia que caminan hacia su campamento. Llevan túnicas hechas de tejido fino. En dos de los hombres puede distinguir los perfiles de armas por debajo de sus ropas, pero no parecen amenazantes. En cambio, tienen la presencia intensamente tranquila de hombres santos. Abraham siente una conexión instantánea con ellos, y como es su costumbre, disfruta del papel de ser el buen anfitrión. Sin embargo, esos hombres son en cierto modo diferentes, y él los trata con más respeto. Los viajeros, primordialmente vagabundos y caminantes, pasan por el campamento de Abraham todo el tiempo y reciben solo agua y hospitalidad básica.

Los instintos de Abraham son correctos. Dos de los hombres son ángeles. El tercero es Dios vestido de carne. Abraham ha oído la voz de Dios pero no le reconoce.

"Bienvenidos", dice Abraham. "Son ustedes bienvenidos. Por favor, siéntense". Les indica un lugar donde pueden descansar a la sombra.

"¿Tienen hambre?", les pregunta. Sin esperar una respuesta, Abraham ordena a un sirviente que les sirva comida.

"¿Han viajado desde lejos?", continúa Abraham.

"Sí, un camino muy largo", responde uno de los ángeles. Sigue un largo silencio.

"¿Dónde está tu esposa?", pregunta el otro ángel.

Abraham señala hacia su tienda. "Allí dentro".

En el interior de las paredes de tela de su tienda, Sara oye voces de extraños, pero está cansada y no está de humor para entretener a viajeros.

El Señor entonces habla y hace una audaz predicción: "Ciertamente regresaré a ti en este mismo tiempo el próximo año, y Sara tu esposa tendrá un hijo".

Sara se ríe mientras oye esas palabras. Sin duda, ese hombre, sea quien sea, no sabe que la esposa de Abraham es de edad muy avanzada y también estéril.

"¿Por qué te reíste?", le pregunta el Señor a ella.

Sara casi da un salto del susto. Se da la vuelta para ver quién le está hablando, pero no hay nadie en la tienda. *Yo no me reí*, piensa para sí misma.

"Lo hiciste", dice el Señor. Su voz es amable. Una vez más, Sara se gira rápidamente para ver quién le está haciendo ese truco. Pero está sola.

Dios continúa: "Para que nunca olvides cómo dudaste de mí cuando tengas un hijo, le pondrás por nombre Isaac, que significa 'risa'".

Sara siente el poder de Dios y se llena de esperanza. Corren lágrimas por sus mejillas. Se apresura hacia donde oculta sus ídolos de la fertilidad, y agarra uno con fuerza en sus manos hasta que se deshace en polvo. Mientras los granos de arcilla se escurren entre sus dedos, ella cae de rodillas y da gracias a Dios.

Llega el momento en que los tres extranjeros tienen que irse. Abraham les ha tratado con extrema bondad y deferencia. Les ha llevado agua para lavar sus pies y quitar el polvo del camino. Les ha cocinado un carnero y les ha alimentado con una exquisita comida, con requesón, leche y finas rebanadas de pan. Esos poderosos y misteriosos extranjeros son especiales, y Abraham se ha deleitado en el honor de su presencia. Se refirió a sí mismo como su sirviente, e incluso se quedó a un lado mientras ellos comían, esperando a ser llamado. Los hombres han mantenido su aire de misterio, diciendo poco más después de su audaz predicción, y han disfrutado de la comida y del frescor de la sombra. A medida que el sol de la tarde va refrescando, ellos se levantan para partir.

"¿Dónde van?", pregunta Abraham con cautela, sin ser consciente aún de a quiénes ha estado dando hospitalidad.

Uno de los ángeles mira a Dios para pedir permiso para responder.

Dios asiente.

"Vamos a decidir el destino de Sodoma", responde el ángel solemnemente, volviendo a ponerse la capucha sobre su cabeza. El otro hace lo mismo, y se van, dejando solos a Dios y Abraham, quien está muy preocupado porque Lot vive en Sodoma.

Dios camina con Abraham hasta la cima de un monte, desde donde pueden mirar y ver Sodoma en la distancia.

"¿Ocultaré de ti lo que voy a hacer?", se pregunta el Señor en voz alta. "Sin duda, tú te convertirás en una nación grande y poderosa, y todas las naciones de la tierra serán bendecidas por medio de ti. Porque te he escogido para que tú dirijas a tus hijos y a tu casa para que guarden los caminos del Señor haciendo lo que es recto y justo, para que yo haga suceder para ti lo que he prometido".

Abraham se queda asombrado al entender que está en la presencia de Dios. No puede ser nadie más. Esa es la manera en que Dios le ha hablado tantas veces: sinceramente, y como un amigo y siervo de confianza. Y Abraham está igualmente asombrado al entender que la destrucción de Sodoma significará la muerte de Lot. A pesar de sus diferencias, Abraham quiere a Lot como un hijo, y teme por su seguridad.

Abraham reúne su valentía y habla al Señor. "¿Borrarás al justo con el impío?".

"Si encuentro cincuenta justos en la ciudad de Sodoma no destruiré a toda la ciudad por causa de ellos", responde Dios.

Abraham piensa en eso por el momento. Él conoce los caminos

de Sodoma, que es la más malvada de las ciudades. Duda de que haya una probabilidad realista de que Dios encuentre a diez personas justas, y mucho menos a cincuenta. Por tanto, respira profundamente y habla una vez más. "Ahora que he sido valiente para hablar al Señor, aunque no soy otra cosa sino polvo y ceniza, ¿y si el número de justos es de cinco menos de cincuenta?".

El Señor ama a Abraham, y su pacto es un poderoso vínculo. Por tanto, por causa de Abraham, cede. "Si encuentro a cuarenta y cinco hombres justos, no la destruiré".

Abraham cobra valentía, esforzándose desesperadamente por salvar a Lot. "¿Y si sólo se encuentran allí cuarenta?".

"Por causa de los cuarenta, no lo haré".

"No se enoje el Señor, pero permítame hablar", dice Abraham con inquietud. "¿Y si solo pueden encontrarse treinta?".

"No lo haré si encuentro a treinta".

Y así sigue la conversación, con Abraham negociando por el pueblo de Sodoma mientras el Señor amablemente concede, hasta que Abraham reduce el número a diez personas justas. El Señor se va. Abraham se queda solo en el camino, desesperado por Sodoma y por su sobrino. Porque él sabe, al igual que Dios lo sabe, que su valentía con Dios es inútil. Porque no hay diez personas justas en todo Sodoma.

De hecho, hay solamente una.

Desde luego, Dios sabe eso. Solo ha negociado con Abraham como un testimonio de su pacto. Los temores de Abraham en cuanto a ver Sodoma destruida muestran la profundidad de su compasión, y Dios honra eso. Ahora le corresponde a ese hombre justo salvarse a sí mismo y a su familia.

Lot está sentado solo a la puerta de la ciudad de Sodoma. Ha caído la noche. El desierto fuera de los muros es agradable y fragante, y un agudo contraste con las calles de la ciudad, que huelen a orina y vómito. A Lot le encanta respirar el aire de la noche justamente fuera de esos muros de la ciudad. La brisa es fresca después del largo y caluroso día, y él se deleita en la calma a ese lado de la ciudad. Él y su esposa tienen ahora dos hermosas hijas. La ciudad es infame por sus vicios y su depravación, un lugar de idolatría que no solo ha dado la espalda a Dios sino que también celebra ese hecho. La esposa de Lot encuentra la ciudad muy conforme a sus gustos, y se ha negado a sus numerosas peticiones de que se vayan de allí. Él siente que la vida es demasiado breve para estar tan distante de Dios. Lot teme por sus hijas, aterrado de que crezcan y lleguen a ser tan lascivas e infieles como las mujeres de Sodoma. Le rompe el corazón imaginar a sus hermosas hijas viviendo una vida definida por la lujuria en lugar del amor, por el temor en lugar de la fe.

Lot da un suspiro. No hay nada que él pueda hacer al respecto. Lo que será, será. Hasta el día en que su esposa decida dejar Sodoma, un día que él cree que llegará, sencillamente debe soportar su vida en lugar de vivirla a su máximo potencial.

Mientras Lot está sentado solo a la puerta de la ciudad, mirando hacia el vasto desierto, puede oír la música y la escandalosa risa que salen de las tabernas. Puede oír los gemidos de hombres y mujeres que practican sexo en los oscuros y sucios callejones. Si él se girase en ese momento, podría ver a una joven pareja con poca ropa manoseándose, a prostitutas casi desnudas avasallando, a una banda de tambores entreteniendo a un grupo de borrachos, y a un perro salvaje atado a un poste y aullando con fuerza a todo el que pasa por su lado, y más que deseoso de morder carne humana. El lugar menos indicado para educar a una familia. Lot es un hombre honorable, lo cual le hace ser poco usual en Sodoma. La maldad de la ciudad le inquieta mucho, y por eso va a las puertas de la ciudad para mirar el desierto.

Dos hombres con grandes túnicas con capucha atraviesan la puerta de la ciudad de Sodoma. Tienen una complexión atlética y el plácido aspecto del guerreros que no tienen temor a ningún hombre. Caminan con propósito, como si hubieran llegado a Sodoma por negocios. Qué tipo de negocios, Lot no lo puede imaginar. Los dos extranjeros se ven fuera de lugar en esas calles. El latido del corazón de Lot se acelera. Por primera vez en bastante tiempo siente que él no es el único hombre justo en Sodoma. Lot se levanta rápidamente y se aproxima a ellos. "Caballeros", exclama Lot, "bienvenidos a Sodoma. Les invito a pasar la noche en mi casa. Pueden lavar sus pies y disfrutar de una cena".

"No", responden ellos. "Pasaremos la noche en la plaza".

Lot no aceptará un no por respuesta. Y pronto, esos guerreros espirituales entran en su casa, donde él los alimenta con un sencillo festín antes de mostrarles dónde dormirán.

Dentro de la casa de Lot brilla una tenue lámpara de aceite, que ilumina las caras de Lot, su esposa, sus dos hijas adolescentes y de esos misteriosos extranjeros.

Lot oye una gran conmoción en las calles y, de repente, varios puños golpean la puerta. La esposa de Lot y sus hijas se abrazan, asustadas. "¡Abran! ¡Saquen a los extranjeros!", grita una voz. "¡O incendiaremos este lugar!".

"Ellos no les han hecho ningún daño y son invitados en mi casa. Déjenlos estar", grita Lot desde el otro lado de la gruesa puerta de madera.

"¿Dónde están los hombres que llegaron esta noche?", grita la voz, con más fuerza e insistencia que antes. "¡Entréguenlos!".

Entonces Lot reúne gran valentía en su interior. Sale fuera para enfrentarse a las personas de Sodoma, jóvenes y viejos en una turba, un hombre contra muchos. Intenta razonar con ellos, pero se vuelven incluso más agresivos. En el interior, los extranjeros permanecen en silencio, escuchando cada palabra y admirando la valentía de Lot. Su esposa se agarra sus hijas, deseando no haber visto nunca a esos extranjeros. Su vida una vez más ha sido trastornada.

Lot se da cuenta de que sus intentos por negociar han demostrado ser inútiles y comienza a retirarse a la seguridad de su casa, pero la multitud ataca. Pasan por su lado e intentan derribar abajo la puerta. Lot los ahuyenta con un cayado de pastor, blandiéndolo con destreza. Es como un hombre nuevo, lleno de espíritu de lucha. Cuando el líder de la turba agarra el callado y tira de él, con una mirada sádica en sus ojos, Lot no lo suelta, pero su valentía no es rival para la fuerza de ese hombre. "Quédate fuera de esto, extranjero", dice el líder de la turba, y escupe a Lot a la cara.

"Hazte a un lado", dice uno de los ángeles. Da un paso al frente y cierra sus ojos, como si estuviera orando. El segundo ángel se une a él. Un repentino viento fuerte llena la habitación y después sale hacia las calles, acompañado por el ruido de un trueno. El temor sustituye al gruñido en la cara del líder de la turba. Lot da un paso atrás, inseguro de lo que está sucediendo. El líder de la turba se frota rápidamente sus ojos, con fuerza, hasta que lágrimas de sangre corren por su cara. "No puedo ver", grita. "¡No puedo ver!".

Pero no está solo. Uno por uno, los otros miembros de la turba gritan con horror al ver que también ellos están ciegos. Quienes aún pueden ver se enfurecen todavía más, y avanzan para ejecutar su venganza. Pero apenas han dado un paso cuando los dos ángeles se quitan sus túnicas, revelando las más increíbles armaduras: creadas por un artesano, más fuertes que cualquier lanza que un hombre pudiera querer clavar en ellas.

Un ángel saca dos espadas cortas de sus vainas y las blande como un hombre que sabe muy bien manejar una espada. El otro ángel no tiene necesidad de tal sutileza. Un gran sable cuelga de su cadera, y él sabe cómo utilizarlo. Con un único y rápido movimiento, este ángel saca la gruesa espada de hierro afilado de su vaina con ambas manos y hace que uno de los atormentadores de Lot pague por su conducta. El hombre cae al suelo, y el otro ángel agarra a Lot y su familia. "¡¡Debemos irnos!!", dice el ángel con calma, comunicando prisa.

Lot y su familia vacilan; sin embargo, no tienen otra elección. Los ángeles les sacan con fuerza de la casa y los empujan por los hombros atravesando la turba, sin darles oportunidad de regresar o aminorar el paso. "¡No dejen de correr!", grita el primer ángel. "No, por ninguna razón". Él conduce a la familia de Lot por las calles, y el otro ángel les protege desde atrás. Los ángeles arremeten contra la multitud con sus espadas, golpeando a un hombre tras otro en su misión de llevar a la familia de Lot a la seguridad. Ellos saben, al igual que Dios sabía cuando negoció con Abraham, que los únicos habitantes justos de Sodoma son la familia de Lot. Dios está a punto de destruir Sodoma. Todos en la ciudad sufrirán una muerte horrible, y la ciudad misma se perderá para siempre.

A menos que Lot y su familia salgan rápidamente, también ellos sufrirán ese destino.

De repente, cae una lluvia de llamas desde el cielo. Una bola de fuego golpea con fuerza las calles con un repentino sonido de trueno. La esposa de Lot está casi paralizada por el asombro y siente el calor de esta increíble explosión, mientras el segundo ángel le obliga a seguir hacia delante.

La turba sigue persiguiéndolos cuando otra bola de fuego golpea Sodoma. Y después otra. El segundo ángel deja de correr y utiliza la punta afilada de su espada para trazar un círculo alrededor de él en la arena de la calle. Mientras Lot y su familia continúan su desesperada carrera hacia la libertad, él se enfrenta a todos los que llegan, haciéndoles trizas como si fueran astillas para encender fuego.

Mientras tanto, sobre un monte que mira a Sodoma, un horrorizado Abraham es testigo de las llamas que se elevan desde los edificios mientras la ciudad comienza a arder. Bolas de fuego siguen cayendo desde arriba, junto con relámpagos y el inquietante sonido del trueno.

Él teme por Lot y su familia mientras observa el terror y ora para que su sobrino salga de allí con vida.

Detrás de él, invisible, está Dios.

En Sodoma, edificios de piedra comienzan a derrumbarse. El fuego ha quemado toda la madera y la paja de sus tejados. Leños caídos han atrapado a muchas familias en sus casas, y los gritos de quienes experimentan las llamas sobre la piel desnuda resuenan en la noche.

El segundo ángel vengador ha derrotado finalmente a todos los que se acercaban y se ha puesto a la altura de la familia de Lot. El primer ángel dice: "Al salvarnos a nosotros, te has salvado a ti mismo. Tu decisión de ayudarnos fue una buena prueba de tu rectitud. Corre y huye de la ciudad y sigue corriendo, pero recuerda esto: no mires atrás. Nunca mires atrás, pesar de lo que sea".

Los ángeles desaparecen delante de los ojos de un sorprendido Lot y de su familia. Ahora están en completa oscuridad, a excepción de la luz de la luna y el distante fuego de una ardiente Sodoma.

"Sigan adelante", grita Lot, "y no miren atrás".

Corren y siguen corriendo, sus pies golpeando el polvo del desierto mientras corren hacia una nueva vida. Un monumental relámpago ilumina de repente el cielo, cayendo sobre los restos de Sodoma. Entonces, en una última explosión brillante, la ciudad desaparece. Lot oye respirar a su esposa. La ama profundamente, pero conoce su conducta contraria y orgullosa. Antes de que ella pueda cometer el único error del que los ángeles les han advertido, le ruega: "¡No mires atrás!".

Pero la curiosidad de ella es insaciable. Es totalmente necesario que vea por sí misma lo que está sucediendo en la ciudad que ha llamado hogar durante más de una década.

Su última imagen es una explosión de luz. Sus ojos son cegados, y su cuerpo se paraliza a medida que se convierte en una estatua de sal.

Sopla un fuerte viento. Lot se queda mirando incrédulo a lo que solía ser su esposa. Observa con una tristeza consumidora a medida que ráfagas de aire golpean la columna de sal, y comienzan a caer pedazos y a desaparecer en la noche. Ese vendaval no deja de soplar hasta que toda la columna es convertida en polvo y llevada por el viento.

Por temor a sufrir el mismo destino, un aterrado Lot y sus hijas corren para salvar sus vidas. No se atreven a mirar atrás. Como si les persiguieran desde detrás, los continuos gritos de la gente de Sodoma se oyen en el desierto. Mientras van corriendo llega el amanecer. Es el comienzo de un día totalmente nuevo, y de una vida nueva, para Lot y sus hijas. Ellos corren, y corren, y corren por el desierto hasta la seguridad de los montes, donde vivirán durante el resto de sus días.

Pasa el tiempo: desde el campamento de Abraham llega el agudo grito de una mujer que soporta la agonía del parto. Sara está en cuclillas en el interior de su tienda, atendida por una partera. Abraham camina nerviosamente fuera. Está eufórico de que su esposa le esté dando un hijo.

Los gritos de Sara cesan, sustituidos por el sonido de un niño recién nacido que respira por primera vez, y después grita tan alto que sus gritos se pueden oír en todo el valle.

Mientras Abraham se acerca para entrar en la tienda, sus ojos se encuentran con los de Agar e Ismael. El adolescente Ismael, corpulento y bien parecido, y que se parece mucho a los dos, puede que esté al borde de perder su herencia. Si el bebé recién nacido es un varón, Ismael ya no será el heredero legítimo de Abraham, según la tradición hebrea. Si el bebé es una niña, Ismael sigue siendo el primero en el orden de herencia.

Abraham aparta la puerta de la tienda. Una alegre Sara sostiene a su hijo en su regazo. Abraham se inclina hasta ella. Sin decir palabra alguna, ella le entrega al niño. Se forman lágrimas en los ojos de él mientras sostiene al bebé.

"Un niño", susurra Sara. Ella está radiante.

"Tal como Dios prometió", se maravilla Abraham. "Tal como Dios prometió. Solo el Todopoderoso puede hacer lo imposible".

Abraham sostiene al niño y lo eleva. "Su nombre será Isaac". Él y Sara comienzan a reír de alegría.

Fuera de la tienda, Agar e Ismael oyen la conmoción, y saben que el bebé es un varón sin que nadie tenga que decírselo. Agar rodea la cintura de su hijo con su brazo, buscando consolarle.

Pasa un año. La tensión en el campamento de Abraham aumenta día a día, aunque no entre Ismael e Isaac. La guerra silenciosa por la atención y el afecto de Abraham se libra entre Sara y Agar, y cada una de ellas envidia cada instante que él pasa con la otra. Abraham camina por una delgada línea a medida que intenta mantener la paz entre esas dos mujeres de fuerte voluntad, pero nunca es fácil. La tienda de Abraham y Sara siempre se sitúa cerca de la de Agar e Ismael, para que el muchacho adolescente puede estar cerca de su padre. Cada palabra y cada gesto que hace Abraham es examinado cuidadosamente.

Sentada en la sombra fuera de su tienda, una Sara muy contenta canta suavemente una canción de cuna al bebé Isaac. El aire huele a humo de leña de las fogatas para cocinar y el penetrante olor del polvo del desierto. Isaac ya camina y está comenzando a formar palabras, pero en este momento está dormido en su cuna. Ella siente que él es la creación más perfecta que haya visto jamás en el mundo, y no puede apartar sus ojos de él. Entonces ve a Abraham llegar al campamento y abrazar a Ismael cuando él se pone de pie y se apresura a mostrarle su nuevo arco y sus flechas. Abraham da la vuelta al arco en sus manos, examinándolo en busca de imperfecciones. Al no ver ninguna, acaricia afectuosamente el cabello de Ismael. "Bien", le dice, "muy bien".

Agar está sentada sobre una almohada al otro lado de Ismael, mirando a su hijo con la misma expresión amorosa que Sara muestra a Isaac. Por Ismael, ella hará cualquier cosa.

"¡Sara!", grita él, caminando rápidamente hacia su tienda. No ve la expresión de dolor en la cara de Ismael cuando él cambia abruptamente su atención del muchacho a Sara.

Abraham se agacha y se mete en la tienda. Sara está de cara a la entrada de la tienda, aún abrazando a Isaac sentada sobre una gruesa almohada. No está de buen humor; tanto que Abraham se da cuenta en un instante. "¿Qué pasa?", pregunta inocentemente, aunque sabe bastante bien lo que está molestando Sara.

"Esa mujer cree que su hijo va a heredar lo que pertenece legítimamente a Isaac", susurra ella.

Abraham una vez más finge ingenuidad, como si la cuestión de la herencia nunca se le hubiera pasado por la mente. "¿A qué te refieres?".

"¿Quién debe ser el primero de toda nuestra tribu, Abraham? ¿La primera estrella de todas esas estrellas en los cielos?".

Abraham se aproxima a centímetros de su esposa, para que sus palabras puedan ser privadas. "Esto no es algo de lo que tengamos que hablar ahora".

"Ah, sí que debemos. ¿Ha de ser *nuestro* hijo? ¿O el de ella?".

Abraham se esfuerza por responder. "Sara, yo...".

"¡Tú decides! ¡Ahora! ¿Me entiendes?".

Isaac forma la palabra "ma-ma", como si quisiera unirse a la conversación.

Isaac forma la palabra "ma-ma", como si quisiera unirse a la conversación.

Sara mira con dureza a su esposo. Han pasado muchas cosas juntos, pero es como si ella le estuviera mirando por primera vez. "O decides tú", le dice con una voz firme y a la vez enojada, "o dejas que Dios decida". Ella sale apresuradamente de la tienda, llevando a Isaac sobre su cadera.

Abraham, sintiendo el considerable peso de aquella noche de hace tanto tiempo con Agar, se sienta y medita en el destino de sus dos muchachos. Ora por la dirección de Dios y la recibe. Aunque rebosa tristeza solamente al pensarlo, sabe que debe seguir las instrucciones que Dios está poniendo en su corazón. Dios le dice que escuche a Sara. La herencia irá a Isaac. Esa es la decisión de Dios. Significa que ya no hay lugar para Agar e Ismael en su campamento, pero Dios asegura a Abraham que estarán cuidados, y que los hijos de Ismael también llegarán a ser una gran nación.

Abraham está devastado cuando da la noticia de que Ismael tendrá que irse al mundo y buscarse su propia fortuna, pero eso no se compara con cómo se siente cuando Ismael y Agar se preparan para partir al desierto. Es por la mañana. Una hogaza de pan es dada la vuelta en una fogata. Agar mete en un pequeño paquete las dos hogazas calientes. Ismael llega para ayudar. Está tranquilo y triste, pero dedicado a su madre. Ismael viajará solamente con sandalias, un pañuelo sobre su cabeza y una túnica que le llega a la rodilla. Agar va vestida de modo muy parecido, pero con un blusón amplio con capucha que mantendrá alejado el frío del desierto.

Abraham espera en el límite del campamento, sosteniendo un odre de agua. Lo sitúa sobre el hombro de Ismael, y deja que su mano se quede tiernamente sobre su hijo por un momento. "Adiós", musita, vencido por la tristeza, y después mira a los ojos a Ismael.

"Mi muchacho, Dios un día te bendecirá con muchos hijos". Sus propios ojos se llenan de lágrimas.

Ismael no dice nada, pero sus ojos estudian los rasgos de Abraham, memorizando el aspecto que tiene su padre. El muchacho se mantiene estoico. Sara está de pie en la distancia. Eso se hace por insistencia ella, y ella sabe muy bien que sus demandas podrían conducir a la muerte Agar e Ismael. Sabe que ella creó ese problema en un principio al insistir en que Abraham se acostara con Agar. Por tanto, esa es la solución de ella. Se sorprende al descubrir que no se deleita en obligar a irse a Agar e Ismael. Sara sabe que hay que hacerlo. Puede que sea un acto cruel, pero ella no es una mujer cruel. Porque si no se hace eso, podrían surgir graves problemas cuando los dos muchachos de Abraham se conviertan en hombres.

Abraham y Sara observan mientras Agar e Ismael comienzan su viaje. En un momento, son puntos en la distancia, y después desaparecen.

"Sé valiente", le dice Agar a Ismael, aunque también se lo está diciendo a ella misma. Los dos vagarán por el desierto solos; sin embargo, ella confía en que Dios les protegerá. Agar ora a Dios pidiendo ayuda, y Dios la proporciona. Menos de una semana después de comenzar el viaje, se quedan sin agua, y Agar teme por sus vidas. Un ángel del Señor se les aparecerá en aquel momento, prometiendo que Ismael un día llegará a ser el líder de una gran nación. Cuando el ángel se va, un pozo lleno de agua aparece de repente ante Agar e Ismael, salvando sus vidas.

Pasan otros diez años.

Isaac sale de su tienda familiar, con su puerta decorada con borlas y sus paredes de tela de rayas. Bosteza y se estira mientras pasa al lado del corral de las cabras hasta la fogata donde se cocina, donde Sara muele grano para hacer harina para el pan de la mañana.

Abraham lleva horas despierto. Su edad verdaderamente está comenzando a mostrarse, y aunque durmió durante toda la noche, esta muy cansado. Agotado. La vida no ha sido la misma desde que despidió a Agar e Ismael. Abraham ve que su vida se le acaba. No se siente como el líder que Dios quería que él fuese. No se siente digno de Dios, de la Tierra Prometida, o de la posibilidad de que sus descendientes serán tan numerosos como las estrellas. Su fe no ha vacilado, ni tampoco se ha apartado del plan de Dios desde aquella noche hace ya tanto tiempo cuando la falta de confianza le envió a la tienda de Agar. A medida que va envejeciendo con cada día que pasa, Abraham medita en su propósito.

El viento se levanta y mueve el grano hacia el fuego. El viento sopla cada vez más fuerte. Abraham mira alrededor, y observa que está totalmente solo. Todos en el campamento, incluidos Sara e Isaac, han desaparecido.

Ha pasado mucho tiempo desde que Dios habló a Abraham, pero él sigue conociendo bien la voz. "¿Un sacrificio?", le susurra a Dios.

Es común que Abraham ofrezca sacrificios a Dios. En una matanza ritual, se le corta la garganta a un animal, y el animal es ofrecido como señal de gratitud. Entonces es quemado sobre una fogata.

Dios sigue diciéndole los detalles.

Al principio, Abraham no entiende lo que está oyendo. Entonces, cuando se da cuenta de lo que Dios está diciendo, se queda aterrado. "No", susurra. "Por favor, no. ¿Acaso no te he mostrado bastante fe? Querido Dios, haré cualquier sacrificio que me pidas. Cualquier cosa…", ahora apenas puede hablar, "…cualquier cosa excepto Isaac".

Es la voluntad de Dios. Con pesadez en el corazón, Abraham saca de su tienda su mejor cuchillo. Él y su pueblo están acampados a los pies de un gran pico en el desierto: el monte Moriá. A medida que el sol va saliendo en el cielo, Abraham va en busca de Isaac, con su cuchillo firmemente asegurado en la vaina de su cinto.

Le encuentra comiendo pan con Sara. "Come más", alienta ella al muchacho. "¿Cómo vas a crecer si no comes?". Pero deja de hablar cuando se acerca Abraham. Ella ve confusión los ojos de su esposo, confusión unida con determinación. Algo está a punto de suceder, de eso está segura.

"¿Abraham?", dice ella con cautela.

"Dios quiere un sacrificio", dice Abraham, ofreciendo una mano a Isaac. Tiembla cuando el muchacho pone la palma de su mano en el carnoso puño de su padre. "Ven conmigo", le ordena.

"Claro", dice Isaac con ánimo, y después se apresura a agarrar su bolsa para el largo y arduo viaje de ascenso al monte.

Abraham conduce a su hijo al monte Moriá, dejando atrás a una confusa Sara, que supone que Abraham tomará un carnero de uno de los rebaños para ofrecerlo como sacrificio.

Se están formando nubes de tormenta, y Abraham e Isaac pueden oír el ligero sonido de los truenos que se aproximan. Los dos reúnen leña para hacer una fogata a lo largo del camino, y con cada rama que Isaac presenta a su padre, Abraham se encuentra cada vez más inquieto con lo que está a punto de hacer. Isaac, el hijo confiado y obediente que él creía que comenzaría una dinastía, debe ser sacrificado. Isaac, el hijo por el que habían orado Sara y él, debe ser sacrificado. Isaac, que es la niña de los ojos de Abraham, debe ser sacrificado. Dios ha demandado ese hermoso e inocente muchacho como sacrificio.

"¿Padre?", pregunta Isaac, entregándole más ramas.

Abraham las toma. "Buen trabajo", le dice a su hijo. "Tenemos que conseguir más".

Pronto, el montón es tan grande que Abraham lo ata con una cuerda y lo pone a la espalda de Isaac para que pueda llevarlo con más facilidad. Abraham pronto hace otro montón, el cual se echa al hombro durante la caminata hasta la cumbre. "Ya hay bastantes ramas", le dice a Isaac. "Vamos a subir hasta allí".

"Pero ¿por qué vamos directamente a la cumbre?", pregunta Isaac. "Tenemos la leña para el sacrificio, pero aún necesitamos regresar y conseguir el cordero".

Abraham suspira. Su corazón siente pesadez. "Dios proveerá el sacrificio, hijo mío".

En el campamento, Sara está tan turbada que va al redil de las ovejas y cuenta el rebaño. Allí están todas. De repente, horriblemente, se da cuenta de que no se ha llevado con él un cordero.

Cae de rodillas. ¿Podría ser el sacrificio su querido hijo? ¿Podría ser Isaac el Cordero de Dios? Se pone de pie para ir tras ellos.

En lo alto del monte, la tormenta aumenta su fuerza. El sol, extrañamente, está totalmente blanco, y entonces el cielo se pone negro. Sopla el viento. Las nubes parecen estar tan bajas y espesas que se pueden tocar. Abraham sabe que no puede haber mayor sacrificio que un padre ofrezca a su hijo. Es la prueba de fe más difícil que él ha pasado nunca. Abraham ama a Dios, pero no está seguro de poder hacerlo.

Con manos temblorosas, Abraham prepara la leña y comienza a hacer un altar de piedra. Utilizando las rocas que llenan la cumbre del monte, con cuidado prepara una estructura sobre la cual poner el sacrificio. Piedra a piedra, Abraham construye el altar. Lo ha hecho incontables veces en el pasado, de modo que el trabajo lo realiza rápidamente.

Una vez más, Isaac pregunta: "Padre, ¿dónde está el sacrificio? ¿Será hoy un cordero, o un carnero?". Está perplejo porque no han llevado con ellos un pequeño animal, y no ve ninguno en la cumbre del monte.

"Jehová-jiré", responde Abraham esperanzado, invocando una frase común que significa "el Señor proveerá".

Cuando llega el momento de hacer lo que debe hacer, Abraham agarra con fuerza las manos de su hijo y comienza a atarlas con la cuerda. Isaac batalla, pero solo por un momento. Abraham deja quieto al muchacho con una mirada que hace que Isaac se paralice, haciendo que esté demasiado asustado para desobedecer.

"Debes confiar en Dios", dice Abraham, ahogándose en angustia con esas palabras.

Isaac, en toda su confusión, asiente. Abraham sigue atando las manos de Isaac. Entonces levanta a Isaac y lo pone sobre el altar. Un fuerte viento golpea a Abraham. Isaac mira el cuchillo que su padre tiene en su mano, aterrado. Abraham levanta su mirada al cielo, inseguro de por qué debe hacer lo que está a punto de hacer. Levanta su cuchillo con ambas manos, y lo eleva por encima de su cabeza. Hace una pausa, sabiendo que está a punto de hundir el filo profundamente en la garganta de su hijo

Isaac levanta su vista, respirando rápidamente. Sus ojos están abiertos completamente con horror.

Abraham siente que su mano aprieta con fuerza el mango del cuchillo. Quiere que eso se termine rápidamente y sin dolor. Isaac no debe sufrir.

Hace una profunda respiración y dirige el cuchillo hacia abajo.

"¡Abraham!", le grita una voz.

Él se detiene a medias, con el cuchillo precariamente paralizado a pocos centímetros por encima de Isaac.

La voz es un ángel, a quien Abraham ve de pie al lado del altar, cerca de un arbusto. "No hagas daño a tu hijo", le dije el ángel. "Has demostrado que tienes fe en Dios. El Señor te bendecirá con descendientes tan numerosos como las estrellas del cielo".

Abraham aparta su mirada del ángel para mirar a Isaac. Padre e hijo están ambos llorando a la vez que él desata las cuerdas. Isaac mira hacia donde estaba el ángel, pero el ángel ya no sigue allí.

En cambio, mientras Isaac y Abraham miran fijamente al arbusto con incredulidad, se sorprenden al ver a un pequeño cordero blanco enredado en sus ramas. Dios ha entregado el cordero para el sacrificio.

Sara, mientras tanto, se apresura a llegar al monte para intentar detener a Abraham antes de que sea demasiado tarde. Pero ella es anciana, y sus pasos no son rápidos. En su corazón, teme que el resultado sea inevitable, y que nunca más volverá a ver a su querido Isaac. Su amado hijo, por quien ha esperado cien largos años, ya no estará ahí. Sin embargo, sigue adelante, sin detenerse ni una sola vez para descansar. Respira con dificultad y ora por la vida de su hijo. Finalmente, un último paso y llega hasta la cumbre.

Sara ve la cabeza, los ojos, y la hermosa sonrisa resplandeciente de su hijo. Él está vivo. Isaac corre hacia su madre, seguido por Abraham. Sara envuelve a su hijo en sus brazos, a la vez que llora y grita alabanzas a Dios.

Abraham se une al abrazo. Su fe en Dios ha sido probada, pero él sin duda alguna ha pasado esa prueba.

Años después de su muerte, los nietos de Abraham fundarán las doce tribus de Israel, llamadas así porque su padre, Jacob, es también conocido como Israel. Esto no asegura armonía en la tierra, y ni siquiera un reino poderoso, porque hay amargura y rivalidad entre los hermanos. La mayor parte de esa envidia entre familia está dirigida a José, el undécimo hijo. Jacob no oculta en absoluto que José, de diecisiete años, es su favorito, y los otros hermanos buscan secretamente maneras de librarse de él.

Un símbolo del amor de Jacob por José es una espléndida y cara túnica multicolor. Jacob carece del sentimiento de tratar a todos sus hijos igualmente. Al igual que Abraham descubrió una vez, todo grupo, sea grande o pequeño, necesita un liderazgo sabio; y es aquí donde Jacob está en falta. Entregada a José como un regalo, la túnica ha llegado a significar todo lo que los hermanos aborrecen acerca de él. Sería sabio que José no se pusiera nunca esa túnica, pero no puede evitarlo. Eso solo hace que sus hermanos estén más furiosos.

Ahora en los campos del exterior de la propiedad familiar, los hermanos están en círculo alrededor de José. Le ponen zancadillas, y después le rodean mientras él está en el suelo. Simeón, uno de los hermanos mayores, enojado le quita la elaborada túnica.

"Nos quedaremos con esto", demanda.

"No", responde José desafiante.

Todo eso es seguido del sonido que hace la tela al ser rasgada. Todos los hermanos se ríen y agarran con anhelo la túnica mientras José grita angustiado. Ellos empujan su cara hacia el suelo. Sus pies con las sandalias dan patadas hacia ellos. La situación rápidamente se descontrola, y se hace obvio que los hermanos de José tienen intención de hacerle un daño mayor. "Voy a matarlo", promete Simeón.

"No", dice Rubén, otro de los hermanos. "No debemos derramar la sangre de nuestro hermano".

Nadie sabe qué hacer, pero también saben que no pueden detener lo que han comenzado. José es arrastrado por los brazos recorriendo el terreno rocoso, ahogándose por el polvo y temiéndose lo peor.

"¡Miren!", grita Judá, otro de los hermanos.

José mira en la distancia, y al instante sabe cuál será su destino. Porque ve una fila de animales de carga y otra fila de hombres atados juntos. Es una caravana de esclavos, que se dirige cruzando Israel hacia Egipto con una carga fresca de hombres para vender.

Pronto, un incrédulo José observa cómo una bolsa de monedas es puesta en manos de Simeón. Esos hombres agarran a José y ponen una cuerda alrededor de sus muñecas y su cuello. Sin llevar ahora nada encima a excepción de un harapiento taparrabos, va tropezando por la arena. Pero esa cuerda alrededor de su garganta pronto le hace avanzar.

Los hermanos de José no sienten tristeza alguna mientras observan a su hermano ser conducido a una vida de esclavitud. Lo hecho, hecho está. Ahora deben encontrar una manera de ocultar su vil acto a su padre.

La destrozada túnica de José yace en el suelo agrietado. Simeón y los otros hermanos sacan la sangre a una cabra muerta y manchan la túnica con ella. Entonces, adoptando sus expresiones más solemnes y desoladas, los hermanos se acercan a su padre con noticias muy malas.

Simeón retira la tela de la puerta en la tienda de Jacob y presenta la túnica a su padre. "No...", dice Jacob, a la vez que una sonrisa desaparece de su rostro. Mete su mano por uno de los agujeros que hay en la tela. "¿Un animal salvaje hizo esto?".

Simeón se encoge de hombros. "Así debe de haber sido. No vimos lo que sucedió".

"¿Por qué?", grita Jacob a los cielos. "¿Por qué, oh Señor?".

Entierra su rostro en la túnica. Benjamín, que con diez años de edad es el menor de sus hijos, mira desesperanzado. Le han hecho prometer silencio, y sabe que es mejor no contrariar a sus hermanos. La cara de Jacob, ahora manchada de sangre, pronto se llena de lágrimas. Su hijo se ha ido. Para siempre.

José es vendido a una acaudalada familia egipcia, y parecería tener la seguridad de una vida fácil. Pero cuando se resiste a los avances románticos de la esposa de su amo, ella miente y le dice a su esposo que fue José quien se comportó inapropiadamente, y no ella. La vida de José parece ir de mal en peor. Es expulsado de la casa y metido en la cárcel. Pasa el tiempo, y él queda demacrado y sucio por pasar meses en esas miserables y bárbaras condiciones.

Sin embargo, José es un hombre optimista y amable, incluso en el peor de los momentos. Pronto se hace amigo de sus compañeros de celda, quienes trabajaron anteriormente en el palacio real, uno como copero y el otro como panadero. José tiene un don para escuchar a Dios, en oración y con intención. Eso le permite interpretar los significados de los sueños. Durante su periodo en la cárcel, José no tiene miedo a compartir su don al descifrar los sueños de sus dos compañeros.

"¿Y qué significa mi sueño?", le pregunta el panadero una mañana. Los tres hombres están sentados en el sucio suelo de la celda, con cadenas que se chocan siempre que ellos intentan moverse. "¿El de las aves y las cestas?".

José cierra sus ojos para concentrarse. "¿Llevabas tres cestas de panes?".

"¡Sí! ¡Entonces las aves y me atracaron y se comieron el pan!".

José se enfoca. "Dentro de tres días…". Levanta su cabeza y mira seriamente al panadero. "Serás ejecutado", le informa José solemnemente. Y al copero: "Tú serás liberado".

La ejecución se produce, tal como José predice. El copero es pronto liberado de la cárcel, dejando a José solo en su celda. Pasa sus días de rodillas en oración, intentando descifrar el plan de Dios para su vida. La relación del hombre con Dios parece imposible de entender, pero José siente como si Dios le estuviera cuidando.

Un día entra luz en la celda de José, cuando un carcelero llega para lavar la suciedad de su cuerpo. El corazón de José se hunde, porque sabe que ser bañado puede significar una sola cosa: una cita para ver al faraón; lo cual, desde luego, también significa ejecución.

Poco después, las manos de José son atadas a sus espaldas. Es conducido desde la cárcel hasta el salón del trono del faraón. Extranjero, prisionero y esclavo, José sabe que su vida no tiene valor alguno para el faraón. Y aun así, se mantiene erguido, poniendo su fe en Dios.

El faraón entra en la sala y se sienta en su trono. Asiente, y José oye el sonido de una espada que es desenvainada. Pero en lugar de sentir su afilada punta en su espalda, José queda asombrado al sentir que le cortan las cuerdas de sus muñecas. El filo de la espada entonces golpea las piernas de José, haciendo que se arrodille.

El copero a quien José conoció en la cárcel da un paso adelante y ofrece un trago al faraón. El faraón acepta, bebiendo lentamente y pensativamente de la copa de oro que tiene delante antes de aclararse la garganta para hablar. "He tenido sueños extraños", le dice a José. "Mis magos no pueden explicarlos; pero me dicen que tú sí puedes".

"No", dice José, con su cara postrada en el piso. "Dios puede. Por medio de mí".

"¿El dios de quién?", pregunta el faraón con un tono de voz que rebosa menosprecio. "¿Tu Dios?".

José se atreve a levantar la vista. "¿Cuál es tu sueño?", le pregunta con valentía. La hoja plana de la espada le golpea en la parte trasera de su cuello, obligándole a bajar la mirada otra vez. Así permanece mientras escucha al faraón describir su sueño.

"Estaba yo al lado del Nilo", comienza el faraón, "cuando del río salieron siete vacas gordas y sanas. Entonces siete vacas feas y flacas se tragaron a todas ellas. Después tuve un sueño diferente. Siete espigas de trigo llenas, que resplandecían al sol; entonces son devoradas rápidamente por siete espigas secas, delgadas y resecas por el viento". Bebe a la vez que se queda pensando. "¿Puede tu Dios explicar eso?".

José permanece en silencio, perdido en oración. Espera pacientemente la voz de Dios. Justamente cuando el faraón está a punto de perder toda su paciencia, José habla, con su mirada aún dirigida al piso de piedra. "Las vacas y el grano son lo mismo", dice.

"¿Qué quieres decir?".

"Habrá siete años de abundancia. Pero después llegarán siete años de hambre. Debes almacenar alimento como preparación para esa época".

"No habrá ninguna hambruna", dice imperiosamente el faraón. "El Nilo siempre alimenta nuestras cosechas. Cada año, sin excepción".

"No lo entiendes: *habrá* una hambruna". José se detiene abruptamente, casi ahogándose. La punta de la espada está de repente bajo su barbilla, y le obliga a levantar su cara y mirar a un faraón enfurecido.

"¿Contradices al faraón?".

José habla con cuidado, sabiendo que sus siguientes palabras podrían ser las últimas. "Tú contradices tu sueño".

"Continúa".

"Almacena grano. Guarda una parte de la cosecha cuando haya abundancia. De otro modo, tu pueblo perecerá de hambre. Ese es el significado de tu sueño".

El faraón se levanta y baja de su trono. "Estoy impresionado por tu convicción. Eres libre, pero con una condición".

"¿Cuál es, faraón?".

"Tú estarás a cargo de decirle al pueblo que almacene su cosecha".

La profecía de José demuestra ser correcta. Gracias al poder supremo que el faraón le otorgó, José puede obligar a los granjeros por todo Egipto a que guarden sus cosechas. Eso evita una hambruna nacional cuando llegan los tiempos difíciles.

Para José, este dramático cambio de fortuna es la providencia divina. Él siempre lo recordará como un recordatorio de que siempre hay esperanza, incluso en los momentos más oscuros. Gracias a su éxito, se integra en la sociedad egipcia. Ponen un sello en su dedo; delineador de ojos decora sus ojos, evitando que los fuertes rayos del sol los queme. Lleva el cabello liso y negro en una coleta, y su barbilla siempre está cuidadosamente afeitada.

José pronto se convierte en uno de los hombres más poderosos en Egipto, después solamente del faraón en prestigio. Incluso adopta el nombre egipcio de Zafnat-panea. Gracias a José, la riqueza del faraón aumenta masivamente, aunque a expensas de muchos egipcios, que son forzados a vender sus tierras para sobrevivir a la hambruna.

Y no es solo Egipto quien sufre a lo largo de los siete años de sequía. Las personas de naciones vecinas sienten el dolor a medida que sus cosechas se secan y mueren. Miles y miles de extranjeros llegan a Egipto, que se vuelve legendario por sus graneros bien abastecidos. Entre ellos están los hermanos de José, enviados por Jacob para comprar grano. Hacer algo menos que eso significaría el final de su linaje, porque todos ellos morirían de hambre en Israel.

Así es como José ve a sus hermanos entre la multitud, cuando se abre camino en su carro a través de una calle llena de gente un día. Inmediatamente ordena que ellos sean enviados a su residencia palaciega. José nunca ha hablado del doloroso método con el que sus hermanos cambiaron su vida, pero tampoco lo ha olvidado jamás. Ahora tiene la capacidad de cambiar las vidas de ellos, para mejor o para peor, al igual que ellos cambiaron una vez la suya.

Los hermanos de José son conducidos a una sala formal por guardias armados. El filo plano de una espada golpea a Simeón en la parte trasera de las piernas como recordatorio de que debe arrodillarse. José entra en la sala con toda la gracia de la realeza que ha aprendido durante su largo ascenso al poder. Con su cola de caballo negra y sus ojos delineados, es irreconocible para sus hermanos.

Ellos se acobardan a medida que José estudia sus caras. Él puede hacer cualquier cosa que quiera con ellos en ese momento: encarcelarlos, esclavizarlos e incluso hacer que mueran. Sin embargo, los pensamientos de José siempre están en Dios. Él muestra a sus hermanos el mismo amor y misericordia que Dios siempre le ha mostrado, particularmente cuando los tiempos eran tan difíciles que la esperanza apenas se sostenía en su alma.

"Denles de comer", ordena José.

Sus hermanos están incrédulos. Ese acto de bondad está muy por encima de sus sueños más locos. En cuanto pueden hacerlo, los hermanos salen de la sala. En el exterior, sus burros están siendo cargados con sacos de grano para llevar a su hogar en Israel. Ni siquiera una vez sospechan que José es su hermano.

Pero José no ha terminado con ellos. Su bondad llega con un precio, porque él quiere saber si sus hermanos han cambiado o no sus caminos y han aprendido a tener compasión por otros. José ha ideado una prueba: oculta en el interior de esos sacos de grano está una taza de plata. Los guardias han recibido instrucciones de abrir el saco y revelar esa taza, y acusar a sus hermano de robo. Ahí es donde comienza la prueba.

Todo se sucede según el plan. Simeón, Judá, Benjamín y los otros esperan pacientemente mientras sus burros son cargados con sacos de grano. Uno de los guardias finge notar algo sospechoso cuando llega el momento de que se vayan, y abre uno de los sacos para examinar el extraño bulto. Cuando la taza de plata cae al suelo, los hermanos de José son apresados e inmediatamente son dirigidos otra vez a presentarse delante de José.

Los diez hermanos se arrodillan una vez más, esta vez incluso más aterrados que antes.

"Me dicen que este hombre es el culpable", les dice José, mirando fijamente a Benjamín. Él se ha ocupado de elegir a su hermano menor para culparle, porque solamente él entre sus hermanos fue intachable cuando José fue vendido como esclavo.

"Benjamín nunca robaría", suplica Simeón.

"¡Silencio!", grita José. "Váyanse a su casa. Todos; pero este se queda, como mi esclavo".

Todos los hermanos levantan sus rostros, suplicando juntos. "¡No!", claman. "¡Por favor! ¡Te suplicamos!".

José los examina con sonrisas. "No podemos dejarle", protesta Judá.

"¡Eso mataría a nuestro padre!", asiente Simeón.

"Yo seré tu esclavo en lugar de él", añade Judá. A lo cual Simeón protesta que él debería ser a quien llevaran como esclavo.

"¡Silencio!", ordena José una vez más. Batalla por mantener la compostura. Todos los hermanos con temor se postran con su rostro a tierra. Con una señal, José despide a todos sus guardias. Ellos se van, y él se queda solo, de pie delante de sus hermanos.

"Traigan a su padre aquí", dice en un ronco susurro.

Un Simeón perplejo echa un vistazo a José, quien se ha quitado su cola de caballo egipcia.

"¿José?", pregunta un sorprendido Simeón. Los otros levantan la mirada.

José ha deseado por muchos años que llegase ese momento. "Lo que ustedes hicieron estuvo mal", les dice a sus hermanos. "Pero Dios lo ha utilizado para bien. Él cuidó de mí, y yo he salvado muchas vidas, gracias a Él".

***

Los hermanos hacen lo que se les dice, y regresan a su casa y llevan a Jacob a Egipto para que pueda reunirse con su hijo. Toda la familia está junta otra vez; todos los hijos de Israel. Pero están en el lugar equivocado, y ellos lo saben. Porque aunque ahora viven con lujos, esa no es la tierra que Dios prometió a Abraham.

Aún peor, a lo largo de las generaciones que seguirán, la sequía que José predijo significa que miles y miles se ven obligados a irse. El pueblo de Israel viaja deliberadamente a Egipto en busca de alimento, y después adopta ese terrible estilo de vida nuevo solo para permanecer con vida. Ellos construyen los grandes palacios y monumentos de Egipto, trabajando todo el día bajo el ardiente sol del desierto. Son esclavos de un grandioso faraón.

Pero serán salvados por un asesino, un marginado, y un hombre que tendrá la relación más extraordinaria de todas con Dios.

El nombre de este hombre es Moisés.

SEGUNDA PARTE

EL ÉXODO

Han pasado casi quinientos años desde que Abraham murió. Las riberas del río Nilo están manchadas de sangre. Los descendientes de Abraham están a cientos de kilómetros de la Tierra Prometida, y a una generación de distancia de poner sus ojos sobre ella. Son esclavos en la tierra de Egipto, pero también son orgullosos y un pueblo duro. Tal como Dios prometió, se han vuelto tan numerosos como las estrellas en los cielos; tan numerosos, de hecho, que una nueva forma de maldad les está visitando: el infanticidio. El faraón egipcio se ha vuelto temeroso de que sus muchos esclavos hebreos se levanten y se rebelen contra su autoridad. Por tanto, ha enviado a sus soldados por toda la tierra, de aldea en aldea, de casa en casa, para matar a todos los niños hebreos.

Las madres lamentan cuando sus hijos les son arrebatados de sus manos y se los llevan a plena luz del día. El siniestro panorama de carritos llenos de bebés varones que lloran es común; pero no llorarán por mucho tiempo. Soldados egipcios se limitan a lanzar a esos bebés envueltos al río, donde se ahogan o constituyen una rápida comida para el legendario cocodrilo del Nilo.

Sin embargo, una valiente mujer judía está tomando medidas extraordinarias para salvar a su hijo. Durante tres largos meses ha conseguido ocultar a su bebé de los soldados egipcios. Ahora lucha por la vida de su hijo envolviéndolo en una manta y ocultándolo en una cesta. La cesta más sencilla, conocida como *tevah*, que significa "arca", es la versión del arca de Noé de una madre sin nombre. Al igual que Dios envió a Noé para salvar al mundo, ella ha construido un segundo arca que transportará a un muchacho que llegará a ser un hombre y continuará la tarea que Noé había comenzado.

Entonces llega la parte difícil; tan difícil que no puede soportar verla ella misma. En cambio, envía a su hija, Miriam, para que oculte la cesta entre los juncos en la orilla del Nilo, sabiendo que el número de cosas terribles que podrían sucederle a su hijo es casi interminable: cocodrilos, cobras de dos metros, el mortal áspid. Y, desde luego, el bebé varón podría ser arrastrado por la corriente, dejando a Miriam de pie e impotente en la orilla viendo a su hermano alejarse flotando hacia su muerte.

Miriam no quiere hacer eso, pero no tiene otra opción. O bien oculta a su hermano entre los juncos, o es seguro que morirá a manos de los soldados egipcios. Es mejor hacer algo, aunque sea algo necio, que permitir que su hermano sea arrebatado del pecho de su madre y lanzado a las azules aguas del Nilo. Ahora ella mira impotente. Intenta mantener la calma a medida que sigue el pequeño arca a lo largo de la orilla del agua.

Cada mañana, la hija del faraón, Batia, tiene el hábito de bajar hasta el río Nilo con sus doncellas para bañarse. Allí se quita su diáfana túnica y se mete en el agua. Esa mañana, su cara está serena a la luz matutina. Miriam, que ha estado observando el progreso de la cesta de su hermano, se muerde el labio con anticipación mientras la tevah que lleva dentro a su hermano se mueve cada vez más cerca del lugar donde la princesa se sumerge en el agua.

La corriente arrastra la cesta hasta la cabeza de Batia mientras ella se desliza por el agua. Miriam, oculta tras los juncos en la orilla del agua, sigue al arca. La princesa se cubre mientras se pone de pie con horror y se dirige hacia la orilla. Sus doncellas están histéricas, lo cual es una cacofonía, porque hay bastantes más que unas cuantas, y todas ellas son propensas a chillar y gemir.

Miriam no puede apresurarse a salir en defensa de su hermano, pero sabe que a menos que alguien agarre la cesta, será arrastrada corriente abajo.

Una asombrada Batia no hace nada. La tevah se va alejando cada vez más. Entonces ella oye a un bebé llorar. "Cállense todas", ordena a sus doncellas a la vez que se estira mucho para alcanzar la cesta.

El corazón de Miriam se alegra cuando Batia saca al bebé de la cesta e intenta torpemente acunarle. Batia es demasiado joven para tener un hijo propio, no sabe nada de sostener o cuidar de un bebé, e inmediatamente se da cuenta de que ese niño no es egipcio, sino un esclavo israelita.

"Por favor, póngalo otra vez en la cesta, mi señora", ruega una de las doncellas, como si el bebé fuese un ser peligroso.

Miriam, una muchacha de gran fe, no conoce nada del carácter de Batia, y comienza a orar. Si la princesa es mezquina, malvada o simplemente sigue los deseos del faraón, podría lanzar al niño de nuevo a la corriente. Miriam ora por una intervención, para que Dios toque el corazón de Batia y salve la vida a su hermano, para que ella pueda llevar buenas noticias a su madre. "Por favor, Dios", suplica Miriam. "Por favor, no le mates. Por favor, no le mates. Por favor, Dios... ayúdale".

Dios oye la oración de Miriam.

Batia sonríe al bebé. "Este vivirá", proclama ella, acercando al niño a su regazo.

"Pero ¿qué dirá el faraón?".

"Déjenme tratar con el faraón. Ahora este es mi muchacho. Y le llamaré Moisés". *Moisés*, el nombre egipcio que significa "sacado del agua".

Miriam se acerca, impulsada por el temor a no volver a ver más a su hermano. "Si le agrada, su Majestad, yo puedo encontrar a una nodriza para el bebé", le dice. Que la esclava se atreva a hablar a un miembro de la realeza es absurdo, y por eso es sorprendente que Miriam sea tan valiente.

Sin embargo, la hija del faraón ve la sabiduría de ese plan. "Haz eso de inmediato", le ordena ella.

Miriam se apresura hasta su madre y le habla del nuevo hogar de Moisés y la necesidad de una nodriza. Su madre llora de alegría. Su hijo vivirá.

Dieciocho años después

El príncipe Moisés mira fijamente hacia delante mientras su sirviente aplica el delineador de ojos negro que protegerá sus ojos de los rayos del sol y las dañinas partículas de polvo del desierto.

Moisés es un joven musculoso, lleno de ideales y de optimismo. Se ha criado en la corte del faraón como hijo suplente y no ha conocido un día de temor, preocupación ni dificultad. Todos sus deseos son otorgados y todos sus caprichos satisfechos, de forma contraria a los esclavos hebreos que trabajan para el faraón, de los cuales él es descendiente sin saberlo. Pocos conocen la verdadera historia de Moisés, y el que menos la conoce es Moisés mismo.

El sirviente mueve a Moisés para abrochar el amuleto alrededor de su cuello, como hace cada mañana. Este talismán garantizará seguridad y buena suerte, aunque dada la atmósfera de lujos de Moisés, llevarlo es más un ritual para aplacar a los muchos dioses de Egipto.

Batia, su madre, entra en su vestidor con expresión de mucha preocupación. Ella ya no es la muchacha adolescente que llevó a Moisés al palacio tantos años antes, pero no ha perdido su gran belleza. "Moisés", dice ella cansadamente, "espero que no vayas a pelearte otra vez".

El príncipe se pone de pie, vestido de combate. Él es más alto que ella, y sus marcados bíceps y pecho bronceado son un recordatorio de que ha pasado muchas horas entrenando en el arte de la lucha cuerpo a cuerpo. "Él me sigue desafiando, madre", dice Moisés calmadamente.

"¡Entonces niégate!".

"No puedo, madre. Aunque él es mi familiar y de igual edad, sigue siendo el hijo del faraón". Una espada está situada en un banco cercano. Moisés la agarra y la sujeta con ambas manos. "No tengo elección".

El sonido metálico de las espadas pronto resuena por todo el patio del palacio. En un lado de la arena está Moisés, un diestro y cuidadoso espadachín con una profunda vena competitiva. En el otro lado está un hijo de Ramsés y heredero del trono egipcio. Ambos están armados con una espada y un escudo. Ambos no son nada más que muchachos adolescentes, pero algún día puede que sean llamados a liderar grandes ejércitos a la batalla, y por eso es vital que se preparen para el arte de la guerra.

"He estado practicando", grita el joven Ramsés con falsa bravuconería. Sus dientes están apretados mientras con cautela rodea a Moisés, con sus ojos fijos en la espada de su contrincante.

"No tenemos por qué hacer esto", dice Moisés sin alterar su voz.

"Sí que tenemos que hacerlo", jura Ramsés, sintiendo las espesas gotas de sudor que recorren su frente y caen hasta sus ojos.

El sonido de espada contra espada alerta al faraón del duelo. Está molesto a la vez que recorre apresuradamente las columnas y las estatuas que llenan su palacio.

Batia camina con él, batallando por mantener el paso. "Están luchando otra vez", le explica a su padre.

"Puedo oír eso".

"¡Haz algo!", dice Batia ansiosamente.

"Te dije que controlases a Moisés", dice el faraón de manera cortante. "Y tú no lo hiciste. ¿Y ahora esperas que yo lo solucione?".

"¡Se matarán el uno al otro! Padre...por favor...".

Un impaciente y cansado faraón mira a Batia. Moisés ha sido una adición bienvenida, aunque poco natural, a su corte, pero ahora el faraón se ha cansado de él, en particular desde que el hijo adoptado de Batia tiene más fuerza, perspectiva y ambición que su propio hijo. Si algo le sucediera a Ramsés, Moisés podría convertirse en el heredero de su trono, gracias a la considerable influencia de Batia. Eso no puede ser, y las cosas están a punto de cambiar. "¿Quieres que me ocupe de esto? Lo haré", le dice fríamente.

En la arena, el joven Ramsés está ganando más confianza. Es la confianza de un necio, sin basarse en absoluto en los hechos. Pero él decide provocar a Moisés. "Puede que seas el favorito de mi hermana, pero yo soy el siguiente en la línea para ocupar el trono de mi padre; y no lo olvides". Y entonces arremete, lanzando su espada al costado de Moisés.

Aburrido, Moisés esquiva el golpe, y lo único que queda del

intento es el sonido metálico al golpear las suaves paredes de roca que limitan el campo de combate.

Cuando Ramsés ve que Moisés no tiene intención alguna de responder, él intenta ataque tras ataque, golpeando duro el escudo de Moisés con su espada. Moisés incluso se apoya sobre una de sus rodillas como señal de que ese duelo no tiene sentido, pero los ataques continúan.

"¡Vaya!", grita Ramsés. "¡He hecho que te arrodilles!".

Moisés se incorpora. Levanta su escudo pero deja que su espada cuelgue con suavidad hasta el suelo. "Ya basta. No quiero hacerte daño".

"Pelea conmigo, Moisés. ¡Te lo ordeno!".

Pero Moisés le da la espalda. Un enfurecido Ramsés corre hacia él, y ataca a Moisés desde atrás. Eso viola todas las normas de combate, y ambos hombres lo saben. Harto de la conducta de su primo, Moisés se gira y pelea. Moisés da golpe tras golpe al escudo de Ramsés y dice, como hace un hermano mayor a un impetuoso hermano menor: "No toleraré más esta conducta tan necia".

Ramsés se apoya sobre una de sus rodillas y se protege detrás de su escudo, esperando que Moisés no dé el siguiente paso y le mate.

El faraón llega justo a tiempo para ver a Moisés avergonzar a su hijo, haciendo que el futuro faraón se vea débil y poco preparado. Batia y varios cortesanos de palacio están a su lado, siendo testigos de la vergüenza de Ramsés. La noticia pronto se difundirá en el palacio y por las aldeas cercanas, y hace parecer que Moisés debería ser el siguiente faraón. "¡Basta!", grita la voz del faraón.

Pero Moisés ha reunido un nerviosismo justo. Vuelve a arremeter contra el joven Ramsés, lanzándolo contra una pared cubierta por jeroglíficos.

"Basta", insiste el faraón. "¡Déjalo!".

Moisés nunca tuvo intención de salir a matar, pero el joven Ramsés está sin aliento. En el desgaste final y la confusión del momento, el filo de la espada de Moisés corta la mejilla de Ramsés. Se abre una herida, y comienza a salir sangre. Ramsés no morirá por esa herida, pero se convertirá en una horrible cicatriz cuando se cure.

"¡*Moisés*!", grita el faraón.

Un humillado Moisés se aparta de Ramsés y mira al faraón.

Ramsés le grita a Moisés con dolor. "¡Pagarás por esto! Yo seré el faraón. ¡Yo seré Dios!". Entonces se gira hacia su padre. "Es culpa tuya. Nunca deberías haberle permitido que se lo quedase", grita Ramsés, escupiendo sangre al suelo. Entonces, un puñetazo final a Moisés: "¡Tú ni siquiera eres uno de nosotros!".

"Tiene razón", le dice el faraón a Batia.

Moisés se queda mirando fijamente a su madre, quien aparta la vista. Él está comenzando a entender la verdad. "¿De qué está él hablando?".

"Díselo", ordena el faraón a su hija. Con eso, el faraón y un sonriente Ramsés se van de la pista, seguidos por un pequeño ejército de cortesanos desconcertados.

Un príncipe Moisés de lo más confundido se queda solo con Batia. "Decirme ¿qué, madre?", le pregunta, sin estar seguro de querer conocer la respuesta.

Batia baja su cabeza pero no dice nada.

"¿Qué?", ruega Moisés. "Dímelo. ¿Quién es mi padre?".

Cae una lágrima por la mejilla de Batia. "Moisés, yo te quiero como a un hijo; pero no llevas mi sangre".

"Entonces, ¿quién…es mi madre?", musita asombrado. "¿De dónde provengo?".

Batia comienza a hablar, y salen las palabras. "Tú eras hijo de esclavos", comienza a decir, enmarcando tiernamente el rostro de él con sus manos. "Mi padre mató a todos los bebés varones de tu pueblo; porque eran demasiados, y una amenaza".

"Como soy yo ahora una amenaza para Ramsés".

"Sí".

"¿Qué quieres decir cuando dices 'mi pueblo'?".

Batia le lleva a una ventana. En la distancia pueden ver a los hebreos trabajando ante el calor del sol. "Los esclavos, Moisés. Tú eras un niño esclavo. Yo te salvé. También tienes un hermano; y una hermana. Pero ellos no son como tú y como yo. Ellos adoran al dios de su ancestro Abraham, y él les ha abandonado".

"¿Y mi verdadera madre? ¿Dónde está ella?".

Batia se queda en silencio. Moisés sale apresuradamente de la sala. Debe ver a esas personas, a *su* pueblo, por sí mismo.

————

Moisés camina angustiado y obsesionado. Está horrorizado por la escena de los esclavos siendo golpeados, y después pateados cuando caen al suelo. Observa a hombres, mujeres y niños trabajar bajo el ardiente sol. El calor es como un infierno. Sus caras están cansadas y sus espíritus quebrantados. Su pueblo está sin esperanza o un futuro. En sus dieciocho años en la corte del faraón, Moisés nunca ha prestado ninguna atención a esas personas. Ellos siempre han estado por debajo de él, un pueblo separado al que él nunca observó. Hasta ahora, él nunca ha conocido ni tampoco ha sido testigo de la crueldad que ellos sufren en su existencia diaria. Su corazón está en conflicto, porque fácilmente él podría haber estado en su lugar. En algún lugar entre ellos hay una familia a la que él nunca ha conocido.

Moisés oye un grito de angustia: "¡No!". Se gira para ver a un esclavo israelita siendo arrastrado a las sombras de un edificio cercano. "No, por favor", grita el esclavo. Moisés sigue el sonido hasta un rincón ciego, donde encuentra a un capataz golpeando a un joven con un largo palo.

"Sucio esclavo", dice desdeñosamente el capataz, escupiendo al hebreo.

Le da un golpe tras otro, aunque el hombre se acobarda e intenta cubrir su cara. Moisés no sabe qué hacer. Eso no es asunto suyo. El esclavo seguramente hizo algo para merecer esos dolorosos golpes. A medida que el palo se eleva en el aire y vuelve a bajar una y otra vez, Moisés ya no puede ser un espectador inocente. Sin ser plenamente consciente de lo que hace, el príncipe Moisés, residente del gran palacio del faraón y reconocido en toda la tierra como el hijo de Batia, camina hacia al capataz de los esclavos y agarra una piedra grande. Se acerca al capataz desde atrás y eleva la piedra por encima de su cabeza.

El capataz se gira justo a tiempo para ver a Moisés preparándose para el golpe que le aplastará la cabeza y le matará al instante.

Extiende su brazo, y en la confusión agarra instintivamente el amuleto de oro que cuelga del cuello de Moisés, arreglándoselas de cierta manera para rodearlo con su puño. No le ofrece protección alguna del golpe; pero cuando cae muerto, el amuleto sigue estando dentro de su puño.

Moisés se queda sorprendido, mientras mira al egipcio muerto que está a sus pies. No está seguro de qué hacer a continuación; y sale corriendo.

El capataz ha sido rápidamente enterado por otros esclavos para ocultar el crimen. En lugar de tener un gran sepulcro de piedra como los faraones o los miembros ricos de la sociedad egipcia, su cuerpo ha sido sencillamente situado en un agujero hecho en la dura arena del desierto, y después lanzado a su interior. Los esclavos hebreos han realizado el duro trabajo de cavar la tumba, y como podría esperarse cuando se entierra a un hombre cruel al que por tanto tiempo han aborrecido, el agujero es tan poco profundo que apenas puede albergar el cuerpo. Una fina capa de tierra fue lanzada sobre el cuerpo.

Más adelante aquella noche, comienza a llover con fuerza, un bienvenido alivio del opresivo calor. La lluvia se lleva la tierra de la tumba, dejando al descubierto la mano muerta del capataz, que tiene agarrado el amuleto que arrebató del cuello de Moisés. Ni buitres ni perros salvajes encuentran primero al capataz, sino soldados del palacio del faraón, quienes llevan allí al príncipe Ramsés.

La antorcha de uno de los soldados ilumina una brillante pieza de metal que está en el puño muerto del capataz. Ramsés se inclina por curiosidad y es recompensado con una pieza de oro que él conoce muy bien: el amuleto de Moisés. Ramsés sonríe. Esa es la única prueba que él necesita. No hay que investigar nada más: Moisés es el asesino. Ramsés no siente ni una sola gota de la lluvia. "Bienvenido a tu nueva vida, Moisés", dice exultante. "Ahora no eres nada. Nada. Y nunca serás...".

A la caída de la noche, se ha difundido por todo el reino del faraón la noticia del atroz crimen de Moisés. En la oscuridad de la noche, se utilizan antorchas para examinar el desierto buscando indicios del paradero de Moisés, que ahora es un fugitivo de la ley del faraón.

"Podemos agarrarlo", dice uno de los comandantes principales del faraón a Ramsés.

"No. Que huya", responde Ramsés. Su humillación por la lucha a espada con su primo sigue estando fresca, y alimenta su sed de venganza. "No hay nada de agua en el desierto. Nada de comida. Pronto morirá".

Pasan cuatro décadas.

Ramsés ahora se sienta en el trono de Egipto, y esa cicatriz causada por Moisés es un recordatorio diario de que su justo castigo está ahí, en algún lugar.

Aunque Moisés escapó aquella noche hace tanto tiempo después de asesinar al capataz, nunca tuvo la posibilidad de despedirse de Batia ni darle las gracias por haberle salvado la vida cuando era niño. La vida como príncipe es un recuerdo distante. Ahora es un pastor, que vive en la tierra de Madián, en la península de Arabia, destinado a pasar cada momento del día a solas con su rebaño. Es una vida difícil y solitaria. Su barba es larga, y su cara está reseca y bronceada por el sol. Su cuerpo es fornido y fuerte por haber sobrevivido a los elementos.

Este día, él se aferra a su tienda como si fuera su vida misma, y la tela ondea violentamente en el viento del desierto. La arena golpea cada pedazo de piel expuesta al aire, y él cierra sus ojos con fuerza para evitar el picor. Su tienda está a punto de volarse. Él suelta la tela y se mueve de poste en poste, fijándolos más profundamente en el terreno con una gran piedra lisa. Con cada golpe de sus fuertes brazos que hacen caer la piedra con fuerza sobre los postes de madera, Moisés se da cuenta de que sus pensamientos regresan a Egipto. El sonido y el movimiento son muy parecidos a los de hace tantos años cuando él aplastó el cráneo del capataz. La tierra de su nacimiento le persigue.

Chasquido: él ve a los esclavos en el lugar de construcción.

Chasquido: los rostros desconocidos que le miran fijamente en la multitud de esclavos.

Chasquido: la cara ensangrentada del hombre al que él mató.

Chasquido: una mujer que transporta un cántaro de agua. ¿Podría ser ella su hermana?

Las manos de Moisés están sangrando. Se obliga a sí mismo a olvidar Egipto para poder salvar su tienda. El viento sopla con más fuerza, y ha causado estragos a su alrededor. Una pequeña zarza, arrancada por las ráfagas de viento, pasa rodando y después se detiene, aparentemente clavada en una roca a solo unos pies de distancia.

Moisés agarra una cuerda para asegurar la tienda, pero se suelta de entre sus manos callosas. No importa, pues la tienda finalmente parece haber quedado segura. Con una última mirada a sus ovejas, que han acercado sus cuerpos al terreno cercano, entra en su tienda tambaleándose para capear la tormenta. El viento sigue soplando. Moisés se envuelve en una tosca manta. Da vueltas a un lado y al otro, intentando dormir unas cuantas horas mientras resplandecen los relámpagos en el exterior. La noche se vuelve blanca, solo por ese instante.

Y entonces, silencio.

Pero Moisés no encuentra paz. El repentino silencio después de horas de ruido es discordante. Sus ojos se abren; se levanta y sale tropezando al exterior para comprobar si la tormenta realmente ha pasado.

Él espera ver oscuridad; quizá una parte de luz de estrellas en un cielo lleno de nubes. Él espera relámpagos en el horizonte. Y lo peor de todo, Moisés casi espera que su rebaño esté disperso, lo cual significaría otra noche interminable vagando por el desierto para encontrarlas y volver a llevarlas al pequeño y poco productivo terreno de pasto seco y piedras al que él de modo optimista denomina terreno de pastos.

Pero no ve nada de eso.

Lo que ve es mucho más inquietante: la pequeña zarza que había pasado rodando anteriormente ese día ahora arde por completo. Sin embargo, las hojas y las ramas no se queman, y no hay olor a humo. Es solamente una llamarada, brillante como el sol.

Moisés se acerca con cautela, receloso del intenso calor. Mientras lo hace, las llamas comienzan a rugir con un sonido distorsionado e impersonal. Moisés se acerca un poco más. Se cubre el rostro con su mano, para evitar que el calor le queme y la luz le ciegue.

En la distancia, suenan truenos en un largo bramido. Pero en ese bramido, Moisés oye una voz. "¡Moisés! ¡Moisés!".

"Aquí estoy", responde con cautela.

Un trueno ensordecedor. Moisés se tapa los oídos con las manos, dejando expuestos sus ojos y su cara a la intensidad del feroz arbusto.

"¿Eres real?".

El fuego brilla con tanta fuerza que Moisés tiene que cubrir sus ojos.

"YO SOY", le dice una voz. "Yo soy el Dios de tu padre. El Dios de Abraham. El Dios de Isaac. El Dios de Jacob".

Moisés oculta su rostro, porque tiene miedo de mirar a Dios. "¿Qué quieres de mí?", pregunta él.

Otro fuerte trueno. Este hace que Moisés dé un salto de pánico.

"Entiendo la angustia de tu pueblo: mi pueblo. Les oigo cada noche en mis sueños. Ellos claman por libertad", dice Dios.

Se levanta un sonoro viento. Las llamas en la zarza rugen hasta una nueva y prolongada altura. Pero esta vez, en lugar de pánico, Moisés se acerca a la zarza. Oye las instrucciones de Él, pero está desconcertado. "¿Libres? ¿Cómo puedo yo liberarlos? Yo no soy un príncipe ahora. No soy nada. ¿Por qué me escucharán? Creo que esto es un error. Debe de haber otra persona".

El fuego aumenta como respuesta. Ahora las llamas alcanzan a Moisés y le rodean. Sin embargo, él no se quema. Más bien siente una nueva fuerza que recorre sus venas. Se siente abrumado por un nuevo sentimiento de propósito.

"Lo haré", dice ahora con resolución en su voz. "¿Quién diré que me ha enviado?".

Moisés oye la respuesta en el viento. En ese instante, el fuego se apaga. La zarza, que sigue sin quemarse, está en el suelo.

"Señor", se maravilla él, dejando que la palabra recorra su lengua. "Señor…lo haré, Señor. Liberaré a tu pueblo; a *mi* pueblo".

Moisés duerme profundamente el resto de la noche. En la mañana, cuando el sol se eleva en un cielo tan claro y azul como ninguno que haya visto jamás, Moisés dirige a su rebaño hacia Egipto. Venderá ese rebaño en la primera oportunidad que se presente. Porque su Dios—Yahvé, el Dios de Abraham—está a punto de darle un tipo de rebaño totalmente nuevo.

Pero cuidar de ellos no será tan fácil.

Ramsés se ha convertido en faraón. Por costumbre, inconscientemente se toca su cicatriz cuando entra en su salón del trono a ritmo de la fanfarria de las trompetas y el sonido de los tambores. Cortesanos van detrás de él, con cuidado de no caminar nunca por delante ni sobrepasar en altura al faraón.

Para asegurarse de que tal calamidad nunca se produzca, el trono está sobre un estrado elevado. Lacayos que no se atreven a mirar en dirección a él enseguida llevan un trono más pequeño hasta el estrado, el cual sitúan cerca del trono más grande. Ese sillón real está reservado para el hijo de Ramsés, que algún día se ganará el estatus divino de ser faraón. Gobernar Egipto requerirá años de paciencia y entrenamiento, y Ramsés mismo es bien consciente de ello. Suyo es el mayor imperio de la tierra, y ser el faraón significa ser adorado como uno de los dioses.

El hijo de diez años de Ramsés es escoltado hasta el trono menor. Él parece intimidado, y mira ansiosamente a su padre buscando señales de cómo debería comportarse. Pero Ramsés no ofrece afecto alguno como respuesta, ninguna indicación de cómo debe gobernar un gran faraón. En cambio, llama con señas a un cortesano, que se acerca rápidamente y entrega al muchacho un carro de juguete cubierto de oro. El niño eleva su mirada a su padre, quien sonríe y le asegura: "Un día tú tendrás todo un ejército de estos carros, carros de verdad".

Mientras tanto, en una ladrillera muy lejos de esos salones del templo, un musculoso Moisés de barba blanca ha atravesado el desierto y ha regresado a la escena de su crimen capital. Huele el fino polvo del aire egipcio y siente una vena de nostalgia cuando mira el palacio en el cual se crió con esplendor y lujos. Ahora ve delante de él a esclavos polvorientos y agotados que conducen carretillas cargadas de ladrillos. La magnificencia de Egipto está construida sobre el trabajo de ellos, y es vital para el continuo crecimiento del reino.

Moisés, que ahora es un hombre viejo, ha recibido una tarea imposible: persuadir al faraón para que deje ir a esos esclavos. Ellos deben ser liberados, incluso si eso significa el fin potencial de la magnificencia de Egipto. "Demasiado sufrimiento", musita Moisés a la vez que mira a hombres y mujeres que nunca han conocido la libertad. Recubiertos de polvo, demacrados, golpeados. Ellos son su pueblo. Son desdichados y están quebrantados, y no tienen idea alguna de lo que significa realmente la libertad. Para ellos es un ideal, un susurro de esperanza, una lejana promesa de un Dios que no les ha hablado en décadas. ¿Cómo Moisés, que es un asesino buscado que nunca ha vivido entre ellos, va a persuadir al faraón para que les deje ir? Y si lo hace, ¿cómo debe Moisés dirigirlos? La tarea no es solamente imposible. Es impensable. Moisés tiene miedo, pero Dios le ha llamado. Solamente el recuerdo de aquella zarza ardiente le ayuda a batallar contra su instinto de darse media vuelta y regresar a su tranquilo monte Sinaí.

"Oye, viejo", grita un capataz antes de asustar a Moisés y hacerle regresar a la realidad al darle un empujón. El capataz eleva su látigo para golpearle, pero un fornido esclavo llamado Josué interviene en defensa de Moisés justo a tiempo.

"No se preocupe, señor. No se preocupe", asegura Josué al capataz. "Creo que él está un poco confuso. Deje que yo me ocupe de esto. Lo lamento mucho".

El capataz mira a Moisés y a Josué como si ellos mismos fuesen el polvo. Escupe al suelo una gran flema y se aleja caminando, batiendo su látigo mientras se va.

Josué lleva a Moisés a una esquina. Cuando están fuera de la vista, Josué confronta a ese extranjero que ha aparecido de repente entre ellos. "¿Quieres que nos golpeen a todos?", le susurra Josué a Moisés. "Debería golpearte yo mismo".

Moisés le mira fijamente.

"¿Quién eres?", pregunta Josué.

"Mi nombre es Moisés".

Un sorprendido Josué retrocede dos pasos. Sus ojos brillan maravillados. "¿Moisés? ¿Tú eres Moisés?".

"Sí".

"¿*Aquel* Moisés?".

Un profundo suspiro. Un recordatorio de que él no ha sido olvidado. Un llamado a la batalla. "Sí. *Aquel* Moisés".

Más avanzado ese día se hace obvio que no todos se alegran de ver a Moisés.

"¿Qué quieres de nosotros?", demanda un esclavo llamado Ira.

Los ancianos israelitas están en pie en la pequeña plaza comunal otorgada a la comunidad esclava. Moisés ha sido llevado allí por Josué y presentado. Algunos jóvenes están cerca, con cuidado de no hablar.

Moisés considera la escena mientras medita en la mejor manera de responder esa pregunta. Es una respuesta que él ha solucionado en su largo camino de regreso a Egipto, y sabe lo que debe decir. Pero Moisés no responde inmediatamente. En cambio, levanta su mirada al cielo, donde un ave vuela en libertad por encima de sus cabezas. Eso inspira a Moisés en un momento en que necesita desesperadamente inspiración. Cuando finalmente habla, algo en su tono de voz capta la atención. "Estoy aquí para liberarles".

Él oye el sonido de la sorpresa. Algunos parecen avergonzados.

"Eso es muy amable por su parte, su majestad", dice la burlona voz de Ira, el autonombrado portavoz del grupo.

El comentario causa inmediatas risas, y Moisés siente una oleada de falta de confianza en sí mismo. Pero no cede a sus temores; en cambio, examina los rostros de los hombres. A pesar de las risas, algunos de los hombres están muy intrigados.

"Dios me ha enviado", añade Moisés.

"¿Dios…?", pregunta Ira, cuya voz no es de ninguna manera menos sarcástica.

"Sí. Dios me ha enviado para que les hable a ustedes. ¿Recuerdan a Dios? ¿Su Creador? ¿El Dios de su antepasado Abraham?". Los hombres salen de entre las sombras para escuchar. Las risas y las burlas han cedido temporalmente. Moisés tiene su atención, y tiene intención de mantenerla. "Bien, incluso si se han olvidado de Dios, Él no se ha olvidado de ustedes".

"En caso de que lo hayas olvidado, el faraón es el único dios al que tenemos que temer", responde Ira.

"¿El que creó la tierra, los mares y el cielo?", insiste Moisés. "O más concretamente, ¿el que los creó a ustedes?". Antes de que Ira pueda decir palabra alguna, Moisés añade a su pregunta: "¿Fue Dios? ¿O fue el faraón?".

Desde detrás de Josué, Moisés puede ver a una mujer que se une a la multitud. Eso no es nada normal, porque las mujeres normalmente dejan ese tipo de discusiones a los hombres. Con ella está otro hombre, que roza la edad de Moisés, aunque tiene los ojos hundidos y las mejillas vacías de un esclavo. Los ojos de ese hombre están fijos en Moisés. Su nombre es Aarón, y el nombre de la mujer es Miriam.

Josué participa en el argumento. "Pero ¿por qué iba a enviarte Dios? ¿Y por qué iba a recibirte el faraón, y mucho menos escucharte?".

Ahora Moisés pisa terreno firme. Sonríe intencionadamente. "Ah, él querrá verme. Y estoy bastante seguro de que escuchará cada palabra que le diga".

Aarón habla por primera vez. "Él tiene razón".

Moisés mira a los ojos a Aarón y tiene un sentimiento de que los dos se conocen.

"Dios me envió un sueño", continúa Aarón. "Me dijo que Moisés vendría. Y que debemos ayudarle a ganar nuestra libertad".

Y entonces, para gran sorpresa de Moisés, Aarón pasa rápidamente al lado de Josué y con sus potentes brazos da un enorme abrazo a Moisés. "Bienvenido a casa, hermano mío. Yo soy Aarón".

"Y ella", añade señalando a la mujer, "es Miriam. Tu hermana".

"Hermano", dice ella amorosamente, tomando la mano de Moisés entre las suyas.

Moisés mira fijamente con asombro. No puede hablar. Siente surgir la emoción. "Mi familia", dice tocando suavemente la mejilla de Miriam. Entonces, examinando los ojos de todos los que allí están, añade: "Mi pueblo".

Todos los demás miran asombrados, inseguros de lo que sucederá a continuación. Es Aarón quien toma el control, aunque ahora Moisés desfallece, examinando los ojos de cada hombre, retándolos a que le desafíen.

Nadie lo hace.

Moisés envía palabra al palacio de que le gustaría reunirse con Ramsés. Tal como Moisés predijo, la mera mención de su nombre es suficiente para producir una audiencia con el faraón, y poco después Aarón y él son escoltados por la grandiosa escalinata que se dirige al trono de Ramsés, pasando columnas y estatuas elaboradamente talladas. El aire huele a perfume y a hojas de palmera. Todo aquello es nuevo para Aarón; intenta desesperadamente no demostrarlo, pero tiene un profundo temor a cada aspecto de la realeza egipcia. Ese es el asiento del poder, el pueblo que ha aplastado a los israelitas. Aarón se acobarda al pasar al lado de los guardias del faraón, recordando las muchas veces en que un látigo ha golpeado su carne. Intenta caminar erguido y fingir valentía, pero en su interior, Aarón está bastante seguro de que Moisés y él nunca saldrán vivos del palacio.

Moisés camina hacia ese regreso al hogar con una retorcida vara de madera en una mano, tan imponente como el día en que hizo una cicatriz a Ramsés para toda la vida. Los recuerdos regresan a medida que él reconoce cada estatua, cada jeroglífico y cada puerta. Mientras sus pasos avanzan hacia el salón del trono, hace una señal con la cabeza de vez en cuando a algún viejo conocido, intercambiando una sonrisa o ladeando la cabeza de vez en cuando. En aquellos pasillos donde él jugaba cuando era niño, piensa en el extraño camino que su vida ha tomado. Estar de nuevo en casa, en esos corredores vacíos, bajo esas circunstancias, es casi surrealista.

Un cortesano dirige a los dos israelitas a una sala grande. Ramsés está sentado delante de él en un gran trono de oro. Su hijo está sentado a su lado en una versión idéntica pero más pequeña del mismo sillón real. Moisés sonríe al muchacho, quien le devuelve la sonrisa.

"Tienes un hijo", le dice Moisés a Ramsés.

"Un heredero. La dinastía de mi familia durará para siempre".

Moisés sonríe de nuevo al muchacho, quien tímidamente mira hacia otro lado. Moisés observa la cicatriz en la cara de Ramsés, que no es menos visible con el paso de los años. El faraón tiene una dura expresión en sus ojos. Los dos hombres se miran fijamente el uno al otro, recordando el pasado.

"¿Has venido a suplicar perdón?", dice un expectante faraón. Ha esperado años para oír una disculpa.

Los guardias del palacio se adelantan. Si Moisés muestra falta de respeto, un simple chasquido de los dedos del faraón hará que Moisés y Aarón sean abatidos al suelo. Si Moisés intenta acercarse al faraón, le matarán.

En cambio, él se mantiene vigilante y habla. "Dios me salvó", explica Moisés. "He venido con un propósito".

En toda la corte los ánimos han decaído, porque está claro que Moisés no está hablando de un dios egipcio sino del Dios de Abraham, un dios al que los egipcios no conocen ni adoran.

"¿Y qué propósito sería ese?", dice el faraón con una expresión de perplejidad.

"Para demandar que liberes a su pueblo de la esclavitud".

"¿Demandar?", dice Ramsés, que inconscientemente recorre su cicatriz de guerra con su dedo índice. Desciende de su trono y se acerca a su sobrino adoptivo. Los dos hombres se miran a los ojos, un faraón y un hebreo. En cualquier otra situación, Moisés habría sido instantáneamente arrojado al suelo y muerto por haberse atrevido a mirar al faraón a los ojos. Pero hay una profunda historia entre estos dos hombres, y ese no es ningún momento ordinario.

Moisés no retrocede. "Deja ir a mi pueblo".

"Tú siempre fuiste un luchador, pero nunca supiste cuando habías sido vencido".

Moisés sopesa sus palabras antes de responder. "Eso se debe a que tú nunca me venciste. Si desafías a Dios, recibirás un castigo más severo que cualquier cosa que yo podría haber imaginado hacerte".

"Sé que puedo darte un puñetazo en la cara, Moisés", susurra Ramsés, "pero no regresaré a nuestras peleas infantiles en las que tú siempre jugabas sucio. Matas a un destacado egipcio, escapas como un fugitivo y regresas, después de todos estos años, ¿para amenazarme? Dime, querido Moisés, ¿acaso es tu dios invisible quien va a castigarme *a mí*? ¿El que abandona a su pueblo? ¿El que huye de su responsabilidad, de su pasado... de su familia?·, Ramsés hace una señal a los guardias. "¡Muéstrenle quién es dios!".

Los guardias, hombres grandes e imponentes, rodean con sus carnosos puños los cuellos de Moisés y de Aarón, y después los lanzan al duro piso de piedra. El hijo del faraón observa mientras Moisés y Aarón son golpeados. Las escenas y los sonidos son chocantes para el muchacho. Ramsés está mostrando a su hijo, con el ejemplo, las medidas del faraón: no tomar medidas intermedias cuando se trata la insurrección.

"¡Yo soy dios!", grita Ramsés. "Yo. Soy. Dios".

"No, Ramsés", clama Moisés, "¡tú no eres Dios! Eres solo un hombre. ¡Y tú *dejarás* libre a mi pueblo, para que puedan adorar conmigo en el desierto!".

Un fuerte golpe en la cabeza silencia a Moisés, pero sus palabras resuenan por todo el salón del trono como si fueran presagio de condenación.

Una semana después, Moisés camina por las orillas del río Nilo con Ira, su hermana Miriam y su hermano Aarón a su lado. Sabe que sobre él está su primera prueba real. Ha hecho enojar al faraón, pero Dios le ha protegido, asegurando que el faraón no le matará. Ahora debe convencer a los hebreos de que Dios está con ellos. Los hebreos son un pueblo de fe, pero sienten que Dios les ha abandonado. A menos que Dios envíe una señal, y Moisés lo sabe, esas personas no le permitirán que hable en nombre de ellos, por temor al castigo que seguramente llegaría.

"Moisés. Tú has hecho enojar al faraón", advierte Ira. "Él nos castigará. No hagas que las cosas empeoren".

Moisés se detiene y mira al cielo. Se queda perdido en su propio mundo por un momento, estudiando a una bandada de gansos que vuelan bajo y directamente por encima del Nilo. "Dios me ha hablado", responde Moisés, con convicción en su tono. "Él hará que el faraón nos libere; por la fuerza, si es necesario". Moisés se gira hacia Aarón. "Nosotros somos ahora sus agentes, tú y yo. ¿Estás preparado?".

Aarón asiente. "Por eso Él ha vuelto a reunir a nuestra familia".

Miriam se acerca a sus hermanos. "¿Qué deberíamos hacer?".

"Debemos confiar en Dios. Ya lo verán. Él nos mostrará el camino a seguir", responde Moisés. Se abre camino entre los juncos hacia la ribera del río. Sus manos tocan los juncos y vacila por un momento. Dios le está hablando, y Moisés sabe qué hacer a continuación. Moisés se yergue, levanta sus brazos al cielo y señala con su vara hacia los cielos. Entonces se gira hacia Aarón y lentamente baja su vara hasta señalar a su hermano. "Pon tu vara hacia el agua", le ordena Moisés.

Aarón está perplejo. Él no ha oído la voz de Dios, y Moisés parece actuar extrañamente. Pero hace lo que él le ha pedido. Aarón mete la punta de su vara en el Nilo, apenas tocando la superficie. Pero con ese sencillo punto de contacto, el agua comienza a teñirse de rojo. No. Rojo no. Un matiz más oscuro. Algo más parecido al color de la sangre. De hecho, eso es. Las aguas del Nilo, el mayor río de la tierra, que discurre a lo largo de miles y miles de kilómetros, se han convertido en sangre.

Mientras tanto, corriente abajo, Ramsés nada en la zona de baño real. Se mete bajo el agua y siente el fresco líquido en su piel, un agudo contraste con el sofocante aire del desierto. Sus pies tocan el fondo, y permanece sumergido hasta que siente que sus pulmones le van a explotar. Se pone de pie, sacando su cabeza por encima de la superficie. Oye un grito, y mira las caras de sus cortesanos a lo largo de las orillas: se cubren sus bocas con las manos, y sus ojos están abiertos como platos por el horror.

Un asombrado Ramsés mira hacia abajo para ver que está totalmente cubierto de sangre. A sus espaldas, el Nilo sigue ahí, tranquilo y calmado; y de color sangre. Oye una voz dentro de su cabeza. Es la voz de Moisés: "¡Tú no eres Dios! Eres solo un hombre. ¡Y tú dejarás ir a mi pueblo!".

Ramsés ignora la voz. Sale tambaleándose a la orilla, donde sus esclavos le envuelven con una sábana blanca y limpia, que pronto se empapa de sangre. Un inconsciente cortesano intenta limpiar la sangre acercándose al Nilo para llenar un cubo de agua, solo para derramar más sangre sobre su faraón.

Moisés mira al Nilo, sin estar en absoluto sorprendido por lo que acaba de suceder. Josué llega a la orilla y mira hacia la otra ribera, sin estar seguro de lo que ve. ¿Es todo eso real?

"¿Lo dudas?", le pregunta Moisés amablemente.

La confusión de Josué se evapora, siendo sustituida por un sentimiento de propósito.

"Toda mi vida", le dice Josué a Moisés, "he pertenecido al faraón. Pero nunca volveré a ser esclavo de un hombre".

"Dios está con nosotros", le asegura Moisés.

"Sin duda, faraón ahora nos dejará ir, ¿verdad? Puede ver por sí mismo lo que Dios puede hacer".

"No será tan fácil". Moisés espera qué los israelitas puedan mantener su fe a lo largo de lo que seguramente será una larga y difícil batalla. "Esta es solo la primera plaga, Josué. Dios enviará diez plagas para hacer cambiar de idea al faraón. Diez. Prepárense".

El siguiente ataque sigue poco después.

El hijo del faraón es uno de los primeros en notarlo en el palacio.

Está jugando en el piso de su cuarto con su carro de juguete cuando una rana pasa saltando. Entonces otra, y otra, todas ellas croando. Hasta que una oleada de ranas llena el palacio. Aterrado, el muchacho se sube a su cama para escapar de esa plaga.

En el salón del trono, Moisés una vez más está delante de Ramsés, repitiendo el mandamiento de Dios de que su pueblo debe ser libre. Y aunque el faraón puede oír claramente los gritos de su hijo por encima del croar de las ranas, se niega a ceder. "No liberaré a mis esclavos", dice Ramsés mientras se pone de pie y sale del salón del trono, seguido por ansiosos cortesanos.

Moisés se limita a menear su cabeza, porque sabe las muchas pruebas que los egipcios están a punto de afrontar. Y sabe que con cada negativa por parte del faraón, llegará otra plaga más destructiva.

A continuación se produce la muerte de todo el ganado de Egipto: vacas, ovejas y cabras, la fuente de su carne y de su leche. El pueblo egipcio comienza a pasar hambre. Y Ramsés se sigue negando.

Entonces el pueblo de Egipto es atacado una vez más. Horribles úlceras surgen sobre su piel, aunque los israelitas no sufren ningún daño. Y aun así, el egoísta Ramsés se niega a ver la verdad. Una plaga de langostas desciende del cielo, dejando el campo limpio de toda cosecha, de cada grano, y de cada bocado de comida en la tierra. Plaga tras plaga visita Egipto, y con cada plaga, el faraón se vuelve más decidido en su negativa a ceder.

Dios finalmente hace a Egipto lo que el faraón hizo una vez al pueblo de Moisés: envía su Ángel de la muerte para matar a todos los hijos primogénitos en toda la tierra. Al igual que el faraón mató a todos los hijos primogénitos de Israel, ahora el Ángel de la muerte que Dios envía hará lo mismo a los egipcios. Pero para asegurarse de que el Ángel de la muerte no visitará también los hogares y las familias de los hebreos, Dios indica a Moisés cómo librarlos de la venganza de Dios.

Josué sujeta a un cordero, que batalla y bala, en el patio. Su cuchillo se mueve con rapidez y cesan los balidos. La sangre del cordero cae a un recipiente. El hombre que sostiene el recipiente sale del patio y es inmediatamente sustituido por el siguiente hombre en la fila. También él lleva un recipiente y se va, y entonces es sustituido por el siguiente hombre. Una larga fila de hombres esperan su turno, sabiendo que el tiempo es la esencia. Y si se han olvidado de ese sencillo hecho, Josué se asegura de recordárselo. "¡Apresúrense! ¡No la derramen! Recuerden: usen la sangre para marcar la entrada de sus casas. El dintel y los postes".

Moisés les dijo que si la ponían encima de sus puertas, el Ángel de la muerte pasaría de largo por sus casas; y salvaría a sus hijos primogénitos.

A la vez que Josué trabaja de manera rápida y metódica, hombres por todo el asentamiento hebreo utilizan toscas brochas para rociar la sangre encima de sus puertas. Moisés y Aarón van de casa en casa, asegurándose de que se toman todas las precauciones. Porque después de las nueve plagas anteriores, no hay ninguna duda de que Dios hará precisamente lo que Moisés ha profetizado.

"La palabra de Dios es clara: la sangre de un cordero primogénito es su señal escogida", les dice a los ocupantes de una casa que no han prestado atención a su advertencia. "Es la señal de que ustedes son pueblo escogido. Cada casa debe ser marcada con sangre. ¡Cada una!".

Moisés mira a las caras de su gente, muchos de los cuales agarran a sus hijos con fuerza. Su fe en Dios está siendo probada hasta el límite.

Incluso Aarón está confuso. "Prometimos que Dios liberaría a nuestro pueblo. Sin embargo, ahora envía muerte. ¿Cómo puede ser esto?".

Moisés mira a Aarón, con la vena del liderazgo marcada en su rostro. Él es un hombre introvertido, que se siente más cómodo en soledad que al tomar las riendas. Pero eso es lo que Dios le ha ordenado hacer, de modo que él se esfuerza todo lo posible por ser el líder que Dios necesita que sea. No es fácil en absoluto, pero él ha decidido honrar a Dios. Dios le ha hablado directamente.

El cielo se va oscureciendo hasta adoptar un color rojizo sangre.

"Debemos confiar en Él", Moisés susurra a Aarón.

A medianoche, tal como Dios ha prometido, el Ángel de la muerte se acerca, buscando destruir a cada varón primogénito en Egipto. Jóvenes y viejos, no hay distinción. Aarón, por ejemplo, es un hijo primogénito. Él ahora está dentro de su casa con Moisés, inquieto por la ominosa escena de ese horrible cielo rojizo, orando para que la sangre del cordero que está encima de su puerta sea suficiente para salvarle la vida.

En el palacio del faraón, Ramsés no es un varón primogénito; pero su hijo sí lo es. El muchacho de diez años está en su cuarto, mirando fijamente y extasiado al cielo rojizo. Él es el heredero al trono. El futuro de toda una dinastía. Las esperanzas y los sueños de Ramsés descansan sobre sus hombros. Pero en el palacio real, nadie sabe sobre la sangre del cordero. No son conscientes de la señal que salva vidas. Cuando cae la noche, el Ángel de la muerte viaja por toda la tierra. Encuentra todas las casas de los israelitas marcadas con la sangre del cordero, y pasa de largo. Pero las casas egipcias que no muestran esa señal son visitadas con tragedia tras tragedia.

Especialmente el palacio.

El hijo de Ramsés está dormido, y su querido carro de juguete descansa sobre su pecho. Una ráfaga de viento abre las cortinas, y una suave neblina rojiza entra en el cuarto. Antorchas encendidas brillan a la puerta, porque el niño tiene miedo a la oscuridad. Pero cuando la neblina rojiza da a conocer su presencia, esas antorchas se apagan. El cuarto queda completamente en oscuridad y silencio, a excepción de la respiración del precioso hijo de Ramsés.

La respiración se detiene.

El carro de juguete cae al suelo.

Un hilo de sangre sale por la nariz y la boca del hijo de Ramsés.

La venganza no toma mucho tiempo. El sol de la mañana es una baja pelota roja sobre el horizonte a la vez que una docena de soldados, dirigidos por un capitán de la guardia imperial, sacan de sus camas a Moisés y Aarón. Los soldados no han sido entrenados para ser delicados, y están furiosos y rabiosos por las terribles noticias que están recorriendo toda la tierra. Muchos de ellos se despertaron para descubrir muertos a sus hijos mayores. Y entre el grupo de soldados hay muchos que faltan: hombres adultos a quienes el Ángel de la muerte ha matado.

Todo varón primogénito de Egipto se ha ido. Cada uno de ellos. Toda la tristeza es expresada en maltrato a Moisés y Aarón.

"Déjenlos", grita Miriam. "¡Ellos no han hecho nada!".

Pero sus palabras caen en oídos sordos, y pronto Aarón y Moisés son llevados por las puertas del palacio. Los soldados los empujan hacia el centro de una zona oscura con columnas, y después los fuerzan a ponerse de rodillas. Moisés y Aarón tienen sus caras contra el suelo, sabiendo que mirar al faraón en ese momento seria un grave error.

Entonces oyen la voz de Ramsés. El tono de tristeza es inconfundible. "¿Por qué?", clama él. "¿Por qué deplorables esclavos israelitas tienen vida…cuando mi hijo está muerto?".

El capitán de los guardias agarra a Moisés y Aarón por el cabello y levanta sus cabezas. Ramsés camina hacia ellos, con el cuerpo inerte y sin vida de su hijo entre sus brazos. "¿Está su Dios satisfecho ahora?".

Moisés y Aarón no dicen nada.

"Les he hecho una pregunta".

Moisés no dice nada. No se alegra de ninguna manera de la muerte de un niño. Solamente mira a Ramsés con tristeza, como si quisiera recordarle que todo eso podría haberse evitado. Si Ramsés solamente hubiera escuchado.

Ramsés pone a su hijo sobre el piso. "¡Tomen a su gente y sus rebaños y váyanse! Salgan de mi tierra. ¡Y llévense a su maldito Dios con ustedes!".

Moisés y Aarón no dicen nada, deseosos de salir del salón del trono tan rápidamente como sea posible. "Gracias", susurra Aarón cuando finalmente están fuera del salón del trono.

"Sí", responde Moisés. "Debemos hacerlo".

Es momento de salir de la cautividad y viajar a la Tierra Prometida. Tres millones de hombres, mujeres y niños hebreos están en la esclavitud. El pueblo egipcio está tan deseoso de verlos irse inmediatamente que por voluntad propia les hacen regalos de plata, oro y vestidos para alentarlos a que se pongan en marcha. En cada rincón del asentamiento israelita, los carros son cargados. Las personas están reuniendo las posesiones de toda su vida y cargándolas en burros.

En medio de los preparativos para la partida, el pueblo no puede evitar la celebración. Los hebreos parecen tener sonrisas permanentes en sus rostros, y espontáneamente cantan y entonan canciones de alegría. Cuando llega el momento de partir, Moisés es llevado por las calles de la ciudad a hombros de hombres que anteriormente estaban recelosos de su presencia. La promesa imposible que hizo Moisés se está haciendo realidad.

"¡Bájenme!", dice Moisés al grupo de hombres que le llevan por una calle llena de gente. Niños corren y saltan para poder ver mejor a su nuevo héroe.

Aarón es uno de los hombres que llevan a Moisés. "No, hermano. No te bajaremos aún; te llevaremos todo el camino hasta la Tierra Prometida".

Todo parece sencillo para los hebreos: están abandonando una tierra que les mantenido cautivos durante siglos y dirigiéndose hacia un nuevo hogar donde leche y miel son suyos para que los tomen. Dios se ha aparecido a Moisés y le ha indicado la ruta concreta que debe seguir para llegar a esa Tierra Prometida.

Solamente Moisés, el creyente más inconcebible entre ellos, criado como egipcio, exiliado al desierto durante décadas, y que encuentra una relación con Dios muy adelante en su vida, ve la importancia más amplia de su viaje: los hebreos están cumpliendo el pacto de Dios con Abraham. "Vamos a vivir en la Tierra Prometida", se maravilla, "con descendientes tan numerosos como las estrellas...".

Mientras los israelitas salen de Egipto por el oriente, Ramsés se lo piensa mejor. Se pone de pie en su salón del trono, donde el cuerpo de su hijo permanece a la vista. Hay incienso ardiendo en uno de los tazones ornamentales. Una sábana de algodón cubre el torso del niño.

"Hijo mío", dice un Ramsés desconsolado, poniendo suavemente una mano sobre la frente del niño. No puede evitar notar que el cuerpo está frío al tocarlo, y que la piel, que había estado profundamente bronceada debido a horas de juegos bajo el caluroso sol de Egipto, ahora tiene un color fantasmagóricamente pálido. "¿Cómo pudieron hacer esto unos esclavos?", musita Ramsés, cuyo corazón roto se endurece hasta la resolución. Toma la mano inerte de su hijo entre las suyas, y se agacha. "Te prometo", le dice a su hijo, "aquí y ahora, que haré regresar a los israelitas y les obligaré a construirte la más grandiosa tumba que el mundo haya conocido". El carrito de juguete ha sido situado cerca del muchacho, para que cuando sea momificado el juguete viaje con él a la otra vida. "Y también prometo que el cuerpo de Moisés será enterrado debajo de los cimientos de esa tumba, aplastado por toda la eternidad por el peso de tu muerte".

Ramsés se gira hacia su izquierda, donde el capitán de la guardia está de pie observando al lado de la pared. "Los haremos regresar", ordena Ramsés. Yo dirigiré la marcha, comandante. ¿Los hebreos quieren libertad? Son libres para elegir: regresar arrastrándose ante mí como esclavos...o morir".

El faraón echa una última mirada amorosa a su hijo. Qué muchacho tan hermoso. Su corazón se llena de ira por haber perdido la vida que podría haber sido.

"¡Preparen mi carro!", grita. "Salimos inmediatamente".

La línea de refugiados hebreos se extiende hasta el horizonte. El de ellos no es un éxodo ordenado. El sonido del balido de las ovejas se mezcla con quejas sobre ampollas, quemaduras por el sol y sed. Moisés dirige el camino, perdido en sus pensamientos, como siempre. Miriam, Aarón y Josué siguen de cerca.

"Aún no puedo creer que el faraón nos dejase ir", se pregunta Josué en voz alta.

"Pero lo hizo", dice orgullosamente Aarón.

"Tienes razón: es lo que Dios demandaba. Solo un loco desafiaría a Dios una vez más después de lo que Él hizo".

Moisés no se une a la conversación. Siente una profunda responsabilidad por la seguridad de todo el grupo, y estará más que contento al sacudirse finalmente el polvo de Egipto de sus sandalias. Pero conoce demasiado bien a Ramsés, y es bastante consciente de que los hebreos nunca estarán completamente a salvo de su ira hasta que hayan abandonado sus fronteras.

Gime en voz alta cuando sube una alta colina de arena y mira hacia un vasto mar, que se extiende por la tierra en todas direcciones. No puede ver el otro lado. Y más importante aún, no puede ver ningún camino para cruzar.

Aarón es el siguiente que lo ve. "Hermano, ¿y ahora qué?".

Moisés se queda mirando fijamente al mar con incredulidad. ¿Cómo es posible? ¿Cómo pudo Dios guiarles hacia la Tierra Prometida y sin embargo poner un obstáculo como ese en su camino?

"Dios proveerá una manera", insiste Moisés.

Ira el anciano llega; parece agitado y con dudas, como siempre. "Moisés", dice como si le estuviera hablando a un niño. "¿Por qué nos has traído hasta aquí? Esto es una locura".

"Dios nos ha traído aquí". "¿Y qué dice Dios sobre cruzar al otro lado?".

Los hebreos llegaron al mar Rojo después de una semana de viaje. Para estar verdaderamente fuera de Egipto, y libres del poder del faraón, deben cruzar hasta la otra orilla, una distancia de muchos kilómetros. No tienen barcas ni ninguna otra embarcación. Encontrar madera para construir suficientes barcas para transportar a millones de personas al otro lado es un reto logístico insuperable. Nadar está fuera de la cuestión. Siempre existe la opción de caminar varios cientos de kilómetros hacia el norte hasta el nacimiento del mar, pero el camino es montañoso y el duro viaje tomaría semanas, quizá meses. Los niños pequeños y los ancianos serían empujados hasta sus límites mentales, físicos y emocionales cada día. Se sabe que los bandidos se esconden en las montañas, y esa larga caravana de viajeros sería saqueada fácilmente y con frecuencia. Pero sobre todo, si el faraón decidiera cambiar de opinión y quisiera hacer esclavos a los hebreos otra vez, un temor que está en la mayoría de las mentes, el camino hacia el norte sería ruta fácil para que Ramsés les alcanzase. Ellos no saben que eso ya ha pasado. El dilema hebreo se reduce una simple decisión: confiar en Dios. No hay ninguna otra opción. Pero confiar en Dios requiere valentía, porque claramente no hay manera posible de que los hebreos puedan ir de un lado del mar Rojo al otro lado. Porque si Dios va a rescatar a los hebreos, será necesario un tipo de milagro imposible que solamente Él es capaz de hacer. Los esclavos liberados acampan y esperan en Dios, acunados cada noche por las pequeñas olas que golpean la costa.

Los problemas se está acercando rápidamente desde el occidente. Pezuñas de caballos golpean el suelo del desierto. Aurigas gritan a sus caballos, moviendo sus látigos para conseguir un impulso extra de velocidad. Ramsés es un experto en el carro, y lo dirige erguido y con confianza, con su rostro impasible. Quiere tener de regreso a sus esclavos. Ni Moisés ni su dios pueden interponerse en su camino.

Los carros y las líneas de soldados que siguen de cerca levantan una considerable nube de polvo; tanto, que su progreso puede divisarse desde kilómetros de distancia. Un pequeño grupo de hombres hebreos, que incluye a Josué, están situados sobre un montículo a la orilla del mar, aterrados al ver al ejército del faraón que se aproxima. Cuando es consciente de la realidad del apuro en que se encuentran, corre para encontrar a Moisés.

"¡Caballos!", grita Josué mientras corre a toda velocidad al campamento. "¡Carros!".

"¡Necio! ¿Y ahora qué hacemos?", gruñe el siempre molesto Ira, que sigue fastidiado por el liderazgo que cree que él ha perdido desde que llegó Moisés. Josué mira a la aterrada multitud que tiene delante, y ve con tristeza las caras de las mujeres y los niños que seguramente morirán. "Vamos a luchar", grita.

"¿Contra el faraón?", se burla Ira. "¿Con qué?".

"Con nuestras manos desnudas, si es necesario", responde Josué.

Los hebreos están aterrorizados. Comienzan a reunir sus pertenencias tan rápidamente como pueden.

Moisés les mira con consternación. ¿De qué sirve recoger las cosas si no hay lugar alguno donde ir?

Un exasperado Aarón se sitúa al lado de Moisés. "Esto es inútil, hermano. ¿Qué hacemos?".

Moisés está profundamente defraudado por la falta de fe de su hermano. Mira a los ojos a Aarón, y después se da la vuelta y camina hasta el borde del agua.

Ira va tras él. "¿Acaso no había tumbas en Egipto para que nos trajeras aquí para morir? Porque eso es lo que has hecho".

"No tengas miedo", ordena Moisés.

Ira parece perplejo y frustrado cuando Moisés planta sus pies en la arena, y hunde su vara en la tierra. Las olas pasan por encima de sus pies. Moisés agarra con fuerza su retorcida y vieja vara de madera, y entonces cierra sus ojos e inclina su cabeza hasta que la apoya sobre ella. Su respiración es más profunda. Moisés aleja el caos y el pánico que le rodean. No oye nada. El mundo a su alrededor reduce la velocidad.

Moisés ora. "Dios, te necesitamos ahora. Tu pueblo te necesita".

Por encima y a sus espaldas, los carros del faraón llegan al montículo. La cara de Ramsés se ilumina con venganza anticipada cuando mira hacia abajo y ve a las masas atrapadas, aterrorizadas y acurrucadas. "Los tenemos", dice exultante. "Están atrapados". Ramsés mira a su izquierda y a su derecha. Hasta donde puede ver en ambas direcciones, un auriga egipcio espera su señal para atacar. Sus caballos patean el terreno con anticipación. Por debajo de ellos, seguros de que su destino está en manos del faraón, están los aterrorizados hebreos. El faraón pronuncia una sola palabra: "Ataquen".

Moisés sigue orando, con sus ojos cerrados, sin que el rugido de las pezuñas de los caballos se interponga en su conversación con su Creador. Él recuerda el momento en que Dios se le apareció y le comunicó la ruta concreta que debía seguir hacia la Tierra Prometida. Moisés sabe que ha hecho exactamente lo que Dios le ordenó, y por eso incluso mientras ora, su fe es fuerte en que Dios encontrará una manera de liberar a los hebreos de ese mal que se aproxima.

El cielo se pone negro, y un fuerte viento golpea su manto y envía a volar su largo cabello sobre sus hombros. "Señor, sé que tú tienes un plan para nosotros. Y yo creo en tu plan. Y creo que este no es el fin de lo que tú planeaste para nosotros".

El fuerte viento levanta nubes de arena. Los refugios salen volando, y los niños lloran. Aarón reúne a Miriam y a sus hijos.

Pero Moisés no ve nada de eso. Su fe está en Dios, y sigue orando. "Te hemos visto hacer caer terror sobre nuestros enemigos...".

Ira se agacha en la arena, meneándose atrás y adelante con desesperación.

La larga línea de carros se dirige rápidamente hacia la playa.

Las manos de Moisés agarran aún con más fuerza su vara. "Tú mantuviste fuera de nuestras puertas a la muerte...".

Josué se yergue desafiante, mirando a los egipcios que se acercan, listo para luchar.

Entonces los ojos de Moisés se abren de repente cuando Dios le habla. "¡Señor!", dice Moisés asombrado.

El viento ya casi tiene fuerza de huracán. Una nube en forma de embudo toca el mar delante de Moisés, golpeando el agua y después explotando y regresando al cielo. El golpe de la ola tumba a los hebreos, y ellos tropiezan a cuatro patas, desorientados y momentáneamente incapaces de oír.

Solo Moisés queda en pie, sin soltar su vara a la vez que levanta su rostro hacia el cielo.

Delante de él, el mar se eleva hacia el cielo, y una gran pared de agua se extiende desde la tierra hasta las nubes. Alrededor de él, los israelitas se cubren los ojos por la neblina y el agua, asombrados ante la vasta pared de agua que se eleva cada vez más alto delante de sus propios ojos.

Y entonces el agua se divide en dos, formando un gran cañón. El lecho del mar queda completamente expuesto, con agua a ambos lados. El viento sopla con fuerza en esa brecha.

Moisés sabe precisamente qué hacer a continuación. "Síganme", grita, dirigiendo su vara hacia el cielo. "Esto es obra de Dios".

Aarón se pone de pie de un salto y organiza a los israelitas, apresurándolos hacia el mar que ahora está dividido. Ellos se dirigen hacia la entrada, tan deseosos de estar a salvo del faraón que muchos dejan todas sus propiedades a sus espaldas. Mientras se adentran por el camino, las caras resplandecen de asombro ante las vastas montañas de agua. Por delante hay oscuridad, y Josué rápidamente ordena al pueblo que encienda antorchas. Moisés dirige el camino, con cieno y barro hasta los tobillos. Agua del mar dividido cae en pequeñas gotas sobre su cabeza. El camino es neblinoso, rugiente y oscuro; sin embargo, Moisés sigue adelante.

"Vamos", alienta Aarón a los israelitas. "Con rapidez".

Josué se une, cuando ve que el pueblo está aterrado de dar ese primer paso de fe hacia el mar dividido. "Es seguro. Tengan fe", clama.

Sin embargo, Ira dice: "¿Estás loco? ¡Nos vamos a ahogar todos!".

"Es mejor ahogarse que ser un esclavo del faraón", responde Josué. "Vamos, viejo. Vamos".

Los hebreos se han metido todos en el túnel de agua. Ramsés apresura rápidamente su carro en medio de sus pertenencias abandonadas, sintiéndose invencible. Pero aminora la marcha cuando se acerca al mar. Alrededor de él, sus hombres miran asombrados aquella escena aterradora. Se detienen, temerosos de continuar. Pero igual que Moisés se mantuvo fuerte cuando los hebreos no mostraban otra cosa sino temor, Ramsés ignora la falta de valentía de sus soldados. Se pone firme, sabiendo que ellos le observan, y recibirán inspiración de sus acciones. "Tras ellos", grita, reteniendo las riendas de su caballo mientras su ejército sale a la carga". "¡Tráiganme a Moisés!".

Dentro del túnel de agua, Miriam y Aarón ayudan a las familias con niños pequeños. "Sigan adelante…eso es", exclama Miriam.

"Por aquí. Sigan a Moisés", anima Aarón.

Por delante en la oscuridad, Moisés avanza con dificultad. Su ritmo es comedido, y su vara se adentra en el sedimento para mantener firme su paso. Por detrás de él, los israelitas avanzan difícilmente por el lecho del mar; su camino ahora está milagrosamente seco, gracias a un sendero de piedras secas y lisas. Ellos gritan a sus animales y se esfuerzan por mover las pesadas ruedas de sus carretillas.

En la orilla, algunos de los caballos egipcios rehúyen entrar en el túnel de agua. Los comandantes egipcios ordenan a sus hombres que desmonten y agarren sus armas. Dios no ha secado su camino. Ellos entran inseguros en el gran abismo, con sus ojos ajustándose a la oscuridad, incluso mientras tropiezan con el cieno rocoso en su persecución de los hebreos.

Moisés avanza con dificultad sobre arena y rocas. Por delante, puede ver algo nuevo y bastante milagroso: el sol. Es meramente un borroso disco en ese momento, que brilla a través de la pared de neblina. Pero la neblina pronto empieza disiparse, y el sol brilla cada vez con más fuerza.

Josué rompe filas y avanza hacia delante, con una gran sonrisa mostrándose en su cara. "¡Ya casi hemos llegado! ¡Vamos!", grita.

Iluminada por el sol, la cara de Josué avanza. Otros le siguen, y sus risas comienzan a resonar por el cañón. El viento sigue soplando. La neblina moja sus caras; pero la furia no es tan intensa a esas alturas, y contra todo pronóstico, parece que los israelitas pueden tener éxito en cruzar el mar Rojo: a pie.

La luz aumenta a medida que el terreno se convierte otra vez en un desierto. Individualmente y en parejas, los israelitas finalmente pisan la tierra de la seguridad. Siguen decenas y centenas. Y después centenares y miles. Moisés es el último hombre que está en el túnel cuando la última oleada de israelitas llega a la playa, manteniendo su paso tranquilo y calmado. Entonces, él también sale a la luz del sol. Cientos de miles de hombres, mujeres y niños muy alegres le saludan, sorprendidos por el fantástico viaje que acaban de hacer.

Ahora Moisés se da media vuelta y se sitúa frente al mar una vez más; y una vez más levanta su vara hacia el cielo. En las profundidades del túnel, ve al ejército del faraón que avanza con rapidez.

La oscuridad es intensa, pero hay un resplandor en las caras de los egipcios. Entonces ellos sienten otra sensación: gotas de lluvia. Pero no es lluvia. Los egipcios miran al cielo, justo a tiempo para ver las grandes paredes de agua derrumbarse sobre ellos.

Desde la orilla, los israelitas permanecen en un asombrado silencio mientras ven las grandes paredes del océano descender desde arriba sobre el ejército del faraón. Una intensa ráfaga de viento es lanzada por el abismo a medida que se cierra, pero después el mar y los cielos se quedan en calma. Se produce un momento de triste comprensión, cuando los hebreos se dan cuenta de que hay muchos hombres que están muriendo. Pero eso es seguido inmediatamente por la alegría natural de la libertad, y el fin de la esclavitud para los hebreos.

"Gracias, Señor", grita Josué. "Al fin somos libres".

Moisés lo asimila todo, y entonces habla tranquilamente a las olas. "Tú no eres un dios, faraón. Hay un único Dios, y está aquí, con nosotros".

Como si pudiera oír a Moisés, el faraón observa la devastación desde la distante orilla del mar. Está rodeado de las pertenencias de los hebreos y de esos caballos que rehusaron meterse en el túnel, al igual que él mismo no quiso hacerlo a pesar de su muestra de bravuconería. No puede decir nada, porque no hay nada que decir. El faraón ha perdido. Y suelta un gran suspiro de horror y de incredulidad.

"Vamos", dice Moisés a los exultantes israelitas. "Hay un largo camino por delante. Debemos ser fuertes". Su fe en Dios es fuerte, y seguirán a Moisés dondequiera que Dios les diga que vayan. Así comienzan cuarenta años de vagar para el pueblo israelita, siempre en busca de esa elusiva Tierra Prometida que Dios prometió a Abraham y a su pueblo. La división del mar Rojo y la escapatoria de la esclavitud marcan un nuevo comienzo.

Dios hace algo más que dirigirles por la grandiosa tierra desértica; le da a Moisés un conjunto de normas para gobernar sus vidas. El regalo de Dios de la libertad para los hebreos está siendo ampliado. Moisés regresa solo al monte Sinaí, donde anteriormente cuidaba de sus ovejas y donde vio la zarza ardiente. Aquí recibe los Diez Mandamientos: un código moral escrito en tablas de piedra. Dios ha transmitido cientos de leyes para que sus seguidores les presten atención, pero estas diez son las más cruciales. Proporcionan un mapa de ruta para la salud, la felicidad y el contentamiento.

Moisés desciende del monte Sinaí, llevando dos tablas de piedra que enumeran esos diez mandamientos tan importantes, y Josué le da la bienvenida. Serán situadas dentro del Arca del pacto: el recipiente sagrado construido según las especificaciones transmitidas por Dios, y que llevan con ellos como su posesión más santa. "Dios ha renovado la promesa que hizo a Abraham", dice Moisés rebosante de una fe mayor que nunca. "No debemos adorar a ningún otro Dios…ya no más mentiras…robos…engaños…no más asesinato o deshonra…Si somos fieles a Dios, Él mantendrá su promesa".

"El sueño de Abraham. ¿Es ese nuestro futuro?", pregunta Josué.

"*Ustedes* son el futuro de los israelitas ahora, Josué. No miren atrás. Deben tomar la tierra prometida a Abraham, y a todos sus descendientes: tan numerosos como las estrellas".

El rostro de Moisés está radiante mientras habla, porque Dios se le apareció en toda su gloria durante la presentación de los Diez Mandamientos. Aquella fue la manera de Dios de mostrar que se agradaba de Moisés y de lo que había hecho por el pueblo de Dios.

Dios nunca permitió a Moisés entrar en la Tierra Prometida. Su siervo bueno y fiel solamente la vio, en toda su gloria, desde lo alto del monte Nebo, en su cumpleaños número 120. Entonces Moisés murió. Dios le enterró en una tumba desconocida, a la vez que los israelitas pasaban a la Tierra Prometida como cumplimiento del pacto que Él hizo con Abraham.

Josué, el sucesor escogido de Moisés, dirige a los hebreos ahora que finalmente han llegado a la Tierra Prometida. Pero este no es el final de sus batallas. Es solamente el comienzo.

TERCERA PARTE

DEFENDER LA PATRIA

La imponente ciudadela amurallada se llama Jericó. La palabra significa "fragrante", que resulta apropiada, ya que el aroma de sus muchas palmeras y fuentes de agua nítida se transporta a través del desierto en todas las direcciones como un dulce perfume. Jericó es una antigua ciudad, establecida una y otra vez a lo largo de los siglos por diferentes culturas. Sus altos y gruesos muros han resistido el asalto de los muchos enemigos que la han asediado. Los hebreos han entrado en la Tierra Prometida, y este preciado emplazamiento les atrae. Durante cuarenta años, desde que lograran escapar del faraón, los israelitas han vagado errantes por la sequedad del desierto. Han transportado el Arca del pacto: la sagrada urna diseñada según las especificaciones dadas por Dios que contiene los Diez Mandamientos. Su Arca necesita un hogar al igual que ellos. Y están listos para luchar por él.

Las grandes murallas de Jericó se yerguen ante los hebreos. Han pasado ya muchos años desde el tiempo de Moisés, y a sus sesenta años, el ahora musculoso Josué se ha convertido en su nuevo líder. Ha enviado un par de espías, Nasón y Ram, para reconocer la ciudad. En el silencio de la noche, escalan los altos muros y son testigos de una situación caótica. Exteriormente Jericó parece inexpugnable. Pero dentro, sus gentes sienten pánico ante un posible asedio. Acaparan alimentos y agua, sabiendo con seguridad que les espera el hambre una vez que los hebreos bloqueen todos los suministros que entran y salen de la ciudad. Los jefes militares de Jericó ciertamente se dispondrán a defenderla, pero no habrá mucho que puedan hacer si los hebreos asfixian la vida de la ciudad, lo que significa que habrá escasez de munición y armamento así como de aprovisionamiento.

"Váyanse a casa", grita uno de los jefes militares de Jericó, un hombre alto, fuerte y mujeriego, mientras camina por las calles ya oscuras de la ciudad iluminadas solo por las antorchas. "Cierren las puertas. El enemigo está al acecho, pero no conseguirá entrar".

Sin que el comandante lo sepa, Nasón y Ram ya han conseguido escalar las murallas de la ciudad, y merodean por sus oscuros parapetos buscando signos de debilidad y de invulnerabilidad militar; cualquier cosa que permita a Josué y a su ejército derrotar a los habitantes cananeos de Jericó.

Una mujer solitaria camina por una calle de Jericó, y su rostro aparece radiante a la luz de la luna. Rahab transporta un cántaro en preparación para el asedio, que casi cae el suelo cuando cuatro soldados de Jericó, intencionadamente, se chocan con ella. Su belleza es legendaria en Jericó, al igual que su negocio: ella vende su cuerpo por dinero. Esta manchada y frágil madre soltera no es perfecta. Dios la ha elegido para asegurar que se haga su voluntad. En lugar de escoger a un hombre o una mujer que pudieran parecer más rectos o virtuosos, Dios demostrará su fortaleza en la debilidad de ella.

Al iniciar Dios su obra en Rahab, todo parece como cualquier otra noche. Los hombres le echan el ojo mientras camina desde la fuente. Las esposas la observan con desprecio, celosas de su belleza sensual, disgustadas de que sus esposos prefieran el lecho de Rahab al suyo.

Un pequeño grupo de soldados se cruzan en el camino a su casa, empujándola y flirteando groseramente con ella. Se hacen a un lado cuando Akis, su comandante, la detiene por la fuerza. "Rahab, mi pequeña zorrita", le dice, como si se tratara de palabras cariñosas. Acerca su rostro al de ella de manera que ella retrocede ante su apestoso aliento. "¿Qué haces?", pregunta. "Esa gente del desierto está tan cerca que puedo olerles desde aquí. Sabes que no estás segura".

"Estoy lo bastante a salvo", responde, aunque su voz suena temblorosa.

"Nadie está a salvo", susurra siseando el comandante.

Animados por su jefe, los soldados se acercan más y rodean a Rahab. Ya no se muestran juguetones sino voraces y agresivos. Sus ojos están hambrientos y sus manos dispuestas a agarrarla como lo habían hecho en tantas otras ocasiones. Sin embargo, ceden ante su comandante. Es Akis quien echa mano de Rahab haciendo que su cántaro rechine contra el suelo. Ella se retuerce tratando de escapar, pero él consigue besarla en el rostro. Solo entonces consigue zafarse de sus manos grasientas.

El comandante no ha conseguido todo lo que esperaba, pero no se producirán más intentonas por parte de sus hombres. "Vete a casa", ronronea a Rahab. La insinuación resulta obvia: Akis sigue vigilante los pasos de Rahab. Sus intenciones están lejos de ser honorables.

Él recorre la calle seguido de sus soldados. Una angustiada Rahab recoge su cántaro medio vacío y se estremece mientras se adentra en la oscuridad.

Entretanto, Nasón y Ram, los dos espías israelitas, cautelosamente lanzan una soga y sirviéndose de ella descienden por las enormes murallas de la ciudad. Jericó se encuentra aún en estado frenético, y se percibe la atmósfera de miedo en la ciudad. Pero ninguno de los dos se confía, y se mueven sigilosa y furtivamente. Nasón empuña un hacha de guerra, mientras que Ram lleva su puñal en su cinturón. Al pie del muro esconden su soga y se desplazan con precaución cruzando un amplio patio. Es esta la primera vez que han estado en un espacio abierto desde que entraran en la ciudad, y ambos hombres sienten miedo ante el peligro. El castigo que les espera si son descubiertos será recibir la tortura necesaria para desatar sus lenguas y luego decapitarles.

Una vieja mujer les sorprende. Nasón, el más intrépido de los dos espías, calmadamente pone un dedo sobre sus labios para ordenarle callar. Él sonríe cuando ella parece acatar la orden, sintiéndose feliz de haber tenido la sangre fría necesaria para permanecer calmado. Pero entonces, de repente, ella chilla a pleno pulmón. Nasón y Ram escapan corriendo del patio y saltan a una callejuela. Corren a toda velocidad, si bien con cada zancada se van transformando de espías a jóvenes atemorizados que harían cualquier cosa por abandonar de inmediato Jericó.

Dan un giro violento a la derecha de una esquina para encontrarse, tres pasos después, con la silueta oscura de un soldado de Jericó obstruyéndoles el camino. Otro soldado aparece desde un callejón. Nasón y Ram se detienen en seco y, a continuación, corren a toda marcha por el mismo camino por donde habían venido. Un tercer soldado camina por la calle con una espada desenvainada.

"Hermano", Nasón le grita a Ram. "¡Por Israel!".

No necesita decir más. Ram sabe exactamente lo que Nasón quiere decir. Con una acción drástica, saca su puñal del cinturón y se dispone para la lucha.

"Traigan más hombres", exclama uno de los soldados, sabiendo que hay docenas de hombres que pueden oír su grito. "¡El enemigo está dentro! ¡Den la alarma! ¡Den la alarma! ¡Están aquí!".

En cuestión de segundos, los soldados llenan las calles. Entre ellos se encuentra Akis, el comandante. Uno de los soldados hace sonar un cuerno de carnero, la señal de que la batalla es inminente. En ese instante, Nasón descubre una vía de escape. Se lanza por un estrecho pasadizo entre dos casas cruzando un fétido corral de cabras y adentrándose en la oscuridad. Ram se encuentra justo detrás de él corriendo con todas sus fuerzas. Los espías van tanteando los muros intentando entrar por cada puerta que pasan, pero todas están cerradas. La callejuela conduce a otra callejuela, a más puertas. Finalmente, en la oscuridad, Nasón se encuentra una puerta desbloqueada. La abre empujándola lentamente y encuentra una pequeña casa vacía. Él y Ram no pierden un momento y se esconden en la profundidad de las sombras, orando para que los soldados no realicen una búsqueda casa por casa.

Detrás de ellos, los soldados de Jericó creen, equivocadamente, que otros muchos hombres del ejército israelita se encuentran ya dentro de las murallas, y frenéticamente se aprestan para la batalla.

La cuenta atrás ha comenzado.

Rahab ha vuelto a llenar su cántaro cuando escucha la trompeta de cuerno de carnero y comienza a correr hacia su casa, que consiste en solo un par de habitaciones construidas en la gruesa muralla de la ciudad con ventanas que miran hacia la calle. A Rahab no le preocupa su seguridad, sino la de su joven hijo. El muchacho se encuentra en casa con los padres de ella, y si los israelitas van a atacar, necesita estar a su lado. Pero Rahab se mueve despacio, transportando el abultado cántaro de agua en su cabeza, y pronto se siente agotada. Dos de los soldados que antes se habían burlado de ella pasan corriendo sin prestarle ninguna atención ahora que sus vidas corren peligro.

Ella observa, incrédulamente, cómo cuatro soldados corren por la callejuela en busca de Nasón y de Ram. A pesar del peso de su cántaro, Rahab se obliga a sí misma a ir más rápido. Se siente aliviada al estar ya cerca de su casa. Rahab coloca el cántaro en el suelo, e inclinándose hacia atrás, se apoya en la suave madera de la puerta. Agotada, apenas puede respirar y su pecho suspira al dar bocanadas de aire. No sabe si seguirá con vida a la mañana siguiente, ni qué harán los israelitas caso de conquistar Jericó. Pero por el momento se siente a salvo.

Rahab levanta su cántaro y abre, empujándola, la puerta de su casa. La habitación apenas está iluminada por los rayos de la luna que entran por la ventana, pero ella no necesita ninguna vela para recorrer la pequeña distancia que separa la puerta de la mesa. Coloca el cántaro encima de ella y se pone tensa. No es que note ningún cambio en la habitación, ni que escuche ruido alguno de pasos o cualquier respiración profunda que alerte de que algo anda mal en la habitación. Percibe, sin embargo, algo extraño. "¿Hola?", dice dirigiéndose a la oscuridad.

De repente, siente el filo de un cuchillo presionándole la garganta. Rahab intenta gritar, pero una mano tapa su boca. "Shsssss", susurra Ram.

Los ojos de Rahab se llenan de pavor al ver cómo el fornido Nasón agarra a su hijo, apretando la reluciente hoja de su hacha contra la garganta del muchacho. En el rincón, su padre y su madre se ocultan aterrorizados. "Somos gente buena y honesta", le dice Nasón a Rahab. "Ayúdanos y te prometo que no le haré daño".

Rahab asiente. No le queda otra elección.

Ram la suelta y quita el cuchillo con que le había presionado en la garganta. Lo coloca de nuevo en su cinturón. Al mismo tiempo, Nasón deja al muchacho que corre a refugiarse en los brazos de su madre. El muchacho llora de felicidad, pero Rahab rápidamente le hace callar.

"¿Son ustedes hebreos?" pregunta.

Nasón mueve afirmativamente la cabeza.

"¿Acaso no tienen un dios capaz de controlar los vientos?".

Nasón asiente.

"¿Y de partir las aguas del mar?".

Nasón asiente nuevamente y habla: "Nuestros padres estuvieron allí aquel día. Dios salvó a nuestro pueblo. Somos la gente que Él ha escogido".

Rahab se aterroriza: "Todos nosotros en Jericó hemos oído muchas cosas acerca de su Dios. Díganme: ¿Cómo podemos luchar contra un pueblo cuyo Dios puede hacer tales cosas?".

"Imposible", responde Nasón.

"Todo el mundo en Jericó lo sabe y nos aterra, puesto que su Dios es tan poderoso".

"Lo es", dice Nasón. "Confía en Él".

Escuchan a soldados en la calle aporreando las puertas, cada vez más cerca de la casa de Rahab. Es solo cuestión de tiempo que los espías israelitas sean localizados. No hay escape.

"Les esconderé", les dice Rahab.

Nasón y Ram no tienen derecho a esperar que Rahab les preste su ayuda. Se han introducido ilegalmente dentro de la ciudad, han entrado en la casa de una mujer sin su permiso, y ahora se esconden en el techo de paja sabiendo que ella se arriesga a verse forzada a mentir para protegerles. Sin embargo, ellos le han ofrecido algo a cambio: seguridad para ella y su familia y una oportunidad de confiar en el Dios de ellos, de aprender sus caminos. Justo antes de que ella les guíe al tejado, desde donde ellos pueden ver las fogatas de los israelitas más abajo en el valle, Nasón y Ram le habían dado un cordón color grana que debía atar a su ventana. "Ata este cordón grana a tu ventana. Convenceremos a Josué, nuestro jefe, de que prevenga al ejército israelita para que no haga daño alguno ni a ti ni a tu familia, pero solo si ese cordón está colgado de la ventana".

Debajo, escuchan a los soldados de Jericó aporreando la puerta de Rahab. Cuando ella abre la puerta para dejarles entrar, Nasón y Ram sueltan la soga que cuelga desde su tejado a la parte más alejada de los muros de la ciudad. Los dos hombres se deslizan silenciosamente. Apenas sus pies tocan el suelo, corren a toda velocidad hacia el campamento israelita.

"Josué", exclama exhausto Nasón al encontrar a su jefe.

Josué se encuentra agachado junto al fuego, absorbiendo el aire tranquilo de la noche y preguntándose de qué manera escogerá Dios introducirlos en la ciudad. Se levanta al ver a Nasón y le da un fuerte abrazo al espía. "Dime", le pregunta Josué, "¿descubriste una forma de entrar? ¿Tienen algún punto débil?".

"Las murallas son sólidas y gruesas, y tan inexpugnables como cualquier fortaleza que pueda existir", le dice Nasón.

Josué se siente decaído, pero intenta ocultar su desilusión como mejor puede. Nasón ha demostrado gran valentía, y faltar el respeto a tal valor sería un insulto. Pero Josué se encuentra confuso al ver que esta misma desalentadora noticia no parece preocupar a Nasón en absoluto. De hecho, parece cada vez más emocionado sobre lo que va a decir a continuación.

"Las murallas son sólidas, Josué", exclama Nasón, "pero sus corazones no. Encontramos a una mujer. Ella cree que Dios ya ha tomado la ciudad y que no hay nada que la gente de Jericó pueda hacer al respecto. Sus corazones se derriten de miedo porque creen que Dios está con nosotros".

Josué podría saltar de alegría. "¡Dios está con nosotros! Pero aún nos queda encontrar la manera de atravesar sus muros".

Los israelitas han pasado años en el desierto. Apenas han visto alguna ciudad, y aun menos conquistado una. Josué carece de un plan de ataque.

Pero da a Nasón una fuerte palmada en el hombro y se aleja del fuego. Se acuerda de su viejo amigo, que ha partido hace ya tiempo, y de sus constantes demostraciones de fe. "Moisés, viejo amigo", Josué se pregunta en voz alta, "¿qué harías tú?".

Tal como había visto hacer muchas veces a Moisés cuando las cosas se ponían difíciles, Josué sube a un monte próximo para pensar. Lleva consigo una antorcha para alumbrar el camino, pero alrededor todo está oscuro. Una luna llena y baja preside en el aire claro del cielo del desierto. Sopla el viento, y Josué observa el polvo en la pálida luz de la luna. Josué se encuentra solo, recordando la manera en que Moisés siempre regresaba del monte con respuestas sencillas a cuestiones complejas. Pasan las horas. Se hace tarde, y Josué está sintiéndose viejo, dudando de sí mismo. El frío cortante del aire de la noche penetra hasta sus huesos. Con un gesto de violenta exasperación, Josué clava su antorcha en el suelo. Luego cae sobre sus rodillas y ora. Esto, recuerda, es lo que Moisés hizo constantemente: orar. Cuando la vida se tornaba incierta, Moisés oraba para recibir dirección. Cuando la vida daba un giro espectacular, Moisés oraba expresando gratitud. Cuando la vida resultaba misteriosa, Moisés oraba pidiendo sabiduría. La oración era la clave de Moisés. Josué se siente algo estúpido, porque ha estado ahí solo durante horas en la oscuridad, y porque es la primera vez que se ha acordado de inclinar su cabeza y hablarle a Dios. "Señor", comienza, "yo era un esclavo cuando tú me mostraste tu amor y tu poder... me diste una nueva vida, una vida que atesoro a pesar de sus penurias diarias. Tú nos has traído hasta aquí, pero ahora los muros de esta poderosa ciudad se yerguen ante nosotros. ¿Cuál es tu voluntad? ¿Qué quieres que hagamos?".

En medio del silencio se oye un soplo de aire. Las llamas de la antorcha de Josué se inclinan a un lado al recibir una ráfaga de viento. Josué ha visto muchas cosas en su vida: las plagas de Egipto, la división del mar Rojo, cómo se ahogó el ejército del faraón, y los muchos milagros que Dios realizó durante los cuarenta años de vagar en el desierto; señales todas ellas prodigiosas e impresionantes. Nunca, mientras tenga vida, olvidará Josué la sensación de caminar entre las grandes torres de agua cuando se abrió el mar Rojo.

Pero él jamás olvidará lo que va a ocurrir a continuación.

Un gran y poderoso guerrero ha aparecido de la nada y está en pie delante de él en este momento. Un manto cubre su cabeza, pero nada esconde su impresionante figura, sus anchas y musculosas espaldas, y la gran espada que porta en su mano.

Josué está aterrorizado. "¿Quién eres?", le pregunta con gran cuidado.

El guerrero está callado.

Josué inclina su cabeza, abrumado. Este guerrero es poderoso. Despacio, levanta su mirada y pregunta: "¿Estás con nosotros o contra nosotros?".

El rostro del guerrero es oscuro y sus ojos no parpadean. "Yo estoy con Dios", le dice a Josué. No existe afectación en su voz, solo poder. "Soy el comandante del ejército del Señor".

Josué inclina su cabeza. Sabe que se trata de una respuesta a su oración. Tan aterrador como el guerrero pueda ser, Josué sabe que Dios está con él. "¿Qué quiere Dios que hagamos?".

Josué siente la suave hoja de la espada del guerrero presionando la parte inferior de su barbilla inclinada. Pero en lugar de herirle, Josué siente que el guerrero la empuja hacia arriba, forzándole a elevar su mirada.

"El Señor dividió las aguas para Moisés, pero para ti...". El ángel clava profundamente en el suelo la hoja de su gran espada. Al instante la tierra comienza a resquebrajarse. La fisura va agrandándose y extendiéndose alrededor de Josué, pero sin que llegue a dañarle. "...partirá la roca. Esto es lo que debes hacer...".

Josué escucha atentamente lo que el ángel le dice. Muy atentamente.

Ya es de día. El ejército israelita se reúne en formación ordenada y marcha sobre Jericó. Pero no la atacan. En lugar de ello, marchan alrededor de las murallas de la ciudad, tal como el comandante del ejército de Dios le había ordenado a Josué. Repetirán esta acción cada día durante seis días consecutivos, conforme a las instrucciones recibidas.

Josué marcha con su ejército, y las palabras del ángel aún resuenan en sus oídos:

"Marcha alrededor de la ciudad una vez al día con todo el ejército. Haz esto durante seis días. Lleva el Arca del pacto alrededor de la ciudad. Contiene los mandamientos de Dios, mostrando que el Todopoderoso está contigo".

Josué ve a los hombres transportando el Arca. Miles de pies, cubiertos con sus sandalias, levantan nubes de polvo. *Sí*, piensa, *estamos haciendo exactamente como me fue dicho.*

Pero Josué también sabe que lo mejor está aún por llegar. Puesto que en el séptimo día sus hombres no descansarán, como Dios hizo cuando creó los cielos y la tierra. No, el ejército israelita marchará siete veces alrededor de los muros de la ciudad, después de lo cual los sacerdotes israelitas harán sonar una trompeta especial hecha del cuerno hueco de un carnero—el shofar—y luego, con un estrepitoso grito del ejército de Israel, las poderosas murallas de Jericó se derrumbarán.

Josué sabe que entre los diferentes rangos de sus oficiales hay muchos soldados que encuentran difícil aceptar su plan. Parece algo absurdo y, ciertamente, imposible. Marchar alrededor de Jericó bajo el sol asfixiante del desierto, llevando puesta la armadura y cubiertos de nubes espesas de polvo levantadas por un ejército en marcha, supone la mayor de las incomodidades sin que ofrezca posibilidad alguna de demostrar valor. Hay muchas quejas, y Josué sabe que si este plan falla, su autoridad será puesta en entredicho.

Pero él sigue el plan y no tiene temor. Josué ha visto por sí mismo lo que sucede cuando un hombre tiene fe para escuchar a Dios y hacer lo que le dice. Él posee esa fe en gran abundancia. Él marcha, su boca está seca a causa del calor, ignora la sombra refrescante de su tienda que le invita a descansar, y espera impaciente a que llegue el séptimo día.

El séptimo día ha llegado. Josué no espera siquiera a que despunte el alba para iniciar las siete vueltas alrededor de Jericó. Los israelitas marchan a la luz de las antorchas; el Arca del pacto es transportado por los más fuertes de sus hombres, pues su peso es considerable. Una gran expectación se palpa entre los oficiales, pues tras cuarenta años de espera vagando errantes por el desierto, Dios les ha prometido un hogar en esta tierra. Los hebreos recuerdan sus años durmiendo en tiendas, y sus bebés nacidos en medio de la arena gruesa y asfixiante del suelo del desierto. Sueñan con disponer de una cubierta sólida sobre sus cabezas y casas donde poder criar a sus familias con comodidad y limpieza.

Una vuelta. Dos. Jericó no es del tamaño de una gran metrópolis, pero es grande de todas formas. Cada vuelta alrededor de sus muros supone un pequeño esfuerzo de perseverancia. Cuatro. Cinco. Los hombres se preguntan si este extraño plan de Josué dará resultado. Él dice que Dios se lo ha mostrado, y ellos le creen. Pero ¿qué sucederá si los muros no se derrumban? ¿Atacarán igual? Los hombres se preguntan si este será el día de su muerte, y con esa curiosidad se asoma el temor. Se acuerdan de sus seres queridos, preguntándose si los volverán a ver. A la luz de las antorchas, los hebreos ven a los aterrorizados ciudadanos de Jericó observándoles desde las alturas de la muralla. Están hambrientos y atemorizados, abrazando aún la esperanza de que los muros que les han protegido de los hebreos hasta ahora continúen manteniendo a raya a los vagabundos del desierto. El ejército de Jericó se ha posicionado en las almenas de la muralla de la ciudad con lanzas, espadas y hachas de guerra.

Seis. Siete. Un comandante hebreo levanta una mano para detener la marcha. Los hombres saben lo que deberán hacer a continuación, y permanecen quietos al tiempo que siete sacerdotes israelitas se adelantan y, al unísono, aprietan los shofars sobre sus labios. Como si fueran uno solo, los hacen sonar con un toque prolongado.

Esta es la señal que Josué y su ejército habían estado esperando. Todo el ejército israelita rompe a gritar tan fuerte como puede. El rugido de las tropas sube como una marea dejando salir la experiencia de cuarenta años en el desierto. Josué se les une, echando hacia atrás su cabeza y dando rienda suelta a una enérgica voz desde el fondo de su ser, gritando con toda su alma y corazón, recordando las palabras del ángel: "La gloria vendrá".

De repente, los soldados de Jericó son sacudidos por una onda expansiva. Sus caras se distorsionan por el impacto del rugido ensordecedor. Caen de espaldas desde las murallas estrellándose contra el suelo de las calles. El ruido lo inunda todo por encima de los muros hasta las mismas calles de Jericó. Sus aterrorizados habitantes no tienen donde refugiarse de los decibelios que hacen temblar la tierra. Corren enloquecidos, sangrando por los oídos. La ciudad entera es un caos.

El ruido llena la casa de Rahab, penetrando por las paredes de adobe y forzando a su familia a buscar refugio atemorizados en la oscuridad. Pero mientras sus padres se acurrucan debajo de una mesa, paralizados por el miedo, este es el momento que Rahab había estado esperando. "¡Madre!" grita, "¡El cordón!".

Pero su madre está demasiado aterrorizada para salir de debajo de la mesa. Rahab consigue agarrar el cordón color grana y corre hacia la puerta. La abre de par en par y ve a la gente corriendo frenéticamente, sin saber ninguno de ellos hacia dónde se dirige o por qué está corriendo. Rahab cuelga el cordón del marco de la puerta, tal como le habían ordenado.

Un rayo se descarga desde el cielo ennegrecido. Una tormenta gigantesca se arremolina sobre el lugar. Rahab cierra la puerta y se retira en la oscuridad de su casa, incierta de lo que lo que pueda suceder al siguiente instante.

Un trueno violento surge desde el mismo suelo del desierto. Es aún más ensordecedor que el clamor soltado por los hebreos, quienes continúan rugiendo. La tierra comienza a temblar. Los temblores son pequeños al principio, para volverse cada vez más fuertes y convulsos. Dentro de la pequeña casa de Rahab, los revestimientos de las pareces se desprenden y los platos caen con estrépito sobre el piso de tierra. Rahab cubre los oídos de su hijo, quien empieza a gemir aterrado. Las lágrimas corren por las mejillas de Rahab mientras nuevos temblores de destrucción afuera en las calles llenan de polvo la habitación.

Entretanto, los muros de la ciudad han comenzado a derrumbarse.

El terremoto se vuelve cada vez más violento. Muchos ciudadanos de Jericó se han amontonado en la plaza principal buscando alguna protección, para encontrar solo rocas y edificios que se derrumban y les aplastan. Los muros de la ciudad se han convertido en escombros y los temblores continúan.

De pronto, casi tan rápidamente como había comenzado, se detiene el terremoto.

No más rayos. Los rugidos de los israelitas se silencian.

La voz de Josué grita a su ejército. Sin la protección de las murallas, toda Jericó escucha las palabras de Josué proclamando: "¡Jericó es nuestra! Todos adentro. Entregamos esta ciudad al Señor".

Josué sigue a sus dos espías, Nasón y Ram, a través de una sección de las derruidas murallas de Jericó. El tiempo parece volverse más lento mientras él contempla los escombros de la que antes fuera una gran ciudad. La gente y los soldados de Jericó van tropezando y echando sangre por sus orejas y narices. La fuerza militar de la ciudad es del todo impotente, y el ejército hebreo los abate con facilidad. Dios ha decretado que todo en la ciudad sea destruido, y es responsabilidad de Josué asegurase de que así sea.

Todo, es decir, excepto Rahab y su familia. Pues Dios ha dicho que ella debe ser salvada de la destrucción por cuanto ayudó a los israelitas.

Mientras las tropas israelitas echan abajo las puertas y entran en las casas, Nasón y Ram corren hacia la casa de Rahab buscando la señal más importante: el cordón grana. Corren a la mayor velocidad posible por las calles de la ciudad, sorteando las rocas de los escombros y las casas en ruinas, ignorando los gritos de los moribundos.

Ven en la distancia el cordón grana ondeando al viento, y los dos fornidos israelitas se dirigen hacia allí.

Dan una patada a la puerta de entrada de la casa de Rahab. Toda la familia está herida y sangrienta a causa de la destrucción; pero vivos.

El factor tiempo es esencial. "Nuestros hombres están al llegar", grita Nasón mientras le extiende su mano. Rahab está aterrorizada en el piso a causa del ruido, insegura sobre en quién confiar o dónde buscar ayuda. Duda. Los israelitas son enemigos del pueblo de Jericó. Confiar en Nasón significará dar las espaldas para siempre al lugar donde nació y a la gente que conoció desde su infancia.

Nasón puede leer el dilema en sus ojos. "No puedes quedarte aquí", le recuerda con ternura.

Rahab toma la mano de Nasón. Él la levanta del piso y la sostiene de modo protector. Es esta una sensación nueva para Rahab: verse protegida por un hombre en lugar de que se aprovechen de ella. En ese momento, ella abandona su herencia cananea y se une al pueblo de Israel; pronto conocerá y adorará a su Dios y permanecerá con ellos el resto de su vida.

Ram toma en sus manos al hijo de Rahab y emplea el mismo tono de urgencia para convencer a los padres de Rahab de que huyan con ellos. Todos ellos salen tropezando de la casa y se dirigen hacia la plaza principal de la ciudad. La escena es una dantesca visión de polvo, humo, cadáveres de los cananeos, y de exhaustos soldados israelitas. Josué está en el centro de todo, extendiendo sus brazos al cielo. "Dios ha cumplido su promesa", susurra gozosamente para sí mismo. "Dios ha cumplido su promesa". El que fuera un esclavo es ahora el dueño de la Tierra Prometida. Su primer pensamiento es dar gracias, pues él sabe que a Dios le place un corazón agradecido. "Gracias", le grita Josué a Nasón, el espía que entró primero en los muros de esta ciudad. "Gracias", le grita a Rahab, quien hizo posible la victoria de los israelitas al esconder a los espías de Israel. Y, finalmente, "Señor", exclama a plena voz a su creador. Su corazón rebosa de gratitud y amor hacia Dios. "Gracias".

Entonces Josué oye algo, es un canto bajo y resonante que se extiende por todo Jericó. Las palabras le recuerdan aquellos días de hace tanto tiempo en Egipto, y el sueño lejano de que algún día los esclavos israelitas fueran liberados de aquel terrible mundo de pesadas cargas y conflictos para crear su propio hogar. El canto dice: "¡Is-Ra-El! ¡Is-Ra-El!" y brota de los labios de cada soldado israelita puesto de pie sobre las ruinas de Jericó. Algunos gritan jubilosos. Otros derraman lágrimas de alegría y de cansancio. Han pasado de ser esclavos a ser una nación. El sueño imposible se ha convertido en una realidad: los israelitas están en su hogar.

"Cuando obedecemos al Señor", Josué le dice a cualquier que quiera escucharle, "todo es posible".

Josué es un hombre de fe. Durante los siguientes cincuenta años dirigirá al ejército israelita en su conquista de la Tierra Prometida. Él forja una nación israelita edificada sobre el ideal de que cada hombre y cada mujer pongan sus esperanzas y sus sueños en las hábiles manos de Dios.

Pero cuando Josué muere, esa fe parece desaparecer con él. Generaciones de israelitas olvidan su pacto con el Señor, volviéndose a otros dioses para satisfacer sus necesidades: dioses de la lluvia y de la fertilidad, dioses de los pueblos que antes habitaban la Tierra Prometida creyendo, equivocadamente, que bendecirán su nuevo estilo de vida.

Dios está apenado por esta traición. Él les recuerda a los israelitas el pacto con Abraham, y que la Tierra Prometida es un regalo que ellos deben apreciar. Dios se sirve de ejércitos temibles y poderosos para atacar a los israelitas, al igual que un padre disciplina a su hijo.

El ciclo se repetirá a lo largo de cuatrocientos años: Israel romperá su pacto; Dios enviará ejércitos extranjeros para someterlos y subyugarlos; ellos aprenderán la lección y clamarán pidiendo ayuda; entonces Dios levantará a un libertador o "juez" para salvarles; y, una vez más, la tierra gozará de paz, hasta que una futura generación vuelva a olvidarse de Dios.

De todos los enemigos extranjeros que sometieron a los rebeldes israelitas hasta este punto en la historia, ninguno fue más poderoso que los filisteos. Pronto conquistaron a los israelitas y se apropiaron para sí de gran parte de la Tierra Prometida; sin embargo, Dios no ha abandonado a su pueblo elegido. Él anhela renovar su pacto con los israelitas y devolverles la Tierra Prometida.

Una vez más, Dios escoge al más improbable de los candidatos para llevar a cabo este plan: un muchacho de ocho años llamado Sansón, quien tiene la fuerza de un león.

***

Han pasado 150 años desde la muerte de Josué. Los filisteos, poseedores de una cultura sofisticada, controlan las regiones costeras de la Tierra Prometida, y a pesar de su actitud opresora, muchos israelitas se encuentran seducidos por su estilo de vida. Algunos han dejado incluso de adorar al Dios de Abraham y, en su lugar, han elegido inclinarse ante los dioses filisteos.

Un día, un ángel del Señor se aparece a una mujer que se encontraba sacando agua del pozo de la aldea. Ella es estéril, y aunque ora a diario para tener un hijo, su fe no ha sido recompensada. El ángel aparece disfrazado, medio cubierto su rostro por una capucha. "No temas", le dice. "Aunque seas estéril, Dios te dará un hijo".

Ella se encuentra sin saber qué decir mientras el ángel repentinamente desaparece de su vista.

Entonces él se sitúa detrás de ella, con sus labios incómodamente próximos a su oído, y le informa de que su embarazo, y posterior alumbramiento, se encuentra sujeto a ciertas condiciones. Deberá seguir un estricto código de conducta a lo largo de su embarazo y después: "Asegúrate de no tomar bebida alcohólica alguna ni de comer nada impuro. Y cuando tu hijo nazca, ninguna cuchilla de afeitar pasará por su cabeza. Esto servirá de señal de que el niño ha sido dedicado al Señor".

Incapaz de decir nada, ella expresa su acuerdo asintiendo con la cabeza.

Pronto nace el muchacho y lo llaman Sansón. Para cuando tiene ocho años ya conoce de memoria la historia del ángel. Su madre cree que está destinado a liberar a los israelitas del dominio de los filisteos.

Han pasado diez años. Sansón es ya un hombre joven, con una espesa mata de cabello en su cabeza que fluye formando poderosas guedejas de cabello, tal como el ángel lo había ordenado. Él es famoso por sus proezas de fuerza y la musculatura de sus hombros y su espalda. Algunos dicen que no existe nadie más fuerte que él en todo Israel. Pero Sansón no ha hecho nada por liberar a los israelitas del yugo filisteo. Él se ha alejado del Dios de Abraham y ha tomado por esposa a Habor, una mujer filistea de un lugar llamado Timnat.

El día de la boda, Sansón y sus padres se acercan a las viñas que están en las afueras de Timnat. Entre el laberinto de viñas y parras, Sansón pierde de vista a su madre y a su padre. Buscándolos frenéticamente, toma la dirección equivocada y acaba en la guarida de un león. De repente, un cachorro de león salta sobre Sansón. En ese momento, el Espíritu del Señor concede a Sansón la fuerza para protegerse desgarrando al león solamente con sus manos. Después de recuperarse de este inesperado ataque, Sansón se pone en marcha para buscar a sus padres. Al girarse para caminar, escucha el hirviente zumbido de abejas que polinizan dentro del cadáver del león. Le viene a la mente una idea. Guardará en secreto el ataque del león.

Al llegar a Timnat con sus padres, Sansón puede ya sentir la tensión provocada por su boda. La ceremonia se celebra en el jardín de la aldea. A un lado se sientan su madre y padre israelitas, mientras que al otro lo hacen los padres filisteos de Habor. Ella es una esposa dulce, tan hermosa y esbelta como Sansón es fuerte. El deseo de Sansón es que su madre ame a Habor en lugar de desaprobar la elección de su hijo. Mientras la banda musical de la boda toca en un rincón del jardín, Sansón besa a Harbor en la mejilla y le susurra al oído: "Iré y hablaré con ella".

Sansón cruza el jardín. Discretamente le habla a su madre en un suave tono de voz: "Sé que tu preferencia hubiera sido que me casara con una mujer de nuestro pueblo".

"No se trata de mi deseo, sino la voluntad de Dios. Solo espero que Dios entienda tu decisión", dice su madre sollozante.

"Pero fue Dios quien me la envió. Estoy seguro de ello en mi corazón. ¿Acaso el amor no viene de Dios?".

Abimelec, un guerreo filisteo, entra en el jardín. Es famoso por el desprecio que siente hacia los israelitas y sus hirientes burlas al Dios de Israel. Su lugarteniente, Ficol, le acompaña.

La madre de Sansón ve a Abimelec y, señalándole, le dice a su hijo: "¿Nos protegerás de ése?".

Su conversación se ve interrumpida por un canto: "¡Sansón! ¡Sansón! ¡Sansón!", exclaman los asistentes a la boda que piden que Sansón realice alguna demostración de su fuerza. Tres israelitas a duras penas consiguen transportar una pesada tinaja de arcilla para el agua. La colocan delante de Sansón mientas que los otros invitados a la boda corren a su lado y le insisten para que la levante.

La tinaja pesa más de noventa kilos; sin embargo, resulta tan liviana como una pluma para un hombre con la musculatura de Sansón. Él levanta la tinaja por encima de su cabeza y la inclina, de modo que el agua se derrama sobre su boca y moja toda su cara. Todos los asistentes prorrumpen en un clamoroso aplauso. Todos los hombres anhelan tener la fuerza de Sansón, al tiempo que más de una mujer admira el tamaño de sus músculos.

Sosteniendo aún la tinaja por encima de su cabeza, la lleva a través del patio hasta llegar a Abimelec. La coloca sobre el suelo y desafía al filisteo a levantarla. Ahora Sansón no es ya el gentil caballero que besó amorosamente a su esposa hacía escasos minutos, ni el cariñoso hijo que quería complacer a su madre. Se ha transformado en alguien arrogante e intimidante, un israelita provocador que no teme a nadie y que está dispuesto a demostrar a los filisteos quién es el hombre más poderoso en todo el reino.

Abimelec se siente humillado. Él sabe que no puede levantar la tinaja. Intentarlo solamente le haría parecer como un completo estúpido. Se da por vencido.

No contento aún con su apabullante fuerza, Sansón decide humillar aún más a los filisteos con su inteligencia. Les plantea una pregunta a la que no podrán responder.

"Te plantearé un acertijo", proclama Sansón al humillado Abimelec. "Si me dices la respuesta correcta dentro de los próximos siete días, te daré treinta vestidos de lino y treinta juegos de ropa. Si no sabes la respuesta, serás tú quien deberá darme a mí los treinta vestidos de lino y treinta juegos de ropa".

"Escuchémoslo", responde Abimelec.

La resonante voz de Sansón recita la adivinanza que se le había ocurrido estando en la cueva del león: "Del devorador salió comida, y del fuerte salió dulzura".

Se hace un profundo silencio entre los asistentes a la boda. Nadie puede resolver el enigma. Furioso, Abimelec se da la vuelta y se marcha, cada paso resuena al ritmo del tambor de la fiesta. Pero Abimelec no se aleja demasiado. Él y Ficol estudian a Sansón desde una discreta distancia, escondidos en las sombras a las afueras del jardín. "¿Quién dio permiso para que se celebrara esta boda, Ficol? Desde luego que yo no lo hice. Cualquier filisteo hubiera sido una mejor pareja que esa abominación".

Observan la expresión en el rostro del padre de Harbor, y notan cómo idolatra a Sansón. "Su padre es débil", musita Ficol. "Pero ¿cómo podemos atrapar a Sansón? Él es demasiado poderoso".

Abimelec sonríe de nuevo. "Déjamelo a mí. No iremos a por él", dice, para fijar luego la atención intensamente sobre Harbor. "Iremos a por *ella*".

Después de tres días de fiesta, los filisteos siguen sin poder resolver la adivinanza. Mientras Sansón descansa en privado, Ficol confronta a Harbor insistiéndole para que le diga la respuesta.

"No la sé. Sansón no me la ha dicho", responde Harbor.

"Persuade a tu marido para que te explique la adivinanza, o te quemaremos a ti y a la casa de tu padre hasta que todos mueran", le amenaza Ficol.

Horrorizada, Habor se lanza en los brazos de Sansón gimiendo: "¡Tú me odias! De veras no me amas. Has planteado una adivinanza a mi pueblo, pero a mí no me has dicho la respuesta".

"Ni siquiera se la he explicado a mi padre ni a mi madre", dice

Sansón. Pero al séptimo día de la fiesta, temiendo Harbor por su vida, Sansón cede ante su insistencia y le confía la respuesta a su adivinanza.

Pensando en salvar su vida y en la lealtad hacia su pueblo, Harbor explica la adivinanza a Abimelec y a Ficol.

Aquella noche en el banquete final de la fiesta nupcial, Abimelec se levanta y le dice a Sansón: "¿Qué hay que sea más dulce que la miel? ¿Qué hay que sea más fuerte que un león?".

Sansón inmediatamente se da cuenta de que el acertijo imposible había sido resuelto. Enfurecido y traicionado, Sansón huye de la fiesta de boda, planeando vengarse de Abimelec y de los filisteos por humillarle en su propia boda.

Más adelante, cuando es el tiempo de la cosecha del trigo, Sansón aprovecha la oportunidad para vengarse. Prende fuego a los campos filisteos y ve cómo los matorrales, las espigas, los viñedos y los olivares se convierten en pasto de las llamas.

Atemorizado por la fuerza de Sansón, Abimelec retoma su plan de ataque inicial: "Si no puedo destruir a Sansón directamente, me serviré de su débil esposa".

Un puño golpea la puerta de la casa de los padres de Harbor. Es de noche. Sansón no está en casa, así que la esposa abre.

Abimelec y Ficol se introducen en la casa. Sus ojos recorren la habitación. "¿Dónde está Sansón?", demanda Ficol.

"No lo sé. No está aquí", le responde ella.

Eso es todo lo que Abimelec necesita escuchar. "Hazlo", ordena a Ficol.

Los soldados rápidamente atan al padre y a la madre de Harbor, amarrándoles seguidamente a uno de los postes de la casa. Ficol aprieta en sus brazos a Harbor, quien lucha por soltarse y grita al ver a los soldados traer paja del establo y echarla por el suelo.

"Eres una desgracia para nuestro pueblo", le dice Abimelec a Harbor acariciándola bajo la barbilla.

Abimelec y Ficol se marchan, bloqueando la puerta desde el exterior. Alguien lanza una antorcha sobre el techo de paja que empieza a arder. Harbor implora misericordia mientras aporrea la puerta. Una multitud se ha juntado viendo cómo la casa se consume entre las llamas y el humo. Los gritos de Harbor lentamente se atenúan; ni siquiera uno de los que allí están desafía a los soldados para intentar salvarle la vida.

La guerra de Sansón, de un solo hombre, contra los filisteos se inicia tan pronto como le informan de esta atrocidad. Nada podrá impedirle su venganza. El primero en morir es un guardián filisteo que vigila cerca de una callejuela. Sansón se le acerca, le agarra la cabeza con sus manos y le hace crujir el cuello. "Eso va por mi esposa", le dice Sansón.

Incapaz de controlar su furia, Sansón continúa su serie de asesinatos como venganza. Irrumpe sin previo aviso en las barracas de los soldados filisteos blandiendo un garrote de madera. Inmediatamente es atacado por media docena de hombres armados, pero se deshace de ellos. Sansón consigue tirarlos por el balcón al patio inferior, y luego se dirige a la cárcel y suelta a los israelitas prisioneros. Al igual que aquel gran día en que Josué y el ejército israelita arrasaron Jericó, Sansón mata a todo filisteo que encuentra a su paso antes de refugiarse en la oscuridad de la noche. Pero le queda mucho aún antes de dar por terminada su venganza.

Abimelec contempla los resultados de los ataques de Sansón. "¿Un solo hombre hizo todo esto?", pregunta mirando los cadáveres apilados y escuchando el zumbido de las moscas en torno a ellos.

"Fue Sansón", responde Ficol. "El hombre que incendió…".

"Sé de quién hablas", le interrumpe Abimelec.

Los guardias filisteos que se encuentran cerca saben que les conviene callar. Observan cómo Abimelec hierve por dentro conteniendo la ira, urdiendo planes para restablecer el control de la situación. Una multitud de israelitas ha acudido al oír los disturbios. "¿Dónde está?", grita Abimelec a la multitud de los israelitas que se encuentran delante de las barracas. "¿Dónde está Sansón?". Su mera presencia enfurece a Abimelec, quien en su ira se dirige a un anciano israelita agarrándole con su puño carnoso por la garganta. El anciano, Elan, tiene fama por su sabiduría y autoridad. "*Tú deberás traerme a Sansón*", le dice Abimelec. "Y lo traerás pronto, porque por cada día que pase sin que yo lo vea, morirán dos personas de su pueblo". Lentamente suelta su puño de la garganta del anciano. "¿Me has entendido?".

Elan jadea intentando recuperar el aliento, asintiendo una y otra vez mientras da un paso hacia atrás.

"Empezando ya", añade Abimelec, dando un chasquido con sus dedos.

Ficol agarra a dos desafortunados israelitas. Ellos no contra-atacan ni siquiera resisten, porque hacerlo así podría desatar la ira de los filisteos. Ficol arroja a los israelitas en manos de sus guardias para luego cortarles la garganta.

Si Abimelec hubiera sabido que la madre de Sansón se encontraba entre la multitud, quizás esos dos hombres habrían podido salvar sus vidas. Pues solo ella sabe dónde se encuentra su hijo.

Una sombra se proyecta sobre la entrada de una cueva situada en lo alto de un escarpado acantilado bien lejos de la ciudad. Un temible y precario sendero conduce hasta la cueva. La anciana madre de Sansón valientemente realiza la subida junto con Elan y un pequeño grupo de israelitas. Ascienden respirando pesadamente, cuidando de no mirar hacia abajo al fondo del valle. Pequeñas rocas caen desde lo alto por la ladera, haciendo que se cubran sus rostros para evitar ser golpeados por ellas.

Por fin consiguen llegar a la cueva. Los visitantes van entrando uno a uno guiados por Elan. La madre de Sansón es la última en entrar, insegura de si su hijo se enojará al verla.

"Sansón", llama Elan en voz baja. Su voz resuena en la oscuridad.

Silencio. Desde algún lugar en la profundidad de la cueva se oye gotear el agua.

La madre de Sansón se coloca junto a Elan. "¿Sansón? ¿Estás ahí, hijo?".

Avanzan dentro de la cueva. En un rincón, ocultándose de ser visto fácilmente, aparece el bulto de un hombre que duerme. Elan considera qué tragedia podría suceder a alguien que se atreviera a despertar a Sansón de su sueño; así que es la madre de Sansón la que se inclina para despertar a su aletargado gigante.

Pero en el instante de tocar las mantas, la madre de Sansón retira su mano horrorizada. No es Sansón. Desde luego que no. Es simplemente un montón de ropas y mantas tomando la forma de un hombre.

"Madre", le dice Sansón a sus espaldas mientras sale de entre las sombras. Su altura supera a la de los israelitas, que se apartan de él con temor. La profundidad de la aflicción de Sansón se muestra en las líneas de su rostro fatigado. Hay una mirada salvaje en sus ojos; y en la estrechez de la pequeña cueva, la figura de Sansón se muestra más imponente que nunca. Sus largas y espesas guedejas caen sobre sus hombros como la melena de un león, dándole la apariencia de un depredador. Da la impresión de ser capaz de matar a cualquier hombre, mujer y niño del país con tal de vengar el espeluznante asesinato de su esposa.

"Hemos venido a razonar contigo", le asegura un temeroso Elan.

"¿Razonar?".

"Debes dejar de matar, Sansón. Por favor, piensa en todos nosotros. Por cada filisteo que matas, aparecen dos más que buscan revancha, contra nosotros".

"Tal como hicieron conmigo, yo les estoy dando su merecido".

Elan se vuelve cada vez más exasperado. "¿No te das cuenta de que son los filisteos los que mandan ahora?".

"Cada uno", responde Sansón, tratando de mostrar suficiente respeto a Elan al tiempo de hacerle saber que tiene que completar un trabajo, "debe hacer lo que piensa que es correcto".

"No, Sansón. Haz lo que es correcto para tu pueblo y para Dios. No para ti mismo".

La madre de Sansón avanza y le toma de la mano. Ella no ha olvidado la promesa que le hiciera el ángel hace tanto tiempo. Confía en que Dios tiene un plan que trasciende la lógica y se adentra en lo imposible a fin de hacer su voluntad. "Debes entregarte, hijo mío", le susurra tiernamente.

"¿Es eso lo que Dios quiere?", responde un devastado Sansón.

"A veces... tienes que confiar en Dios. Él nos conduce de maneras que no podemos ver. Él guiará las decisiones que tomes. Debemos confiar en Dios".

Sansón dirige su mirada al cielo. Parece que pasara una eternidad. Entonces inclina su cabeza y extiende sus poderosas manos. Con gran alivio Elan asiente, y los dos hombres se adelantan para atar sus gruesas muñecas con una soga. Sansón mira a su madre buscando apoyo moral, pero ella no encuentra fuerza para devolverle la mirada. Sansón, el hombre más fuerte del país, se deja atar y ser llevado mansamente.

Olvidado por su pueblo, marcado como asesino por los ocupantes de su nación, y entregado por su propia madre, Sansón es exhibido públicamente, encadenado a un muro de piedra en la plaza del mercado. Los puestos de los vendedores cubren el muro del fondo, y el balido de los corderos y las cabras destinados al matadero satura el aire. Aquellos brazos poderosos se hallan firmemente agarrados y extendidos a cada lado de su cuerpo, y las cadenas de metal abren cortes en sus muñecas. La espesa mata de cabello de Sansón se encuentra enmarañada, y su cuerpo dolorido a causa de la paliza recibida por los guardias filisteos, que le han hostigado con sus puños y palos sabiendo que no puede defenderse. Tanto los israelitas como los filisteos le presionan por todos lados y se burlan de su incapacidad para defenderse. Algunos le escupen. Otros le escarnecen. Pero se cuidan mucho de no acercarse demasiado a él, pues aun cargado de cadenas, la gran fortaleza de Sansón resulta evidente para todos. Más de un hombre se pregunta si Sansón sería de alguna manera capaz de romper esas cadenas y continuar su ciclo de venganza.

Solo Abimelec se atreve a acercarse a la cara de Sansón. Los dos hombres se encuentran separados por apenas unos centímetros, mirándose fijamente a los ojos. "Has conseguido tu trofeo", le dice Sansón apretando los dientes. Suprime el impulso de escupir a su opresor. Eso no le convendría. Mejor esperar, tratar de encontrar una vía de escape y enfrentarse a Abimelec y a sus secuaces de una manera más contundente.

"Lo único que veo es un criminal común y corriente", responde Abimelec, quien se siente tranquilo y confiado, pensando en el día en que cortará en dos el cuerpo de Sansón y arrojará su cadáver a los perros carroñeros. Entonces, y solo entonces, podrá él estar seguro de que Sansón no volverá a matar a ningún otro filisteo.

"Fuiste tú quien asesinaste a mi esposa".

"Ella era una filistea, no una de los suyos. Necesitábamos dar una lección, una lección que tu pueblo jamás olvidará".

"Y ahora que me tienes atrapado ¿dejarás en paz de una vez para siempre a mi pueblo?".

Abimelec rompe a reír. Es una carcajada seca, como la de un hombre que se creyera omnipotente. "No hasta que les echemos a todos de vuelta al desierto, allí donde ustedes pertenecen".

Sansón se da cuenta de que ha cometido un error. Su pueblo no está a salvo, después de todo. Abimelec hace una señal con su cabeza a Ficol. "Mátalo".

Un grito ahogado brota de los israelitas que se encuentran alrededor. Han sido traicionados. En su precipitación por querer salvar sus propias vidas, los israelitas han sentenciado a muerte al único hombre que podría salvarles.

Los soldados filisteos sacan sus espadas. Abimelec da varios pasos atrás para contemplar mejor la masacre.

Sansón escucha una voz. "¿Señor?", le responde, abrumado al darse cuenta de que Dios ha aguardado hasta este momento de su mayor necesidad para hablarle. Sansón fija su mirada en el suelo, donde yace la quijada de un asno cubierta del polvo del desierto y abandonada. Un nuevo poder recorre el cuerpo de Sansón, y se da cuenta de que ese hueso ha sido puesto allí con un propósito. Los soldados están a meros pasos de distancia. Sansón no mira a los soldados, para desesperación de Abimelec, quien había esperado largo tiempo ver una expresión de terror en los ojos del hombre fuerte. En lugar de ello, Sansón está fijamente mirando la quijada y clama a Dios. "Señor", pregunta en alta voz, "¿eres tú?".

"Lo soy".

Sansón escucha la voz de Dios y se maravilla de la energía más allá de toda comprensión que inunda sus músculos. Sansón rompe sus cadenas como si se trataran de ramitas de árbol. Agarra las cadenas de acero blandiéndolas alrededor de su cabeza para ahuyentar a los soldados. Creyendo que sus afiladas espadas podrán salvarles, los filisteos se lanzan contra él para encontrarse que Sansón consigue arrojarlos al suelo con el chasquido de una cadena.

Entonces Sansón echa mano de la quijada que está en el suelo. Las cadenas siguen colgando de sus muñecas a causa de los grilletes de acero, pero ahora dispone de una nueva arma: un largo hueso secado por el sol, no diferente de la quijada de cualquier otro asno, pero Sansón lo empuña como si fuera la mayor arma conocida por la humanidad. En parte guadaña, en parte espada, en parte hacha de guerra, en parte sable y en parte garrote de batalla. Aporrea a cualquier filisteo lo bastante insensato como para intentar atacarle. A un soldado le hunde la cabeza. A otro hace volar sobre los puestos del mercado. Los puestos se derrumban y los filisteos se dispersan. Solo Abimelec y Ficol permanecen en el lugar, y Sansón podría matarlos con la quijada en un instante. Pero Sansón tiene un trabajo mucho más importante que hacer, y después de atravesarlos con una mirada de acero recordándoles que él no ha olvidado aún la muerte de su esposa, se aleja en la dirección opuesta.

Sansón no camina lejos. Tan pronto como gira una esquina y se adentra en una callejuela cae de rodillas. Sin aliento, aprieta juntamente sus manos y se dirige a Dios. "Señor", pregunta, "¿es esto lo quieres que haga? Por favor, te lo ruego, guíame".

Sansón escucha pasos detrás de él. De un salto se pone de pie, quijada en mano, creyendo que se trata de otro soldado. Pero no, es una mujer, una hermosísima mujer. Es tan impresionantemente bella que Sansón olvida su furia y se queda prendado de sus ojos. La mujer transporta un cántaro de agua, que coloca en el suelo.

Mirando seductoramente a los ojos de Sansón, echa hacia atrás el pañuelo que cubre su cabeza, y luego se inclina para llenar un cuenco de agua y ofrecérselo para que beba.

Sansón de pronto se da cuenta de que está sediento. Todas las horas que ha estado encadenado en la plaza del mercado lo han dejado tostado y reseco. Siente la hinchazón de su lengua, y sus labios están ásperos y agrietados. Bebe con ansiedad, sin quitar un solo instante su mirada de la visión que tiene ante sus ojos. Es evidente que ella es una mujer filistea, y Sansón recuerda el consejo de su madre de encontrar una mujer de entre su propia tribu.

Sansón apura el último sorbo de agua y seca sus labios con la palma de su mano. Nota cómo la mujer admira su musculoso pecho desnudo y cómo la mirada de ella recorre las líneas de sus robustos hombros. "¿Quién eres?", le dice finalmente.

"Dalila", responde recatadamente. "Me llamo Dalila".

La noticia sobre Dalila llega pronto a oídos de Abimelec. El comandante filisteo se ha apartado del poblado israelita refugiándose en el cuartel de su propia ciudad. La victoria de Sansón contra el ejército filisteo parece el resultado de una bendición celestial. Abimelec busca ser igualmente bendecido por su propia deidad pagana, Dagón, y ofrece un sacrificio animal en la oscuridad de la noche. El humo llena la pequeña sala cuando entra Ficol trayendo noticias de sus espías.

"Tenemos noticias de Sansón", Ficol concisamente informa a Abimelec. "Tiene una nueva mujer, una mujer filistea".

"¿Otra de nuestras mujeres? ¿Cómo se llama?".

"Dalila", responde Ficol.

Abimelec sonríe maliciosamente, pues se da cuenta de que está a punto de ganar una vez más ventaja sobre Sansón. "La conozco. Tráemela. Necesito hablar con ella".

Traen a Dalila a presencia de Abimelec. Él está de pie en un balcón por encima de ella, de forma que ella no lo ve al entrar en sus aposentos. Abimelec la contempla de arriba abajo, lleno de rabia al pensar que un israelita pueda atreverse a tocar tan espectacular belleza del pueblo filisteo. Su atractivo es tan grande que incluso el endurecido Abimelec balbucea un momento antes de recobrar la compostura. Él hará cualquier cosa por agradar a tan hermosa mujer; se siente extasiado con ella, lleno de impulsos carnales que deberá dominar si es que quiere ganar esta guerra.

"Dalila", la llama Abimelec tan fuerte como puede, pero su voz apenas audible pone de manifiesto su debilidad. "Gracias por venir", añade en un tono más confiado.

Abimelec desaparece de la vista de Dalila, descendiendo de su balcón por una escalera trasera. Sus ojos recorren cada centímetro de su cuerpo cuando reaparece detrás de ella. "Tan seductora como siempre", le dice suavemente.

Dalila se gira al instante. "¿Qué quieres?".

"Por ahora", susurra, "tengamos una pequeña charla". El susurro se convierte en un gruñido, y su voz se vuelve cada vez más fría. "Me gustaría que hablemos sobre Sansón. Una elección interesante, ¿no te parece? No alguien de los nuestros. ¿Qué te hace pensar que puedas ser suya?".

"¿Por qué quieres saberlo?", responde Dalila defensivamente.

Abimelec la toca suavemente debajo de su barbilla. "¿A qué viene ese tono de voz? No me dirás que le quieres".

Se produce un silencio altamente significativo.

"Bueno, ¿supongo entonces que te has enamorado?", pregunta Abimelec.

"Pregúntaselo a él", replica Dalila, que no siente miedo alguno del comandante filisteo.

Abimelec se le acerca desafiante, tan cerca que su aliento impacta en su cara, luego la sujeta por los brazos de forma que ella no pueda retirarse. "Él ha masacrado a cientos de nuestros paisanos". Su saliva cubre el rostro suave y terso de Dalila al no poder controlar su ira. "¿O lo has olvidado?".

"¿Y a cuántos has masacrado tú, Abimelec?".

"No confundas la justicia con el asesinato".

"¿Realmente crees que eres mejor que él?", pregunta Dalila. "Pero Sansón ha cambiado. Es otro hombre desde que me conoció".

Abimelec ríe amargamente. "¿Realmente crees eso? La verdad

es que él seguirá matando hasta que encontremos la manera de detenerlo; para siempre".

Las palabras suenan como una daga a oídos de Dalila. Abimelec puede ver su impacto y la suelta. "¿Sabes lo que le sucedió a su primera mujer?", le pregunta. "Murió, digamos, *joven*. ¿Quieres morir joven, Dalila?".

Él intenta acariciarle de nuevo la barbilla, pero ella se aparta. Bruscamente le agarra la cara y la acerca a la suya. "¿De dónde saca su fuerza, Dalila? ¿Cuál es su secreto?".

"No lo sé", responde ella mansamente. "No quiere decírmelo"

"Averígualo".

Ahora Dalila se siente aterrorizada, atrapada entre la ira de los dos hombres más poderosos del país. "Has visto de lo que es capaz. No sé si puedo lograrlo".

Abimelec hace un gesto a Ficol, quien saca un gran cofre de madera desde un lugar escondido. "Quizá esto pueda ayudar", le dice Abimelec.

Ficol abre la pesada tapa. Dalila, que nunca ha visto mucho dinero en su vida, queda boquiabierta al ver miles de brillantes monedas de plata que destellan ante sus ojos. Se queda mirando fija al cofre, sin que pueda decir palabra alguna. Hay literalmente una fortuna, más dinero del imaginable.

"Me gustaría llamar a esto 'dinero de peligro'", dice Abimelec, sacando a relucir su encanto. Dalila acerca su mano a las monedas y llena su puño. Se siente tan bien con ellas en su mano, tan sólidas.

Abimelec se da cuenta al instante de que ella ya ha tomado una decisión. "Es todo para ti", le dice, mientras observa la plata navegando por las pupilas de Dalila.

Dalila se muestra incrédula. Se inclina para recoger la plata en el dobladillo de su vestido.

Pero Abimelec la agarra por la muñeca apretándola tan fuertemente que tiene que soltar las monedas, que vuelven a caer estrepitosamente dentro del cofre. Entonces cierra de un golpe la tapa del cofre. "Pronto, Dalila. Pronto. Pero no ahora. Únicamente cuando sepamos cuál es su secreto. Ese día todo esto será tuyo. Así que dime: ¿puedes descubrir ese secreto?".

Dalila da un hondo suspiro y asiente con la cabeza.

Está avanzada la noche. Sansón atrae hacia sí el cuerpo de Dalila, luego la besa tiernamente en los labios. Este es el momento que Dalila había estado temiendo, pues ella sabe que cualquier reserva en su beso podría delatarla. Así que ella envuelve a Sansón en sus brazos y le besa como si esta pudiera ser la última vez. Sansón nada sospecha. La levanta y la lleva a la cama. Ella respira hondo en su oído, anticipando la pasión que pronto se desatará. "¿Por qué eres tan especial?", le pregunta seductoramente. "¿Qué hace que seas tan diferente?".

Sansón la coloca sobre la cama sin responder. Se acuesta a su lado y se toman de la mano. "Pareces invencible", le dice despreocupadamente. "¿Puede alguien vencerte?".

Sansón, confundido, se vuelve para mirarla. "¿Qué quieres decir?".

"Ah, era solo curiosidad. Parece que hubiera algún secreto para tu fuerza. Si vamos a vivir juntos, no debería haber secretos entre nosotros".

Sansón mira a los ojos a Dalila para captar sus intenciones, pero no percibe duplicidad en ellos. Sus manos acarician su larga melena negra mientras las manos de él acarician la piel suave de sus hombros. "Dios está conmigo, Dalila", responde finalmente. "Él me hace fuerte".

"¿Pero cómo? ¿Cómo te hace fuerte?".

Sansón se siente de hecho aliviado de poder abrir su alma y revelar su secreto. Las palabras fluyen de su boca sin ser filtradas, confesándolo todo a su amada. "Mi madre era estéril. Dios le dio un hijo: yo. Pero hay cosas que no debo hacer".

"¿Como qué?", pregunta ella, besándole tiernamente en el cuello.

"Mi cabello. Nunca he cortado mi cabello. Lo tengo prohibido. Es la señal de mi devoción. Si corto mi cabello, mi Dios me quitará la fuerza. Seré tan débil como...".

"¿Como Abimelec?", susurra Dalila.

Sansón no puede suprimir una sonrisa, aunque la mención de ese nombre le irrita. Los amantes callan por un momento.

"No me crees, ¿verdad?", dice Sansón.

Dalila puede casi sentir la plata en sus manos: su peso, su pulida suavidad, su poder. "Te creo, Sansón", ella le responde, besándole con una renovada pasión que él nunca antes había experimentado. "Te creo completamente".

Sansón duerme. Es un sueño profundo y apacible, y por vez primera desde hacía meses, no siente preocupación por nada. Su corazón se siente repleto de la alegría que acompaña al amor físico y emocional. Su gigantesco cuerpo, que ha estado soportando la tensión de la ira y la desesperación desde la muerte de su esposa, por fin puede relajarse. Respira profunda y calmadamente, flotando en el más encantador de los sueños que jamás haya experimentado.

Sansón se sacude pero no se despierta al primer corte de cabello de las tijeras de Dalila. Ella se muestra precavida, comenzando desde las puntas del cabello, a la mayor distancia posible de la cabeza. Pero su pelo es tan largo que parece como si no hubiera cortado nada. Otro tijeretazo. Y luego otro. Al poco tiempo, todo ha desaparecido, absolutamente todo. Y sin embargo, él sigue durmiendo. El último mechón cae al suelo justo en el momento en que los soldados filisteos se precipitan a la habitación de Dalila.

"¡Atrápenle!", ordena Abimelec.

Al instante, Sansón salta de la cama y se dispone a luchar. Se lleva una mano a la cabeza y nota el destrozo. Mira a la cama, cubierta por un montón de cabello negro. Se fija en Dalila, espléndida, deleitosa Dalila, la mujer de sus sueños, viendo cómo le da la espalda. Su corazón se hunde. Los soldados filisteos le dominan fácilmente. Sansón lucha, pero no tiene fuerza alguna. Por primera vez en su vida, Sansón se siente débil y temeroso. "¿Qué has hecho?", le grita a Dalila.

Abimelec vacía el cofre de monedas de plata sobre la cama,

donde se mezclan con los rizos de cabello como si de joyas exóticas se trataran.

Los ojos de Sansón atraviesan a Dalila. Está aturdido a causa de su traición y maldice su propia necedad.

Ella calla.

"¿Hermosa, ¿cierto?", sonríe maliciosamente Abimelec.

Sansón lucha, pero no puede liberarse.

"Bien, amigo", continúa Abimelec. "Echa un buen vistazo a tu alrededor. Mira bien".

Sansón no quiere mirar a su traidora. Aún puede sentir la suavidad de sus dedos acariciándole la piel. Amaba y confiaba en Dalila. Siente aún su cálido aliento y recuerda las amorosas palabras que se dijeron. Mira a la mujer que lo ha hechizado, con profundo dolor en su corazón.

"Graba ahora esa imagen en tu cabeza", le dice Abimelec. "Porque eso es lo último que volverás a ver". Abimelec se inclina extendiendo sus dos manos, y Sansón piensa que Abimelec tiene la intención de asfixiarlo. Pero en lugar de hacerlo, Abimelec hunde sus pulgares haciendo saltar los ojos de Sansón.

En menos de un minuto, Sansón queda ciego.

Matar a Sansón habría sido mostrar benevolencia. Pero Abimelec no entiende de compasión. Ordena que Sansón sea encadenado de nuevo, esta vez en una cárcel. Abimelec se olvida de Sansón durante meses.

El cabello de Sansón crece y se vuelve más largo. Sansón presiona su cabeza contra la fría piedra de la celda en el interior del cuartel de los soldados. Se encuentra solo. Sus ojos están cubiertos con vendajes ensangrentados. Su mundo es la oscuridad. Pero es en esa oscuridad donde finalmente comienza a ver que su destino se cumplirá. Detrás de él cruje la puerta al abrirse de par en par. "¿Quién está ahí?", grita en agonía.

No hay respuesta, pero Sansón pronto la averigua. Dos soldados filisteos le machacan a puñetazos y porras, disfrutando de hacer su trabajo. Sansón ruge de dolor con la lluvia de golpes que cae sobre su cuerpo, y las cadenas producen un gran estruendo al agitar sus brazos en un inútil intento de protegerse. Pero no hay nada que pueda hacer despojado ahora de su fuerza y de su visión. Su pecho desnudo y sus costillas pronto acaban pareciéndose a la carne machacada, sangrienta y cruda, de un trozo de ternera.

Solo cuando Sansón desfallece, sosteniéndose hacia adelante por las cadenas e incapaz de apoyar el peso de su propio cuerpo, es cuando los soldados le sueltan. Siguen, sin embargo, dándole patadas y puñetazos al tiempo que hacen girar la llave de sus grilletes de sus muñecas y tobillos.

Cuando Sansón se derrumba, le arrastran fuera de la celda, desollándose la piel de sus rodillas y de sus pies, y lo trasladan al templo del dios filisteo Dagón. El salón está abarrotado de cientos de personas. El humo del incienso envuelve sus rostros y sus ojos llorosos y enrojecidos. Se están asando cerdos. Copas de vino se llenan una y otra vez. Se permite entrar a los perros en medio de esta gran celebración pagana, y sus ladridos y bramidos resuenan por las elevadas columnas que sostienen el techo.

"Sansón, Sansón, Sansón", cantan, escupiendo al israelita mientras es arrastrado entre la multitud. Hasta a los niños incluso se les permite zaherir a Sansón.

Cuando los soldados filisteos sueltan a Sansón, él se pone de pie, aturdido. Sansón oye el ridículo; sin embargo, no puede ver quién le está cubriendo de ignominia y profanidades. Él siente la presencia de Dalila en el lugar y se gira en dirección a ella.

Ella no canta ni disfruta con la miseria de Sansón. Pero de todos modos está allí, y él lo sabe.

Sansón se tambalea, a punto de desfallecer una vez más. "Me siento débil", grita. "Denme algún apoyo".

Los guardias llevan a Sansón hasta los pilares centrales del edificio. Desde la distancia, Abimelec observa atentamente. Sansón puede estar ciego, pero sigue siendo un formidable enemigo. "Debería haberle matado cuando tuve la oportunidad", se dice a sí mismo entre dientes.

Ficol capta lo que dice. "No estará mucho más tiempo con nosotros", le dice a su jefe.

Abimelec asiente, soltando un suspiro de alivio. Sí, Sansón estará muerto antes del amanecer. Da un largo sorbo a su copa y se acerca a un lugar más próximo a Sansón, en estos momentos finales.

Sansón, entretanto, se está comportando de manera extraña. Pareciera que estuviera acariciando los pilares en los que se apoya. Incluso les habla. "Señor Dios", susurra, "si soy tuyo, acuérdate de mí y fortaléceme una vez más de manera que pueda tomar venganza".

Abimelec consigue escuchar la oración de Sansón e inclina su rostro hacia donde él se encuentra. "¿Acaso te olvidas, Sansón? Tu cabello ha desaparecido. Has roto tu pacto con tu Dios y ahora él te ha abandonado".

"No fue Dios quien me sacó los ojos", le espeta Sansón. "Fuiste tú. Pero me alegro de que hicieras lo que hiciste. La oscuridad me ha servido para pensar".

Abimelec nunca había escuchado tal estupidez. "Tu Dios te ha abandonado y se ha llevado tu fuerza con él", le dice mofándose.

Una mirada de completa serenidad se refleja en el rostro de Sansón. "No. Te equivocas. Puedo verle más claramente que nunca".

"¿No me digas? ¿Y qué te dice?".

Sansón empieza a apoyarse con fuerza sobre los pilares, y de pronto los empuja con toda su fuerza. Cierra sus párpados y eleva una última oración a Dios. "Señor, acuérdate de mí. Por favor, Dios, fortaléceme. Solo una vez más. Te ruego que pueda vengarme de los filisteos por lo que me hicieron con los ojos".

Abimelec sacude su cabeza al ver orar a Sansón. "No servirá de nada, Sansón. He ganado yo. ¿No te das cuenta?".

Pero en ese momento Abimelec siente una punzada, como si algo duro golpeara en su mano. Mira hacia abajo y ve fragmentos de piedra pulida. Luego una nube de polvo parece descender desde el techo. Un incrédulo Abimelec vuelve su mirada a Sansón, viendo cómo todo su cuerpo se tensa contra los pilares al igual que un vagabundo errante del desierto se afianza contra el viento. Los músculos de la espalda y de los hombros de Sansón se ondulan; sus piernas, empujando con fuerza las piedras, se mantienen tensas y vibrantes.

El miedo se apodera de Abimelec. No da crédito a lo que está sucediendo. Las guedejas de Sansón habían sido cortadas. El poder de Sansón debería haberse esfumado. Y entonces Abimelec se da cuenta de la realidad de los hechos: el cabello de Sansón ha comenzado a crecer de nuevo, pero nunca fue la razón última de su poder. Un poder que procede de Dios mismo. Aquellos grandes rizos de cabello eran solo un recordatorio visual diario del pacto de Sansón con Dios.

El poder viene de Dios. El Dios de los israelitas. Y siempre ha sido así.

Los gritos retumban por todo el templo. Los guardias filisteos se lanzan sobre Sansón. Desesperadamente tratan de apartarlo de los pilares, pero él los ahuyenta como si fueran mosquitos. El techo comienza a hundirse, con grandes secciones del mismo cayendo al suelo y aplastando cada vez a docenas de los presentes. Dalila entre ellos. Su cuerpo destrozado yace entre los escombros. Los huesos de su rostro están triturados. Aquellas curvas que un día fascinaran a Sansón ya solo son un vago recuerdo. Toda aquella plata no puede devolverle la vida.

Sansón acaba lo que ha empezado. Las columnas se tambalean, y finalmente Sansón puede dejar de empujarlas. Se recompone y sonríe, casi totalmente invisible en medio del polvo y la devastación. Alrededor de él, todo el templo se viene abajo, y sabe que su hora ha llegado. "Señor", dice entregándose. "Soy tuyo. Déjame morir con los filisteos".

Dios responde a su oración. Todo el templo se desploma.

***

Pero la victoria de Sansón apenas dura. Los filisteos continúan guerreando contra los israelitas. En medio de este caos, el Dios de Abraham, por primera vez en la historia, envía a un hombre santo, un profeta. Dios revelará el futuro de los israelitas a este hombre: Samuel. No solo librará a los israelitas de los filisteos, sino que también se convertirá en su mayor guía espiritual desde Moisés.

Han pasado muchos años desde que Dios hablara a su pueblo. Una vez más, Dios escoge a Ana, una mujer justa, estéril también, como su instrumento. Dios responde a su oración pidiéndole un hijo, a quien llamará Samuel, que significa "el que escucha a Dios".

Cuando Samuel tiene cincuenta años, se halla en la cumbre del monte Mizpa, donde se realizan sacrificios, rodeado de sacerdotes y de los ancianos. Su cabello es largo y su barba se va tornando canosa. El día ha sido desastroso para los israelitas, pues los filisteos han matado a familias enteras en las faldas de esa rocosa montaña. Incluso en estos momentos en que Samuel se encuentra en la cima, se está produciendo otra batalla más abajo. Las fortificaciones israelitas son débiles, y aunque su ejército hace lo que puede para repeler a los filisteos, las opciones de que puedan soportar el ataque más de una hora son escasas. Queda en manos de Samuel rescatar el día, puesto que es un hombre de fe. Él elige entrar en la batalla invocando a Dios.

"Debemos ofrecer un sacrificio", le dice Samuel al grupo de hombres. "Allí donde han fracasado los guerreros, Dios triunfará". Samuel coloca un puñado de pequeñas ramas encima de una gran roca, y luego añade trozos más grandes para el fuego. "Señor", exclama, "escúchame en nuestro momento de necesidad".

Finees, uno de los ancianos, no mira a Samuel mientras éste ora. Estudia los movimientos de la batalla. Lo que ve no es nada alentador. "¡Samuel, date prisa. Están rompiendo nuestras líneas!".

Incluso mientras las llamas se hacen cada vez más grandes y parecen lamer los bordes de la túnica de Samuel, llega hasta ellos el rugido de los chillidos y de la muerte. ¿A qué distancia se encuentran las líneas de batalla? ¿Como a un kilómetro? ¿Como a cuatrocientos metros? Un raudo filisteo podría correr esa distancia en cuestión de minutos y acabar con la vida de Samuel y de los otros hombres allí reunidos. Permanecer allí parados y orando parece una locura.

Un Finees desesperado se muestra ansioso por escapar. Se gira, a punto de hacerlo.

Samuel calmadamente le insta a permanecer donde está. "Dios es nuestra única esperanza", le dice.

A pesar de que Samuel continúa afirmando su fe en Dios, el ejército israelita está siendo aplastado. Sus líneas se han roto y los guerreros filisteos avanzan sobre sus cadáveres. Una victoria de los filisteos en el monte Mizpa podría significar el fin del toda la nación israelita, y tanto hombres, como mujeres y niños tratan de escapar del asalto de los filisteos.

Samuel levanta el cordero sacrificial colocándolo sobre el fuego, que despide chispas por doquier y envuelve en humo a Samuel y a los sacerdotes. "Señor, te lo ruego, acepta nuestro sacrificio y ayúdanos. Ayuda a tu siervo en su momento de necesidad".

No dice más. El resonar de las espadas y los gritos de los moribundos se oyen cada vez más cerca. Los niños lloran llamando a sus madres, y las esposas gimen de dolor por la muerte de sus esposos. Samuel no es indiferente al ruido de lo que está sucediendo, pero permanece centrado en oír la voz de Dios. Levanta su rostro al cielo estirando su espalda. El rostro de Samuel se vuelve tenso y concentrado mientras escucha a Dios.

Se oye el estallido de un trueno. La iluminación de un relámpago. Una pequeña gota de lluvia. Y acto seguido un potente viento cruza el monte Mizpa, sacudiendo a Samuel y prosiguiendo luego hacia el ejército filisteo que sigue avanzando, deteniéndolo en seco. Aquella pequeña gota de agua se convierte en un diluvio, empapando a los filisteos y convirtiendo la tierra en un pesado fango que imposibilita su avance.

"Escuchen a su Dios, oh israelitas", exclama Samuel a plena voz. "Él viene ahora en su ayuda".

Finees y los sacerdotes están asombrados. Samuel se recoge en acción de gracias. En la ladera de la montaña debajo de ellos, los cuerpos de los valientes israelitas caídos en la batalla están esparcidos tan desordenadamente como las ramitas que Samuel usara para el fuego sacrificial. Las huellas de los filisteos se hunden una vez más en esos cadáveres, pero en esta ocasión las huellas van hacia abajo de la montaña, no hacia arriba. Los relámpagos golpean sus talones. Huyen tan velozmente como pueden, gracias a Samuel y a Dios.

La carga de ser un profeta significa tener que demostrar a la gente la conexión con Dios una y otra vez. Años más tarde, cuando Samuel ya se vaya haciendo viejo, él nombra a sus hijos como los nuevos líderes de Israel. Samuel se reúne en su casa con los ancianos y los sacerdotes. Sus dos hijos, Joel y Abías, también acuden a la reunión. Pero han sido los ancianos quienes han convocado esa reunión, así que Samuel se siente desconcertado ante su presencia. "¿Qué les preocupa?", les pregunta cautelosamente.

Finees habla en nombre del grupo. "Nos sentimos agradecidos, profeta. Nos has dado grandes victorias".

"Dios nos ha dado grandes victorias", Samuel se apresura a corregirle.

"¿Pero quién hablará al Señor después de tu partida?".

Samuel señala a sus hijos. "Mis hijos".

Finees siente gran respeto por Samuel, así que lo que tiene que decir requiere gran valentía. "Pero Samuel, tus hijos son corruptos".

Samuel no se enfurece a menudo, ni tan siquiera se suele mostrar descortés. Pero ahora se alza sobre sus pies haciendo notar su altura sobre Finees, con su rostro lívido de ira. "¿Qué? He criado a mis hijos para que confíen en Dios y obedezcan sus leyes. Todo lo que he hecho por ustedes ha sido hecho porque camino en las sendas del Señor".

"Aceptan sobornos, Samuel. Lo sabe todo el mundo. Deshonran tu buen nombre".

Samuel mira horrorizado a sus hijos. Ellos rehúyen su mirada. El silencio ensordecedor pareciera una eternidad.

"Así que cuando tú ya no estés con nosotros", continúa Finees, "y los filisteos vuelvan a atacarnos y busquemos a tus hijos para que invoquen a Dios…¿acaso nos responderá?".

Un deshecho Samuel cierra sus ojos angustiado.

"Dime: ¿qué quiere nuestro pueblo? ¿Qué les servirá de garantía de que Dios les oirá cuando le invoquen?".

Finees pronuncia solo dos palabras; dos palabras que cambiarán para siempre al pueblo de Israel: "Un rey".

Samuel se queda de piedra. "¿Un rey? Es una idea de lo más peligrosa. Dios es nuestro rey".

"¿Por qué hemos de ser diferentes de las demás naciones?", exige saber Finees.

"Pero considera lo que los reyes de otras naciones han hecho a sus pueblos. Los reyes se vuelven tiranos. Esclavizan a su propia gente", le responde Samuel alzando la voz.

"Pero nunca en la historia un rey ha sido ungido por un profeta de Dios. Tal rey será diferente".

Todos los ancianos expresan su acuerdo asintiendo con la cabeza. Samuel sigue pensando que es una mala idea. Sus hijos, los dos hombres que han sido el motivo de la reunión, no dejan de mirar al suelo, convencidos de que sus opiniones no servirían para nada. Tanto si se elige a un rey como si no, su conducta vergonzosa les seguirá el resto de sus días.

"Dios nos ha prometido esta tierra", argumenta Samuel. "No es apropiado que uno de los nuestros se convierta en rey".

"¿Cómo sabemos que eso sea así, Samuel?", replica Finees. "¿Se lo has preguntado?".

Samuel se encuentra solo en la cima de una colina en el desierto. Sus pensamientos están enfocados en Dios. La especial relación que ha existido entre ellos ha moldeado al pueblo israelita desde la muerte de Sansón. En los muchos sueños y conversaciones en que Dios le ha revelado sus planes, nunca se había mencionado la posibilidad de un rey terrenal. Por tanto, esta idea que han planteado los ancianos, una idea tan meritoria, resulta de lo más insólita. ¿Se trata de una idea del hombre o de Dios? Samuel necesita conocer la respuesta.

"Lo he dado todo", le explica a Dios. "Pero si dices que les dé un rey, por supuesto que lo haré. Pero ¿qué es lo que quieres haga?".

Dios le responde a Samuel que ellos no están rechazando a Samuel cuando piden un rey. En cambio, a quien están rechazando es a Dios. Le dice a Samuel que advierta al pueblo de que un rey terrenal será corrupto, y que se arrepentirán una vez que sientan el dolor que les cause. Pero a pesar de los avisos de Dios y de Samuel, el pueblo exige que se les dé un rey, así que Dios decide responder a sus oraciones y darles uno.

Dios planta una imagen en la mente de Samuel. Es la imagen de un hombre que sobrepasaba de hombros arriba a cualquiera del pueblo. Bueno con la espada y que se siente en su elemento en el campo de batalla: Saúl.

Samuel inclina su cabeza. Entonces le surge una idea. Eleva la mirada a un cielo oscurecido. "Él será el rey y yo seguiré siendo tu profeta, oh Señor. Puedo guiar a tu rey".

Samuel va en busca de Saúl para nombrarlo como primer rey de Israel. Lo encuentra semanas más tarde, en una pequeña aldea. Ante una multitud de cientos de personas que vitorean aduladoramente su nombre, Saúl es proclamado el nuevo jefe de los israelitas. Samuel unge al nuevo rey con aceite y el Espíritu Santo desciende sobre él.

Pero el nuevo rey de Israel no gobierna solo. Se encuentra sometido a la palabra del profeta. De manera que mientras Samuel está en pie sobre un Saúl arrodillado, vertiendo el aceite sobre su frente para ungirle como rey, se entiende que forman un equipo: Saúl es el rey, y Samuel es el vidente, el hombre a quien Dios revela el futuro. "Que pueda yo, como profeta de Dios, ayudarte en cualquier forma posible", le dice a Saúl.

El nuevo rey se levanta. La multitud que rodea la pequeña plataforma corea su nombre. La ceremonia ha sido breve, y ninguna corona ha sido colocada sobre la cabeza de Saúl. Sin embargo, él es rey, gobernador de toda la tierra. Su tarea prioritaria e inmediata es reclamar la posesión de la Tierra Prometida, declarando la guerra a los filisteos y a cualquier otra nación que afirme que les pertenece a ellos.

Saúl tiene una vena de rebeldía. Le resultará difícil dejar que Samuel desempeñe su papel como profeta, y ambos lo saben. Al cruzarse por un momento la mirada de ambos, tras la modesta coronación, se hace evidente que su colaboración no siempre será fácil.

No pasa mucho tiempo antes de que Saúl se ponga al frente de los israelitas para dirigirles a la batalla. Es buen general y gana muchas batallas. Una mañana en que había planeado un ataque, Saúl y un pequeño destacamento de soldados israelitas están agachados y suben corriendo una loma que les da un punto de observación sobre un campamento de los amalecitas. Saúl se queda sin aliento tras la veloz subida, pero su mente percibe claramente la situación en que se encuentra el enemigo. Samuel le ha dicho que espere siete días, al cabo de los cuales Samuel llegará para realizar el sacrificio requerido por Dios. Esos siete días casi han pasado. Saúl se impacienta.

Ve a un solo centinela. Es la oportunidad para atacar.

"¿Están los hombres preparados?", dice con voz comedida a uno de los oficiales que se encuentra cerca.

"Sí", responde.

"Y Samuel", pregunta Saúl. "¿Alguna señal de él? Debemos hacer un sacrificio antes de atacar".

El oficial respira hondo y hace una señal negativa con su cabeza.

No ha habido ninguna señal, ni mensaje, nada que informe a Saúl de la localización o de los planes de Samuel. Esta es la primera prueba de su problemática asociación. Saúl se siente abandonado. No queda más tiempo que esperar. Sus hombres se muestran cada vez más impacientes. Saúl está perdiendo la confianza de ellos. Tiene que realizarse un sacrificio antes de la batalla. En su impaciencia y presunción, supone que Samuel no vendrá, así que, tomando el lugar de Samuel como sacerdote y profeta, él mismo hunde el cuchillo en la garganta del cordero.

El sacrificio se ha consumado. Saúl sostiene el cuchillo ensangrentado y al animal sacrificado, mientras un soldado provisto de un recipiente recoge la sangre que mana del cuello del cordero. De repente, se escucha una voz gritando airadamente contra Saúl. "Que Dios te perdone", grita Samuel. "¡Que Dios te perdone!".

Saúl ve a Samuel avanzando por la ladera hacia donde él se encuentra, abriéndose camino entre un conglomerado de

despertaría la ira de Dios. Samuel ha sembrado semillas de duda en la mente de Saúl, un sentimiento desconocido por el hasta ahora siempre confiado guerrero. Pero en vez de reaccionar descontroladamente, desea estar a solas.

"¡Tráiganme vino!", ordena Saúl abriendo de par en par la puerta de su tienda. Un sirviente le trae el vino. Saúl se sienta y bebe, con la mirada firmemente puesta en el trozo de tejido que tiene en sus manos. "Quizá me haya precipitado", dice meneando la cabeza. "Quizá debiera pedir perdón a Samuel".

Saúl llama a su sirviente. "Tráeme a Samuel", le ordena.

"Se ha marchado, su Alteza", responde el sirviente.

Saúl se lanza fuera de la tienda, llamando a Samuel a pleno pulmón. Pero el profeta hace tiempo que se ha marchado. Va en busca de un nuevo rey.

Ese rey será David.

CUARTA PARTE

UN HOMBRE CONFORME AL CORAZÓN DE DIOS

David tiene solo dieciséis años cuando el viejo Samuel le unge como sucesor de Saúl al trono de Israel. Mil años desde ahora, su descendiente directo, Jesús de Nazaret, también será proclamado Rey de los judíos.

Pero aunque David finalmente tomará el trono, Saúl sigue siendo el rey de Israel por ahora. Saúl no sabe nada del paradero de Samuel ni de su acto, ni del derecho de David a su trono. Es el fin de otra batalla en medio del interminable y árido desierto de la Tierra Prometida. Una vez más, el ejército de Saúl ha ganado porque él no tiene rival en la guerra. A pesar de ser sobrepasado en números, sigue derrotando a los filisteos: el enemigo más temido de Israel.

Un sangriento Saúl y su hijo adolescente, Jonatán, caminan lentamente entre las tropas. Jonatán felicita a los hombres; Saúl no dice nada. A pesar de la victoria, él se siente abatido, abrumado. Siendo un omnipotente guerrero, Saúl es un gobernante inepto cuando la lucha termina. E incluso la más épica de las batallas finalmente llega a su fin.

"Saúl, Saúl, Saúl", cantan sus hombres. Ellos soportarían cualquier dificultad por su rey, lucharían con cualquier enemigo. "Saúl ha matado a miles, Saúl ha matado a miles", gritan, y el rugido de sus voces resuena por la tierra.

Pero dentro de la cabeza de Saúl, esos ánimos están confundidos y distorsionados. Él no encuentra paz alguna en la victoria y está agotado por la presión de ser rey. A pesar de sus victorias, aún se duele por su confrontación final con Samuel. Y la pregunta, esa pregunta infernal, constantemente le persigue: *¿Me ha dado Dios la espalda?*

"Padre", dice Jonatán exultante, "este día es nuestro. Los filisteos están aplastados".

De los tres hijos de Saúl, Jonatán es el más puro de corazón. Está orgulloso de los logros y de la valentía de su padre. Otros hombres se deleitarían en los elogios de un joven tan maravilloso, pero Saúl solo le indica que se aleje y camina solo hacia su tienda. Los cánticos de sus hombres se desvanecen convirtiéndose en un sordo susurro cuando él retira la puerta de tela y busca un momento de paz.

El siervo de Saúl conoce bien su estado de ánimo, y está esperando con una copa del vino favorito del rey. Pero Saúl manda a volar la copa con un violento movimiento. "¿He pedido yo vino?", grita.

El vino tinto mancha las paredes de su tienda, y la brillante tela de las almohadas que cubren el piso. Cuando su siervo se apresura a limpiar las manchas, Saúl se inclina sobre una vasija de agua para lavar la sangre de la batalla de sus manos y su cara.

"¿Qué pasa, Padre?". Es Jonatán.

Saúl le ignora y comienza a echar agua a su cara, intentando ahogar el sonido de la voz de su querido hijo.

"Dime lo que pasa", insiste Jonatán.

"No pasa nada", responde Saúl.

"Hoy tuvimos una gran victoria. ¿Por qué nunca es suficiente?".

Saúl despide a Jonatán y a su siervo con una indicación de enojo. "Necesito descanso. Eso es todo. Un poco de sueño. Ahora déjenme".

El siervo sabe que debe salir lo más rápidamente posible si quiere conservar su cabeza, pero Jonatán no tiene miedo de su padre. Mantiene la calma, esperando que Saúl musite unas palabras que expliquen su enojo. Pero es como si él no estuviera allí. Saúl se tumba sobre su almohada favorita y cae en un profundo sueño segundos después.

Pero el sueño de Saúl no le da descanso. Nunca sucede. Han pasado años desde que Samuel se fue, y desde entonces él ha muerto. Pero el temor de Saúl por haber desobedecido a Dios le persigue cada vez que cierra los ojos. En sus sueños, revive esa batalla de hace tanto tiempo con los amalecitas. Hace un gesto ante el recuerdo de ignorar a Samuel. La impaciencia de Saúl, su insistencia en no esperar esos siete días, y el haber ofrecido el sacrificio él mismo antes de que Samuel pudiera llegar, le persigue. Él era muy joven entonces, muy inexperto, deseoso de ganar su primera batalla.

Y cuando ganó, ¿qué hizo Saúl entonces? Una vez más, desobedeció a Dios. Sí, él mató a la mayoría de los amalecitas. Soldados, bebés, niños, mujeres y el ganado menor fueron todos ellos pasados por el cuchillo. Pero Dios había demandado que toda criatura viva en la fortaleza amalecita fuese muerta. Todo. Saúl no había hecho eso. Las vacas, ovejas y cabras de calidad se mantuvieron con vida. Agag, aquel malvado rey a quien Saúl debería haber matado, estuvo vivo hasta que Samuel mismo le atravesó el cuello.

Noche tras noche, Saúl sueña con cómo lo haría todo de modo distinto si tuviera la oportunidad. Esperaría esos siete días y escucharía con atención a Samuel mientras él compartía la palabra de Dios y después realizaba el sacrificio. Saúl no correría sin miramientos por el campo de batalla; blandiría su estupenda espada como un ángel vengador, derribando a todo amalecita vivo y sus posesiones.

Solo en su tienda, Saúl grita en sus sueños. "No…no…Señor, por favor, te lo ruego: perdona a tu siervo". Pero él sabe que lo hecho, hecho está. Saúl ha sido perdonado, pero aún debe soportar las consecuencias de su desobediencia.

Saúl ansiosamente se quita su armadura de batalla con la ayuda de un joven escudero. Su ejército está acampado en el valle de Ela, ya preparado para la batalla para enfrentarse a otro ejército filisteo inmensamente superior. Verdes colinas rodean el valle, y cualquier otro día esa ubicación hermosa y tranquila podría ser el lugar ideal para sentarse y reflexionar tranquilamente en la gloria de Dios. Los filisteos han tomado posiciones en una de las laderas del monte que miran hacia el valle; los israelitas están en la otra. El valle mismo es actualmente tierra de nadie que pronto se convertirá en el campo de batalla. Un hombre lo bastante necio para bajar la guardia pronto hallará su cuerpo traspasado por la violenta punta de una lanza.

Saúl no podría estar más contento. La adrenalina recorre sus venas al pensar en la acción. Sus espías han llevado noticias de las defensas filisteas, y ahora la mente brillantemente militar de Saúl planea dónde posicionará sus fuerza, y cómo amagar y girar para atraer a los filisteos a la matanza.

Saúl presta poca atención al muchacho que le ayuda a meterse en su armadura de batalla. El nombre del muchacho es David. Pastor de profesión, ha llegado al frente para llevar provisiones a sus hermanos mayores, que son soldados. Ellos solamente se han reído de David y le han despedido, pero él se quedó, decidido a ayudar de cualquier manera que pueda. Ahora ayuda a fijar las hebillas que sujetan firmemente el pectoral de Saúl en posición.

El muchacho tiene un secreto que no se atreve a compartir con Saúl.

De repente, un Jonatán sin aliento retira la tela de la puerta y entra en la tienda de Saúl. "Padre, ¡debes venir inmediatamente!".

Saúl se aparta del joven David. Sale enseguida de la tienda, musitando: "¿Qué podría ser tan urgente?". David sigue a Saúl mientras él se abre camino entre las tropas israelitas hasta una amplia escarpadura que mira al valle. Allí ve a un hombre de casi tres metros de altura erguido y solo, de cara al ejército de Saúl. Lleva una armadura completa y blande una espada que coincide con su inmenso tamaño físico. Todo el ejército filisteo está a sus espaldas.

"Israelitas", grita el gigante. "Yo soy Goliat. ¡Y tengo una propuesta para ustedes!".

Saúl echa una mirada atentamente, inseguro de lo que oirá a continuación.

"Envíen a uno de ustedes para luchar contra mí, oh israelitas. Solo uno. Si él gana, entonces los filisteos serán sus esclavos; pero si yo gano, ustedes serán nuestros esclavos".

Cuando no recibe respuesta alguna de Saúl ni de los otros israelitas, Goliat continúa con sus palabras. "Vamos", les incita. "Seguramente habrá uno lo bastante valiente para pelear conmigo".

Una oleada de risas recorre el ejército filisteo ante la insinuación de cobardía en los israelitas. Ellos hacen chocar las empuñaduras de sus espadas contra sus escudos como una muestra de apreciación, y el fuerte sonido de percusión recorre la ladera hasta llegar a Saúl y su ejército. Ese sencillo acto de desafío pone temor en las caras de los israelitas, y ningún hombre da un paso adelante para aceptar la oferta de Goliat.

"Alguien debe luchar contra él", grita Jonatán, el único hombre en el ejército de Saúl deseoso de ir a la batalla. Se dispone a agarrar su espada.

"No", dice Saúl con calma. Años de formular estrategias le han mostrado la necedad de permitir que el ego de un hombre le lleve hacia una trampa. Por debajo de él, el sonido de los escudos continúa hasta que Goliat levanta su brazo como señal para que haya silencio.

"Creía que ustedes eran 'el pueblo de Dios'", ruge su voz. "Sin embargo, ¿ninguno de ustedes tiene suficiente fe en Dios para luchar contra mí?".

Los ojos de los israelitas se dirigen hacia abajo, avergonzados. Nadie siente que puede vencer al gigante. Nadie quiere causar vergüenza a Dios y a Israel en un intento vano. El silencio es ensordecedor.

"¡Yo lo haré!". La tranquila y segura voz de un muchacho recorre el valle, respondiendo al llamado de Goliat. Todo el que lo oye está seguro de que es el clamor de un endurecido guerrero; pero es David, el pastor, la ocupación más baja en la tierra. Tiene diecisiete años, es diestro para tocar el arpa, y es escudero para Saúl a tiempo parcial. Sin embargo, nunca ha puesto un pie en el campo de batalla.

Saúl le ofrece una sonrisa condescendiente. "David. La recompensa sería grande, pero tú no eres un soldado. Eres un pastor".

"Sí", responde David, mirando a Saúl a los ojos antes de que el rey pueda apartar la mirada. "Y he protegido mis ovejas de los lobos. Al igual que yo he protegido a mis ovejas, así Dios me protegerá".

Saúl no cede, aunque Goliat ha subido el tono de sus frases repetidas, hasta que ahora está insultando no solo a los israelitas sino también a Dios.

"¿Dónde está su fe?", repite Goliat. "¿Dónde está su Dios?".

Los israelitas siguen acobardados; pero David tiene una profunda fe, y la burla de las palabras de Goliat aviva su enojo hasta convertirlo en furia justa. "Yo le mataré", dice furiosamente David. "Sin duda alguna, le mataré".

La gota que colma el vaso llega con la siguiente frase de Goliat: "No creo que su Dios esté de su lado. Su Dios no es tan fuerte como nuestros dioses". Sonríe ampliamente hacia los filisteos, que vuelven a golpear sus escudos.

"¿Qué se hará al hombre que mate a ese filisteo y quite el oprobio de Israel?", pregunta David a los soldados israelitas más cercanos. "¿Quién es este filisteo incircunciso para que desafíe a los ejércitos del Dios vivo?".

Pero los soldados le ignoran. Por tanto, David lleva su argumento a Saúl. "Que nadie pierda el ánimo a causa de este filisteo", dice furiosamente. "Tu siervo saldrá y luchará contra él".

"Tú eres solamente un muchacho", responde Saúl.

"Este muchacho han estado protegiendo las ovejas de su padre de leones y de osos durante años", argumenta David. "Este filisteo incircunciso será como uno de ellos, porque ha desafiado a los ejércitos del Dios vivo".

Él decide situar su protección en las manos de Dios.

David se inclina hasta el suelo cerca de los pies de Saúl, y escoge una piedra lisa y la examina. Después otra. Y otra. Hasta que ha elegido cinco piedras perfectamente parecidas. "El Señor es mi pastor", se dice para sí, alejando cualquier temor que pudiera tener con respecto a lo que llegará a continuación. "El Señor es mi pastor".

No pide permiso a Saúl mientras reúne sus piedras y serpentea por las filas israelitas, con cada paso que da llevándole cada vez más cerca del valle. David es solo un adolescente, pero Saúl está impresionado. Rápidamente se quita su armadura y hace que la lleven hasta donde está David; pero la armadura es demasiado grande para que el pastor la lleve. Él se la quita y se dirige a la batalla solo con su honda.

"Ve", le dice Saúl tras un instante. "Y el Señor esté contigo".

David emerge del frente de la línea israelita y se sitúa contra Goliat, un hombre adulto y veterano con heridas de batalla que es casi metro y medio más alto que él. Las silenciosas oraciones de David escalan a medida que la realidad de lo que ha hecho, y que está a punto de hacer, amenaza con abrumarle. "Sí, aunque ande en valle de sombra de muerte, no temeré mal alguno, porque tú estás conmigo. Tu vara y tu cayado...me infundirán aliento. Unges mi cabeza con aceite. Mi copa está rebosando. Ciertamente el bien y la misericordia me seguirán todos los días de mi vida".

Goliat levanta su mano para silenciar el sonido de los escudos mientras David planta sus pies y se yergue. El corazón de David late con fuerza en su pecho. Goliat ruge con una risa tamaño gigante. "¿Es este el campeón de Israel?", vocifera, sin apenas poder contener su júbilo.

David no dice nada. Mete la mano en su bolsa, sin apartar nunca sus ojos de Goliat, tocando con sus dedos esas cinco preciosas piedras.

"No me hagas perder el tiempo, muchacho", grita Goliat. "Eres demasiado joven para morir".

"Eres tú quien morirá", jura David. "Tú vienes a mí con espada y lanza, pero yo vengo a ti en el nombre del Señor Todopoderoso, a quien tú has desafiado".

Goliat suspira y se ajusta la armadura. "Muy bien. Entonces prepárate para ser alimento de los buitres".

El gigante saca su espada y avanza, y sus grandes pasos disminuyen la distancia con demasiada rapidez.

David permanece en calma. Saca una piedra de la bolsa que lleva en la cintura y la pone en su honda. "Porque tú estás conmigo", ora. "Tu vara y tu cayado...me infundirán aliento".

Goliat se ríe mientras ve a David girar la honda dando vueltas y vueltas por encima de su cabeza. Desde arriba, Saúl y Jonatán miran sin esperanza, deseando que uno de ellos hubiera sentido la suficiente confianza para enfrentarse al gigante, mientras piensan en su próxima esclavitud.

La honda de David gira cada vez con mayor rapidez alrededor de su cabeza, y el cuero y la piedra hacen un sonido cada vez más fuerte. Goliat acuchilla el aire amenazante con su espada, manteniendo el paso mientras se acerca a David. Algunos en el ejército israelita apartan la mirada, sin querer ver despedazado al joven. Pero los filisteos no apartan sus cabezas. Sostienen sus escudos y esperan el momento en que saldrán rápidamente hacia el campamento israelita. Goliat puede que haya mencionado la esclavitud como el posible resultado de esa batalla, pero los filisteos no están de ánimo para llevarse a casa a esclavos. Porque un esclavo puede escaparse y después regresar para reclamar venganza. Es mejor matar a los israelitas ahora, a todos ellos.

Goliat se da la vuelta para dar otra sonrisa burlona hacia sus filas. Pero el joven David nunca aparta su mirada de Goliat.

Cuando la cabeza de Goliat está ligeramente girada, David hace volar la piedra de su honda. Esa piedra lisa y plana se clava directamente en su sien, y entonces él cae inofensivo al suelo.

Goliat no sabe qué ha sucedido. Sus ojos están totalmente abiertos por el asombro. Está quieto como una roca.

El joven David no vuelve a cargar su honda. Permanece de pie, con la honda vacía colgando de su lado, y espera. Espera. Espera.

Entonces Goliat, cae, tal como David sabía que haría. Una nube de polvo se levanta de la tierra, que parece retumbar cuando el inmenso cuerpo de Goliat choca contra el campo de batalla.

El ejército israelita ruge, mientras los filisteos miran fijamente con horror.

David avanza lentamente. Goliat batalla por respirar. Usando dos manos, porque el metal pesa mucho, David agarra la espada del gigante y la levanta por encima de su cabeza. Entonces, con un potente golpe, corta y separa la enorme cabeza de su cuerpo. Es un momento dantesco, pero él no aparta la mirada. En cambio, levanta sus ojos al cielo, y después cae de rodillas en gratitud. Entonces levanta la cabeza cortada de Goliat agarrándola por el cabello como señal para que el ejército israelita avance rápidamente y mate a los filisteos.

Sin esperar una señal de su rey, ellos salen a la carga hacia la llanura pasando a David, apresurándose con espadas desenvainadas y lanzas levantadas para despedazar a los filisteos.

David lanza al suelo la cabeza de Goliat y se pone de pie. Está sudoroso, sin aliento y triunfante. Sonríe cuando Saúl se acerca y le da unas palmaditas en el hombro. "Un lobo con piel de cordero es lo que tú eres, David. Has salvado mi reino". Saúl entrega a David una espada que corresponde más con su estatura. "Vamos. Tenemos un enemigo que conquistar".

Los filisteos son los primeros de muchos enemigos contra los que David luchará por Saúl. Conforme pasan los años, David conquista a todos los enemigos de Israel, luchando siempre al lado del hombre que llama su rey. Los filisteos son expulsados de la Tierra Prometida, y David forja un profundo vínculo de amistad con Saúl y Jonatán. El ejército israelita llega a creer que David es invencible, y él se convierte en un gran líder de hombres: un héroe.

Lo que él no le dice a Saúl, o ni siquiera a Jonatán, es que antes de que todo eso comenzara, en un momento en que él era el menor de muchos hermanos, el profeta Samuel le ungió personalmente para llegar a ser rey de los judíos. Él aún puede sentir el suave aceite de oliva goteando por su frente, y oír las palabras de Samuel proclamando que algún día él sería rey de Israel.

Este es el secreto de David. Y, como sucede aún con el más profundo de los secretos, es solo cuestión de tiempo hasta que se descubre.

Es de día cuando Saúl, Jonatán, David y su más cercano compatriota, un mercenario heteo llamado Urías, conducen sus carros por el gran arco que da entrada a la fortaleza de Saúl. El victorioso ejército israelí les sigue. Hay aplausos a medida que mujeres, viejos y niños salen para saludar a las tropas que regresan. Las mujeres ululan, y sus agudas exclamaciones ahogan todos los demás sonidos. Es decir, hasta que un cántico surge de entre la multitud: "¡Saúl! ¡Saúl! ¡Saúl!".

"¿Oyes eso, Padre?", dice Jonatán sonriendo.

"Lo oigo", sonríe Saúl.

"¡Saúl ha matado a miles!", ruge la multitud. Un relajado Saúl les saluda. Se deleita en sus elogios.

A medida que continúa el cántico, Saúl y Jonatán conducen a David y a las tropas a la fortaleza, y siguen el camino a pie hasta una plaza. Fragantes pétalos caen por el aire que les rodea. Pero ahora surge una nueva voz entre la multitud. "¡David!", grita una mujer. "¡Miren! ¡Es David!".

"¡David ha matado a cien miles!", grita un hombre.

Eso se convierte en un nuevo cántico. "¡David ha matado a cien miles! ¡David ha matado a cien miles!".

La sonrisa de Saúl se desvanece, sustituida por una oscura y enojada mirada. Jonatán, como siempre, hace lo posible por apaciguar a su padre. "David merece sus elogios, Padre. Nos ha servido bien".

"¿Qué más merece él?", responde Saúl amargamente. "A continuación dirán que se merece mi corona".

"¡David! ¡David! ¡David!".

El cántico sigue hasta la tarde, dando a Saúl el dolor de cabeza más profundo de su vida. Se reclina sobre almohadas en el atrio de su palacio. Los sonidos de la multitud entran por las ventanas abiertas. Al otro lado de la sala, Jonatán se reclina en un segundo montón de almohadas, al igual que David y Mical: la hermosa hija de Saúl.

Mical no puede apartar los ojos de David. Él es todo lo que una princesa podría querer en un hombre: robusto, bien parecido, sensible e intuitivamente sabio.

Jonatán mira felizmente a su mejor amigo mientras recuerda sus momentos en el campo de batalla. "¡Eliminaste a esos dos filisteos con un solo golpe!", dice un sorprendido Jonatán.

"Ese día fue nuestro desde el principio", responde David humildemente.

Saúl mira con intención a David. Le mira amenazante desde el otro lado de la cámara de recepción, su mente recorriendo escenarios paranoides, preguntándose si las risas que provienen de Jonatán y David son a costa de él. Por tanto, Saúl se inclina hacia delante, escuchando con más intención. "David", grita después de un momento. "¡David!".

David deja de hablar. Una mirada confusa se produce entre él y Jonatán.

"¡Ven aquí!", demanda Saúl.

David se levanta y se sitúa delante de Saúl. Después se inclina. Jonatán y Mical, que conocen los estados de ánimo de su padre, comparten una mirada de ansiedad.

"Entonces", le dice Saúl a David, con una fina sonrisa en su cara. "Tú eres de nuevo nuestro campeón. Tú has matado a miles...".

"A cien miles", corrige Jonatán.

"Gracias, Jonatán. A cien miles. Nuestro pueblo te está profundamente agradecido, David". Las palabras de Saúl contradicen la amenazadora intensidad de la mayor sonrisa que se muestra en su cara. Incluso aunque David adopta una postura modesta, el enojo de Saúl aumenta cada vez más.

"El Señor nos ha bendecido a todos nosotros", dice David.

"Te ofrezco a mi hija, Mical", dice Saúl de repente.

"¿Qué?", responde un asombrado David, mostrando sorpresa en su rostro.

"Me gustaría recompensarte. Quiero que formes parte de mi familia, y por eso te ofrezco la mano de mi hija en matrimonio".

Mical se sonroja agradecidamente.

"¿Quién soy yo, y quién es mi familia, para que yo llegue a ser yerno del rey?", dice David con una reverencia, sin apartar nunca sus ojos de Saúl.

Jonatán llega enseguida y abraza a David. "Ahora somos hermanos. Este es un gran día".

Pero Saúl levanta una mano. "A cambio...".

La sala se queda en silencio.

"Por la mano de mi querida Mical, debes matar a cien filisteos; y traerme sus prepucios".

Los ojos de David se entrecierran. Su instinto tenía razón.

"Muertos por tu propia mano, desde luego", añade Saúl.

Jonatán sale en defensa de David. "¡Padre! Él ya ha arriesgado bastante. ¿No recuerdas a Goliat? ¿No recuerdas las muchas veces en que él ha luchado con valentía a tu lado?".

"Me sorprendes, Jonatán", dice Saúl lentamente. "Pensaría que tú estarías de acuerdo al instante en que tu hermana se merece cien filisteos, o quizá cien mil, como tú mismo me corregiste hace un momento".

Hay silencio en la sala. Incluso los cánticos en el exterior han cesado. David cierra y abre sus puños, mirando fijamente a Saúl a los ojos. Una abatida Mical lamenta lo que podría haber sido, sabiendo que matar con las propias manos a cien filisteos es una tarea casi imposible. "Pero ¿y si David no regresa?", ruega suavemente a su padre. "¿Y si David nunca regresa con vida?".

"Oh, regresaré", dice David. "Dios mediante".

Está sonriendo. Ha llegado el momento. Su secreto puede ser finalmente revelado. Pero antes tiene una tarea que realizar.

David se levanta temprano a la mañana siguiente. Reúne un pequeño grupo de hombres, con sus caballos cargados de armas y alimentos. David ha elegido a guerreros de élite del ejército. Cada uno es un voluntario, al que se ha comunicado la demanda de Saúl de cien filisteos muertos y se les ha advertido que podrían no regresar. Además, David ha prometido a cada hombre que no afectaría en lo más mínimo a su reputación si se niega a esa misión. Pero ni un solo hombre ha dicho no. De hecho, muchos estaban tan deseosos de acompañar a David que comenzaron a preparar su equipamiento de inmediato. Ellos han luchado a su lado anteriormente, y su lealtad a ese valiente hombre no tiene límite. Destacado entre ellos está Urías. Ningún hombre es más valiente o más leal en el campo de batalla. David le confía hasta su propia vida, y su amistad es profunda.

La sorpresa será el mayor aliado de David. Por tanto, en lugar de dirigir a su equipo por un camino que rodea los montes que separan a israelitas y filisteos, planea ir directamente y entrar. El camino es rocoso y limitado por precipicios, pero hay menor probabilidad de que espías los detecten y avisen al enemigo de su llegada.

David les dirige. Un simple cabeceo señala que es momento de moverse. Nadie ha llegado para despedir a los hombres. Como los guerreros han hecho desde el comienzo de los tiempos, cada hombre se ha despedido tranquilamente de sus seres queridos. Ahora todos ellos giran su enfoque hacia la misión. Los guerreros rápidamente forman a sus caballos en línea de a uno y trotan hacia las montañas.

En el último minuto, justamente antes de desaparecer de la vista, David se gira hacia el palacio de Saúl y hace un saludo final a su rey. Saúl observa desde los parapetos, tal como David sabía que haría. Después de un instante de duda, Saúl devuelve el saludo.

Jonatán se une a su padre en el parapeto. "Él quiere nuestra corona", dice un paranoide Saúl.

"Él es leal, Padre. Lo juro. Leal a nosotros dos".

"Tú eres el heredero de mi reino, mi hijo primogénito, y un hombre que dirigirá este reino durante la siguiente generación. Por eso he enviado a David a esta misión".

Saúl ama mucho a su hijo, pero en su opinión, el joven es siempre demasiado dramático. Más de una vez, Saúl ha deseado que Jonatán tuviera los calmados nervios y la aguda mente de David.

"Tú le quieres", le dice Saúl a su hijo, "como Abel sin duda quería a Caín".

Él es el rey. Su palabra es ley. Lo hecho, hecho está. Entra de nuevo al palacio en busca de su cortesana favorita.

Jonatán apoya su cabeza entre sus manos, abatido porque no verá más a su amigo. Su amistad con David es tan cercana que sus almas están entrelazadas.

Pero Jonatán, al igual que su padre, subestima a David. Semanas después, Urías y él están guiando su ejército de nuevo a la plaza principal de la ciudad. Multitudes se reúnen para ser testigos de su regreso, y una llorosa y extasiada Mical se abre camino hasta adelante, donde se lanza ante él.

David desmonta y la rodea con sus brazos, sin soltar nunca la bolsa de arpillera que agarra con fuerza en uno de sus puños. Ella es su recompensa por haber realizado una tarea imposible según la orden de su rey. Pero a fin de reclamar ese trofeo, debe terminar la tarea.

Seguido por sus hombres, David entra con aire arrogante en el salón del trono de Saúl. David sigue agarrando esa bolsa, mientras que sus hombres agarran la espada y la armadura de batalla tomadas de los filisteos. Él se postra delante de un Saúl de lo más infeliz. "Mi rey", dice David. "Unos cuantos recuerdos para ti".

Cuando Saúl ordenó a David que matase a cien filisteos, se entendía que David llevaría pruebas. Ahora el rey se queda mirando desde su trono a la bolsa que David lleva en su mano. La parte inferior de la bolsa está claramente manchada de sangre.

"¿Qué tienes?", pregunta un curioso Saúl.

David no puede contener su sonrisa cuando levanta la sangrienta bolsa ante su rey. Espera hasta que Saúl mira al interior antes de anunciar su contenido a la pequeña multitud reunida en la sala del trono. "En esa bolsa encontrarás los recuerdos que corté a cada uno de los hombres que maté".

Saúl se da cuenta de lo que ve, y se estremece ante la escena y el olor. "¿Son de cien hombres?".

"De doscientos", responde David con calma. "Dios estuvo conmigo".

Tomando a Mical de la mano, David se gira para irse. Un furioso Saúl sabe que ha sido derrotado. Abrumado por la vanidad y el enojo, se adelanta y agarra una lanza de las manos de uno de sus guardias. Con el poder de un hombre que ha lanzado esa arma por más de treinta años, la dirige hacia la cabeza de David.

Mical grita cuando la lanza no alcanza a David y se clava en el dintel de la puerta.

Nadie sabe qué decir. Todos se quedan mirando a Saúl, que está de pie erguido, pero que ahora parece más pequeño y más insignificante que hace un momento. Se mueve ligeramente; su cara está pálida y blanca. No solo Dios ha apartado su favor de Saúl, sino que un espíritu malo ha comenzado a atormentarle, significando que los poderes de la oscuridad ahora influencian su conducta.

El siguiente movimiento es de David. Todos los guardias del palacio se posicionan para cierto tipo de ataque, sabiendo que su primera tarea es proteger a Saúl. Sin embargo, David se limita a quitar la lanza de la madera y se queda mirando fijamente a los oscuros ojos de Saúl. David deja caer la lanza al piso. Se va de la mano de Mical.

Pero David es inteligente para saber que no debe permanecer en el palacio de Saúl, y pronto abandona a su esposa. Mical se queda destrozada, pero lo entiende. Su lealtad ahora está con su esposo. Cuando los soldados llegan para llevarse a David por orden del rey, ella les miente, diciendo que David está enfermo.

Es una simple mentira, y los soldados se dan cuenta fácilmente a medida que la paranoia de Saúl aumenta. Pero las palabras de Mical les retrasan lo suficiente para que David escape al desierto, sabiendo muy bien que Saúl llegará hasta cualquier extremo para perseguirle y matarle. El secreto se sabe: Saúl cree que él y David ahora están encerrados en una batalla por el reino de Israel.

David está en fuga. Dondequiera que va, Saúl está solamente un paso por detrás. El hombre que fue hecho rey para guiar a los israelitas contra los filisteos ahora está distraído con perseguir a David y a cualquiera que sea leal a él. Saúl y sus hombres se dispersan a lo largo y ancho de los amplios desiertos y valles de la Tierra Prometida, dejando una cruel estela de violencia y caos a sus espaldas. En un altar, se descubre que un sacerdote ha dado cobijo a David. Objetando a los argumentos del hombre santo de que la casa de Dios es un lugar de santuario, Saúl ordenó que el sacerdote y todos sus acólitos fuesen traspasados por las espadas inmediatamente. Él es un hombre al que nunca le ha importado mancharse las manos de sangre, pero su obsesión con David lleva eso a otro nivel.

Al final de un largo día de perseguir a David, las tropas de Saúl están acampadas al lado de un río. Se han levantado las tiendas. Los caballos son alimentados. Saúl se aleja del campamento. Está solo, y le gusta eso. En la base de un precipicio, mira a un lado y al otro para ver si alguien puede oírle, y entonces Saúl clama al Señor. "Te he servido fielmente", suplica, "tan fielmente como puede hacerlo un hombre. Y aún así parece que no es suficiente. Señor, te pregunto: ¿oyes a tu siervo?".

Él espera, pero hay silencio. Nada. Camina pesadamente, buscando una caverna fresca y seca para resguardarse del calor. A distancia, encuentra una. Saúl entra; mira alrededor, buscando señales de vida: animales depredadores, serpientes venenosas o quizá algún rufián del desierto que haya hecho su hogar en esa caverna.

Pero no ve nada. Saúl levanta su manto para liberarse en la tenue luz de la caverna.

Una figura encapuchada está detrás de una roca cercana. Permanece entre las sombras y en silencio saca su cuchillo de su funda. Moviéndose con profundo sigilo, el hombre encapuchado se acerca por detrás de Saúl, preparado para golpear. Pero algo con respecto a la amplitud de aquellos hombros le resulta familiar.

El hombre encapuchado es David, y se da cuenta de que el hombre que está delante de él es un Saúl muy distraído. Pero aunque está a centímetros de Saúl, decide no atacarle. Él es leal al rey urgido, aunque esa lealtad puede que le cueste la vida. En cambio, en silencio corta una tira de tela del manto de Saúl y vuelve a las sombras.

En el instante en que Saúl termina su tarea, David grita: "¡Majestad!".

Saúl se da la vuelta, reconociendo la voz y desenvainando su espada. "¿David?".

David se quita la capucha de su cabeza. "¿Por qué me persigues? ¿Por qué? Yo no te hecho ningún daño".

Saúl se aproxima con recelo a las sombras, con la espada preparada. David se acerca hacia él, y sus soldados le siguen. Ellos desenvainan sus espadas, pero David usa uno de sus brazos para indicarles que se retiren.

"Podría haberte matado ahora mismo", le dice David a Saúl, levantando la tira de tela. Saúl mira el borde de su manto y lentamente eleva su vista hacia David.

"¿Por qué no lo hiciste?", pregunta Saúl.

"No te mataré. Nunca".

Pero eso solamente sirve para enfurecer a Saúl, porque sabe que esa es la verdad. "¡Otra razón más para que el Señor te recompense! ¡Tú llegaras a ser rey!".

David menea su cabeza. "Tú eres mi rey. Ungido por el Señor".

Saúl se ríe. Es bajo y siniestro. Su voz se quiebra por la deshidratación causada por el miedo. "Y cuando seas rey, ¿prometes que no matarás a mis descendientes y borrarás mi nombre?".

"No lo haré, Majestad. Lo juro".

Saúl considera lo que David ha dicho. Entonces envaina su espada y mira fríamente a David a los ojos mientras extiende su mano. "Entonces... regresemos a casa... juntos".

David está receloso. Mantiene la mirada a Saúl, y mientras lo hace, sus hombres aprietan con más fuerza sus espadas. Mostrando misericordia y una tranquila fortaleza, se acerca a Saúl, le da la mano, se inclina y después regresa para unirse a sus hombres.

Saúl, que se ve desgraciado y envejecido, se gira y regresa solo a su campamento.

Solo una hora antes, rogó a Dios que hablase con él. Y ahora entiende que Dios le ha enviado un mensaje muy claro, aunque no el mensaje que Saúl quería oír.

La dignidad de la monarquía pertenece ahora a David. Él es el hombre que será rey. Es solo cuestión de tiempo.

Esa noche, Saúl está sentado a solas en su tienda. Utiliza su daga para sacar la carne de una pierna de cordero, dejando que su sangre gotee sobre la mesa. Fuera, oye el sonido de pezuñas, que señala la llegada de un mensajero. Entonces entra Jonatán, sin aliento.

"¡Padre!", grita Jonatán.

"¿Qué sucede, hijo?", dice Saúl.

"El ejército filisteo está en el próximo valle. Cerca de Gilboa...".

Por una vez, a Saúl no podría importarle menos una batalla. "Jonatán", dice suavemente. "David está cerca".

"¡Olvídate de David! Debes defender tu reino. ¡Es tu obligación!".

Saúl se pone ansioso. Su legendaria valentía no se ve por ninguna parte. Se prepara para gritar las órdenes de preparación para la batalla, pero en su interior siente una extraña falta de confianza.

"Saldremos al amanecer", musita humildemente. "Al amanecer. Díselo a los hombres. Y ahora déjame, hijo. Debo buscar dirección".

Después de la partida de Jonatán, Saúl vaga solo en la noche. Se dirige a la fogata que has visto en la distancia aquellas últimas noches, porque sabe que es el campamento de una mujer que habla con los muertos. Ella no es israelita, es una pagana, sin ningún dios al que llamar propio. Es otro ejemplo más de que Saúl no confía en Dios.

Saúl está aturdido, atormentado. Sería presa fácil si fuese atacado durante su viaje, porque no lleva espada y es incapaz de defenderse él mismo. Finalmente, ve las llamas y oye el sonido de caparazones y huesos que cuelgan de un árbol, movidos por el viento. Saúl tiene la claridad de cubrir su cara con un pañuelo, para que la adivina no conozca su verdadera identidad; pero cuando él se sitúa a la luz de su fogata, ve que eso no importa. La anciana está en un trance y se mueve hacia delante y hacia atrás, clamando para que el mundo espiritual la oiga; y responda.

Saúl hace una sencilla petición: "Haz venir al espíritu del profeta muerto Samuel".

Ella no establece contacto visual con Saúl; en cambio, la adivina habla a las llamas: "Les pedimos...a los muertos...una audiencia con el profeta Samuel".

Samuel se aparece a Saúl, sentado en una roca a su lado. "¿Por qué? ¿Por qué me despiertas? ¿Por qué inquietas mi espíritu?".

"Perdóname", tartamudea un perplejo Saúl. "Solo te he llamado porque...porque cuando hablo con el Señor, no me responde".

Samuel se ve desconcertado. "¿El Señor? ¿De verdad?". Ahora una sonrisa recorre su rostro con barba. "Tú desobedeciste al Señor", le recuerda a Saúl.

"Intenté obedecer", responde Saúl. "De verdad. Lo intenté".

"Él te ha arrebatado tu reino y se lo ha entregado a David". Samuel fulmina con la mirada al hombre al que una vez ungió rey. "Mírame, Saúl".

Saúl no quiere hacerlo. No sabe si Samuel es real o si es un fantasma. Mirar a los ojos a Samuel es mirar a un gran abismo que Saúl nunca antes ha visto. Pero de todos modos le mira.

"Esta batalla será la última para ti", dice Samuel sin alterar su voz.

"No. Por favor. No".

"Pronto estarás conmigo en la fría tierra, Saúl; y también tu hijo".

"Llévame a mí", suplica Saúl. "Pero salva a Jonatán".

Pero Samuel ya no está. El único sonido que Saúl oye es el tintineo de huesos y caparazones que chocan con el viento.

***

Ningún padre debería morir después que su hijo. La muerte de un hijo es el mayor dolor que cualquiera puede soportar. Por tanto, cuando la profecía de Samuel se cumple, y los filisteos atraviesan con una flecha a Jonatán mientras está al lado de Saúl en las cuestas del monte Gilboa, el rey ya no puede soportar el desastre que él mismo ha creado. Su espiral hacia la desesperación es ahora completa.

Saúl se desata la armadura de batalla de su pecho y se arrodilla al lado de Jonatán. Las lágrimas caen por sus mejillas. Fija la empuñadura en la tierra, situando la punta en su pecho. Entonces Saúl se deja caer sobre su espada; grita en agonía, pero su muerte no es rápida. Cuando el enemigo se acerca, le ruega a uno de los amalecitas que termine con él pero, en cambio, el amalecita roba la corona de Saúl, se sube a un caballo y se aleja cabalgando. Dejando a Saúl para que muera lentamente, con mucho tiempo para pensar en todo lo que ha hecho y lamentar todo lo que ha perdido.

***

David y sus hombres esperan noticias de la batalla. Saúl no les ha pedido que se unan en esa lucha contra los amalecitas por temor a que David brillase más que él en el campo de batalla. David oye el sonido de pezuñas de caballos y el galope de un jinete solitario. Sale de la cueva y desenvaina su espada para retar al mensajero, inseguro de si el jinete es de los israelitas o de los filisteos.

Es el amalecita que ha robado la corona de Saúl. La tiene agarrada con una mano.

"Una victoria aplastante", dice el mensajero amalecita, casi sin aliento por su largo y difícil camino.

David sonríe con alivio hasta que escucha la segunda parte de la noticia: "Para los filisteos".

"Y el rey", demanda David. "¿Qué de él?".

"Muerto". Le entrega la corona a David, que vacila en aceptarla.

"¿Y su heredero, Jonatán?".

El mensajero sonríe mientras menea su cabeza. "Muerto". Una vez más ofrece la corona a David. Esta vez, David la toma.

Palpando la corona, David pregunta: "¿Cómo murió Saúl?".

El amalecita miente y le dice a David lo que él cree que quiere oír: "Se ha echado sobre su propia espada, y cuando el enemigo se acercaba me pidió que terminase con él para no sufrir más tortura. Por tanto, le maté y te traje su corona".

Un atónito David da un profundo suspiro y responde: "Has matado al ungido del Señor", y al instante ordena que el amalecita sea atravesado por la espada.

Mientras sus hombres bajan al hombre de su caballo, David mira hacia otro lado. Está verdaderamente destrozado por la noticia. En especial le entristece la muerte de Jonatán, a quien quería como un hermano. David mira a la distancia. Urías, su teniente de confianza y su confidente, se acerca hacia su amigo. David pone una mano sobre su hombro. "Al menos podemos irnos a casa".

"No lo ves, ¿verdad?", pregunta Urías.

David se queda perplejo. No tiene ninguna respuesta.

"Este es el comienzo, David. Nuestro momento ha llegado".

Ahora los otros hombres salen de la cueva y caminan hacia David, entendiendo que el nuevo dirigente de Israel está delante de ellos. "El pueblo te mirará a ti para que los defiendas", le dice Urías a su amigo. "Querrán que tú unas a los israelitas de nuevo".

David mira fijamente a Urías, asimilando sus palabras. No está acostumbrado a que le sermoneen, y por eso al principio se queda bloqueado ante los comentarios del heteo; pero entonces los capta, le rodean y le vigorizan. David agarra con fuerza el brazo de Urías y le da un abrazo. "Gracias, querido amigo. Tienes razón. Si Dios ha abierto el camino, debemos ser fuertes".

Ahora mira a sus hombres. Sabe exactamente lo que debe hacer a continuación. "Que comience", pronuncia.

Urías se aparta del abrazo de David. Mira a los ojos a David como un igual por última vez, y después se arrodilla lentamente. "Sí, mi rey. Que comience".

Los otros hombres siguen a Urías, de modo que David es ahora el único hombre que sigue de pie.

"¡Rey David!", gritan.

Con el tiempo, todas las tribus de Israel están bajo el gobierno de David. A medida que su reino y su poder aumentan, él decide que necesita una ciudad capital desde la cual gobernar, y un hogar adecuado para el Arca del pacto.

La ciudad que escoge está solo a ocho kilómetros del hogar natal de David en Belén. Es una elección inspirada, situada en el cruce de las rutas de comercio del norte y del sur, con profundos valles que la protegen por tres lados, y una constante provisión de agua fresca cerca. Abraham una vez estuvo ahí de visita durante sus años de viaje, cuando la ciudad se llamaba Salem. Ahora está gobernada por un pueblo llamado los jebuseos, que llaman a la ciudad Jebús.

David planea conquistar la ciudad y ponerle un nuevo nombre: Ciudad de David. Más adelante, esta ciudad volverá a tener su nombre anterior a David: Jerusalén. Es un nombre que honra a Dios, porque significa "Dios es paz". La última parte de la palabra es *shalom* en hebreo.

En el sueño de David, ve que Israel finalmente conocerá la paz durante su reinado. Que un día eso sucederá.

Esta antigua fortaleza ya está ocupada. Y amurallada. Si David quiere apoderarse de Jebús, debe tomarla por la fuerza. El rey de Israel tiene un plan para atravesar esos enormes y vigilados muros.

Es de noche. El esbelto y musculoso torso de David está apretujado en el interior del túnel de una cloaca. Sale a un túnel más largo y enciende una antorcha. Pronto, el resto de su ejército sale a la luz detrás de él. El sonido del agua que gotea hace eco en el frío y húmedo recinto de piedra. Un río de agua fría y negra les llega hasta los tobillos.

Los hombres gatean lentamente por el lodo. No hablan, y se comunican solo con señales con las manos. El túnel pronto se ensancha hacia una cámara más amplia llena por completo de agua profunda. Su camino está bloqueado por barras de hierro que llegan desde el techo hasta las profundidades de abajo.

Urías mira a David y levanta una de sus cejas. *¿Qué hacemos ahora?*, parece estar preguntando.

David simplemente le entrega su antorcha y se sumerge en el agua sucia. Pasa un minuto. Y después lo que parece ser otro minuto. Urías y los demás observan ansiosamente y esperan, mirando al fango donde el final de las barras de hierro podría estar. Les parece una eternidad.

De repente, David sale a la superficie y pisa agua al otro lado de las barras. "Vamos".

Urías vacila. Nunca ha sido un buen nadador, incluso en las aguas más limpias. Pero sumergirse en esa suciedad y abrir los ojos para buscar el camino…la idea es censurable. Una mirada a los demás hombres muestra que ellos están experimentando los mismos temores. "Dejen las antorchas", ordena David. Con tres simples palabras y un potente tono de voz, les ha recordado a los hombres que él no es un mero soldado. Él es el rey. Y debe ser obedecido. Urías deja su antorcha y salta al agua. Pronto siguen los silenciosos chapuzones de los otros hombres.

Un pasadizo lleva desde la cloaca hasta la reserva subterránea de la ciudad, llena de agua potable. David y los hombres se sumergen felizmente en esa agua fresca y clara, ansiosos por limpiarse. Avanzan nadando por la cisterna hasta que un delgado rayo de luz se refleja en el agua.

"Un pozo", dice Urías con una sonrisa.

David solo asiente, mientras sus ojos examinan las estrechas paredes de piedra buscando un requisito vital en todos los pozos:

una cuerda. La detecta en un hoyo entre dos piedras y nada para alcanzarla.

Diez minutos después, David y sus hombres han subido todos por la cuerda y han salido del pozo. Ahora están en el interior de la ciudad amurallada de Jebús. Se mueven sigilosamente entre las sombras de la noche. Es bien pasada la medianoche, y la ciudad duerme. Dos soldados jebuseos forman una solitaria patrulla. David y Urías se abalanzan sobre ellos, y en silencio les rebanan la garganta y arrastran sus cuerpos a una callejuela; después se mueven con cuidado hacia la puerta principal de la ciudad para abrirla y dejar entrar a los demás.

Solo cuando él y sus hombres están en posición, David da su grito de batalla: "¡Israel!".

El rugido de su voz es transportado por la noche. Fuera de la ciudad, el ejército de David que está a la espera le oye y corre hacia la puerta. Dentro de los muros, David y sus hombres superan en número a los guardias que protegen la puerta, y tiran de las grandes palancas que la elevan. Un guardia jebuseo arremete contra un descuidado Urías; pero David salva la vida de su amigo atravesando al hombre con su sable.

No es necesario decir nada. Urías meramente asiente en señal de agradecimiento. David y él se quedan allí para dar la bienvenida a la ciudad a su ejército.

Al amanecer, está hecho. Las puertas de Jebús siguen abiertas, pero donde antes había oscuridad ahora hay luz del sol. Donde había soldados que luchaban, ahora hay una multitud feliz de israelitas que aclaman a David y la conquista de Jebús, a la cual ponen el nombre de la Ciudad de David; y finalmente, Jerusalén.

Dios es honrado en un desfile que serpentea entre la multitud, y el sol de la mañana reluce sobre una lámina de oro que se va moviendo. Sacerdotes vestidos con su efod de muchos colores dirigen el camino. Una caja de madera recubierta de oro es transportada por la ciudad sobre largos palos de madera. Las cabezas se inclinan cuando pasa, porque es el símbolo más potente del vínculo de Israel con Dios. Es el Arca del pacto, y contiene los Diez Mandamientos.

Niños israelitas corren a su lado alegremente, sin entender la majestad de ese momento. David danza con fervor espiritual delante del desfile, e incluso invita a los niños a unirse a él. Cuando los niños han comenzado a danzar, él invita a hombres y mujeres de la multitud. Es un golpe maestro de reinado para David, que combina la alegría de su victoria con la llegada del Arca del pacto. Él está consolidando esa ciudad como el centro del poder religioso y político. Ahora, en este preciso momento, parece que él no puede hacer nada mal.

Pero él es un hombre. Y donde hay un hombre, hay pecado. Por tanto, incluso en su momento de mayor triunfo, la tentación nubla el juicio de David. Él es inteligente; sabe que Dios le ha bendecido en abundancia, y que el pecado que ahora se cruza por su mente no es distinto a darle la espalda a Dios.

Pero no puede evitarlo. La mujer que está delante de él es muy hermosa. No, exquisita. Todo instinto varonil de su cuerpo la desea. Ella es sensual, voluptuosa, maravillosa y deslumbrante de contemplar. Y es intocable: es la esposa de Urías.

"¿Te importa?", grita David a Urías por encima del rugir de la multitud, extendiendo su mano a Betsabé.

Urías asiente en señal de aceptación.

"Me importa", dice Betsabé sonriendo. David la toma de la mano, de todas formas, y le hace girar para comenzar una danza.

Urías observa a David. Sin duda, son imaginaciones suyas. Es posible que David esté danzando tan cerca de su esposa. Se siente algo más que un poco incómodo con lo mucho que David parece estar disfrutando.

Independientemente de si es de día o de noche, Betsabé nunca está lejos de los pensamientos de David cuando regresa a Jerusalén, a un próspero centro de poder israelita. Como rey, parece correcto que él posea cualquier cosa en su reino que desee; y en ese momento, desea a Betsabé.

David está en el terrado, examinando un plano de su propuesto templo que tiene delante. La escena es hermosa de contemplar. Es pleno mediodía. Desde el terrado de su palacio, puede mirar hacia abajo a los patios de muchas casas y jardines que rodean sus muros.

De repente, la mirada de David es distraída por otra maravillosa visión. Por debajo de él, dos sirvientas sostienen una sábana para ocultar a su señora mientras ella se baña en su patio. Qué mal por ellas porque la sábana protege a esa mujer, Betsabé, solo desde los lados. Nadie pensó nunca que el rey mismo pudiera estar mirando desde arriba, observando su cuerpo desnudo mientras ella utiliza jabón y aceite sobre su piel.

Es solo un baño. Un sencillo ritual diario que Betsabé disfruta. Solamente está limpiando su cuerpo. David considera esa escena como el pináculo de la belleza y la sensualidad. Está loco de deseo. Ese baño de la tarde del que está siendo testigo le ha dejado incapaz de pensar con coherencia. David, un hombre conforme al corazón de Dios, está en las garras de una tentación de lo más potente, y se va alejando cada vez más de Dios.

Un hombre se aclara la garganta a sus espaldas. "¿Su Majestad?".

Asustado, David sale de su trance. Se da la vuelta para ver al profeta Natán vestido con su manto que cruza vacilantemente el terrado, con curiosidad por saber qué escena tiene a David tan inspirado.

"¡Ah, profeta!", dice David mostrando entusiasmo. "¡Mira! Mi templo...para el Arca".

"No entiendo, su Majestad. ¿Me ha llamado para hablar de...un templo?".

David le hace señas y señala al pequeño modelo arquitectónico de su glorioso templo. Es sorprendente de contemplar, con altos pilares y los robustos muros de una fortaleza. "El mundo no ha visto nada como esto, profeta. El Señor se agradará".

Pero si Natán está deslumbrado, no lo demuestra. Se queda inmóvil, y después habla con un tono solemne.

"El Señor me visitó anoche".

"Y dime: ¿se agrada de nuestro trabajo?".

"El Señor me dijo esto: la casa de David gobernará sobre Israel para siempre".

"Somos bendecidos", dice David exultante, abrumado de alegría.

Como para puntualizar la enormidad de sus bendiciones, camina de costado otra vez hasta la pared y mira boquiabierto de nuevo a Betsabé.

"Tu hijo será rey", le dice Natán, aunque David no está escuchando.

"Tu hijo", dice con más fuerza, asegurándose de ser escuchado, "construirá este templo".

Un sorprendido David se da la vuelta. "¿Mi templo?".

"El templo de Dios", le corrige Natán.

"Correcto, correcto", dice David, olvidándose temporalmente de Betsabé. "El templo de Dios". Él anhela la construcción de un gran monumento para asegurar que Israel recuerde siempre sus logros. Pero ahora Dios no le otorgará ese consuelo; en cambio, será su hijo quien será recordado.

Un hijo. La idea convierte el desengaño de David en gratitud. *Oh, qué maravilloso. Tendré un hijo, y saber que mi hijo será rey. Y que el hijo de ese hijo le sucederá. Y así sucesivamente. Para siempre.*

"Gracias, Natán", dice David despidiendo al profeta.

Natán se va. David regresa a la visión que tiene por debajo y camina hasta una zona inferior donde puede verla más gráficamente. Incluso desde la altura, la piel mojada de Betsabé resplandece al sol.

David está inquieto por los pensamientos que esa visión produce. Se siente muy irracional, capaz casi de cualquier pecado para satisfacer los deseos que ahora se avivan en su interior.

Intenta apartar la vista. Pero no puede.

Es primavera, la época del año en que todos los reyes y guerreros deberían estar lejos en la guerra. Pero David ha decidido quedarse en su palacio en lugar de pelear. Si alguien pregunta, él explica que otros asuntos de estado requieren su urgente atención; pero sabe que esos asuntos pueden manejarse desde un cuartel en el campo de batalla. Quiere que los demás hombres estén fuera, particularmente Urías, para dejarle a solas con Betsabé.

Una cálida tarde él la llama a su dormitorio, el único lugar que esclarece totalmente cuáles son sus intenciones. El sirviente de David la conduce hasta la cámara. Uno nunca se niega a las peticiones del rey, pero Betsabé es una visitante reacia. Sus ojos son cautos y sus movimientos tensos. Ella nunca ha tenido temor en presencia del rey, porque su esposo ha estado siempre a su lado. Pero es una mujer, bendecida con la intuición y el instinto que provienen de toda una vida observando a hombres que la miran con deseo. Ella sabe que David la desea; Betsabé puede sentirlo en el modo en que sus ojos recorren las curvas de su cuerpo, y en la manera en que esa mirada permanece demasiado tiempo en su cabello o en sus ojos. Se siente halagada de que el rey la encuentre tan hermosa, pero está demasiado enamorada de Urías, demasiado entregada a sus tiernas miradas y cálidas caricias, para ni siquiera pensar en el rey David de esa manera.

Betsabé sabe que se negará, incluso cuando entra en el cuarto y el sirviente se prepara para anunciarla. Lo que se pregunta es si le hablará o no a su esposo de las intenciones de David. Urías quedaría devastado al saber que su buen amigo y rey ha tramado un acto de deslealtad tan grande.

"Majestad", anuncia el sirviente, "tal como usted pidió".

David se reclina sobre la cama, con una copa de vino en su mano. Está vestido con sus más exquisitas ropas para la noche, y sus pies están descalzos. "Ah, Betsabé", dice exultante a la vez que despide a su sirviente.

"Majestad", responde ella. Su voz es plana, recelosa.

"Llámame David".

"¿Me ha llamado para darme noticias de mi esposo?".

El rey sonríe y se mueve hacia un lado, haciendo espacio en la cama para Betsabé por si ella decide sentarse. "No. No es nada de eso. Él está bastante a salvo, de eso estoy seguro. Aunque sería negligente por mi parte señalar que él está muy lejos".

"Y usted, Majestad, si es que puedo ser tan osada: ¿por qué no está usted también luchando contra el enemigo?".

"No hay necesidad, Betsabé. Tengo hombres muy competentes para hacer eso por mí; hombres como Urías".

David está de pie ahora, caminando hacia Betsabé. Ella

permanece inmóvil, sabiendo lo que está a punto de suceder. David la rodea, como un lobo que evalúa a su presa.

"Yo soy fiel a mi esposo", dice Betsabé con firmeza. Y sin embargo, tiembla en su interior porque cuanto más se acerca David a ella, más consciente es de que él es el hombre más poderoso y reverenciado en Israel.

"¿Y qué de tu rey?", le pregunta él, deteniéndose para mirarla a los ojos. "¿Eres leal a mí también?".

Desliza una de sus manos alrededor de la parte de atrás de su cuello y acerca su rostro al de él. Cuando ella no se resiste, David besa suavemente su cuello. Y después sus labios.

Solamente entonces Betsabé se aparta. "Esto está mal", susurra ella.

"Nadie tiene que saberlo", dice David, sujetándola con más firmeza mientras besa su suave piel en el punto donde se encuentran su cuello y sus hombros. Él se fuerza a no pensar en Dios, o en que está quebrantando dos de los Diez Mandamientos al codiciar la mujer de su prójimo y cometer adulterio. Lo único que David quiere es a Betsabé.

Ella es incapaz de negarse a su rey. Poco después, él la posee.

Y entonces la envía a su casa.

Por cada pecado hay una consecuencia: un castigo, una lección aprendida, o una lenta espiral descendente a la locura personal.

Para David, son las tres cosas. Un mes después de haberse acostado con la adorable Betsabé, ella le confronta con la inquietante noticia de que está embarazada de su hijo.

***

"¿Estás segura?", pregunta David, digiriendo la noticia al quedarse mirando por la ventana.

Betsabé tiene lágrimas en sus ojos. Y asiente.

David hace un rápido cálculo en su mente. "¿Y cuánto tiempo ha estado lejos tu esposo?".

"Él no es el padre", dice ella con firmeza.

Pero David no está satisfecho. Necesita encubrir su pecado; por tanto, cuando Betsabé es despedida, inmediatamente hace llamar a Urías a regresar del frente de batalla. Eso toma días, pero pronto su amigo de tanto tiempo está delante de él en el palacio. La cara del guerrero heteo tiene cicatrices de batalla y está cubierta de mugre.

"Urías, amigo", dice David amablemente, acercándose para darle un abrazo. "Bienvenido".

"Envió a buscarme, Majestad", dice Urías con rigidez. Está enojado porque David le ha separado de sus hombres y desea regresar al frente.

"¿Cómo va la guerra?".

"Bien. Muy bien".

Se produce una incómoda pausa entre ellos. "Y tu comandante, Joab, ¿va todo bien con él?".

"Todo va bien", responde Urías.

"¿Y los otros soldados?", pregunta David, quedándose sin cosas que decir.

"Ellos luchan bien".

"Bueno, cuando te despiertes en la mañana debes regresar y darme un informe completo".

David hace una señal con la mano, el gesto para que Urías se vaya.

"No estaré aquí en la mañana", dice Urías.

"Claro que estarás. Te doy permiso. Seguramente querrás estar con tu esposa".

La cara de Urías se pone tensa. Se está impacientando. Está avanzada la tarde. Si parte ahora, podrá regresar a la seguridad del campamento israelita antes de que oscurezca. "No puedo quedarme con mi esposa", le dice a David.

"¡Claro que puedes!".

"¿Mientras mis hombres están acampados en campo abierto? ¿Mientras mis hombres se preparan para luchar contra el enemigo? Sabiendo eso, ¿cómo es posible que pudiera irme a casa y pasar la noche con mi esposa?".

David muestra una sonrisa amigable, como si ambos estuvieran juntos en eso. "De hombre a hombre, ¿quién lo va a saber?".

"*Yo* lo sabré, Majestad".

David pide vino, esperando que conseguir que su amigo se emborrache rompa su resolución. Pero Urías permanece fiel a su palabra, insistiendo en que debe salir de inmediato al frente. "Dale esto a Joab", dice David, entregando a Urías una carta sellada. "Ocúpate de que él la abra inmediatamente".

Urías cabalga hacia el campamento israelita y lleva la fatídica carta directamente a Joab, quien ve el sello del rey en el pergamino y se aleja unos pasos para leerla en privado. "Joab", ha escrito David, "pon a Urías en las primeras líneas donde la lucha es más feroz. Después retírate de él para que sea atacado y muera".

Es la sentencia de muerte de Urías.

Joab levanta su vista de la carta, y mira fijamente los ojos de Urías. Quiere decir algo, pero ha sido entrenado para seguir órdenes sin cuestionar, así que se inclina y echa la carta a una fogata cercana. "Urías", dice, "tengo noticias para ti. Es una tarea; una tarea muy peligrosa".

Urías es destrozado en el campo de batalla. La única persona que se beneficia del asesinato de Urías es David. Betsabé no sabe nada del plan, y aunque queda devastada por la muerte de su esposo, encuentra consuelo al saber que Urías murió como un héroe. Hace duelo por él durante un periodo apropiado, como cualquier buena viuda, y cuando David la toma como esposa, el acto se considera en todo el reino como un acto de misericordia por parte de él: el dedicado rey que se casa con la esposa embarazada de su amigo caído para salvarla de tener un hijo que no tendrá padre. A su tiempo, la reina de Israel, como es ahora conocida Betsabé, tiene un hijo. David, rey de Israel, un hombre conforme al corazón de Dios, ha cometido el crimen perfecto.

Pero Dios lo sabe, y Él habla a su profeta, Natán, quien pronto se presenta en el palacio de David para confrontar al rey. Es de noche. El aire huele a salvia, enebro y humo de leña. David está de pie en un patio bebiendo de una copa de vino, consumido por el placer que produce ser rey; y por ver que cada uno de sus sueños se hace realidad. La sombra de Natán se proyecta sobre el piso de azulejo, iluminado por una gran antorcha.

"Había dos hombres en cierta ciudad", le dice a David. "Uno rico, y el otro pobre. El hombre rico tenía un gran número de ovejas y de ganado. El hombre pobre no tenía otra cosa sino un solo cordero que había comprado. Él lo crió, y creció con él y con sus hijos; compartía su comida, bebía de su copa, e incluso dormía en sus brazos como un hijo.

"Entonces, llega un viajero a casa del hombre rico; pero en lugar de usar un cordero de su propio rebaño para preparar una comida, el hombre rico robó el cordero del hombre pobre y lo sacrificó para servir a su invitado".

David se enfurece por la historia. "¡Encuentra a ese hombre! Tan cierto como el Señor vive, el hombre que hizo eso merece morir".

"¡Tú eres ese hombre! ¿Crees que puedes ocultar bajo la alfombra lo que has hecho?", susurra con enojo Natán a David. "Tú tomaste todo de Urías, tu pobre y leal siervo. Él merecía tu respeto".

"Yo sí le respeté", contesta David en un susurro, temiendo que Betsabé pueda oírles. Ella está cerca, en un banco de madera debajo de una inmensa palmera, dando de comer a su hijo.

Natán saluda con la cabeza a Betsabé. "¿De verdad? Le quitaste a su esposa. Y después…su vida".

La furia de David aumenta. "¡Profeta!", grita señalando con un dedo a Natán.

Pero Natán está haciendo la obra de Dios. No tiene temor a un hombre mortal. El recién nacido de David comienza a llorar, mientras Natán se acerca y condena al rey con voz fuerte y enfática. "¿Crees que Dios no lo ve todo? El Señor me ha hablado. Te digo esto: Él pronto traerá desastre sobre tu casa".

"Pero yo soy su escogido", responde un sorprendido David.

"Sí. Tú no morirás; pero has mostrado desprecio por el Señor, y habrá una consecuencia".

"He pecado", dice David lamentándose, al darse cuenta finalmente de lo que ha hecho. "He pecado".

El hijo de David comienza a llorar.

***

David, rey de Israel, se arrodilla en la tienda del tabernáculo, con el Arca del pacto ubicada delante de él. No es el engreído David de una semana antes, que creía que su estatus como escogido de algún modo le eximía del juicio de Dios. Ha estado ayunando por siete días. Ahora está vestido de cilicio, un material áspero y verde que rasca su piel y no posee ninguno de los brillantes colores y la precisa forma de las vestiduras reales. Son las ropas de un esclavo, las ropas que llevaban sus ancestros durante sus años en Egipto. Y al igual que un esclavo que ruega a su amo que le perdone la vida, David está postrado totalmente en el suelo. Ruega y suplica: "Cualquier cosa, Señor. Haré cualquier cosa que me mandes. Por favor, salva a mi hijo".

La oración de David también ha durado siete días. La falta de comida y su enfoque en Dios dan a su cara el aspecto ilusorio de un hombre que ha perdido el rumbo.

Y entonces oye gritar a Betsabé.

David se obliga a ponerse de pie y sale corriendo de la tienda, hacia atrás para no dar la espalda al Arca. Se apresura al palacio, buscando a alguien que pueda darle noticias. Encuentra a un sirviente. "¿Qué noticias hay?".

Pero el hombre no consigue hablar. David sigue adelante, hasta que oye un suave sonido de pasos que se arrastran y llegan desde un largo pasillo. Es Betsabé, y está tan pálida y agotada que apenas puede caminar. En sus brazos lleva las mantas que sostienen a su hijo muerto. Los ojos de Betsabé están enrojecidos de llorar.

David se desploma y lamenta en agonía.

"Primero mi esposo, y ahora mi hijo", dice Betsabé. "Estamos maldecidos".

"Pero yo estaba ungido", lloriquea David. "Dios me bendecía".

Natán habla a continuación, de pie al lado de David. "Entonces abusaste de tu poder, y lo convertiste en tiranía. Un rey nunca está por encima de su Dios".

David reprime las lágrimas.

"Debías gobernar en nombre de Él, no en el tuyo propio", continúa Natán.

"Estamos terminados", se queja Betsabé. "Todo el pueblo verá que Dios nos ha abandonado".

Natán no dice nada. David le mira fijamente, esperando una respuesta. "¿Profeta?", le pregunta.

"Dios te ama, David; aunque tú eres débil. Has admitido sus pecados y has pedido perdón, y también has forjado la nación de Dios en la tierra. Él no te quitará eso", le dice Natán. Y después, a Betsabé: "Y Él te dará otro hijo".

El nombre de ese hijo es Salomón. Él construye el gran templo en Jerusalén, tal como Natán profetizó. Mucho después de que David y Betsabé hayan fallecido, ese templo proporciona un hogar permanente para el Arca del pacto.

Salomón tiene la reputación de ser el hombre más sabio del mundo. Su gobierno de Israel es un periodo de prosperidad y de paz; pero, al igual que a David, a Salomón le resulta imposible seguir la ley de Dios. Es un hombre fácilmente corrupto por su privilegio y sus pasiones. Después de morir, el poder sigue corrompiendo a los reyes de Israel, y mantener el Reino de Dios en la tierra se hace cada vez más difícil a medida que nuevos y poderosos enemigos surgen para amenazar la reclamación israelita de la Tierra Prometida. La guerra civil dividirá a la nación en dos. Profetas advertirán de la subsiguiente destrucción si los reyes y el pueblo no regresan a Dios. Batallarán durante siglos. El reino del Norte será destruido por el ejército asirio. El reino del Sur será llevado a la cautividad.

Un nuevo profeta llamado Daniel hablará en imágenes, contando un sueño en el que Dios prometió una vez más salvar a los israelitas al enviarles un nuevo rey. "Delante de mí estaba uno como hijo de hombre, que venía en las nubes del cielo. Se le dio autoridad, gloria y poder soberano. Todos los pueblos, naciones y hombres de toda lengua le adoraban". Daniel está sorprendido mientras habla, abrumado por la majestad y la maravilla del sueño que Dios le ha revelado. Pero no sabe cuándo llegará Él; y Daniel tampoco sabe que este rey descenderá directamente de David, ni que su nombre será Jesús.

QUINTA PARTE

LA SUPERVIVENCIA

Jerusalén, año 587 a. C. Desde la muerte del rey Salomón hace más de tres siglos, las naciones que son superpotencias y rodean la Tierra Prometida han estado succionando la vida a Israel. Asiria ya ha conquistado la parte norte. Sedequías está sobre el trono en Jerusalén como el rey de Israel, pero es meramente un vasallo del imperio babilonio, el cual ha conquistado otro gran pedazo de la Tierra Prometida. A cambio del privilegio de gobernar a su propio pueblo, Sedequías paga una tasa anual al rey de Babilonia: Nabucodonosor.

O al menos, se supone que debe hacerlo. El rey Sedequías ha llegado a creer que los babilonios ya no son una amenaza. Han pasado años desde que él ha pagado tributos, e incluso le han convencido de que conspire con los egipcios, quienes prometen acudir en su defensa en caso de que los babilonios lleguen a atacar.

Muchas personas de Israel son igualmente negligentes en su respeto por el Dios de Abraham. Ellos ignoran a Dios en su búsqueda de dirección divina. Dioses paganos y la adoración a ídolos han ocupado el lugar de la oración. El acto del sacrificio como un medio de expiar los pecados o de buscar la bendición de Dios también ha cambiado: en vez de limitarse a ofrecer una oveja o una vaca, los israelitas ahora ofrecen a sus propios hijos sobre altares paganos fuera de la ciudad de Jerusalén. Un pueblo que ha sido salvado una vez tras otra por grandes hombres como Abraham, Moisés y Sansón está tan perdido y es tan arrogante como cuando Dios envió el gran diluvio para borrarlo de la tierra. Mil quinientos años después del pacto de Dios con Abraham, mil años desde que Moisés sacó a los israelitas de Egipto, y cuatrocientos años desde el reinado de David, ellos siguen siendo infieles a Dios.

Pero Dios no está ausente, ni en silencio. Por medio de un pequeño ejército de profetas, Dios habla y asegura a los israelitas que Él tiene planes para ellos, planes para darles una esperanza y un futuro. Los profetas le hablan al pueblo del día en que Dios enviará a otro gran rey a la tierra.

Los israelitas ignoran esa buena noticia, y con frecuencia tratan a los profetas como locos o insatisfechos, porque están más preocupados por el inmensamente inquietante aquí y ahora que por el futuro. El rey Sedequías es duro de corazón y débil; su reinado es de temor y opresión. Los líderes religiosos de Jerusalén han pervertido al pueblo, convirtiendo la adoración en un acto de comercio y enriqueciéndose a ellos mismos a expensas de los fieles. Pero ha pasado el tiempo, y Jerusalén ahora está bajo ataque. Ejércitos del Oriente han llegado y asedian la Ciudad de David, al igual que él en una ocasión la tomó de los jebuseos.

Baruc ben Nerías, un cronista en la corte real, un escriba, da testimonio de este descenso al caos. Baruc trabaja para el rey Sedequías, pero es también un hombre de Dios. Es uno de los pocos en Jerusalén que no han dado la espalda al Dios de Abraham. Solamente él entre la corte real admira a Jeremías, un hombre melancólico y brutalmente sincero por quien nadie más se interesa. Jeremías ha predicado el mismo mensaje de Dios a sucesivos reyes durante cuarenta años. Sin embargo, pocos han tenido las agallas para escuchar.

Jeremías es un profeta, uno de los más grandes de todos los tiempos.

No hay dinero de por medio al ser un profeta. Pocas probabilidades para una familia. Con frecuencia abuso, burla, ridículo. Quizá incluso la muerte. Pero después le incumbe al profeta compartir con otros lo que Dios ha hablado. Eso es tortuoso, porque la mayoría en Israel no tiene ningún deseo en absoluto de oír lo que está en la mente de Dios.

La admiración de Baruc por Jeremías es un secreto, al igual que su fe en Dios. El escriba perdería su empleo si el rey supiera que él creía que Jeremías hablaba la verdad. Por tanto, se lo guarda para sí mismo, encontrando solaz e inspiración en las palabras del profeta, que sirven como un recordatorio regular para Baruc de que tiene que mantener su enfoque en Dios y en su pacto con Abraham de bendecir a sus descendientes. Baruc ora con frecuencia para obtener la fuerza para revelar su fe.

Pero Dios no parece oírle. Por tanto, el escriba guarda su secreto, incluso mientras Jeremías arriesga su vida por Dios.

Y entonces, una noche Dios responde la oración de Baruc. Baruc intenta concentrarse en su trabajo. Rollos de pergamino descansan sobre la mesa delante de él, esperando las palabras que él pronto escribirá en ellos. Baruc está distraído, y por buenos motivos. Justamente fuera de los muros de la ciudad en la cual está su estrecha oficina, él oye los sonidos de un sacrificio religioso que tiene lugar. Los sonidos a estas alturas resultan demasiado familiares: una madre destrozada, el llanto de un niño a punto de ser asesinado, el cántico de los sacerdotes, los tambores que tocan un ritmo apagado y vacío, el cántico de la multitud con muchas ganas de ver sangre.

Baruc huele el incienso y el humo de la leña de las fogatas de los sacrificios. Se levanta para estirar las piernas. Largas horas de escritura hacen que sus hombros estén tensos y le hacen sentir su cabeza un poco aturdida. Unos minutos de paseo por la estancia hace que la sangre vuelva a fluir, y le ayuda a reunir sus pensamientos. Mientras Baruc se pone de pie para descansar su mente, se encuentra andando ansiosamente. Cierra sus ojos y cae en una oración frustrada. A veces entiende a Dios, o al menos cree que así es; pero en ocasiones como esta, la ausencia de Dios no tiene ningún sentido. ¿Dónde está su poder? ¿Dónde está su continuo amor? "Dios", susurra Baruc, "sé que tú lo ves todo. No solo nuestros actos sino también nuestros corazones. Sé que nosotros deshonramos tu nombre, y tu amor, y tus leyes. Lo hacemos. Y no hay excusa para eso. Pero te ruego, por favor…ayúdanos. Ayuda a quienes siguen siendo fieles".

Baruc abre sus ojos y echa un vistazo por la ventana al sacrificio. Se asombra al ver que el rey Sedequías le ha observado, y mira con curiosidad en dirección a él. Baruc se apresura a sentarse y desenrolla un rollo nuevo. Baruc es un hombre tímido, aterrado del mundo más allá de rollos y escribas.

De repente, la voz elevada y molesta de Jeremías atraviesa el tumulto. "¡Sacrilegio!", grita el hombre. "¡Pueblo infiel! ¿Se han olvidado del Señor su Dios?".

Baruc vuelve a ponerse de pie para ver, al igual que están todos los oficiales de la corte, al viejo Jeremías vadeando entre la multitud para detener la matanza del recién nacido cuyo cuerpo está situado en el altar sobre la ladera del monte. Baruc desea poder tener la valentía de Jeremías, su audacia. Jeremías parece casi anhelante por arriesgar su vida en nombre de Dios. "Ustedes alimentan con vida humana a un ídolo sin vida", clama Jeremías. El anciano profeta tiene barba, va vestido con ropas desgastadas y un perpetuo ceño fruncido. Por toda su fe en las glorias de Dios, Baruc no puede recordar una sola vez en que haya visto a Jeremías sonreír. "Ustedes dan la espalda a Aquel que les da vida", continúa Jeremías. "Arrepiéntanse. Regresen a Dios".

Los guardias de palacio le arrojan al suelo y le apalean con puños y palos mientras la multitud les anima. A pesar de toda su pasión rectitud, Jeremías es un hombre sin poder. La mayoría de personas de Jerusalén temen al rey Sedequías mucho más de lo que temen a Dios. Hombres y mujeres buenos, como el escriba Baruc, no hacen nada. Por tanto, triunfa la maldad. La batalla por el alma de Israel se está perdiendo. La posibilidad de que los israelitas eviten el juicio de Dios se escapa. Ellos se han olvidado de Noé y el diluvio. Han olvidado en qué se convirtió Sodoma. Sin duda han olvidado los muchos años que su pueblo fue esclavo.

Pero las palabras de Jeremías amenazan a los hombres que ostentan el poder, que temen que el pueblo de Jerusalén pudiera realmente comenzar a escuchar a Jeremías. Por tanto, más avanzada aquella noche, mucho después de que las fogatas de los sacrificios se hayan reducido a cenizas, y mientras Jeremías batalla por dormir estando en los cepos del palacio, los sumos sacerdotes de Jerusalén y los oficiales de la corte ordenan que sus escritos sean decomisados. Ellos leen los rollos a la luz de las antorchas en el palacio. El rey Sedequías se sienta en un trono cercano. Esa no es la primera vez que Jeremías ha encolerizado al rey.

"Regresa, infiel Israel", lee un sacerdote con un tono de voz que se burla de los escritos de Jeremías. "No te miraré con enojo. Admite tu culpa…".

"¿Qué culpa?", grita Sedequías, alcanzando su copa de vino. "¿Enojado acerca de qué?".

"Porque se rebelaron contra el Señor su Dios y no han obedecido su voz", explica el sacerdote. "Él está diciendo que Dios nos permitirá vivir en paz si cambiamos nuestros caminos".

"Cambiar ¿qué caminos?".

"Al no derramar sangre inocente o adorar a otros dioses".

Nunca se le ocurre a Sedequías atender a las palabras de Jeremías. Como rey, cree que su poder es supremo. La idea de que seguir la instrucción de Jeremías salvará a los israelitas de un destino cruel nunca se ha cruzado por su mente.

"No quiero volver a oír de este lunático", dice Sedequías. Con una señal de su mano, descarta el tema para siempre. El sacerdote sabe qué hacer a continuación, e inmediatamente prende fuego a los escritos de Jeremías.

El humo cruza el atrio del palacio, el cual fue una vez el hogar de grandes reyes como Salomón y David, y por eso es apropiado que un verdadero hombre de Dios esté aquí. Pero la de él no es una posición de poder. Jeremías está encorvado, con su cabeza y sus muñecas amarrados a los palos de madera. Aunque es un hombre viejo, merecedor de respeto, una vibrante oleada de personas pasa a medida que el sol se levanta sobre Jerusalén. Podrían ignorarle mientras recorren el camino hasta el pozo para sacar el agua en la mañana. O podrían fácilmente encontrar una ruta alternativa de camino hacia el mercado para comprar su pan diario. En cambio, el abuso de Jeremías se ha convertido en un juego. Él está indefenso contra los gritos de abuso que le lanzan. Su barba está espesa con los escupitajos y el vómito. Jeremías lo acepta. Eso es lo que le toca en la vida. Jeremías sabe que fue escogido por Dios como profeta antes incluso de que naciera. "¿Por qué prospera el camino del malvado?", pregunta Jeremías a Dios, esperando que la conversación le ayude a soportar esa humillación. "¿Por qué todos los infieles viven con tranquilidad mientras los fieles son perseguidos como perros?".

La voluntad de Jeremías finalmente ha sido quebrantada. Él ya no tiene la fuerza para declarar el mensaje de Dios. Su cuerpo se duele cada día debido a sus muchas heridas. Su cabeza ha sido arrojada al suelo y golpeada más veces de las que puede recordar. Él es un ejército de un solo hombre, luchando contra un débil rey y un pueblo que se ha apartado. Está solo. Siempre solo. No tiene ningún amigo en el mundo; pero su hábito de hablar con Dios ha estado con él toda la vida. Cuando Jeremías se cansa de la lucha, Dios es su refugio y su paz. Su consolador. Las palabras de Dios son una lámpara a sus pies en momentos de oscuridad, mostrándole el camino a seguir. Jeremías habla a Dios, aunque solo sea porque es su costumbre. "Ellos nunca escucharán", musita Jeremías. "Si yo no puedo abrir sus corazones con la verdad, y ayudarles a recordar la compasión del Señor, ¿qué otra cosa queda?".

Dios oye todas las oraciones. Él las responde de muchas maneras. Jeremías está en su punto más bajo, y sus oraciones a Dios son respondidas por su único amigo en la tierra: Baruc. El escriba se apresura hasta los cepos, donde soborna a los soldados que hacen guardia para que abran las cadenas. El soldado se sorprende al ver a un miembro de la corte real delante de él, llevando los mantos de brillantes colores correspondientes con su posición. Él toma el dinero y mira hacia otro lado.

"¿Por qué haces esto?", pregunta Jeremías mientras Baruc le aleja de allí. "Si lo descubren, lo perderás todo".

Baruc normalmente no se pondría en una posición de tan grande riesgo, pero Dios le ha movido a actuar, poniendo en el corazón de Baruc el deseo de ayudar a Jeremías. Por tanto, cuando acude en ayuda de Jeremías, dice las palabras que Dios puso tan cuidadosamente en Baruc: "Ya no puedo permanecer en silencio. Te he visto antes. Te he oído hablar. Y siempre he sabido que Dios está contigo".

Baruc empuja a Jeremías a una pequeña sala en el templo. Busca un trapo y un cubo de agua, y limpia la suciedad de la cara de Jeremías. Pero Baruc retrocede mientras comienza a limpiar la sangre de la espalda del profeta, rasgada tantas veces por látigos y golpes que gruesas cicatrices con forma de cuerda cruzan la carne.

Jeremías se aleja de Baruc. El escriba está a punto de disculparse, pensando que las cicatrices eran el secreto de Jeremías, y que de algún modo ha avergonzado a su nuevo amigo. Pero el profeta se está agarrando la cabeza y se esfuerza por ponerse de pie. Baruc instintivamente se acerca para ayudar, pero Jeremías le indica que se aleje y se mantiene apoyado sobre una columna cercana. Todo su cuerpo se convulsiona, y sus pensamientos ya no residen en el presente.

Baruc da unos pasos atrás, inseguro de lo que está viendo. Entonces Jeremías comienza a entonar como un vidente, canalizando las palabras de Dios. "Ellos han erigido sus detestables ídolos…han contaminado mi casa…".

El escriba está espantado a medida que se da cuenta de que no es Jeremías quien está hablando. Baruc está escuchando las palabras de Dios tal como Dios las pronuncia. Busca frenéticamente un rollo para escribir en él.

"Prepárense. Voy a traer desastre desde el norte", continúa Jeremías. "Voy a traer una terrible destrucción".

Baruc escribe furiosamente.

"Entregaré a sus hijos a la hambruna, los entregaré al poder de la espada", sigue Jeremías. "Entregaré su país a mi siervo…el rey de Babilonia. Haré que incluso los animales salvajes estén sujetos a él".

Ni Baruc ni Jeremías lo saben, pero esta profecía de la ira de Dios es demasiado real. La traición del rey Sedequías al rey Nabucodonosor de Babilonia está a punto de ser castigada.

"Destruiré las ciudades de Judá fin de que ningún hombre pueda vivir allí", canaliza Jeremías. "Haré de Jerusalén un montón de ruinas, una guarida de chacales. Haré que la gente se coma la carne de sus hijos y sus hijas".

Con manos temblorosas, y con su corazón latiendo con fuerza, Baruc escribe cada palabra. Baruc después intenta ayudar a Sedequías a entender las advertencias y a cambiar sus caminos al asegurarse secretamente de que los rollos escritos a mano lleguen hasta el rey y sus sacerdotes, pero esos rollos no son leídos.

La profecía de Jeremías se hace realidad. El enorme y terrorífico ejército de Babilonia está acampado fuera de los muros de Jerusalén. Es demasiado tarde para arrepentirse, y demasiado tarde para atender a las advertencias de Dios. Los babilonios y el rey Nabucodonosor les han rodeado, y el pueblo de Jerusalén oye los sonidos de sus cuernos de batalla, las órdenes vociferadas de los comandantes de campo, y los gritos de espías capturados que son torturados. Huelen la comida extranjera que está en las fogatas.

En un último acto de desesperación, Sedequías recurre al Dios de sus antepasados. Le ruega a Dios que le recuerde y le mantenga a salvo. Sedequías promete con todo su corazón que nunca más adorará a ídolos falsos, y que Jerusalén volverá a ser una ciudad que adora al único y verdadero Dios.

Dios no responde las oraciones de Sedequías. Cuando el rey sube a la sala más elevada en su palacio y mira a la distancia, ve al ejército babilonio preparándose para poner sitio a Jerusalén. Cada día sus números aumentan, y cada día sus fuerzas se acercan cada vez más a lanzar el gran ataque que condenará al reino de Sedequías.

Uno de los sacerdotes de Sedequías acude al rey. El sacerdote ha notado que la escritura manuscrita en los rollos de Jeremías encaja con la de Baruc. El escriba es llevado inmediatamente ante el ansioso y a la vez altivo rey. Baruc no está ni arrestado ni amenazado con la pérdida de su trabajo; en cambio, su libertad está garantizada con la condición de que encuentre a Jeremías y le lleve ante Sedequías.

El rey aterra a Baruc; pero él conoce el poder de Dios, y teme por la vida de Jeremías. Con su voz más humilde y contrita, le dice a Sedequías que él no traicionará la ubicación de Jeremías.

"No tengo intención de hacerle daño", promete Sedequías rebosando sinceridad. "Sencillamente deseo pedirle que hable a Dios por causa de mí y de mi reino".

Un receloso Baruc promete regresar con Jeremías.

Encuentra a su nuevo amigo inconmovible, como siempre. Jeremías está decidido a dar un duro nuevo mensaje a Sedequías, y de una manera que el rey nunca olvidará. Jeremías encuentra un yugo de madera, el tipo que se utiliza para atar al ganado. Con la ayuda de Baruc, lo eleva hasta sus estrechos hombros y entra tambaleante al palacio. Un sorprendido silencio da la bienvenida a Jeremías cuando entra. El profeta se ve ridículo, como si fuese a desmoronarse bajo el peso del yugo. Pero hay un fuego innegable en sus ojos; ni rastro de temor o de debilidad es evidente en el aspecto de Jeremías cuando se presenta delante del rey.

"¿Qué es esto?", grita Sedequías, agotado de que Jeremías se niegue a postrarse delante de su rey.

"Este eres tú, como estarás bajo el yugo de Babilonia".

"Yo nunca sucumbiré ante Babilonia", responde Sedequías. "Te llamé para que hables a Dios por mí y por mi reino".

Jeremías continúa como si no hubiese oído al rey. "Si eres sabio, escucharás lo que tengo que decirte".

"¿Y qué es?".

Uno de los cortesanos de Sedequías se abalanza sobre Jeremías, lanzando el yugo al suelo. "Desgraciado", dice el cortesano con total desdén. "¿Cómo te atreves a decirle a tu rey que incline su cuello?".

Jeremías se mantiene firme. Su rostro se sonroja de enojo a la vez que se pone en guardia delante de su atacante. "No", responde Jeremías. "¿Cómo te atreves *tú* a cuestionar las palabras de tu Señor Dios?".

Uno de los principales sacerdotes dice: "Tú escribiste que deberíamos arrepentirnos y que todo irá bien. Que Dios estará con nosotros", pensando que ganará puntos con Sedequías.

Jeremías prepara a los sacerdotes con una expresión de lástima. Solamente él sabe que el orgullo de Sedequías ya ha garantizado la caída de Israel. La Tierra Prometida ahora será de Nabucodonosor. Su pueblo será dispersado y esclavizado. Su templo será destruido. Esa es la profecía de Dios; eso es lo que Dios permite. Todas las protestas de los cortesanos y los sumos sacerdotes no pueden evitar que eso suceda.

"Miren fuera de los muros. Llegan demasiado tarde", dice Jeremías.

"¡Llévenlo a la mazmorra del palacio!", susurra Sedequías.

Pasan muchos meses. Soldados babilonios han estado acampados fuera de Jerusalén desde el día de la última aparición de Jeremías delante del rey. Los muros tienen más de seis metros de anchura y son casi impenetrables. Dentro de la ciudad, el pueblo de Jerusalén está atrapado y hambriento, privado de alimentos y de gran parte de su suministro de agua debido a la presencia babilonia. Ha llegado el momento de que Nabucodonosor capture la ciudad. Las fogatas para cocinar son apagadas mientras los hombres de Babilonia se ponen su armadura y afilan sus cuchillos. La maquinaria para el asedio—esas inmensas torres con ruedas que permiten a los soldados hacer llover flechas sobre la ciudad–, pronto empiezan a rodar. En la puerta de la ciudad, la primera oleada de soldados ahora lanza un ariete contra la gruesa entrada de madera.

El ejército de Sedequías intenta sostener la puerta, pero están desorganizados y son débiles debido al hambre, y no pueden aguantar el ataque de los babilonios. Han pasado años desde que el ejército israelita ha tomado el campo. Sus líneas de batalla son caóticas e inadecuadas. Los babilonios han penetrado y batallan sin cesar. Sus líneas son definidas y su disciplina es precisa.

La orgullosa resistencia de Sedequías apenas se nota en los babilonios. Su ejército es aplastado con fuerza y sus hombres destripados donde caen. La única pregunta que queda ahora es el grado de sufrimiento que el rey Nabucodonosor infligirá a Jerusalén, y quién entre los israelitas encontrará alguna manera de escapar a eso. En las calles de la ciudad hay pánico por todas partes. Las llamas de los tejados que arden se elevan hasta el cielo de la noche. La gente corre desesperadamente por las calles, sin tener ningún lugar donde ir.

Dentro del palacio reina el caos. Sedequías ha huido, saliendo a escondidas por la puerta entre los dos muros cerca de su jardín. Su esposa y sus hijos, ministros, sumos sacerdotes y todo un ejército siguen detrás. Se dirigen al valle del Jordán llamado Arabá.

La mazmorra del palacio ha sido vaciada de todos los prisioneros excepto uno: Jeremías.

Baruc se abre camino por el palacio vacío. Sus paredes están iluminadas por la ciudad que arde. Los pasos de sus pies vestidos con sandalias resuenan sobre el piso de piedra.

Baruc libera a Jeremías y acompaña al profeta para salir del palacio. Se apresuran hacia el templo diseñado hace tanto tiempo por David, cavernoso y normalmente un refugio de calma y tranquilidad. Es el hogar espiritual del pacto de Dios con los israelitas, donde reside el Arca del pacto; y está a punto de quedar hecho cenizas. Los pocos fieles que permanecen dentro de la ciudad están dentro, esforzándose febrilmente por salvar preciosos rollos y objetos religiosos. Los israelitas ocultan el Arca del pacto a fin de evitar que sea llevado a Babilonia. Hasta la fecha, nunca ha sido encontrado.

Baruc y Jeremías salen corriendo del templo, esperando encontrar una manera de escapar de la ciudad. Dan un giro y echan una última mirada al grandioso edificio, que tiene ahora su tejado envuelto en llamas. El humo sube hasta el cielo, y personas que gritan llenan las calles. Flechas lanzadas por distantes arqueros babilonios se clavan en el suelo, matando a personas al azar. Los cuerpos se quedarán sin enterrar, y los buitres llegarán en la mañana para dejar limpios los huesos.

Así es como se ve el final de la Tierra Prometida.

Tal como Jeremías profetizó.

El escape de la ciudad del rey Sedequías no ha ido del todo bien. Los babilonios les persiguieron a él y a su ejército en su camino hacia Arabá. Las dos partes se encontraron en las llanuras fuera de Jericó, por donde los israelitas en una ocasión marcharon hasta que cayeron los muros. Ahora los babilonios se han asegurado el éxito, dispersando al ejército de Sedequías y capturándolos a él y a toda su familia. Ahora están en un camino fuera de Rebla al amanecer, encadenados, rodeados por todas partes por soldados babilonios. El rey Nabucodonosor camina delante de ellos, un hombre con mala cara y vestido con armadura de batalla. Hay poco que sea necesario decir: Sedequías no solo ha sido un súbdito desobediente, sino que también ha empeorado su castigo al forzar a los babilonios a sitiar

Jerusalén durante tanto tiempo. Ojalá Sedequías hubiera hecho lo que Jeremías le advirtió. Postrarse ante Nabucodonosor no habría sido agradable, pero habría sido mucho más preferible a la sentencia que el rey babilonio está a punto de dictar.

Sedequías oye la sentencia y gime de dolor. Entonces, a la señal del rey babilonio, la sentencia es ejecutada.

En primer lugar, llevan a los hijos de Sedequías delante de él. Sedequías tiene solo treinta y dos años, al haber subido al trono a una edad muy temprana. Sus hijos siguen siendo niños. Él los quiere: el sonido de sus risas, su aspecto bien parecido, su nivel deportivo y su intelecto. A Sedequías le encanta cuando ellos le rodean con sus brazos, y ese modo especial con que miran con orgullo a su padre.

A la orden de Nabucodonosor, estos soldados avanzan y les cortan la garganta, uno por uno. Cuando Sedequías intenta apartar la mirada, soldados babilonios agarran su cabeza y le obligan a mirar.

Las muertes de sus hijos componen la última escena que el rey Sedequías verá jamás, porque después de que los asesinatos terminen, el rey Nabucodonosor personalmente agarra la cabeza de Sedequías y mete profundamente sus pulgares en sus ojos, dejándole ciego. Sedequías es entonces encadenado con cadenas especiales de bronce, y se le hace desfilar por el largo y doloroso camino hasta Babilonia, donde será un esclavo el resto de su vida.

Acompañando a Sedequías en esa larga marcha a la esclavitud está toda la elite de Jerusalén. También ellos son ahora esclavos de los babilonios. Nabucodonosor no se lleva a todos a Babilonia, pues él quiere a lo más selecto de la sociedad judía; se llevan a los profesionales y los ilustrados. Entre ellos está un grupo de jóvenes amigos llamados Daniel, Ananías, Misael y Azarías. Sobre ellos descansa la esperanza de que el pueblo de Jerusalén pueda un día encontrar a Dios y regresar.

Pero antes deben encontrarse el uno al otro. Porque casi en cuanto comienza la deportación, son separados en la gran turba de refugiados, animales, carros y soldados, destinados a realizar la larga caminata sin la camaradería de los amigos.

"Dame fuerzas, oh Dios", ora Daniel. "Protégeme y guíame, y un día, a pesar de los años que transcurran, por favor perdona nuestros pecados y permite a nuestro pueblo regresar a la Tierra Prometida".

Por si acaso se les ocurriera darse media vuelta y huir de regreso a Jerusalén, un soldado vigilante saca su espada, con el anhelo de tener la oportunidad de atravesarles con ella. Desde ese día en adelante, cada uno de sus movimientos será examinado de esa manera. El castigo será rápido y seguro. La muerte siempre será una opción.

Bienvenido de regreso a la esclavitud, oh Israel.

Pasan catorce generaciones de israelitas desde Abraham hasta su descendiente David. Otras catorce generaciones desde David hasta la gran deportación a Babilonia. Pasarán otras catorce generaciones hasta el nacimiento de Jesús, descendiente directo de David y de Abraham, con quien Dios hizo su pacto. Jesús será enviado a renovar ese pacto con el pueblo de Dios. El pacto tiene desesperada necesidad de renovación, pero eso sucederá catorce generaciones en el futuro. Ahora, cuando una larga fila de enlodados y llorosos israelitas ven las aguas de Babilonia por primera vez, el pacto parece ser algo del antiguo pasado. Después de una marcha de ochocientos kilómetros, finalmente han llegado al exilio. La vasta inmensidad de las resplandecientes aguas del río Éufrates resplandece como si fuera acero bajo el sol. Nadie sabe si volverán a ver otra vez su querida Jerusalén.

Pero incluso mientras los soldados los empujan para que crucen el agua por un punto bajo, muchos de los israelitas no entienden por qué están allí. Esas personas ven su exilio de la Tierra Prometida en términos puramente políticos, como si fuese el orden natural de las cosas que un gran ejército conquiste otro, y que el pueblo de la tierra derrotada sufra como consecuencia.

Los fieles, sin embargo, saben por qué están allí. Cuando los demás rechinan sus dientes y se quejan de su horrible situación, los fieles les recuerdan que los israelitas han abandonado a Dios y han servido a dioses paganos en la Tierra Prometida. Pero incluso los fieles se preguntan si Dios les ha dado la espalda para siempre.

Daniel, un joven alegre y brillante de veinte años que era un pariente lejano del rey Sedequías, se mete en las frescas aguas del Éufrates y ora. "Dios", pregunta, "¿cómo hallaremos de nuevo nuestro camino de regreso a casa?". Daniel siempre ha adorado al Dios de Abraham, a pesar de las andanzas de Sedequías. Se mete más profundamente. El agua refresca sus dolorosos pies y limpia el polvo que cubre sus piernas desnudas. "Dios", ruega, "por favor, vuelve a nosotros".

De repente, Daniel pierde el paso. La corriente le sumerge y le lleva. Su cuerpo se mueve y da vueltas en la corriente, y traga mucho agua. Daniel no es nadador; no había necesidad de aprender a nadar en los secos entornos de la Tierra Prometida. Por tanto, aunque batalla por lograr ponerse de pie, o al menos a sacar la cabeza por encima de la superficie, nada funciona. Ha estado bajo el agua solo unos segundos, pero le parece una eternidad. A pesar de lo cercana que ha sentido la muerte en todo el viaje desde su casa hasta la cautividad, esos sentimientos no son nada comparados con el terror de ese instante.

Entonces Daniel siente los amorosos brazos de Ananías, Misael y Azarías que le agarran en el agua, sacando su cuerpo de la corriente. Ellos le ayudan a ponerse de pie; entonces, los cuatro se abrazan, tosiendo, ahogándose y temblando.

En medio de su preocupación y temor, los cuatro encuentra una manera de reír. El alivio que causa la risa les recuerda que Dios está allí con ellos, cuidándoles, manteniéndoles a salvo, protegiendo sus corazones, sus mentes y sus cuerpos de las duras realidades de su nueva vida en una tierra pagana.

Ellos hacen un pacto en las aguas del Éufrates mientras un desventurado Daniel recobra el aliento: se mantendrán juntos. Si Daniel, Ananías, Misael y Azarías han de seguir vivos, su amistad y compasión serán más importantes que nunca. No tienen Jerusalén, pero se tienen los unos a los otros. Y tienen la promesa de Dios para sus fieles, la cual deberá sostenerlos en medio de pruebas que ellos no pueden imaginar. Daniel y sus amigos se abrazan por un momento. Entonces, fríos y mojados, pero felices de haberse encontrado, siguen adelante cruzando la corriente del río.

Mientras tanto, el rey Nabucodonosor no tiene prisa alguna por vadear el Éufrates, dormir en su propia cama o deleitarse en los placeres de su harén, porque la comodidad del hogar ya no le atrae. El rey de Babilonia ha estado dos largos años en la batalla esperando a que caiga Jerusalén, y el sencillo acto de vengarse de Jerusalén y reducir a cenizas la ciudad ha despertado su apetito de más.

Nabucodonosor no está marchando con su ejército de regreso a Babilonia; está guiando a su ejército hacia el oriente a Egipto, esa tierra desértica inconquistable que los faraones han gobernado durante más de dos mil años. Pero él la conquista. Y Nabucodonosor quiere aún más. Con una barrida estruendosa que destruye la tierra de los faraones, da la vuelta y arrasa en el mundo civilizado. Cada nación cae delante de él, y su poder es mucho. Miles y miles de personas que ni siquiera hablan su idioma llaman a Nabucodonosor "Señor" y "Majestad". Sus nuevos súbditos no son solo judíos, sino de cada tribu y nación desde el río Tigris hasta el río Nilo; desde las arenas del gran desierto de Arabia hasta las grandes montañas que marcan la puerta a lo que un día será conocido como Europa. Naciones que no se someten son pasadas por el filo de la espada. Sus mujeres son violadas, y sus hijos se capturan como esclavos o simplemente se les deja morir de hambre.

Pasan años. El rey Nabucodonosor regresa a casa para disfrutar de la riqueza y los despojos de su vasto reino. Sus súbditos se adaptan lentamente y con renuencia a su gobernante y a sus caminos. Generaciones de niños son traídos al mundo y crecen hasta la edad madura sin conocer nunca ninguna diferencia entre las costumbres de Nabucodonosor y las de sus antepasados. Los israelitas se unen inconscientemente a la adoración de los ídolos paganos de su rey, habiendo perdido hace mucho tiempo incluso el recuerdo del Dios de Abraham. Quienes sí recuerdan, sienten que Dios les ha abandonado. La mayoría no saben ni siquiera quién es Dios.

Sin embargo, un israelita, Daniel, ha sido bendecido de manera extraña y poderosa durante su periodo en el exilio. Ahora es un hombre, y se ha adaptado y ha ascendido hasta llegar a ser el consejero principal de Nabucodonosor. Tiene un don dado por Dios para interpreta sueños y ver visiones, y él ha escogido honrar esa bendición al no contaminar su cuerpo con la comida y la bebida que se sirven en la corte real. Sus tres buenos amigos de su tierra han fortalecido su vínculo en los años que han pasado desde que dejaron Jerusalén, y cada uno de ellos también sigue esa dieta.

Pero ese don llega con cierto riesgo. Porque cuando Nabucodonosor se entera de la capacidad especial de Daniel para escuchar y oír a Dios en toda circunstancia, el rey pregunta sobre el significado de sus propios sueños.

Una espectacular mañana, mucho antes de que el calor del desierto pueda saquear el paisaje, Daniel está de pie al lado de Nabucodonosor, cerca del trono del rey sentado, a la sombra del pabellón exterior del palacio. Miles y miles de babilonios y judíos son llevados en masa fuera de la ciudad hasta la amplia planicie del desierto. Daniel observa con lamento cómo los principales sacerdotes y soldados de Babilonia se reúnen en la llanura. Tambores y músicos se preparan para tocar. Trompeteros elevan sus cuernos hacia sus labios y esperan la señal para tocar una fuerte nota triunfal.

El motivo de toda esa conmoción exuberante es una gigantesca estatua de oro. Tiene 27 metros de altura y casi tres de anchura. La idea para la estatua le llegó al rey en un sueño, y él escogió probar los poderes de videncia de sus principales astrólogos y magos al hacerles describirle el sueño y lo que significaba.

El castigo por no relatar el sueño del rey fue la muerte. Ninguno de ellos tenía la menor idea de lo que significaba el sueño de Nabucodonosor. Daniel, sin embargo, fue bendecido por Dios con la capacidad de interpretar el sueño. Él le explicó a Nabucodonosor que el sueño era sobre una estatua gigante, que tenía la cabeza de oro, el pecho y los brazos de plata, el vientre y las caderas de bronce, las piernas de hierro y los pies eran una mezcla de hierro y arcilla. Las distintas partes de la estatua significaban los diversos reinos que llegarían a sustituir a Babilonia. Daniel también describió una gran piedra que caería sobre la gran estatua y la destruiría, significando que el Reino de Dios sería el último imperio duradero. Mostraba la fragilidad del poder de un rey y la omnipotencia del único y verdadero Dios. Construir una estatua así solicitaba la ira de Dios.

Nabucodonosor quedó intrigado por ese Dios de Daniel, pero de todos modos construyó la estatua. Decidió interpretar el mensaje como una señal para actuar con mayor valentía. Por tanto, no solo se limitó a ordenar que se construyera la estatua, sino también que se hiciera enteramente de oro.

Ahora, Nabucodonosor levanta su brazo de rey. Esa es la señal que los trompeteros han estado esperando. Una sola y dulce nota flota por encima de las miles de personas reunidas. Al instante, todos se quedan en silencio y se arrodillan en adoración. Están dando homenaje a la estatua y, en representación, a Nabucodonosor. Todos se inclinan: principales sacerdotes, soldados, judíos, babilonios. Todos.

Los peores temores de Daniel quedan de manifiesto cuando sus amigos Ananías, Misael y Azarías se niegan a arrodillarse. Solo ellos permanecen de pie, negándose a honrar a ningún otro Dios sino al de ellos. "Con todo nuestro corazón te seguiremos", ora Azarías en voz alta al Dios de Abraham.

Los trompeteros bajan sus cuernos. La llanura del desierto está en silencio a excepción de los gritos de los sumos sacerdotes, que demandan que los tres fieles judíos se arrodillen.

"Tememos y buscamos tu presencia", continúa la oración. Esta vez las palabras salen de la boca de Misael.

Ahora los guardias caminan entre la multitud, deseosos de golpear a los insolentes esclavos extranjeros; pero los tres permanecen de pie. Daniel mira desde la distancia, con seriedad en su rostro porque sabe el destino que les espera a sus amigos. Sin embargo, está orgulloso de que ellos se nieguen a adorar a dioses falsos. "Oh, queridos amigos. Su fe será probada ahora", se maravilla pensando para sí.

Nabucodonosor está enfurecido por la ira. Este hombre que una vez dejó ciego al rey Sedequías le grita a Daniel "¿Quiénes son? ¿Qué les pasa?".

"Mi Señor", le dice Daniel". "Ellos solo son movidos por Dios. No se inclinarán a nadie sino a Él".

Incluso mientras Daniel habla, los guardias apresan a sus amigos. Daniel sigue de cerca mientras Nabucodonosor se levanta rápidamente de su trono y sale de su trono cubierto por un toldo. La multitud abre camino al instante mientras el rey se acerca a los malhechores. Daniel se apresura a salir. Por delante de él ve que las manos de sus amigos son atadas.

"Te servirán fielmente durante todas sus vidas, al igual que yo", asegura Daniel a Nabucodonosor, buscando las suaves palabras que calmen al rey. "Pero...".

"Pero ¿qué?", responde Nabucodonosor.

Daniel continúa. "Por favor, entienda, Majestad, que solo Dios puede ser adorado".

Uno de los principales sacerdotes se ha unido a ellos. Él sabe que Daniel obtuvo prestigio al interpretar el sueño del rey, y está deseoso de reasegurar su propia autoridad. "¿Es eso alguna necedad que ustedes los extranjeros creen? ¿Qué su Dios tiene más poder que nuestro glorioso rey?".

Daniel no dice nada. Ese no es momento de discutir con un sacerdote.

Es Nabucodonosor quien rompe el silencio. "Tus amigos se postrarán; o yo haré que se postren".

Pero incluso mientras los guardias intentan forzar a los tres israelitas a que se arrodillen, ellos no pronuncian palabra alguna de adoración al rey Nabucodonosor. Parecen no tener miedo, lo cual desata el legendario genio del rey. "Rey Nabucodonosor, no necesitamos defendernos delante de ti en este asunto", le dicen. "Si somos lanzados a un horno de fuego, el Dios a quien servimos puede librarnos de ello, y nos librará de la mano de su Majestad. Pero si no lo hace, queremos que sepas, su Majestad, que no serviremos a tus dioses ni adoraremos la imagen de oro que has erigido".

"¿Qué hacemos con algo que no se dobla?", grita Nabucodonosor, moviéndose alrededor con enojo. "Lo lanzamos al fuego".

Las palabras son como una daga en el corazón de Daniel.

Nabucodonosor le mira directamente a él mientras se dirige a sus guardias. "Quémenlos".

Un soldado inmediatamente los cubre de aceite. Un segundo soldado corre hacia los prisioneros, llevando una antorcha. Nabucodonosor agarra su brazo, apoderándose él mismo de la antorcha. En un rápido movimiento, lanza la antorcha a los tres israelitas.

Buf.

Una bola de fuego se levanta a la vez que cada hombre queda envuelto en llamas.

Nabucodonosor sonríe con satisfacción y se gira hacia sus sacerdotes para que ellos puedan compartir su alegría. Mientras tanto, Daniel está orando con tanta fuerza y fervor como posiblemente puede: "El Señor oiga mi clamor por misericordia. El Señor acepte mis oraciones".

Mientras Daniel ora, su voz se va volviendo más firme y segura. Ya no tiene temor por sus amigos, porque sabe que Dios está cercano. En medio de las llamas y la nube de humo, ve la silueta de una cuarta figura que está de pie protegiendo a Ananías, Misael y Azarías. La intensa silueta da una bendición a los tres hombres.

"El Señor oiga mi llanto. El Señor oiga mi clamor por misericordia. El Señor acepte mis oraciones", dice Daniel en voz baja.

Esa no es una aparición que solo Daniel puede ver. La cara de Nabucodonosor se queda pálida cuando ve esa misteriosa presencia. Sus principales sacerdotes musitan encantamientos, llamando a sus dioses para que los protejan. Estos hombres han afirmado ser espirituales todas sus vidas, y sin embargo esta es la primera vez que realmente han visto y han sentido la presencia de Dios.

"El Señor oiga mi llanto. El Señor oiga mi clamor por misericordia. El Señor acepte mis oraciones", sigue orando Daniel.

Las llamas se apagan. Las tres figuras arrodilladas de Ananías, Misael y Azarías están envueltas en humo. Cuando el humo se desvanece, los tres hombres se levantan. No han sufrido ningún daño y ni siquiera huelen a humo. Con lágrimas en sus ojos, Daniel da gracias a Dios humildemente.

Cuando sus principales sacerdotes se dan la vuelta y se van, desesperados por escapar a cualquier ira que ese Dios de Daniel quisiera infligir, Nabucodonosor cae de rodillas. Se agarra a la pierna de Daniel en un acto de súplica y algo más. Algo por lo que Daniel ha orado durante muchos, muchos años.

Ese algo es fe. Nabucodonosor está profundamente impresionado por el poder de Dios.

En las gradas de la necedad de Nabucodonosor, Dios interviene. Su poder está ahí para que todos lo vean. Guiado por Daniel, Nabucodonosor enseguida permite que los judíos cautivos adoren a su Dios en paz.

Pasa el tiempo. El gran rey de Babilonia se está volviendo loco; es custodiado durante el día y la noche. No se permite a sus súbditos verle en ese estado, porque Nabucodonosor se comporta como un animal salvaje. Una discusión racional sobre liberar a los israelitas está fuera de la cuestión. Sin embargo, aunque va a cuatro patas, con su cabello revuelto y sus movimientos restringidos por el tamaño de su caseta real, él sigue siendo igualmente el rey.

En los más de veinte años en que Daniel ha estado en esclavitud a Nabucodonosor, su relación ha ido profundizando. Daniel ya no es solo un sirviente, ni tampoco un respetado miembro de la corte. Él es indispensable para el rey, y realiza un inmenso número de obligaciones burocráticas y ceremoniales para asegurar que el imperio babilonio discurra con fluidez día tras día. Incluso en las profundidades de su locura, Nabucodonosor sigue sintiendo una profunda admiración por la fe y la eficacia de ese extranjero.

Por tanto, si alguien puede persuadir a Nabucodonosor para que libere a los israelitas, ese es Daniel. Pero Daniel, desde luego, ahora es insustituible.

Es mediodía cuando un candado es abierto en la mazmorra real de Nabucodonosor. Se abre una pesada puerta. Daniel, que ahora tiene unos cuarenta años, entra. Mientras dos sacerdotes babilonios observan desde fuera, él lleva sin temor alguno un cáliz de oro con agua a la jaula del rey en el oscurecido centro de la sala.

De repente, una cabeza se sitúa bajo un estrecho rayo de luz del sol. El rey da un bocado a un plato de comida que hay en el piso, y entonces vuelve a desaparecer entre las sombras. Lo único que Daniel puede ver de Nabucodonosor es su barba y su cabello enredado y sucio, y el par de oscuros y malévolos ojos que le miran fijamente.

"Contemplen al más grande rey y el más pequeño hombre en la tierra de Dios", susurra Daniel. "Miren dónde le ha llevado su orgullo. Y mi pueblo está igual de atrapado en Babilonia como tú lo estás en esa jaula".

Daniel dice esa última frase como un pesado lamento. Eso está fuera de su carácter, porque Daniel es conocido por su corazón alegre. Se oye hablar a sí mismo, y pide perdón a Dios por no ser agradecido. Daniel baja su vista hacia su señor y amo terrenal. Entonces con cuidado sitúa la copa de oro en el piso. Los sacerdotes siguen mirando, sin estar seguros de lo que Daniel tiene en mente.

"Shh", dice Daniel con suavidad. "Ven aquí. Todo está bien".

Nabucodonosor se desliza a cuatro patas y lame el agua como si fuera un perro. Suavemente, Daniel informa al rey sobre las nuevas profecías acerca del destino de los israelitas; y de los babilonios. "Siento informarte de esto, señor", dice Daniel, asegurándose de que los principales sacerdotes no puedan oír. "Él se apiadará de los israelitas. Dice que Jerusalén debe ser reconstruida, y que los grandes cimientos del templo deben ser establecidos otra vez".

Las palabras no significan nada para Nabucodonosor. Está demasiado alejado.

La profecía se hace realidad, pero no de inmediato. Veintitrés años después de la muerte de Nabucodonosor, durante los cuales gobiernan cuatro reyes débiles y corruptos, un nuevo rey galopa hacia Babilonia. Monta un espléndido caballo blanco y dirige a un ejército con la fuerza de diez miles. Este hombre es del Oriente, y lleva puesta una pesada corona de oro, para evitar que nadie pase por alto que él es rey. Durante tres años, este rey de toda Persia ha barrido la tierra. Ha conquistado todo en su camino, y ahora avanza cabalgando para tomar control de Babilonia. Este es el precio más elevado de todos: su puerta a Occidente y al Sur, poseedor de las riquezas despojadas a Egipto e Israel.

En lo alto de una torre en el centro de la ciudad, Daniel está en pie entre un grupo de ministros reales, observando al ejército que se acerca. Entre el grupo están sus amigos de toda la vida: Ananías, Misael y Azarías. Todos ellos tienen unos sesenta años, y han pasado la mayor parte de sus vidas en esa tierra extranjera. Pero no la llaman hogar; y nunca lo harán. No tienen temor al nuevo rey; le dan la bienvenida. Para ellos, él es un libertador. Daniel ha estudiado al nuevo rey, y sabe que al pueblo en cada territorio que los persas conquistan se le ha dejado libre para vivir y adorar según sus propias tradiciones. Daniel sonríe y dice: "Él nos liberará a los exiliados".

Los principales sacerdotes han estado causando estragos en la ciudad. Han prohibido la oración; incluso han asesinado al último rey de Babilonia como símbolo de su lealtad al rey persa. Cuando Daniel y sus amigos descienden de la torre y caminan hacia la plaza principal de la ciudad, ven precisamente lo que han hecho los principales sacerdotes: el rey de Babilonia cuelga de una horca, con el cuello roto. Sus piernas están atadas por los tobillos y sus brazos detrás de la espalda. No hay ningún manto que cubra su cara, y mira fijamente a sus anteriores súbditos con ojos sin vida. Los principales sacerdotes sonríen con suficiencia, negándose a permitir que los soldados de Babilonia le bajen hasta que ese nuevo rey pueda ver lo que ellos han hecho. Los sacerdotes esperan ganarse favor al permitir que el nuevo rey entre en Babilonia sin que haya pelea. Cuando Daniel y sus amigos miran hacia delante, los principales sacerdotes ordenan a los guardias babilonios retirar las gigantescas columnas de madera que apuntalan las inmensas e impenetrables puertas de la ciudad, y los guardias siguen sus órdenes sin vacilación. Con pesadez en sus corazones, los soldados de Babilonia observan al ejército persa entrar galopando, con sus espadas envainadas, sabiendo que los hombres del nuevo rey seguramente los matarán y alimentarán con sus cuerpos a los buitres.

El rey persa entra en la plaza de la ciudad y mira a su última conquista. Ningún gobernante le saluda; nadie formalmente le entrega el control de la ciudad. Los principales sacerdotes, con toda su astucia, tienen temor a confrontarle. Los soldados babilonios yacen postrados a tierra, esperando que ese acto de servilismo les salve.

Daniel, Ananías, Misael y Azarías caminan hacia el centro del patio, pasando al lado de los soldados persas reunidos, sus cortesanos y señores montados. Los principales sacerdotes al instante cobran valentía, al no querer que Daniel hable con el nuevo rey antes de que ellos lo hagan. Daniel podría insistir en que ese valiente gobernante persa les dé muerte. Los aterrados sacerdotes se acercan rápidamente para saludar a su nuevo rey, cantando grandes himnos en su honor, hasta que el nuevo rey está rodeado por su comité de bienvenida.

Como consejero real, solo Daniel tiene el derecho soberano a negociar con un rey. Mientras se acerca, tiene toda la intención de pedir que los israelitas sean liberados de la esclavitud, como cumplimiento del papel tan concreto del persa en la profecía de Dios.

Pero antes de que Daniel pueda acercarse a él, un par de fornidos sacerdotes le agarran de los brazos y apartan a un lado a Daniel. "Debo hablar con el rey", protesta Daniel. "Él me estará esperando".

"Desde luego", rezuma uno de los sacerdotes, "pero como puedes ver, el rey está ocupado. Hemos hecho un arreglo especial para realizar una audiencia privada. Por favor, vamos por aquí".

Daniel observa con impotencia mientras el nuevo rey se aleja escoltado. Entonces es llevado al palacio y le dejan allí para que se pregunte qué están planeando los sacerdotes.

Doce largas horas después, cuando cae la noche, Daniel lo descubre. Está en el interior del nuevo salón del trono del rey persa, rodeado por un círculo de sacerdotes. Ellos señalan, se burlan, gritan y le lanzan acusaciones e insultos.

Daniel va de un acusador a otro, sin decir nada pero procesando cada acusación dirigida a su camino. El nuevo rey, que ha llegado a ser sabio en muchos años de conquistas, es más inteligente que interferir en los procedimientos religiosos. Él escucha con tranquilidad, estudiando a Daniel y a los sacerdotes.

Uno de los sacerdotes se acerca más a Daniel. Le mira de arriba abajo, como si estuviera examinando a un animal en exhibición en un zoo. El sacerdote olfatea, y retira su cabeza con disgusto. "Hechicero", acusa a Daniel. "Tú invocas demonios. No lo niegues".

Eso pica el interés del persa. "¿Cómo es eso?", demanda él desde su trono.

"Él infectó la mente de su anterior señor, el gran rey Nabucodonosor", sisea el sacerdote. "¡Le convirtió en un animal loco de atar!".

La cara de Daniel se mantiene impasible. Su fe demanda que no tema a ningún hombre. Parece casi aburrido. Estas acusaciones no son nada nuevo. "Y no está solo", grita otro sacerdote. "Sus tres amigos en una ocasión desafiaron a la muerte con la ayuda de un demonio de fuego".

"Y profetizó la ruina causada por los gobernantes babilonios. Incluso le dijo al último rey: 'Has sido pesado y has sido hallado falto. Tu reino será dividido...'".

Daniel aprovecha el espacio. "'...y ha sido entregado a Persia'". Se gira hacia el rey. "Yo profeticé que Babilonia te sería entregada a ti, Rey. Fue la voluntad de Dios".

Los sacerdotes no aceptarán contradicción. "Pero ¿quién puede decir que no invocarás a ese dios demonio para que vuelva a hacer lo mismo?".

"Dios es justo". Los ojos de Daniel son como hielo al interrumpir al hombre. "Los justos no tienen nada que temer".

El sacerdote hierve de enojo. Él es un hombre de muchos dioses. "No conocemos a ese dios", responde el sacerdote, ignorando a Daniel para dirigirse al rey persa directamente.

El gran error de Daniel es batallar con los sacerdotes en lugar de apelar a la sabiduría racional de un gobernante sabio.

El sacerdote continúa: "¿Quién puede decir que tener otro nuevo rey, y después otro, y después otro, será también la voluntad de Dios? Sin duda, digo que este hombre es un hechicero y no hay que confiar en él. Por eso hemos prohibido la oración, un edicto que creemos que te resultará sabio mantener".

El rey se queda mirando a Daniel. Esa es la oportunidad de convencerle de la necesidad de dejar ir a los israelitas. "¿Puedo ofrecer una más de las profecías de Dios?", pregunta Daniel humildemente.

Un sacerdote interrumpe. "No, demonio. Ninguna más de tus palabras engañosas".

Pero el rey persa ahora levanta una mano requiriendo silencio. Asiente mostrando su acuerdo.

Daniel se acerca al trono. "Esta es, señor: hay un rey cuya mano derecha sostengo, para subyugar naciones delante de él y quitar su poder a reyes, para abrir puertas delante de él para que las puertas no se cierren". Él se inclina.

"Bien, él diría eso, ¿no?", dice un sacerdote.

El nuevo rey observa con atención los ojos de Daniel, buscando señales de engaño o de ornamentación. La mirada de Daniel nunca vacila, e incluso mientras el persa responde a la acusación del sacerdote, el rey se encuentra intrigado por ese israelita y su capacidad de permanecer calmado y tranquilo ante tal situación de furia.

"Sí", responde el rey. "Cualquier hombre normal podría; fuese cierto o no".

El nuevo rey está dividido: ha heredado un poderoso sacerdocio, cuya cooperación será crucial para un gobierno fluido. Pero por otro lado, los sacerdotes temen claramente al Dios de Daniel. Él debe ser sabio al escoger de qué parte ponerse. *¿Debería temer yo al Dios de Daniel también?*, se pregunta el rey. *¿O suponen estos judíos y su Dios más problemas de lo que valen?* Su política de apaciguamiento, que ha funcionado tan bien a lo largo de sus muchas conquistas, de repente parece inestable.

Entonces toda la acción se detiene en seco cuando Daniel comienza a comportarse de manera extraña. Está tranquilo, pero sus ojos están cerrados. El rey le ve musitando palabras, pero no está seguro de si Daniel está orando a su Dios o invocando a un demonio. Una cosa es segura: Daniel no muestra ningún respeto en absoluto por su nuevo gobernante.

El persa de repente se agita, como un león que se despierta de su sueño y pasa al ataque. Se pone de pie y ruge su respuesta, conmoviendo a todos en la sala y poniendo fin abruptamente a los balbuceos de Daniel. "Yo soy rey del mundo. Gran rey. Poderoso rey. Rey de Babilonia. Rey de todos los judíos en mi tierra. Y mi juicio es este: desde este día en adelante, los judíos desistirán de sus prácticas y sus rituales". Sale a grandes pasos de la cámara, dejando atrás a un sorprendido Daniel y a un grupo de sacerdotes que sonríen con complicidad y están autosatisfechos. Ellos miran con engreída felicidad a Daniel, al que dejan sintiéndose aplastado y traicionado.

Las profecías de Isaías han demostrado ser falsas. Los sueños por tanto tiempo atesorados de Daniel están en ruinas; y no solo sus sueños sino también los de toda la población judía. Durante más de cuarenta años, el pueblo escogido de Dios en el exilio se ha aferrado a esa fina cuerda de esperanza. Los hombros de Daniel se desploman mientras sale del salón del trono, siendo un hombre quebrantado. Encuentra un punto en el corredor y presiona su frente sobre las frías paredes de piedra, intentando desesperadamente dar sentido a lo que acaba de suceder. Él responde al revés del único modo que sabe: "Oh, querido Dios; he fallado a Israel. Te he fallado. Estamos más lejos de la libertad ahora que nunca antes. ¿Cómo es posible que no haya visto llegar esto? ¿Por qué no dije más?".

Pero la oración ha sido prohibida en el reino del gobernante persa. Mientras Daniel ora en el corredor, los sumos sacerdotes pasan a su lado y deseosamente toman nota. Quebrantar la orden del rey significa una automática sentencia de muerte, y Daniel claramente está haciendo precisamente eso. El rey se enterará de este acto de desobediencia.

Daniel es arrestado y metido en la mazmorra. Los guardias, que normalmente se pavonean por todas partes sin temor alguno, parecen inquietos y estar sufriendo falta de confianza mientras rápidamente abren la puerta, le empujan dentro y enseguida la cierran de un portazo. Su valentía regresa solo cuando Daniel está seguramente encerrado. Contrariamente a los principales sacerdotes, ellos no presumen sino que se alejan de Daniel con una expresión de tristeza. Ellos le conocen bien, al haberle observado en la corte real durante años y años. Nunca se ha conocido a Daniel como alguien que habla con enojo, que menosprecia a quienes están por debajo de él, o que murmura. Su aplomo bajo la presión es legendario. Daniel es humilde y optimista en todo momento. Los guardias nunca ven tal conducta en otros miembros de la corte real, cuyos altivos modales y sus palabras resbaladizas con frecuencia les hacen sentir como una forma más baja de vida. Encerrar a Daniel en la mazmorra es una de las órdenes más difíciles que han tenido que cumplir jamás.

Daniel está perplejo. Es la mazmorra. Puede soportar la soledad de la cárcel. Quizá el rey cambiará de opinión sobre la sentencia de muerte. Todas las cosas son posibles para Dios. Se aleja de la puerta para examinar su nueva casa. La única luz entra a través de las barras de la puerta. Daniel entrecierra los ojos y mira a la oscuridad. La celda es enorme. En el rincón puede divisar las siluetas durmientes de otros prisioneros. Los hombres parecen ser anormalmente grandes, y cuando Daniel da un paso hacia ellos observa que tienen un olor inusual. Los hombres son casi salvajes.

Daniel se acerca más con cautela, y con cuidado de no asustarles; pero de repente se da cuenta de que no son hombres. Aquello no es una celda de una cárcel. Una ráfaga de adrenalina recorre sus venas y su corazón se llena de temor cuando las siluetas se dan a conocer. Un aterrado Daniel se da cuenta de que ha sido lanzado al foso de los leones. El nuevo rey persa no solo le ha condenado a muerte; está poniendo fin a toda la charla sobre el Dios de Abraham al hacer que el cuerpo de Daniel quede despedazado.

Daniel está a punto de convertirse en el ejemplo de lo que sucede en el reino del nuevo gobernante cuando un hombre ora. Él será devorado vivo. Su carne será despedazada de sus huesos, incluso mientras sus gritos pidiendo ayuda resuenen por los corredores. A los niños les hablarán de ese día como un recordatorio de que el persa es el único rey.

Daniel se queda totalmente paralizado cuando uno de los leones se mueve. Es macho, y su cara está envuelta en una melena de pelo revoltoso. El cuerpo del animal mide al menos metro y medio de longitud, y sus inmensas garras son tan grandes como la cabeza de Daniel. El león olfatea el aire. Se levanta y camina lentamente hacia Daniel, y las gruesas patas de esas magníficas garras no hacen ni un solo ruido sobre el piso de piedra. Entonces ruge. El sonido es como la muerte misma. La constitución primigenia en el cerebro de Daniel le impulsa a darse la vuelta y correr. Pero no lo hace; eso sería una locura. Una lágrima se forma en el rabillo de los ojos de Daniel mientras el león pasea tranquilamente hacia él. Daniel cae al suelo y encoge su cuerpo formando una pequeña pelota. Lo más pequeño que pueda formarse. El piso húmedo de la celda da sensación de calma contra su mejilla mientras él espera la muerte que pronto ha de llegar. Los otros leones están despiertos ahora. Daniel no sabe cuántos hay. Podrían ser tres. Podrían ser seis, por lo que él sabe. Ellos rugen y gruñen mientras se van reuniendo. Daniel cierra con fuerza sus ojos, sabiendo que no hay absolutamente ninguna manera de poder luchar contra esas bestias.

Pero entonces recuerda una manera. "Señor, escúchame. No te hacemos peticiones porque seamos rectos, sino a causa de tu gran misericordia", ora a Dios. Un sentimiento de calma llena a Daniel mientras él espera la muerte. Se da cuenta de que Dios le está dando esa paz; por tanto, continúa: "Gracias, Señor. Gracias por mi vida y por sus muchas alegrías. Gracias por tu amor. Y gracias, incluso ahora, por lo que está a punto de suceder. Porque sé que es tu voluntad, y que algún bien mayor resultará de mi muerte".

Se hace una bola aún más pequeña. Los leones ahora están por encima de él. Daniel sabe cómo deben de sentirse las presas en las grandes llanuras del desierto cuando una manada les mira, preparándose para disfrutar de un festín. Él se siente totalmente indefenso. Las lágrimas caen ahora, mojando el piso. Daniel piensa en el pueblo al que ama y al que nunca más volverá a ver. Piensa en la majestad de un amanecer, y en la magnificencia de las estrellas que brillan en el cielo nocturno. Todas esas maravillas de la vida están a punto de serle arrebatadas en ráfagas de dolor y terror.

"Tus palabras son oídas", dice una voz.

Lentamente, con cautela, Daniel levanta su cabeza. Una lágrima se desliza por su mejilla.

Un ángel está delante de él. "Tú eres inocente ante los ojos del Señor", dice el ángel.

En ese instante, todo el temor de Daniel se desvanece. Sus lágrimas se secan. Su optimismo regresa. Estira su cuerpo deshaciendo esa diminuta bola y se pone de pie. Daniel está de pie delante de los leones, sin ningún temor. Lo que suceda, sucederá. Los leones son creaciones de Dios; no son diferentes al hombre. Y Dios tiene dominio sobre toda su creación.

Daniel está preparado para cualquier cosa.

———

Daniel y su Dios persiguen los sueños del rey persa. Él se despierta con pánico, viendo la verdad por primera vez, y rápidamente se levanta de la cama. Poniéndose una túnica, recorre rápidamente el palacio hacia la mazmorra. Está desesperado por salvar a Daniel, sabiendo que no hacerlo dará como resultado que la ira de Dios recaiga sobre su reino.

El rey es nuevo en el palacio. Pasa por paredes iluminadas por antorchas, haciendo giro tras giro equivocados en busca de la mazmorra. "Tu Dios es real", canturrea mientras corre, "tu Dios te salvará. Tu Dios es real, tu Dios te salvará". Un largo pasillo finalmente conduce a la escalinata que desciende hasta la mazmorra. "¡Ábranla!", grita el rey hacia la noche. "¡Ábranla!".

Los perplejos guardias no están seguros de qué les aterra más: la idea de reabrir la mazmorra, o el espectáculo de ese rey persa todopoderoso que corre en la noche, extrañamente inclinado a salvar la vida de Daniel.

"Por favor", ruega, orando abiertamente al Dios de Daniel, "que así sea, Señor".

Las gruesas puertas de madera se abren de par en par. El rey entra. Sus guardias desenvainan espadas y avanzan con él, pero él les indica que se alejen. Uno de ellos le entrega una antorcha, la cual él acepta. Las llamas revelan a un león que duerme; también revelan a un Daniel que duerme, con su cabeza descansando bastante cómodamente sobre el pecho del león.

El persa contempla la escena con profunda incredulidad. Daniel no tiene ningún daño. El rey mueve su antorcha de león en león: todos ellos están dormidos. Un rey perplejo recuerda las palabras que Daniel le dijo, citando al profeta Isaías: "cuya diestra sostengo para subyugar a las naciones delante de él, y para abrir puertas delante de él, para que esas puertas no sean cerradas".

Daniel se pone de pie. El rey deja caer su antorcha y le abraza. Entonces los dos hombres se arrodillan en oración.

Los años de exilio están ahora en su fin. El persa decreta que los judíos pueden regresar a Jerusalén, llevando los tesoros que fueron saqueados de su templo a fin de que pueda ser reconstruido.

Cuarenta mil israelitas pronto marchan hacia occidente, de regreso a su Tierra Prometida. Mientras la fila de exiliados marcha hacia el sol de la tarde, Daniel no se unirá a ellos. Esa es su vida y su hogar ahora. Azarías y él observan al pueblo judío que se van con los tesoros del templo. Mientras Azarías suspira con placer, Daniel se tensa. Al sentir la ansiedad de su amigo, Azarías se gira hacia él. "¿Qué pasa?", pregunta. Daniel se explica y siente una valiente nueva profecía que le es revelada: habrá enormes pruebas para los israelitas. Ellos volverán a alejarse de Dios, y otras naciones los conquistarán y los harán esclavos.

Daniel ha visto una visión de una gran bestia, horrible y terrible, e increíblemente fuerte, con dientes de hierro, que devorará al mundo entero. Pero Daniel también ha tenido otra visión, del hijo del hombre, que viene a salvar al mundo, a quien se le dará gloria, autoridad y poder soberano. Pueblos, naciones y toda lengua le adorarán. Él será llamado Príncipe de Paz, Santísimo, Señor Dios Todopoderoso. Descendiente del linaje de David, este hombre, como su antepasado, será llamado Rey de los judíos. Aunque gobernará sobre un reino muy diferente.

SEXTA PARTE

LA ESPERANZA

Pasan quinientos años. Guerra, conquista y servidumbre a los imperios de Macedonia y Roma. Los israelitas se han restablecido en la Tierra Prometida pero son gobernados por una marioneta romana llamada Herodes. Este rey de los judíos, por así decirlo, proviene de una familia que se convirtió a la fe. Se ha casado diez veces, ha asesinado a una esposa, y pronto asesinará a dos de sus hijos. Sufre arrebatos de paranoia, ha estado en el poder por cuarenta años, y no debe su posición a otro sino a Julio César. Los judíos viven bajo opresión, lo cual causa temor y tensión, pero se les permite practicar su religión sin temor a la persecución.

Los judíos han aprendido paciencia durante sus largos años bajo el yugo de egipcios, babilonios, persas, griegos y ahora romanos. Por tanto, pagan el austero impuesto demandado por Roma, sabiendo que los soldados se irán por el momento y les dejarán tranquilos. Esperan con la esperanza de que el Mesías llegará para rescatarles. Anhelan el fin de la pobreza y la muerte sin sentido a manos de sus opresores.

La revolución comienza calladamente y sin atención, en la pequeña aldea de Nazaret. José, un carpintero, está sentado en una pequeña sinagoga mientras un anciano lee de la Torá, el libro sagrado de los israelitas. José es descendiente directo del rey David, y su vida gira en torno a las Escrituras, el trabajo y la familia. El tiempo que pasa en la sinagoga normalmente se dedicaba a la oración en silencio y la meditación, al igual que los hombres que le rodean que han acudido a adorar, perdidos en su comunión con Dios.

Pero hoy, José está perdido; en amor.

Una celosía separa a hombres y mujeres. José se ha sentado a propósito cerca de la división, lo cual le permite echar un vistazo a su futura esposa. Su nombre es María, y es la muchacha más hermosa que él ha visto jamás.

"María, mi desposada", susurra José para sí, asegurándose de no descuidarse y musitar las palabras en voz lo bastante alta para que todos las oigan. Eso causaría una conmoción en la sinagoga. "Tienes los ojos más hermosos que haya visto nunca. Y la sonrisa más dulce".

María, que es pura de corazón, ha estado orando por el fin de la maldad y el pecado, y por la restauración del linaje real de David, le agarra mirando. Se sonroja y aparta la mirada. Entonces los ojos de María vuelven a mirar y se encuentra con la mirada de José. Un sentimiento de profunda conexión se produce entre ellos.

María es la primera en apartar la mirada. José se obliga a él mismo a centrarse en las palabras del anciano, pero le resulta casi imposible. Anhela con impaciencia la maravillosa vida que él y María construirán juntos cuando sean marido y mujer. José no es un hombre de gran visión; incluso si lo fuera, aún así no podría imaginar lo extraordinarias que llegarán a ser pronto sus vidas. Cada gramo de fe en Dios será requerido para entender lo que está a punto de suceder.

El polvo sopla por las calles. Se oye el sonido de pies que marchan, y después el tintineo del metal. Espadas, escudos y armaduras de batalla resplandecen bajo el caliente sol de Judea mientras un grupo de soldados romanos se mueve al mismo paso por el sendero vacío. Tienen que recaudar tributos para Roma, y pronto van de casa en casa, saliendo con balas de tela, bienes de cuero, costales de fruta fresca y grano, e incluso pequeños animales.

Mientras María camina de regreso a su casa un día como cualquier otro día, un ángel del Señor está delante de ella en el camino. "María", le dice suavemente. "Yo soy Gabriel. No temas. El Señor está contigo. Has hallado favor delante de Dios. Pronto darás a luz un hijo, y debes ponerle por nombre Jesús. Él será grande y será conocido como el Hijo del Altísimo".

"¿Cómo puede ser eso?", pregunta ella. "Sigo siendo virgen".

"El Espíritu Santo vendrá sobre ti; y el poder del Altísimo te cubrirá con su sombra".

Las manos de María palpan su vientre, como si ella ya pudiera sentir una energía allí. "Soy la sierva del Señor. Sea conmigo conforme lo que has dicho", le dice a Gabriel.

Después de que Gabriel se desvanezca, ella recorre su abdomen con los dedos. "Jesús", susurra. "Debo llamarle Jesús".

María oculta su embarazo tanto tiempo como puede, sin saber cómo podrá explicárselo a José. Durante los primeros meses se aleja para vivir en la zona montañosa con su prima Elisabet, que también está embarazada y se convertirá en la madre de Juan el Bautista. Cuando regresa, es obvio que ella está embarazada, y José lo nota.

"Dime qué está sucediendo, María. Por favor".

"Aquí no", insiste ella con lágrimas en sus ojos.

"¿Entonces dónde?".

Está prohibido que los dos estén a solas juntos hasta el matrimonio, pero ella no tiene elección. Conduce a José hasta la majada de su padre y cierra la puerta. Se retira ligeramente su manto, revelando su estómago embarazado a José, lo cual confirma lo que él sospechaba. Sus ojos se cierran con fuerza.

"¿María? ¿Quién te hizo esto? ¿Pero qué has hecho?". Se siente enojado, traicionado, confundido, y después un necio.

"José, deja que te lo explique". María batalla por controlarse. Nunca ha visto así a José. Normalmente él es tranquilo y fuerte; ahora está al borde de las lágrimas. Ella agarra sus callosas manos. Está tan completamente enamorada de ese hombre que le duele ver su corazón tan roto. Le obliga a que la mire a los ojos. Su futuro pende de las palabras que ella está a punto de decir; y también el destino de toda la humanidad. "José", susurra. "No ha habido nadie. Te lo juro. Soy virgen. Esto es obra de Dios. Un ángel del Señor se me apareció, diciéndome que tendría un hijo. Él ha de ser el Mesías".

Él la mira con horror.

"Esa es la verdad".

José se aparta. Camina en círculos por la habitación como un animal enjaulado.

Ella vuelve a agarrar su mano. "Amor mío, créeme, por favor. Te estoy diciendo la verdad".

"Quiero creer", dice él suavemente. "Pero Dios no enviaría al Mesías a personas como nosotros". Él abre la puerta, sale y no mira atrás. Solo entonces este hombre tan grande se permite llorar.

José tiene una casa que construir en el extremo de la ciudad. Pero eso puede esperar. Vaga a solas por las calles de Nazaret, musitando para sí: "¿Qué decimos? ¿Qué les decimos a nuestros padres? Desde luego, yo tengo que repudiarla; no hay otra opción". Pero la tristeza que le produce el mero hecho de pensar en una vida sin María pronto se adentra en su pecho. El peso es como un elefante, y le deja sin respiración. La dura verdad es que si él abandona a María, ella y el niño serán unos marginados. Vivirán en la calle, mendigando limosnas y arreglándoselas por sí mismos. "Dios, ayúdame", ora José. "Ayúdame a encontrar un modo de hacer lo correcto". José se apoya sobre una pared, perdido en sus pensamientos. La gente se le queda mirando, pero a él no le importa. La cabeza de José se inclina y sus hombros decaen. José cierra sus ojos en oración y cae en un estado de sueño.

"José", dice una voz. "José". El ángel Gabriel está ahora poderosamente delante de José, con la capucha de su túnica rodeando su suave y tierno rostro. Sus ojos parecen mirar directamente al alma de José. Gabriel toma las manos de José. "Toma a María como esposa", le ordena Gabriel. "Ella te está diciendo la verdad. Es pura, y el niño que lleva dentro proviene de Dios".

Un asombrado José mira fijamente a la divina belleza del ángel. El peso que había en su corazón ya no está; se forma en sus ojos una lágrima de gozo, y en ese instante Gabriel desaparece. José despierta de su sueño, extasiado, y se apresura a la casa de María para decirle que la cree. Son solo ellos dos contra el mundo. Así va a ser. Su bebé se llamará Jesús.

Una traducción del nombre es "Dios rescata"; también significa

"Dios salva". Para muchos en Israel, la idea de un Mesías es la de un rey conquistador como David, un salvador que les liberará de la opresión romana. Dios, sin embargo, tiene algo mucho mayor en mente. Dios seguirá siendo Dios, y a la vez también se hará humano en Jesús. Él salvará no solo a Israel sino también al mundo entero.

Periódicamente, los romanos demandan un censo. Independiente de dónde estén residiendo, los ciudadanos deben regresar a la ciudad de su linaje familiar y ser censados. Ahora felizmente casados, José y María cargan sus pertenencias en un burro y parten para la ciudad de Belén, la ciudad donde nació el rey David. El sol no ha salido aún, y el aire de la mañana es frío. María está en avanzado estado de gestación, y no puede caminar los diez kilómetros del viaje; por tanto, José le ayuda a subir al burro, donde ella hará el viaje. Normalmente es una caminata de cuatro días, pero la amenaza de bandidos en el camino hace que José planee tomar otra ruta más lenta, más segura y que da más rodeo, lo cual añadirá otros tres días más. Se inclina para besar su vientre, agarra las riendas y les conduce al polvoriento camino en el extremo de la ciudad.

Pronto recorren una ligera pendiente que conduce a la salida de Nazaret, donde se encuentran con un paisaje tan completamente sorprendente que los ojos de José se abren mucho más. Es la estrella más brillante que él haya visto jamás, que brilla clara y baja en el cielo del sur. Su resplandor es una lámpara a sus pies, y una luz a su camino. José aprieta fuerte la mano de María. Eso es una señal de que Dios está con ellos.

María y José no están solos admirando la estrella. Justamente fuera de la lejana Babilonia, un sabio y astrólogo llamado Baltasar contempla la increíble luz celestial que se cierne sobre Jerusalén. Él tiene inmensas riquezas, y va vestido con ropas de fina seda. Soldados le rodean en esa colina, que están ahí para protegerle de bandidos en ese largo viaje. Baltasar ha seguido la estrella todo el camino desde Persia, montado en su camello por las montañas de Babilonia. Viajan de noche y duermen de día, para poder seguir a la estrella con más facilidad.

Baltasar es un hombre culto que ha estudiado las profecías de muchas fes, y él cree que la estrella es una señal de Dios. Sus escoltas rápidamente se aburren de esa inusual estampa, que consideran una mera casualidad cósmica. Baltasar la estudia con detalle cada noche, seguro de que dos grandes fuerzas se están reuniendo delante de sus propios ojos: en primer lugar, el mandato de Dios en los cielos; en segundo lugar, e igualmente poderoso, las palabras de los profetas de Dios. "Una estrella saldrá de Jacob", Baltasar recita las palabras de Moisés en el libro de Números. "Y un cetro se levantará de Israel". Baltasar está seguro de que esa estrella augura la llegada de un gran líder. Se siente bendecido de estar vivo para esa ocasión tan trascendental. "Quizá sea cierto. Quizá los profetas de Israel tenían razón", dice con sorpresa. Rápidamente reúne a sus hombres, se sube a su camello y emprenden viaje en la noche. Se dirige a Jerusalén, deseoso de dar las Buenas Nuevas.

Pero Baltasar está llevando las Buenas Nuevas al único hombre en Israel que no quiere oírlas: el rey Herodes. El hombre que gobierna Israel para los romanos, que domina a sus compatriotas judíos con su voluntad de hierro, se aferra al poder con desesperación paranoide. Incluso los menores rumores sobre un intento de apartarle de su trono se tratan de inmediato. Toda disidencia es aplastada. Todos los disidentes son asesinados.

Ahora, él camina balanceándose por su palacio, por un corredor de mármol y oro adornado con ricos tapices. Herodes lleva zapatillas de terciopelo, con pies extendidos dentro de ellas que caminan arrastrándose. Cada paso le causa un agudo dolor; su respiración es dificultosa, y su cabeza calva brilla por el sudor.

El capitán de la guardia de Herodes le sigue de cerca, con cuidado de no situarse a la altura del rey que avanza lentamente, ya que eso se consideraría un intento de ser un igual, lo cual enfurecería a

Herodes y podría resultar en que ese soldado de carrera perdiese su cómoda y poderosa posición.

"¿Me traes noticias?", pregunta Herodes, recuperando el aliento después de cada palabra.

"Más problemas de los fanáticos temerosos de Dios, me temo", responde el capitán.

"Bien", dice Herodes, proclamando una orden de muerte. "Si aman tanto a Dios, envíalos a su presencia".

María y José son bien conscientes de la maldad de Herodes; y de que su viaje a Belén les llevará solo a unos pocos kilómetros del palacio real. Es el atardecer. José establece un campamento en una colina baldía, aunque hay suficiente luz del sol para viajar algunos kilómetros más.

"Podría seguir", insiste María, en cuyo rostro se refleja cansancio y la incomodidad de otro largo día montada en el burro.

José sonríe y añade otra rama a la fogata que ha hecho. "Necesitas descansar. Yo estoy cansado, y el burro también. Vamos a detenernos aquí".

Un muchacho se acerca, llevando un montón de ramas. Sin mediar palabra, se lo entrega a José, quien lo acepta, y ve al padre del muchacho cuidando de un rebaño de ovejas en la distancia. José asiente con su cabeza hacia el pastor como señal de gratitud, incluso mientras el muchacho se aleja apresuradamente.

Su viaje ha estado lleno de muchas de tales muestras de bondad. María y José están ambos asimilando la inminente maternidad del Mesías. Desde ahora en adelante, todas las generaciones la llamarán bienaventurada.

Ella se acurruca al lado del fuego mientras una fuerte ráfaga de viento sacude la ladera. José se sienta a su lado y la cubre con una tosca manta. Ella se queda dormida, mientras la gran estrella vuelve a elevarse en la noche. José se quedará despierto la mayor parte de la noche, asegurándose de que la fogata siga ardiendo con fuerza y mantenga calientes a su amada y al hijo de ella que aún no ha nacido.

Herodes mira a la noche que ya cae; ve la inusual estrella que brilla en el oriente, pero no piensa nada al respecto hasta que el tan exquisitamente vestido Baltasar es escoltado hasta la cámara real. "¿Y qué le trae por aquí, príncipe?", demanda Herodes, cuya voz resuena en los pilares de mármol.

"Solo quería saber si hay alguna versión oficial acerca de estas señales", dice Baltasar, intentando mostrar la máxima deferencia posible. Él conoce la reputación que Herodes tiene de caprichosa maldad.

Herodes mira fijamente a su invitado, decidiendo cómo tratar mejor con él. "¿Qué señales?", pregunta.

"La estrella. La nueva estrella sale por el oriente. He seguido su progreso. La estrella es una señal de que llega un gran hombre".

Herodes le mira con furia. Sin querer provocar el legendario mal genio de Herodes, Baltasar rápidamente indica a sus hombres que desplieguen los elaborados planos de las estrellas sobre el piso de mármol. Después pasa a explicar cómo fue él guiado por la estrella hasta Jerusalén.

Pero Herodes no está escuchando, y mira con intención a Baltasar. "Cada semana", dice finalmente, "alguien afirma ser el elegido. Pero son principalmente locos en las plazas: fácilmente ignorados e igual de fácilmente silenciados. Entonces, ¿me estás diciendo que debería tomar tus planos y creer seriamente en un elegido?".

"Muy seriamente, señor". Baltasar una vez más indica a sus hombres que se acerquen. Esta vez llevan presentes en sus brazos. "Llevamos estos presentes escogidos y adecuados para un rey", le dice a Herodes.

Eso capta la atención de Herodes. "¿Un rey?".

"Sí, Majestad. Este hombre se convertirá en Rey de los judíos".

Un incómodo silencio llena la cámara, tan profundo que se puede oír reptar a una serpiente. Baltasar se da cuenta de que ha dicho algo equivocado.

Herodes eleva sus cejas. "¿De verdad?", dice con los labios medio cerrados.

"Sí, Majestad. Esto viene de Dios; está profetizado. Los cielos testifican de su llegada".

Herodes sonríe cálidamente, fingiendo una religiosidad que no posee. "¿Ha sido testificado? ¿De verdad? Si es así, entonces debemos hacer algo inmediatamente para darle homenaje".

Herodes llama al capitán de la guardia y susurra en su oído. "Tráeme a los sacerdotes y los escribas. Necesito hablar con ellos". Entonces Herodes despide a Baltasar con un gesto de su mano, camina hasta una terraza y mira a Jerusalén. Allí, en medio de oscuridad y agitación, se eleva la estrella.

Herodes maldice. "Yo soy rey de los judíos, y por siempre seguiré siendo rey de los judíos", se promete a él mismo. "Mantendré mi trono".

José despierta a María de un profundo sueño y carga el burro. Camina con rapidez, guiando al animal con su cuerda por la rocosa ladera.

María gime. "No tardará mucho ahora, José", dice.

"Nos estamos acercando a Belén. Me apresuraré", responde él, acelerando el paso.

María está angustiada, agarrándose el estómago e intentando no gritar por el dolor. Para sorpresa de ellos, las calles de Belén son un mar de personas, y todas ellas buscan algún lugar donde dormir. Han viajado hasta allí para el censo. La joven pareja mira a su alrededor, abrumada por las cantidades.

"Miles y miles", exclama José. "¿Por qué nos hacen registrarnos al mismo tiempo?". Lleva al burro bajo un arco, donde otras personas ya se arremolinan. Los tensos y fríos dedos de María se convulsionan a la vez que se agarran al brazo de él.

"¿José?".

Él no dice nada.

"¡José!". Hay desesperación en sus palabras: el bebé está llegando.

"Encontraré un lugar", responde José. Deja a María y al burro, y entonces corre buscando algún lugar cálido y privado donde ella pueda dar a luz al bebé.

Pero no existe tal refugio en Belén esa noche. Se le cierran todas las puertas a José una vez tras otra. Los posaderos son amables pero insistentes: no hay lugar en Belén para María y José.

Los pastores hacen vigilia sobre sus rebaños, esperando el momento en que las nubes abran claros y revelen la brillante estrella que se han acostumbrado a ver cada noche.

Y ahí está.

Las ovejas se calman mientras la noche se convierte en un tiempo de tranquilidad. Y los pastores, temblando por la humedad de la noche, se sientan y se quedan mirando a la estrella, preguntándose qué significa.

Herodes también está estudiando la estrella, aunque no con el mismo sentimiento de tranquilidad que los pastores. Gracias a la alerta de Baltasar, ahora él demanda ver todo lo que se ha escrito sobre el profetizado "Rey de los judíos". Media docena de sacerdotes y escribas pasan furiosamente las páginas de textos sagrados en la biblioteca del templo a la vez que Herodes pasea. Su cara hinchada y enrojecida hierve de furia. "¡Encuéntrenlo!", grita una y otra vez. "¡Encuéntrenlo!".

Los escribas ansiosamente sacan montones de rollos de los estantes. Sus caras están sudorosas en el fétido ambiente y el polvo.

"¡Aquí", grita uno de los sacerdotes con emoción. "En Miqueas".

"Léelo", demanda Herodes.

"'Él alimentará a su rebaño en la fuerza de Dios, y ellos vivirán seguros'".

"¿Es eso todo?", pregunta un perplejo Herodes.

Otro sacerdote ha encontrado una referencia diferente en la Escritura. "No, señor. Hay más. Esto está en Isaías: 'Por tanto, el Señor mismo dará una señal...la virgen concebirá y dará a luz un hijo, y llamarán su nombre Emanuel'".

Un sacerdote anciano, repentinamente sin temor a hablar, añade otra frase: "'Y será llamado Admirable, Consejero, Dios Fuerte, Padre Eterno, Príncipe de Paz'".

El sacerdote termina, y levanta la vista para ver a Herodes mirándole fijamente. "*Yo* soy el que trae paz", gruñe el rey. "¿Creen que algún niño puede hacer eso?".

Silencio.

Entonces el sacerdote anciano se aclara la garganta. "Está escrito", dice solemnemente.

Herodes carga contra el hombre, agarrándole por el manto. "¿Está? ¿Está ahora? Bien, entonces ¿está escrito dónde ese príncipe poderoso, esa respuesta a todas las oraciones y los problemas, nacerá?".

El sacerdote anciano permanece calmado. "En Belén. Será en Belén. Miqueas dice: 'Tú, Belén... de ti saldrá un gobernador que pastoreará a mi pueblo, Israel...'".

El capitán de la guardia llega para alejar al sacerdote y llevárselo; pero el anciano no será silenciado, e incluso mientras le sacan de la biblioteca del templo, para afrontar pronto su destino, sigue recitando profecía. "'Israel será abandonado hasta el tiempo en que quien está de parto dé a luz. Y el resto de sus hermanos regresarán para unirse a los israelitas. Él permanecerá y pastoreará a su rebaño en la fuerza del Señor.

"'Y su grandeza llegará hasta los confines de la tierra'".

María se pone de parto. Lo único que le importa es traer a su hijo al mundo con seguridad. José aún no ha encontrado un lugar para que ella dé a luz. Un lugareño se apiada de ellos, y dirige a José a una pequeña cueva que se utiliza como granero, llamada gruta, y que huele a estiércol de animal y a grano. Ovejas y vacas ocupan el pequeño espacio. José y María entran apresuradamente.

El bebé está llegando.

Herodes ha regresado a su palacio desde la biblioteca del templo. Las palabras del sacerdote resuenan en sus oídos mientras atraviesa su patio. Como si la visita de Baltasar hubiera dado comienzo a una larga serie de muy malas noticias, Herodes se sorprende al ver a otro séquito entrar en su palacio para ofrecer sus respetos. Dos potentados de la región de Nubia, vestidos con elaborados mantos y sombreros, señalan a la estrella con asombro.

"Más de ellos", musita Herodes para sí. "Más de ellos. ¿Qué está sucediendo? ¿Está todo el mundo en esto? Estas personas llegan aquí a mi país, a mi palacio, y me preguntan sobre el rey que viene para ocupar mi lugar".

Pero la mente de Herodes es retorcida, y cuando llega donde están los sabios, su tono y su expresión han cambiado. "Caballeros", dice dulcemente. "Son ustedes muy bienvenidos. Tengo la noticia más increíble para ustedes: el niño rey que ustedes buscan nacerá en la ciudad de Belén". Muestra una amplia sonrisa. "Cuando le encuentren, por favor regresen y díganme exactamente dónde se le puede encontrar, para que yo vaya a rendirle homenaje. Más que nadie, es mi solemne obligación hacerlo".

De repente, el rey tose con fuerza, y sale sangre de su boca. Su cara se pone pálida. Está bastante claro que Herodes está gravemente enfermo. Su cuerpo está asolado por la infección.

"Pero ¿debería usted viajar en su estado?", pregunta uno de los sabios.

"Sí", dice Herodes solemnemente, limpiándose la boca con su mano. "Incluso en mi estado".

José eleva al diminuto bebé recién nacido hacia la luz. Una sonrisa de maravilla recorre su cara, porque nunca ha conocido tal alegría. Lleva el niño a María, y cuando ella sostiene a su hijo, el bebé Jesús, su rostro se transforma, pasando del cansancio y el agotamiento a un gozo radiante.

Una multitud comienza a reunirse. La estrella ha guiado a

muchos hasta ese lugar. La misma intervención angélica que llevó a María y José a Belén también ha difundido la noticia a quienes más necesitan oírla: lugareños, pastores, vecinos y gente común. A ellos ha venido Jesús a salvar, y para ellos, estar de pie ante ese pequeño granero aquella fría noche es un momento distinto a cualquier otro en el tiempo. Están siendo testigos del amanecer de una nueva era: el cumplimiento del nuevo pacto entre Dios y la humanidad.

Entre el palacio de Herodes y Belén, el príncipe Baltasar, encima de un adornado camello, saluda y agarra el paso de los sabios de Nubia. Ellos cabalgan con elegancia sobre sus camellos, exultantes ante la posibilidad de conocer a ese gran y nuevo salvador. Ninguno de ellos entiende por completo quién es Jesús y lo que representa, pero aquella noche, en sus corazones, sienten que Belén es el centro del universo.

En la gruta, la multitud ofrece oraciones y pequeños presentes al niño. Algunos se inclinan, mientras otros lloran de alegría. Un joven pastor, el mismo muchacho que dio a José un montón de leña unas horas antes, ahora se adelanta para ofrecer algo mucho más precioso: un cordero.

José está agradecido, pero lo cierto es que él no aprecia plenamente el regalo. Sonríe a María. Ella está tan absorbida con el niño que no puede dejar de mirar a Jesús. María nunca ha visto nada tan precioso, ni nada que llene su corazón de un amor tal.

Un reflejo cerca de la gruta capta la atención de José. Su sonrisa se desvanece. La masa de agricultores, niños y pastores se aparta mientras asistentes de la realeza abren camino de manera tranquila y muy eficaz. La multitud se aparta, y bajan la mirada en deferencia.

José está inquieto. Lo último que quiere es tener problemas.

Baltasar se adelanta. Se ha puesto sus ropas más finas y lleva un turbante dorado. Sin embargo, su conducta no es de la realeza. "Me siento humillado", murmura a la vez que se arrodilla. Él ha llevado regalos para el niño recién nacido. Baltasar mira a María y le dice: "Señora, creo que su hijo es el rey escogido de su pueblo". José se da cuenta de que debería inclinarse ante Baltasar, pero antes de que pueda hacerlo, Baltasar se postra en el suelo. "¿Cuál es su nombre?", pregunta a María.

María besa cálidamente a su hijo en la frente. "Jesús", le dice a Baltasar, sorprendida al ver que los nubianos también han llegado para ver a su hijo. "Su nombre es Jesús". Todos esos finos reyes se postran en el sucio suelo delante del recién nacido Jesús.

La multitud se va bien entrada la noche. Los sabios no regresan para decirle a Herodes lo que vieron, o dónde encontraron a Jesús, porque ven en un sueño que Herodes tiene intenciones crueles. Regresan a su tierra natal por una ruta muy distinta.

Agotados, María y José están solos por primera vez desde el nacimiento de Jesús. Los animales en sus establos están profundamente dormidos, y los nuevos padres poco después también caen en un profundo sueño. El niño está envuelto y yace encima de un comedero. El comedero, que descansa sobre un montón de paja, se denomina pesebre. José está tumbado en el suelo cerca de ella, y sus músculos están doloridos debido a los largos días en el camino. Se siente bien al poder descansar un poco, y aún mejor al saber que su hijo ha llegado al mundo a salvo. En la mañana podrán ser contados para el censo. Pronto podrán regresar a su hogar en Nazaret, donde les espera el negocio de carpintería de José.

Esta rutina de sueño y recuperación en la gruta se produce durante varios días. Entonces una noche, José tiene un sueño: oye a un niño gritando, y María le llama. Él mira hacia abajo y se da cuenta de que sus pies están empapados; pero no están empapados de agua; sangre discurre por las calles. La sangre se convierte en un torrente, que arrasa la ciudad como si fuera una gran marea. José batalla por mantenerse en pie. Ese grito de un único niño se convierte en el grito de cientos. José ve a soldados de Herodes, y grita por el bebé Jesús. No pueden llevárselo.

José se despierta con pánico. El sueño le pareció tan real que se asombra al contemplar a María y a Jesús profundamente dormidos: la imagen de la serenidad. Pero José es inteligente. Es un hombre cambiado desde que el ángel se le apareció. La fe de José en las palabras de los profetas se ha vuelto mucho más profunda desde que él se convirtió en un jugador vital en el cumplimiento de la profecía. Sabe que Dios habla a los profetas de muchas maneras, sueños incluidos. José está totalmente seguro de que Dios le ha dado ese sueño, y sabe qué debe hacer a continuación.

Se incorpora y reúne sus pertenencias. Cuando todo ha sido preparado para viajar, despierta a María de su sueño tan necesario. José no se da cuenta de lo asustado que se ve, ni tampoco de cómo se está comportando. María le mira, sin estar segura de lo que le ha sucedido a su calmado y afable hombre.

José no tiene tiempo para explicarse. "Tenemos que irnos inmediatamente. Solo confía en mí, María".

Ella acerca a Jesús, sujetándole con fuerza, y después asiente con la cabeza a José y se apresura a salir.

Las mismas personas que visitaron a Jesús en su nacimiento acuden en ayuda de María y José. Su partida de Belén no pasa inadvertida, e incluso en el silencio de la noche, personas totalmente desconocidas se acercan a ellos y ponen en sus manos paquetes de comida. Esos mismos desconocidos ofrecen oraciones por ellos, asegurándose de echar un último vistazo a ese niño tan especial antes de que desaparezca.

Pronto, María y José llegan al límite de la ciudad. Delante de ellos se presentan peligro e incertidumbre. Se giran para mirar Belén una última vez. Esa pequeña ciudad siempre tendrá un lugar especial en sus corazones, aunque estuvieron allí solo unos pocos días.

Girándose de nuevo al frente para mirar el camino que tienen delante, ven las antorchas en lo alto de los muros de la ciudad de Jerusalén que arden en la distancia lejana. En otra dirección, hacia el oriente, la gran estrella brilla sobre ellos como si fuera un faro que les guía. José tira de la cuerda del burro, escogiendo el camino hacia el este.

Momentos después, Belén ni siquiera es visible en la distancia, lo cual es bueno; porque María, José y su hijo Jesús han salido justo a tiempo.

Amanece. Los soldados de Herodes entran cabalgando en la ciudad. El capitán de la guardia, un hombre que nunca parece cansarse de ejecutar los actos de barbarie de Herodes, dirige la carga. Equipos de soldados se dispersan y recorren las calles de la ciudad.

Sin tener una ubicación concreta para Jesús, o ni siquiera una descripción de sus padres por parte de los sabios, Herodes ha enviado a su ejército a Belén para matar a todo niño varón menor de dos años de edad. Él cree que ese es el único modo de asegurarse de matar al indicado.

Entran en las casas. Soldados arrastran a los niños y los arrebatan de los brazos de sus madres. La matanza está por encima de lo espantoso. Los soldados de Herodes matan sin pensarlo dos veces. Nadie cuenta cuántos inocentes son asesinados en la purga de Herodes, pero el único niño al que Herodes quiere ya ha escapado.

José emprende un audaz plan para salvar a Jesús: atravesará un vasto desierto para llevar a su familia a Egipto. José sabe que es un paso valiente, y solo puede esperar que el faraón sea más amable con su familia que Herodes. Pero los romanos también ocupan Egipto, y un grupo de judíos del mismo pensamiento ha regresado allí, haciendo que sea la segunda comunidad judía de mayor tamaño fuera de Israel. Él va recorriendo los pasos de Moisés a la inversa: desde la Tierra Prometida hasta el gran desierto donde Moisés vagó cuarenta años, y después a Egipto.

Pero algún día José quiere regresar a casa. Le encanta Nazaret, y anhela criar allí a su hijo; pero esta joven familia no puede regresar, y no lo hará, hasta que Herodes esté muerto o ya no sea rey: lo que ocurra primero.

Ellos establecen un hogar en Egipto y esperan. José ora para que llegue pronto la noticia de cuando sea seguro regresar a casa. No tiene que esperar mucho.

Herodes ha vivido una vida de libertinaje, y eso le pasa factura. Su cara se hincha y se cubre de úlceras; sus articulaciones se inflaman con gota y le falla el hígado, haciendo que sea difícil para él comer o beber sin incomodidad; la mala circulación ha conducido a que tenga hinchazón y gangrena en la parte baja de sus piernas, lo cual hace que le resulte casi imposible caminar. Su mente también le falla. Yace en cama, esperando la muerte. Tiene cerca una mesa con un mortero, hierbas y cabezas de serpiente. El médico de Herodes le hace beber de una jarra que contiene una poción diseñada para aliviar el dolor del rey. La cabeza de Herodes se inclina hacia un lado; está a momentos de distancia de estar delante de Dios para dar explicaciones.

Décadas de resentimiento con respecto al trato que Herodes ha dado a sacerdotes, su servilismo a Roma, sus excesivos impuestos y su brutalidad hacia sus súbditos pronto se desborda. Una furia colectiva envuelve Jerusalén. Estatuas de Herodes son derribadas; imágenes de su aspecto son profanadas. El reino de Herodes pronto se divide entre sus tres hijos, quienes carecen de la brutal capacidad de su padre para controlar una nación. Sigue la anarquía. Tres mil peregrinos que intentan evitar el saqueo de un templo sagrado son asesinados por las autoridades. Disturbios y revueltas surgen a continuación, lo cual conduce a Roma a enviar a sus propias tropas para restaurar el orden.

Los romanos tienen un historial de permitir a los pueblos seguir sus propias religiones, pero la disidencia política es lo único que no tolerarán. El castigo por la disidencia política es la crucifixión. Un hombre es sujetado a un largo poste, en forma de cruz horizontal. Los brazos son estirados sobre el travesaño y atados; los pies son clavados al poste vertical. En algunos casos, se atraviesan las manos con clavos para aumentar el dolor del castigo.

Cuando Roma ha sofocado los disturbios producidos por la muerte de Herodes, más de dos mil judíos han sido crucificados. Sus cuerpos cuelgan con sus siluetas sobre los montes que rodean la ciudad como advertencia para quienes pudieran estar pensando en disentir. La paciencia de los romanos con los hijos de Herodes está muy desgastada, y por eso toman cada vez mayor control de Jerusalén.

Jesús es un niño de cinco años cuando María y José emprenden su camino de regreso desde Egipto. La tierra está quemada. El camino está flanqueado por los cuerpos de los crucificados. "Oh Dios. ¿Qué han hecho?", suspira María. Está más preocupada que nunca; dirige su mirada hacia Egipto, preguntándose si sería mejor para ellos darse la vuelta y esperar unos años más antes de regresar a casa. María lleva cerca al pequeño Jesús e intenta cubrirle los ojos con su chal. Siguen adelante, avanzando.

"Debemos confiar en Dios", suspira María. "Él ha puesto confianza en nosotros".

Mientras Jesús viaja con su madre encima del burro, está fascinado por todos los cuerpos que cuelgan en cruces. Jesús no tiene temor alguno al viaje que tienen por delante. Él es compasivo y tranquilo. Mientras tanto, José no está tan tranquilo; alienta al burro a seguir, mirando fijamente y con seriedad hacia delante todo el tiempo.

La familia de José regresa a Nazaret, la tranquila ciudad en la apartada región de Israel conocida como Galilea. La madre y el padre saben que Jesús está destinado por Dios para hacer algo especial. Su prodigioso conocimiento de las Escrituras puede ser un poco alarmante a veces, porque es muy complejo y detallado para su joven edad, pero en todos los demás aspectos se comporta como un niño normal. Hace tareas; ayuda a su padre en el trabajo; le encantan los animales; pasa parte de cada día con María, su querida madre, quien llevó en su vientre al hijo de Dios y sabe que su vida será extraordinaria. A veces, él es un niño tan normal que es difícil para María y José recordarse a sí mismos que un ángel una vez les proclamó que él es el Rey prometido de los judíos.

Cuando Jesús tiene doce años de edad, José decide que es momento de ampliar la educación de su hijo. Al igual que una vez puso a María sobre un burro para realizar ese largo viaje a Belén, ahora monta a Jesús y María para un viaje igualmente arduo a Jerusalén.

Incluso en la profundidad de la opresión romana y la desesperanza, la fe en Dios aumenta en Israel cada día. El pueblo saca tiempo para celebrar la grandeza de Dios. Ahora más que nunca, ellos necesitan el ritual y la celebración de la adoración para aliviar su carga.

Por eso José lleva a su familia a Jerusalén. Viajan hasta el gran Templo para la celebración de la Pascua. Es la mayor fiesta del año en Judea, y miles de peregrinos llegan a la ciudad cada año para celebrarla.

La cara de María muestra una gran sonrisa cuando cabalgan por la gran ciudad antigua, que una vez fue el hogar de héroes de su pueblo como David, Salomón y Daniel. Personas llenan las estrechas calles y las grandes plazas, y tanto ella como José son llevados por la euforia.

Así es en la Pascua, un deleite tras otro. Ese es su tiempo más feliz como familia; pero cuando la fiesta termina, cuando parten para regresar a casa, algo va muy mal: Jesús está perdido.

"No le veo", grita María a José. Estaban empacando para salir, y al momento siguiente Jesús ya no está.

"Yo tampoco". José mira frenéticamente a las masas buscando una señal de Jesús.

Pero Jesús se ha desvanecido, y podría estar en cualquier lugar. María y José tienen razones para estar preocupados, recordando que solo una docena de años atrás había soldados persiguiéndole.

María estudia la cara de cada niño que ve. Hay muchos, pero ninguno es Jesús. "Por favor, Dios", ora. "Por favor, dame una señal. Mantenlo a salvo. Hazle saber que voy a buscarle, y que le encontraré".

María ve a un grupo de muchachos que llevan palomas y ovejas a un lugar donde se venden los animales. "Animales", grita María a José. "¡Le encantan los animales!".

Los dos siguen a los muchachos y pronto son conducidos al interior del Templo. María cree que ha detectado a Jesús y corre hasta un muchacho que sostiene una paloma, pero cuando le da la vuelta descubre que no es su hijo. El asombrado niño suelta la paloma, la cual sale volando directamente hasta el centro del gran Templo. Sus ojos siguen el vuelo de la paloma. La delicada ave aterriza cerca de un círculo de personas, que están todas ellas escuchando a un gran maestro dar una lección. La multitud que le rodea es tan apretada que María y José no pueden ver quién podría ser.

"Alguien está enseñando", señala José a su esposa. "Jesús querrá escuchar las palabras de un maestro sabio y entendido".

María y José se apresuran hasta el borde del círculo, justamente cuando un viejo sacerdote pregunta al maestro invisible. "¿Qué dice Dios sobre la justicia?", pregunta el hombre.

Oyen a una voz muy familiar dar la respuesta, y comienzan a empujar hasta llegar al centro de la multitud. "Está escrito en Isaías", dice la joven voz del maestro, "que un rey y sus líderes gobernarán con justicia. Serán un lugar de seguridad de los tormentosos vientos, una corriente en el desierto, y una roca que proporciona sombra del calor del sol".

María y José llegan al centro del círculo, y se quedan paralizados de asombro. Allí, de pie en el centro mismo, está Jesús. Él no parece darse cuenta de que ellos están allí mientras continúa la lección. "Entonces todo el que tiene ojos los abrirá y verá, y el que tenga oídos prestará atención", dice su hijo.

"Jesús", dice María enojada. Ella entiende que su hijo no es un niño común, pero le ha dado un susto de muerte.

Jesús se gira y muestra a su madre una sonrisa de seguridad, y pronuncia la palabra *Madre* de manera casi imperceptible. Sus ojos conectan. Y cuando mira esos ojos, María ve una profundidad que no había observado antes. Esos no son los ojos de un niño; son los ojos que han sido testigos del comienzo del tiempo, y de todo desde entonces. María se siente humilde por esa visión.

Ella también es la madre de Jesús. Y por el alivio de haberle encontrado, su enojo se disipa. "¿Dónde has estado? No podíamos verte por ninguna parte. ¿Sabes lo preocupados que estábamos? ¡Te hemos estado buscando ansiosamente!".

"¿Por qué me buscaban?", responde él con calma. "¿No sabían que tenía que estar en la casa de mi Padre?".

María mira de nuevo los ojos de Jesús. Queda sumergida por un momento, insegura en cuanto a cómo reaccionar. Entonces toma sus manos y las besa, en un instintivo acto de homenaje. Después mira a su alrededor a las caras de la audiencia de su hijo y se da cuenta de que su sabiduría y madurez les han tocado a ellos también. *Oh, hijo mío; ya no eres mi niño. ¿Cómo puedo llevarte? Aquí es donde perteneces. Estas personas te necesitan*, piensa María. Pero no dice nada. En cambio, besa a Jesús en la mejilla y se aleja para permitirle terminar su mensaje. José permanece al lado de ella, maravillándose de él.

El viejo sacerdote toma eso como una señal para seguir con sus preguntas. "¿Cómo entonces sabremos que llega la justicia?".

"Malaquías", responde Jesús. "Yo les enviaré al profeta Elías antes que llegue el día grande y temible del Señor".

El viejo sacerdote queda aturdido por esa sucinta e inmediata respuesta. Mira con admiración a Jesús, y después a José. "¿Es usted maestro?", le pregunta.

José no puede evitar sonreír. "No, señor. Soy carpintero".

Desde el Templo, Jesús regresará a la tranquila aldea de Nazaret con sus padre, y más adelante experimentará el fallecimiento de José. Durante casi veinte años crecerá físicamente, emocionalmente y espiritualmente.

La voz de Jesús es única. Pero para cumplir su destino, esa voz debe alcanzar a más de un pequeño círculo de creyentes en el Templo. Esa voz debe ser oída por todo Israel, y más allá de allí, por el mundo entero. Por eso Dios ha enviado a alguien a preparar el camino, a comenzar a abrir los corazones y las mentes de las personas. Él es fuerte en espíritu, con un ímpetu intenso, y puro de corazón. Ha sido un predicador durante toda su vida; sus ropas están hechas de pelo de camello, y come langostas y miel silvestre como alimento. Este nuevo profeta se aleja de la corrupción de las aldeas y ciudades y busca la pureza del desierto. Él vive lo que predica, en términos sencillos e inflexibles. Lo que demanda de sus crecientes legiones de seguidores es que cambien sus vidas, se arrepientan y regresen a los caminos del Señor, y se comprometan a seguirle. Su meta no es otra que la de encender un nuevo fuego en los corazones y las mentes de miles de judíos. El nombre del profeta es Juan. Se le llama Juan el Bautista porque él bautiza a los seguidores de Dios sumergiéndolos por completo en un río, y el Jordán es su favorito, para limpiar simbólicamente sus pecados.

Ahora está solo en el desierto cerca de Jericó. Juan tiene un aspecto feroz, con una espesa barba y una despeinada mata de cabello. Tiene una complexión robusta, y dispensa verdad.

Un grupo de jóvenes se acerca a Juan, quien hoy está malhumorado y finge ignorarlos. Uno de ellos se aproxima con rapidez para ser el primero en salpicar de preguntas a Juan. "Por favor, enséñanos", implora el joven. Su cara es sincera y sus ojos brillan con un anhelante celo. "Sabemos que hablas sobre el Mesías y el Reino de Dios, y de la importancia del arrepentimiento".

"Entonces arrepiéntete", responde Juan con impaciencia.

El joven y sus amigos parecen confusos. Juan ve que no tienen intención alguna de arrepentirse y regresar a Dios. Él no había planeado pasar el día enseñando. "Vamos", les reprende, y comienza a alejarse. "Han llegado hasta aquí. ¿Están preparados para recorrer todo el camino?".

Los silenciosos hombres no tienen otra opción sino seguir. "¿Está cerca el Reino de Dios?", pregunta tentativamente el joven, nombrándose a sí mismo portavoz del grupo.

"Más cerca de lo que pueden imaginar", responde Juan.

"Entonces es cierto: tú eres el Mesías, ¿al que Dios ha hecho regresar a la tierra?".

"No, yo no soy el Mesías. Recuerden lo que dijo Isaías", responde Juan, irritándose cada vez más. Acelera el paso, y ellos se apresuran para seguirle. "Yo soy la voz que clama en el desierto. Yo prepararé el camino del Señor", dice por encima del hombro. "Y la gloria del Señor será revelada, ¡y toda la humanidad la verá!".

"Espera", grita el joven. "¿Dónde vamos?".

Juan les conduce al río Jordán, que resplandece en el sol cuando él llega a la orilla del agua. "Entramos aquí. Este es el final de su viaje; y su comienzo".

Pero ellos no le siguen. "¿De qué estás hablando? ¿Estamos aquí para bañarnos?".

"Deben ser limpios de sus pecados para prepararse para el Reino de Dios".

"Pero ya estamos preparados".

Juan se inclina y elige una gran piedra lisa de entre el fango de la ribera del río. La levanta con enojo, situándola cerca de la cara del hombre. "No, no lo están. ¿Creen que solo porque tienen a Abraham como padre, eso es suficiente? Dios puede levantar hijos de Abraham de estas piedras si así lo desea". Juan lanza la piedra al río. Solo entonces su tono de voz se suaviza, porque verdaderamente no está enojado con esos jóvenes, sino meramente frustrado. Quiere desesperadamente que ellos no solo conozcan a Dios, sino que también entiendan verdaderamente lo que significa seguirle. Él extiende su mano. "Para ser dignos de la liberación de Dios, deben arrepentirse de sus pecados y entregarse a Él por completo".

Lentamente, el joven cierra sus ojos y relaja su cuerpo, permitiendo que Juan le eche hacia atrás bajo la superficie del agua. "Yo, Juan, te bautizo para arrepentimiento..." es lo único que él oye antes de que el agua cubra por completo sus oídos y su cabeza quede sumergida. Pero incluso aunque no puede oír el resto de la oración, algo en su interior es cambiado de repente. Se siente distinto; también lo siente en su corazón, como si ahora hubiera una conexión directa entre Dios y él. Juan le saca otra vez del agua. La expresión en la cara de nuevo creyente lo dice todo: se ha entregado a Dios. Sin que se le diga, el joven se apresura hasta la orilla y lleva a un amigo tras otro al río. Juan los bautiza a todos.

Juan bautiza a personas de kilómetros a la redonda, ayudándoles a limpiar sus corazones en alegre preparación para la llegada del Mesías, llevándoles de regreso a Dios, bautizándolos uno a uno. Pero muchos no llegan solo para ser bautizados. Muchos que entran en el Jordán por mandato de Juan creen que Juan mismo es en realidad el Mesías.

"Viene uno, más poderoso que yo, de quien no soy digno de desatar las correas de sus sandalias", les dice Juan a quienes preguntan. "*Él* es el Mesías. Confíen en mí; le conocerán cuando le vean".

Pero Juan es el primero que le ve. Entre la multitud surge Jesús, que ahora está preparado para comenzar el trabajo de su vida. Juan queda sorprendido. Toda su vida ha estado dirigida hacia este momento.

La multitud que está en la orilla nota la expresión en los ojos de Juan. Se giran hacia Jesús, preguntándose qué le hace ser tan especial.

"En verdad yo necesito ser bautizado por ti", dice Juan humildemente. "¿Y sin embargo tú vienes a mí?".

Jesús agarra suavemente la mano de Juan y la pone sobre su propia cabeza. "Que así sea, Juan. Es preciso que hagamos esto para cumplir toda justicia".

Juan asiente mostrando su acuerdo. Con todas las personas a lo largo de la orilla mirando, Juan el Bautista sumerge a Jesús en las frías aguas de Jordán. Y en ese momento, el peso del ministerio de Juan se hace más ligero. Él ya no es un profeta que anuncia la llegada distante del Mesías.

El Mesías está *aquí*. *Ahora*. Su cabeza y su cuerpo son sumergidos en un bautismo que no requiere, porque Jesús no tiene pecado. Pero el ritual envía el mensaje simbólico de que ha comenzado un tiempo de renovación para toda la humanidad. Él está en el umbral de la mayor misión de la historia humana. Toda la imperfección, el sufrimiento y el dolor del mundo pronto serán puestos sobre él. La humanidad recibirá la salvación de Dios.

Cuando Jesús sale del agua, los cielos se abren. El Espíritu de Dios desciende, y una voz desde el cielo dice: "Este es mi hijo amado en quien tengo complacencia".

Primero la purificación del bautismo. Ahora la soledad contemplativa del desierto, donde Jesús debe hacer frente a la mayor batalla que haya peleado jamás. Ha viajado solo hasta el extremo más lejano de esta región inhóspita y sin agua. Durante cuarenta días ayuna, medita y ora. Su mente no está centrada en otra cosa sino en hacer la voluntad de Dios.

Buitres vuelan en círculo por encima de su cabeza en el cielo.

El sol cae sobre Jesús, quemando su piel y resecando sus labios. Él camina por una ladera sembrada de rocas, sabiendo que está comenzando su ministerio en un momento en que el implacable poder del imperio romano y sus reyes marioneta están preparados para destruir cualquiera y toda la oposición, y donde la existencia física de un hombre puede terminar por un capricho.

Sin embargo, el poder de todas las legiones y de todos los emperadores del mundo no es nada comparado con el único enemigo verdadero que acecha las emociones humanas y las mentes humanas. Antes de que Jesús pueda adoptar el liderazgo espiritual de toda la humanidad, debe confrontar y vencer a ese oponente: Satanás.

Jesús se tambalea mientras camina, al borde de derrumbarse debido a su ayuno. El borde de su sucio manto arrastra por el suelo. Su cara está hinchada, y la sed le está volviendo loco. Está consumido por el hambre; sus músculos y su estómago acuden al interior en busca de alimento, y el hambre se asienta a medida que su cuerpo comienza a alimentarse de sí mismo. Han pasado cuarenta días y noches desde que Jesús entró en el desierto: su desierto personal. Cuarenta días, uno por cada uno de los cuarenta años que Moisés y los israelitas vagaron por su propio desierto buscando la Tierra Prometida.

Una serpiente pasa serpenteante, sacando su lengua al seco aire del desierto. Jesús retrocede. La serpiente es ancha y poderosa, situada para atacar y morder en un instante. Jesús se inclina con cuidado y escoge una piedra grande. La agarra firmemente en su puño. Se pone de pie y, mientras lo hace, aparece una sombra.

"Si eres el Hijo de Dios", dice Satanás desde la sombra, "di a estas piedras que se conviertan en pan".

"El hombre no vivirá solo de pan", informa Jesús calmadamente a Satanás, "sino de toda palabra que sale de la boca de Dios".

Satanás se da la vuelta con indignación y simplemente se desvanece.

Jesús entra en un paisaje imaginario donde todo y nada es real. Sueña que está en lo alto del pináculo del gran Templo en Jerusalén.

Pronto, la sombra de Satanás está a su lado una vez más. "Si eres el Hijo de Dios, tírate abajo y los ángeles te salvarán".

"No tentarás el Señor tu Dios", advierte Jesús a Satanás.

Jesús se aleja del pináculo. Descoloca una de las tejas, la cual cae al patio empedrado que hay abajo y se rompe en mil pedazos.

Ahora se despierta del sueño para encontrarse en lo alto de la cima de un monte. El desierto se extiende lejos por debajo de él, tan vasto e inmenso como el ojo puede ver, aparentemente hasta el infinito. La sombra está cerca de él. "Yo te daré el mundo entero", promete Satanás, "si te postras y me adoras". La sombra extiende su mano para que Jesús se arrodille y la bese.

Jesús la retira. "Aléjate de mí, Satanás. Está escrito: 'Al Señor tu Dios adorarás y a él solo servirás'". El Espíritu de Dios ha venido sobre Jesús. Él le da la espalda a Satanás de modo desafiante.

Fuerte, erguido y seguro, sale del desierto en el poder del Espíritu para comenzar su misión. Una serpiente venenosa se desliza hasta un agujero en la tierra.

Se saca agua fría de un pozo profundo y claro. Nada le ha sabido nunca tan bien a Jesús. Él bebe el agua a sorbos, y su cuerpo una vez más se va acostumbrando a beber. Sopla el viento, levantando polvo por las calles mientras él se aleja del pozo. José falleció hace muchos años, y él sabe que su madre espera ansiosamente en su casa a que su hijo regrese. Pero incluso cuando entra en su ciudad natal de Nazaret por primera vez en meses, Jesús no va directamente a ver a María. En cambio, se dirige a la sinagoga.

Pronto está de pie ante la congregación, leyendo de la Torá. "El Espíritu del Señor está sobre mí", comienza Jesús. La sinagoga es pequeña y está abarrotada, llena de docenas de rostros que le miran. Él ve a María entrar por la puerta en la parte de atrás, y una sonrisa de orgullo se muestra en su cara cuando ve a su hijo.

Es normal que los miembros de la congregación lean lecciones en voz alta el día de reposo, y leer las palabras del profeta Isaías es común, pero está claro por su confianza y su conocimiento que Jesús no es solamente un miembro de la congregación, o ni siquiera un estudiante entendido de las Escrituras. Él es el maestro. El maestro supremo. Él pronuncia las palabras de un profeta lejano como si él mismo las hubiese escrito: "'Él me ha ungido para predicar buenas nuevas a los pobres. Todo el que tiene ojos los abrirá y verá, y el que tiene oídos prestará atención. Él me ha enviado a proclamar libertad a los cautivos. Y a proclamar el año del favor del Señor'". Jesús cierra el rollo, y lo agarra firmemente con su mano derecha mientras mira por la sinagoga. "Hoy", proclama, "esta escritura se ha cumplido en mí".

Hay un murmullo colectivo de asombro. La conducta de Jesús *no* es común. Esas palabras son blasfemia.

La sonrisa de María es sustituida por una expresión de preocupación. Una ráfaga de temor le recorre la garganta, sabiendo lo que llegará a continuación. El tiempo se ralentiza a la vez que el peso de las palabras de su hijo se asientan en la congregación.

Entonces la sala explota. "¿Quién te crees que eres?", grita un hombre entre ellos. "¿Cómo te atreves a pretender ser el Mesías?", demanda otro.

María intenta abrirse paso entre la multitud, esperando proteger a su hijo; pero la masa de la congregación se ha enfurecido. La multitud vacía la sinagoga y sale a las calles detrás de Jesús, con la intención de castigarle por sus palabras blasfemas. Ella está aterrada. Pero él se ha esfumado, y ni María ni la congregación pueden encontrarle por ninguna parte. María está aliviada; por el momento, al menos, él está a salvo. Las rodillas de ella pierden su fuerza, y se hunde en el piso. "Sigue adelante, hijo mío", susurra, sabiendo que Jesús de algún modo oirá sus palabras.

Los temores de María están bien fundados. Porque ella sabe, al igual que Jesús sabe, que vive en un mundo donde hacer olas y desafiar el status quo es confrontado con implacable violencia.

Juan el Bautista, quien desde hace mucho tiempo se ha deleitado en confrontar a la autoridad, está a punto de aprender esa lección de primera mano. El sol se va ocultando por las colinas, dejando entre sombras a las orillas del Jordán. El agua se arremolina mientras Juan está en el centro de la corriente, bautizando a un nuevo creyente. Ninguno de los dos hombres sabe que esa es la última persona a la que Juan bautizará en el nombre de Dios.

El momento es sagrado y tranquilo. Una larga fila de hombres y mujeres esperan en la orilla a que llegue su turno. Se ha difundido la noticia hasta muy lejos sobre la demanda de Juan de que Israel se arrepienta y guarde la santidad de la ley de Dios. Ahora ellos no solo aceptan esas enseñanzas, sino que también tienen hambre de más enseñanza espiritual de Juan. Es un hambre que él está más que contento de poder satisfacer.

Entonces, soldados a caballo se aproximan desde las distantes sombras. Juan los ve antes que nadie, y sabe exactamente por qué han llegado. Él ha confrontado públicamente a Herodes Antipas, el hijo del grande y temido rey. Juan ha reprendido al Herodes más joven por haberse casado con la mujer de su hermano: una violación de la ley de Dios. Ahora los soldados de Antipas llegan para ejecutar la ley de Antipas. Juan ayuda al devoto nuevo creyente a escapar antes de que él mismo esté rodeado por soldados, quienes mueven palos y le agarran. Pero Juan es astuto y se sumerge en el agua, solo para ser atrapado y golpeado. Escapa una vez más, forzando a los hombres de Antipas a pedir refuerzos. Finalmente capturan a Juan, lo encadenan y le obligan a recorrer el camino. Él se gira y mira amorosamente al río donde ha cambiado tantas vidas, y después lo deja atrás para siempre.

Le hablan a Jesús del encarcelamiento de Juan, lo cual es quizá una advertencia para él. Pero ninguno de ellos volverá a ver a Juan. El atardecer es claro y de color dorado, y el Jordán discurre sin ningún esfuerzo. Juan está encadenado, para presentarse pronto delante de Herodes y responder por el delito de decir la verdad.

En una masa de agua mucho más turbulenta que el río Jordán, tres pescadores—Pedro, Santiago y Juan—terminan una larga noche de intentar llenar sus redes. No tienen nada que mostrar. Dirigen sus barcas hacia la orilla, con expresiones de agotamiento en sus caras.

Poco les importan las preocupaciones de profetas o reyes, o

de Roma, o de los brutales métodos de los soldados de Herodes Antipas. Ellos viven en Galilea, la misma zona donde vive Jesús, y su aldea pesquera de Capernaúm es también un tranquilo lugar apartado. La rutina de sus vidas es sencilla y predecible: pescar toda la noche, remendar sus redes durante el día, dormir, y después salir otra vez a pescar. Ellos son felices, a pesar de esas noches en que las redes regresan sin un solo pez que mostrar por horas de agotadora labor: echar sus pesadas redes al mar y después recogerlas, mano a mano. Pescar es lo que ellos hacen.

A medida que los pescadores dirigen sus barcas a la arenosa playa, puede verse una figura distante que va por su camino. La incendiaria aparición de Jesús en la sinagoga de Nazaret fue una señal de que él tiene que predicar a personas que no le han conocido en toda su vida.

Pedro, el más corpulento y rudo de los pescadores, nota que Jesús observa el trabajo de ellos. Andrés, el hermano de Pedro, se ha ocupado de ayudar a llevar las barcas a la orilla, y de arrastrar las pesadas redes hasta la playa para que se sequen. Pedro finge no haber observado a Jesús, aunque es difícil no hacerlo. Andrés, un joven bienintencionado y brillante, queda claramente cautivado por Jesús.

"¿Quién es?", dice finalmente Pedro con un tono áspero.

"Juan dice que es el Mesías".

"Ah, ¿de verdad? ¿Puede él enseñarte a ocuparte de tu barca en lugar de dejarme es tarea a mí? ¿Y puede enseñarte a encontrar pesca?".

"Sí, puedo hacerlo", responde Jesús.

Pedro le mira fijamente. Sus manos son grandes agarraderas, callosas y rudas por años de trabajo en el mar. Su cara tiene arrugas y está tostada por el sol. Le duele la espalda por acarrear redes. Lo último que él necesita es un "maestro" que le diga cómo pescar.

Pero antes de que pueda detenerle, Jesús se acerca a la barca de Pedro, agarra el casco y lo vuelve a meter al agua.

"¡Oye!", grita Pedro, mirando con boquiabierta incredulidad las agallas de ese desconocido que claramente no sabe nada de pesca porque, si supiera, habría sabido que ese no es el periodo del día para pescar nada. "¿Qué te crees que haces? Esa es mi barca; y no tienes permiso para llevarla al agua".

"Entonces será mejor que me ayudes", responde tranquilamente Jesús.

Pedro corre hasta el agua y agarra el casco de la barca; pero Jesús no se detendrá. Mira a los ojos a Pedro y sigue empujando la barca hasta el mar de Galilea. Algo en esa mirada desconcierta a Pedro. No sabe si está mirando los ojos de un loco o los ojos de un rey. Pero algo en su ímpetu—y Pedro es bien conocido por su intuición y su discreción—le dice que haga lo que Jesús ordena. Pedro deja de intentar empujar la barca hacia la orilla y comienza a empujarla hacia el mar. Cuando el agua les llega a la cintura, se sube a la barca; Jesús también sube a bordo.

"¿Qué estamos haciendo aquí?", pregunta Pedro.

"Pescar".

Pedro mira fijamente esos ojos una vez más. "No hay nada de pesca aquí".

"Pedro", dice Jesús, "yo puedo mostrarte dónde pescar. ¿Qué tienes que perder?".

Pedro agarra sus redes, preparándose para echarlas.

Jesús menea su cabeza. "Ve más lejos", le ordena.

Pedro le mira. "Tú nunca has pescado aquí, así que escucha cuando te digo que no hay pesca aquí a esta hora del día".

"Por favor".

Así que Pedro dirige su barca hacia aguas más profundas.

"Bienaventurados los que tienen hambre de justicia", dice Jesús. "Porque ellos serán saciados".

"¿Quién eres?", demanda Pedro. "¿Por qué estás aquí?".

"Pidan y se les dará; busquen y encontrarán".

Lo que sigue es un día de pesca como ningún otro en la vida de Pedro. Miles de peces llenan sus redes. Sus hombros le arden por la tensión de arrastrarlos a todos a la barca. Sus redes comienzan a romperse; pero Pedro las echa una y otra vez, y cada vez las redes regresan totalmente llenas. Otras barcas pronto parten de la playa, pues Pedro se ve obligado a pedir ayuda.

"¿Lo ves?", dice Andrés al llegar, "¿Qué te dije?".

Pedro no responde. Se limita a estudiar a Jesús, y quiere saber más sobre ese individuo tan extravagante. Cuando termina el día, demasiado agotado para llevar su barca a la orilla, Pedro se derrumba sobre el montón de pesca que la llena. "¿Cómo sucedió esto?", pregunta a Jesús con un tono de desesperación. Puede sentir que se forman lágrimas en sus ojos. Algo en su interior le dice que la dirección de su vida acaba de cambiar.

Jesús no responde, aunque es bien consciente de que ese rudo pescador acaba de convertirse en su primer discípulo verdadero. Es un comienzo de un nuevo mundo para los dos hombres.

"Maestro, soy pecador", le dice Pedro a Jesús. "No soy un buscador, solo un mero pescador".

"Entonces sígueme", responde finalmente Jesús. "Y no tengas temor. Sígueme y yo te haré un pescador de hombres".

"Pero ¿qué vamos a hacer?", pregunta Pedro.

"Cambiar el mundo", responde Jesús.

SÉPTIMA PARTE

LA MISIÓN

La plaza del mercado está llena. El sol del mediodía golpea duro, y las moscas revolotean sobre las carnes crudas que cuelgan en el puesto del carnicero. Un puesto más allá, la esposa de un pescador intenta en vano mantener alejado el sol de la pesca de la noche anterior, orando en silencio para que alguien compre el pescado antes de que se eche a perder. Verduras, miel y dátiles están a la venta. El panadero es el vendedor más ocupado de todos, con multitudes que hacen fila para comprar su pan diario, el recordatorio simbólico de la autoridad suprema de Dios sobre su futuro. Sería necio comprar "pan mensual". Se echaría a perder. Lo compran día a día, viviendo el momento, sin estar fijados en un futuro que ellos no pueden controlar. Eso da al pueblo de Israel un importante sentimiento de paz en una época en que su nación está atormentada.

Un ejército extranjero sigue controlando el país. Las personas sufren por los impuestos y los excesos de los gobernantes romanos. Algunos días sus cuerpos y espíritus se quedan sin energías, y no pueden recordar una época en que no estuvieran consumidos y abatidos. Este sencillo mercado de amigos y vecinos, y de alimentos para el sustento, ofrece unos momentos de paz.

Para una mujer en la multitud, no hay paz ninguna. Su mente se ha cerrado y está atormentada por voces interiores. Tiene la cara sucia y está desfigurada por el sufrimiento, y suda abundantemente. Se comporta como un perro enloquecido; su mirada es feroz y su boca gruñe. Nadie establece contacto visual con ella ni le ofrece ayuda.

Un grupo de soldados romanos se pavonea por el mercado, e inmediatamente comienzan a abusar de la mujer. Roban fruta a un vendedor, que es incapaz de detenerlos, y después forman un círculo alrededor de la mujer loca y le lanzan la fruta. El juego se vuelve más divertido cuando ella se mueve de arriba abajo y serpentea para evitar sus lanzamientos.

"¡Fuera de mi camino!", grita ella a los soldados. "¡Dejen de espiarme! ¡Basta! ¡Déjenme tranquila!".

Después de unos momentos, los soldados se aburren y se van; pero otro hombre se acerca a ella, ofreciéndole ayuda. Es Pedro, el recientemente ungido pescador de hombres.

"¡Dejen de seguirme! ¡Fuera de mi camino!", grita ella, abriéndose camino entre la multitud.

Cuando Pedro se acerca a ayudarle, ella le escupe en la cara y se sumerge en la masa de gente.

"¡Déjala!", le grita alguien a él. "Está poseída por demonios. No puedes ayudarla".

Pedro no tira la toalla. Sigue adelante entre la multitud, justamente detrás de la mujer. Ella sale a un espacio abierto, agarra una jarra de un puesto, y entonces se la lanza a Pedro. Se da la vuelta para volver a correr, pero se encuentra cara a cara con Jesús. "¿Qué quieres?", le gruñe, sin temor alguno. Sus ojos son ojos que están nublados por la confusión y el enojo.

Cuando Jesús no dice nada, ella marcha hasta él, eleva la jarra por encima de su cabeza y mira fijamente y de modo desafiante sus ojos, que están llenos de una profunda sabiduría y paz.

"¡Sal de ella!", ordena Jesús al demonio.

Una violenta energía sale zumbando de la mujer. Su cara se paraliza de asombro, su cuerpo pierde su postura tensa, y se derrumba. Llora, sus hombros se mueven y su torso se sacude cuando los demonios salen de ella, uno por uno. Sus temblores van cediendo; ella mira una vez más a Jesús a los ojos y se encuentra transformada por el espíritu divino que emana de él. La mujer intenta hablar, pero está demasiada abrumada para emitir ningún sonido.

Jesús pone su mano gentilmente sobre su frente. "Te fortaleceré y te ayudaré", le dice él.

Ella sonríe. Su mente está clara, como si acabase de salir de una pesadilla.

"¿Cuál es tu nombre?", pregunta Jesús.

"María. María de Magdala".

"Ven conmigo, María".

Pedro observa a Jesús mientras se acerca a él. El pescador menea su cabeza con asombro. Sabe que ella acaba de saber lo que Pedro y los otros hombres que se han unido a él como discípulos de Jesús ya saben: Jesús personifica la promesa de salvación de Dios. Pero el mundo aún tiene que descubrir quién es verdaderamente este hombre extraordinariamente carismático.

Pedro estudia los rostros de los demás en la multitud, los cuales expresan asombro por el cambio instantáneo que se ha producido sobre María la loca. Les oye susurrar: "Es él...". "Es ese predicador...". "Es el profeta....".

Otros son cínicos; han visto todo eso antes. Sospechan de ese tranquilo carpintero, y no creen que sea un profeta.

Los soldados romanos estudian a Jesús como si él fuese una amenaza. Su tarea, si ese fuera el caso, sería subyugarle inmediatamente.

Pero Jesús no les da causa para hacerlo. Cada uno de sus actos es un acto de paz. "Ámense los unos a los otros", les dice a sus seguidores. "Así sabrán todos que son ustedes mis discípulos, si se aman los unos a los otros".

La noticia de los milagros de Jesús, como algunos están denominando sus poderes para sanar, se difunde rápidamente por toda Galilea. En cualquier lugar donde viaja, se reúnen multitudes. Cientos acuden a su lado, buscando una posición en la marea móvil de humanidad que al instante rodea a Jesús cuando entra a una ciudad con sus discípulos.

El fenómeno aumenta con cada kilómetro y cada paso, en cada aldea y ciudad. Los discípulos hacen todo lo que pueden para proteger a Jesús, pero la gente desea una mirada de esos poderosos ojos, o meramente tocar el borde de su manto. "Misericordia, misericordia, Señor ten misericordia", musita Pedro una y otra vez mientras ve esa creciente adulación. "¿De dónde salen todos? Mucha hambre. Mucha necesidad".

En una pequeña ciudad la escena se vuelve incluso más extraña. Sabiendo que no pueden llegar a Jesús a través de la multitud, cuatro jóvenes saltan de tejado en tejado, llevando a otro hombre en una camilla.

Para un hombre práctico como Pedro, la decisión de seguir a Jesús causa pruebas y desafíos que él nunca imaginó; pruebas como la que se desarrolla cuando él intenta alejar a Jesús de las multitudes llevándole a una pequeña casa vacía para que tenga unos momentos de paz. En cuanto entran a la casa, Pedro oye el sonido de tejas que se rompen, y a esos cuatro hombres arrastrando a su padre paralítico a una percha que hay en el tejado.

Pedro sale fuera para indicarles que se vayan, pero los hombres fingen no oírle. Hacen un agujero en el techo de paja, y aparece luz del sol en la habitación. Desde dentro de la puerta abierta, perfilándose sobre la masa de seguidores iluminados por el sol que hay fuera, Jesús comienza a hablar a la multitud que está fuera. "Vengan a mí todos los cansados y cargados, y yo les daré descanso".

"Tomen mi yugo sobre ustedes y aprendan de mí", continúa, incluso cuando Pedro intenta en vano mantener a los intrusos fuera de su casa. Pero es demasiado tarde. Uno de los jóvenes ya ha bajado a la habitación, y su padre ha sido bajado hasta sus brazos. Incluso si Pedro tuviese la capacidad de revertir esa situación, no hay vuelta atrás.

"Pues yo soy manso y humilde de corazón", continúa Jesús, "y hallarán descanso para su alma".

En ese momento Jesús reconoce el ajetreo a sus espaldas. Se gira para ver al hombre paralítico sobre el piso, rodeado por Pedro y los cuatro hijos del hombre.

Jesús camina hacia el hombre. Pedro se retira para hacer espacio. El hombre paralítico no puede caminar, pero puede mover sus brazos. Extiende sus dedos para tocar a Jesús.

Jesús no estira sus brazos hacia el hombre; en cambio, lentamente aparta su mano. Cuando lo hace, el paralítico, desesperado por tocar a Jesús, se estira cada vez más; y cuanto más se estira, más se aleja Jesús.

La expresión en la cara de Jesús es de completa calma. Ve la batalla en los ojos del hombre, una batalla que él silenciosamente fomenta. Finalmente, Jesús toca con las puntas de sus dedos los del paralítico. "Tus pecados te son perdonados".

María Magdalena, que ha seguido a Jesús junto con los discípulos, conoce de primera mano lo que Jesús puede hacer. Ella pensaba que lo había visto todo, pero se queda boquiabierta de asombro ante lo que está sucediendo.

El hombre se da cuenta de que ya no está tendido e incapaz de moverse. Está sentado completamente erguido. Jesús no dice nada. El hombre se envalentona e intenta ponerse de pie. Todos en la aldea saben que eso es imposible; él ha estado totalmente minusválido por años, y sus hijos han tenido que ocuparse de él día y noche. Con sus ojos fijos en Jesús, el hombre se pone de pie.

La multitud más cercana a la puerta se retira asombrada. Quienes están más alejados se acercan para ver lo que ha sucedido. Cabezas se empinan para tener una mejor vista. Algunos cierran sus ojos en oración.

El hombre que antes era paralítico está envuelto en euforia. Salta y salta como un niño, exultante. Esos sencillos movimientos pronto se convierten en danza espontánea, y sus hijos se unen a él. Los discípulos también danzan. Manos comienzan a aplaudir en la pequeña sala, y pronto la multitud que hay fuera se une a ellos. Hombres comienzan a cantar mientras la multitud se mueve al ritmo de ese improbable y profundo milagro. Ellos saben que eso demuestra la verdadera conexión de Jesús con el poder de Dios.

El hombre sanado está exhausto. Deja de danzar y se acerca a Jesús, que pone suavemente su mano en la frente del hombre. "Vete a casa ahora, amigo", le dice Jesús. "Tus pecados son perdonados".

Esas no son las palabras que el hombre esperaba oír. Arrastra sus pies y mira al suelo. Sus amigos dejan de danzar, y las sonrisas desaparecen de sus rostros. Pronto, toda la multitud se ha quedado en silencio. Las palabras de Jesús podrían ser consideradas un acto de blasfemia. Solo Dios puede perdonar pecados. Aprobar sus palabras sería actuar en contra de la autoridad de Dios.

Entre la multitud, los que pertenecen a la secta religiosa conocida como los fariseos entienden que las palabras de Jesús son más importantes que sus actos de expulsar demonios o curar cuerpos quebrantados. Dedicados estudiosos de la ley de Dios, ellos distinguen entre los poderes que Dios otorga a los hombres y los que se reserva para sí mismo. Los fariseos escuchan a todo maestro en Israel, prestando detallada atención a sus palabras en busca de señales de verdad o de blasfemia. Ningún hombre se iguala a Jesús. Las afirmaciones que él hace y la autoridad con la que habla no tienen igual. Las masas nunca se han reunido en torno a un maestro tan rápidamente y con tal entusiasmo. Jesús sabe lo que los fariseos están pensando en sus corazones.

Uno de los fariseos habla. "No puedes hacer eso".

"¿Hacer qué?", pregunta Jesús.

"Perdonar".

Jesús le mira, y después mira al hombre al que acaba de curar.

Pedro se inclina y susurra a Jesús: "¿Es que no entienden estas personas lo que acabas de hacer?".

Jesús mira calmadamente a Pedro. Para que el mundo entienda su misión, Jesús debe comenzar a hacer que quienes están más cerca de él entiendan. "¿Qué es más fácil decir: 'Tus pecados son perdonados', o 'Toma tu lecho y anda'?", pregunta Jesús retóricamente.

El líder de los fariseos, un hombre llamado Simón, menea su cabeza con disgusto y guía a sus hombres mientras se alejan. Él sabe que Jesús se ha convertido en alguien a quien seguir muy de cerca. Se ocuparán de él algún otro día.

"Vamos", les dice Jesús a sus discípulos. Él los conduce a la puerta y salen ante la multitud, en dirección opuesta a la de los fariseos. "Nuestro trabajo aquí ha terminado. Tenemos un largo camino que recorrer. Es mejor que nos movamos". Entonces se gira y comienza a salir de la ciudad, dejando a la gente de la aldea preguntándose qué acaba de suceder exactamente.

Los discípulos de Jesús han escogido ser hermanos y hermanas en Cristo. Aunque puede que aún no lo entiendan, eso los sitúa a la vanguardia de una revolución: una revolución religiosa, que no se encuentra en textos antiguos ni en la historia oral judía. En cambio, es una nueva promesa que conecta la voluntad de Dios con las vidas cotidianas de la gente. Este es un concepto difícil de entender, pero si los discípulos han de liderar algún día, necesitan entrenamiento.

Jesús se toma tiempo para enseñar a sus discípulos durante sus caminatas diarias de ciudad en ciudad. Sus sencillas y poéticas palabras las dice de modo casual y amable. Jesús prefiere explicar un concepto difícil con el tiempo, sin menospreciar nunca a sus seguidores, permitiendo pacientemente que las palabras penetren hasta que ellos las entiendan completamente.

Pero Jesús no solo predica a los discípulos. Su revolución es un movimiento de las bases: él predica en sucios caminos, en campos y aldeas, a granjeros y pescadores, y a todo tipo de viajeros. Esas personas de la clase trabajadora de Israel forman la estructura de su creciente ministerio. Él se detiene con frecuencia, quedándose en una colina o en la orilla de un río para dirigirse a las miles de personas que se reúnen para oírle, y predica su nueva visión para la relación entre Dios y el hombre. Su meta es liberar a esas personas oprimidas, quienes sufren tanto bajo la carga impositiva de Roma. Pero Jesús no tiene ningún plan de formar un ejército para salvar a los israelitas de Roma. Quiere liberarlos de algo mucho más terrible: el pecado.

Muchos no entienden. Cuando Jesús dice: "Bienaventurados los que tienen hambre de justicia, porque ellos serán saciados", suena como un llamado a las armas contra Roma.

Pero entonces dice cosas como: "Bienaventurados los pacificadores, porque ellos serán llamados hijos de Dios".

Aunque muchos en las multitudes oyen sus palabras como las de un radical político, muchos más están llegando a entender el mensaje de amor de Jesús. Una tarde, él está en una rocosa ladera en el atardecer. Ha escogido ese momento porque su audiencia de granjeros, pastores, trabajadores y sus familias no tienen los lujos económicos para tomar tiempo alejados de sus ocupaciones durante las horas de trabajo. Están delante de Jesús, después de terminar su largo día, con manos y brazos doloridos por la dura labor, y escuchan sus palabras. Experimentan una paz que recorre sus cuerpos, mentes y corazones. Su amorosa presencia les toca.

El sol de la tarde es de un color anaranjado, y la multitud está en silencio cuando Jesús les habla de su Padre. Enseña a la gente a orar, e incluso qué palabras decir: "Padre nuestro", comienza Jesús, "qué estás en los cielos, santificado sea tu nombre".

Jesús les insta a pensar realmente en lo que dice esa nueva oración. Comienza alabando el nombre de Dios. Continúa con un ruego por su pan diario, para que sus vientres estén llenos, y después pasa a una petición de perdón, porque el pecado les mantendrá fuera del cielo. "Perdona nuestras ofensas", dice Jesús, "como nosotros perdonamos a quienes nos ofenden".

Él continúa, y la multitud le sigue, memorizando las palabras para poder pronunciarlas en su propio tiempo de oración. "No nos metas en tentación, más líbranos del mal".

Así que ahí está. Esa es la nueva forma de orar: Alabar a Dios. Depender de Él para las necesidades diarias. Pedir perdón. Perdonar a los demás. Pedir a Dios que nos guarde de problemas, y del dolor que llega con el pecado.

El pueblo sabe que puede orar así. Pero todo parece muy...fácil. ¿Dónde está el sacrificio de animales? ¿Dónde está la necesidad de un grandioso Templo, ya que ellos pueden hacer esta oración en cualquier lugar, y en cualquier momento?

El sol ya casi se ha ocultado cuando Jesús termina. Su audiencia se acerca para tocarle. Sus almas han sido renovadas por ese nuevo enfoque de la oración y de Dios. Han sido fortalecidos, alentados y consolados. Regresan a sus casas rebosantes de nueva esperanza para su futuro, gracias a la insistencia de Jesús en que Dios ha preparado un lugar en el cielo para todos ellos. Esta vida de dificultad, de lucha y de opresión romana terminará algún día, pero la paz y el amor del cielo serán para siempre. Para la gente de Galilea, las palabras de Jesús se sienten como un renacimiento espiritual.

Para los fariseos, suenan peligrosas.

Es de día, en una pequeña ciudad en Galilea. Cientos de israelitas esperan en fila para la obligatoria audiencia con el recaudador de impuestos para pagar sus tributos. El sonido de monedas que se dejan en las mesas llena el aire.

La primera parte de ese dinero va a Roma. Esa cantidad está decretada por ley. No pagar puede significar encarcelamiento o muerte, pero Roma ha tenido problemas por mucho tiempo para recaudar impuestos, de modo que ha encargado la tarea a un grupo de recaudadores independientes. Esos hombres son todos ellos judíos, como la gente que hace fila para pagar. Por tanto, lo que ellos hacen que es un acto de extorsión contra su propio pueblo. Porque imponer impuestos adicionales a la carga que los abrumados israelitas ya soportan no es solo oneroso, es traición. El pacto entre Dios y Abraham no existe entre esos crueles hombres y el pueblo al que extorsionan. Quienes recaudan impuestos no son considerados dignos de otra cosa sino de desprecio.

Jesús y sus discípulos pasan ahora por las filas de huraños hombres que esperan para pagar sus impuestos. "Colaboradores y traidores. Tomando dinero de su propio pueblo. Pecadores todos", gruñe Pedro en voz baja. Criticar a los recaudadores de impuestos es lo mismo que criticar a Roma. Él podría pagar por esa indiscreción con su propia vida.

Los discípulos se asombran al ver a Jesús examinando atentamente a uno de los recaudadores, cuyas manos cuentan monedas más lentamente y sus ojos, sin querer mirar directamente a sus víctimas, delatan tristeza y duda. El nombre de ese hombre, se enteran pronto los discípulos, es Leví. A pesar de parecer calmado e incluso que apoya a sus compatriotas judíos, es igualmente un recaudador.

"¿Qué miras, Señor?", pregunta el discípulo llamado Juan; no Juan el Bautista, que sigue encarcelado en las horribles mazmorras de Herodes Antipas.

Jesús no responde. Por tanto, Juan intenta mirar a Leví con los ojos de Jesús. Lo que ve es la expresión de un hombre perdido en pecado, que anhela una salida pero no cree que exista tal camino. La mirada de Jesús ha sido tan dura y tan directa, que poco después Leví levanta su cabeza para quedarse mirando a esa potente energía que siente. Sus ojos enseguida se encuentran con los de Jesús, cuando el Hijo de Dios da la siguiente orden: "Sígueme".

En un abrir y cerrar de ojos, Leví entiende la llamada. "Sígueme" es lo mismo que decir "cree en mí". Libre de pecado y duda, y de preocupación e infidelidad. *No importa qué otra cosa suceda en mi vida, soy libre para elegir.* En el momento en que Leví pone su fe en Jesús y le sigue, sus pecados son perdonados y él es libre. Leví se pone de pie y se aleja de la mesa, dejando montones de monedas sin contar a sus espaldas. El sonido de monedas de los otros recaudadores sigue constante hasta que ven lo que Leví ha hecho. Llenos de asombro, detienen su trabajo y miran boquiabiertos la profunda estupidez que hay en que Leví deje una vida de riqueza y comodidades…¿y a cambio de qué? ¿Para seguir a ese revolucionario llamado Jesús?

Los discípulos están indignados. Pedro mira a Jesús, enfurecido porque el nuevo discípulo es la forma más baja de vida conocida para el pueblo de Israel.

"No te gusta que yo hable con recaudadores de impuestos y pecadores", dice Jesús a Pedro. "Pero examina tu corazón y escucha lo que tengo que decir: no son los sanos quienes necesitan un médico, sino los enfermos. No estoy aquí para llamar a los justos. Estoy aquí para los pecadores".

Pedro no tiene ninguna respuesta. Su nombre significa "roca", y encaja con él. Es tan terco y duro como largo es el día. Sus manos están callosas y sus maneras no son siempre educadas. Seguir a Jesús es un inmenso intercambio, significando la pérdida de ingresos durante las épocas en que no están saliendo a pescar. Leví pronto se convierte en un discípulo seguidor, y de ahora en adelante será llamado Mateo. Le guste o no, Pedro es leal a Jesús y le sigue hasta la siguiente ciudad en su viaje.

***

Jesús se agacha en la plaza del pueblo, dibujando en la tierra con su dedo. No está haciendo un dibujo, sino una serie de letras. No está solo, ni tampoco la escena es tranquila. Directamente a sus espaldas se está reuniendo una multitud para observar un apedreamiento. Un mujer es obligada a estar delante de un elevado muro, de cara a la multitud. Entre la mujer y la multitud hay un montón de grandes piedras planas. Cuando llegue el momento, se pedirá a cada hombre del grupo que tome una piedra y la lance con fuerza a su cara. Harán eso una y otra vez hasta que ella quede inconsciente, y después seguirán lanzando piedras hasta que ella muera; o agoten el montón, lo que suceda primero. La muerte siempre llega antes de que el montón se haya agotado.

Los fariseos han visto aumentar la popularidad de Jesús y han observado con desaliento cómo sus propios seguidores se han juntado con él. Ellos creen firmemente que él es un blasfemo, y han estado buscando una manera de evitar que toda la población le siga.

En uno de sus sermones, Jesús le dijo con bastante claridad a la multitud que guardase la ley, sabiendo que ignorar la ley romana significaría una oleada de castigo contra sus nuevos seguidores. En Israel, la ley romana y las leyes religiosas están íntimamente entrelazadas. Si los fariseos pueden agarrar a Jesús en el acto de quebrantar una ley religiosa, entonces pueden llevarle ante un tribunal religioso. Basados en las palabras de los fariseos, si también se demuestra que Jesús es un radical o un revolucionario cuyas enseñanzas incitan rebelión contra Roma, también podría ser juzgado delante de un tribunal romano. Pero no hay absolutamente ninguna evidencia de que Jesús haya cometido un delito ni que haya quebrantado la ley de Moisés. Una prueba es el último refugio para ellos.

La joven que está delante del muro ha sido acusada de adulterio. Ella es una marginada en la sociedad local. Absolutamente ningún hombre o mujer saldrán en su defensa. Su culpabilidad se supone. Su destino está sellado.

Los hombres en la multitud agarran sus piedras, con deseos de lanzarlas. Los discípulos y María Magdalena están a un lado, y María sostiene a la llorosa niña de la mujer condenada. Los fariseos dirigen los procedimientos, deseosos de poner su trampa.

Jesús, mientras tanto, sigue escribiendo en la tierra.

Simón el fariseo se adelanta a la multitud. Él se pavonea, haciéndose observar de manera muy pública. Por tanto, cuando habla no lo hace a la aterrada mujer que está a sus espaldas. Su enfoque está en Jesús, siempre Jesús, incluso mientras el hombre de Nazaret continúa recorriendo con su dedo la tierra. "Maestro", le dice a Jesús, "esta mujer fue agarrada en el acto de adulterio. En la ley, Moisés nos mandó apedrear a esta mujer. ¿Y tú que dices?". Está utilizando la pregunta como una trampa, buscando una base para acusarle.

Jesús ignora a Simón.

Los discípulos claman a Jesús: "Por favor, di algo para ayudarla".

Entonces, para sorpresa de todos los que observan, Jesús se agacha y elige una piedra del montón. La cara de María muestra una profunda perplejidad, y se produce un suspiro ahogado entre quienes están reunidos. Jesús camina y se pone al lado de los fariseos, que ya tiene cada uno una piedra en su mano y están de cara a la mujer condenada.

Ahora los fariseos y cada uno de los hombres tan deseosos de ver sangre miran lo que Jesús ha escrito: No juzguen, para no ser juzgados.

Mientras miran fijamente las palabras, permitiendo que entren en sus corazones, Jesús se pasea adelante y atrás delante de la fila de lanzadores. Tiene su piedra en su mano para que todos la vean mientras examina las piedras que tienen los demás. "El que esté sin pecado, lance la primera piedra". Jesús ofrece su piedra a cada uno de los hombres, mientras sus ojos los desafían a todos con la profunda certeza de que todos ellos han pecado.

Incluso los fariseos no pueden mirar a los ojos a Jesús.

Jesús se acerca a la mujer. Está de espaldas a la fila de lanzadores, dejándole vulnerable al ataque. Solamente un enojado lanzamiento podría poner fin a su vida. "¿Han lanzado algo?", pregunta Jesús a la mujer, con una voz llena de misericordia y gracia. Detrás, oye los sonidos sordos de piedras que caen a la tierra; pero las piedras se están dejando caer, no se lanzan. Cada uno de los hombres se aleja en silencio y camina rápidamente a su casa mientras sus propios pecados—robo, adulterio, y muchos otros—les remuerden la conciencia.

"Vete", le dice Jesús a la mujer. "Vete y no peques más".

Ella no necesita que se lo digan dos veces. Pasando al lado de él en un segundo, agarra a su bebé de brazos de María y corre rápidamente hacia la distancia.

Simón el fariseo mira con enojo a Jesús. Pero no hay ninguna piedra en su mano.

"Quiero misericordia", le explica Jesús con sus palmas levantadas, "y no sacrificio".

Pero Simón no ha terminado con él. Jesús ha salvado a una pecadora, pero las probabilidades de que reconcilie sus diferencias con los fariseos retroceden con cada pecador al que él salva. A menos que, sin embargo, Jesús resulte ser el perdedor. Los fariseos tienen conexiones políticas y son poderosos. Un día pondrán una trampa para Jesús de la que él no escapará.

Los fariseos ahora se enfocan en arrastrarle a un debate sobre las Escrituras: una emboscada teológica. Dos cosas que los fariseos no entienden: su trampa podría caer de cualquier lado; y como devoto judío, Jesús conoce las Escrituras mejor que nadie. Los fariseos ahora comienzan a seguir a Jesús, observando cada uno de sus movimientos. Incluso le invitan a partir el pan con ellos, con el pretexto de que ambas partes pueden hablar y llegar a conocerse mejor los unos a los otros.

Jesús y dos de sus discípulos cenan con los fariseos dentro de una pequeña sala en la casa de Simón. Jesús se sienta al lado de la puerta, escuchando mientras Simón expone sus últimas teorías religiosas. Al otro lado de la mesa se sienta un pequeño grupo de fariseos. Sus caras son todo un estudio embelesado mientras muestran a Simón tu total respeto.

María Magdalena entra calladamente en la sala, haciendo todo lo posible por no llamar mucho la atención. Y lo último que ella quiere es interrumpir a Simón o convertirse en el centro de atención. Pero eso es precisamente lo que hace, porque María no está sola. Dirige a una joven, que es una pecadora, a la sala. La mujer lleva una pequeña jarra de piedra. Su contenido es un regalo para Jesús, y sus ojos al instante le buscan bajo la suave luz de la sala.

Cuando Simón ve a la mujer con María, dice enojado: "¡No tienes nada que hacer aquí! ¡Vete y ofrece tu cuerpo en otra parte!".

Profundamente humillada, la mujer se dirige hacia la puerta. Quiere irse desesperadamente. Su vergüenza es completa. Pero antes de que puedas irte, Jesús extiende una mano y toca suavemente su brazo. Ella se detiene. "Por favor", le dice Jesús, "haz lo que has venido a hacer".

Las palabras de Jesús le dan la valentía para soportar el tormento de la burla social. Lo que ella había planeado hacer no le tomará mucho tiempo. Lo hará y después se irá apresuradamente. Arrodillándose delante de Jesús, le quita las sandalias. Una lágrima cae a sus pies descalzos y sucios. Ella se suelta su largo cabello y seca con él esa lágrima. Entonces, con manos temblorosas, alcanza la pequeña jarra y quita el tapón. El aroma del perfume, fragante y delicado, explota en el aire. La mujer derrama unas gotas del precioso líquido sobre los pies de Jesús, y los frota con sus manos.

Simón apenas puede creer lo que está viendo. Su primer instinto es expulsar de su casa a esas herejes, pero entonces se da cuenta de que es el momento perfecto para sermonear a Jesús con respecto a su imprudencia. "Dicen que tú eres un profeta", dice con desagrado Simón. "Tus amigos sin duda te tratan como si lo fueras. Bien, deja que te diga esto: si fueras un verdadero profeta, nunca habrías permitido que una mujer como esta te tocase".

Jesús no responde. Ha sido conmovido por la bondad de la mujer y su humilde servicio, y sabe que ese momento significa todo para ella.

Simón continúa: "Mírala. ¡Es una pecadora!".

Jesús pone suavemente su mano sobre la cabeza de ella. "Cualquier pecado que hayas cometido, te es perdonado".

Simón se inflama y señala con su largo dedo a Jesús. "Esta es mi casa, ¿lo entiendes? Y en mi casa lo que importa es la ley de Dios. Estamos dedicados a ella".

Jesús sonríe a Simón y se vuelve hacia la mujer. "Gracias", le dice, y ella agarra su jarra y se va. La mujer está llena de gozo y de un sentimiento de paz, pero igualmente deseosa de huir de Simón y de su enojado sermón sobre el carácter de ella.

"Maldito es todo aquel que no guarda la ley", ruge Simón, pero ahora sus palabras están dirigidas a Jesús. "A esto", concluye, "todos deberían decir amén".

El incienso se eleva en un delgado hilo, difundiendo su aroma enfermizamente dulce con lentitud por el interior tenuemente iluminado de la sinagoga. La congregación inclina su cabeza en adoración mientras Simón está de pie delante de ellos, enseñando. La Torá descansa delante de él, y sus dedos se deslizan lentamente por cada línea mientras lee.

Simón está en paz en su sinagoga. Es más que solo el lugar de reunión donde él puede predicar a la comunidad; es también un hogar espiritual. Un lugar donde puede dirigir a sus seguidores en devoción por la ley: un regalo de Dios. Esa tranquilidad es interrumpida cuando Jesús y sus discípulos pasan por la puerta. Simón continúa enseñando, aunque sigue atentamente el movimiento de Jesús hacia la congregación. El barbudo carpintero busca a un hombre que tiene una mano seca, y se inclina cerca para decirle unas palabras.

Pedro, siempre pragmático, se lamenta para sí, porque sabe lo que sucederá. "Sin duda", musita, "no se atrevería. No aquí. No hoy".

Es día de reposo, un tiempo que Dios ha apartado para el descanso y la reflexión espiritual. Absolutamente ningún trabajo ni cualquier otro esfuerzo puede tener lugar ese día santo. Pedro mira hacia Simón, el fariseo, quien mira fijamente a Jesús. La sinagoga se ha quedado en silencio. Toda enseñanza ha cesado. Todos los ojos están sobre Jesús y el hombre que tiene la mano deforme.

"Hoy es día de reposo", dice Jesús a nadie en particular, aunque sus palabras están claramente dirigidas a Simón y a los fariseos. "Díganme: ¿es legítimo hacer el bien o hacer el mal en el día de reposo; salvar una vida o matar?".

La cara de Simón se pone roja como un tomate. Sus ojos clavados en Jesús. "Ninguna de esas cosas", dice Simón en voz baja.

Jesús pide al hombre que se levante. Lentamente, el hombre se levanta. Parece inseguro y cohibido.

"La mayoría de ustedes tiene ovejas", dice Jesús a la congregación. "Si en su camino hasta aquí ven a una que se ha caído en un pozo, ¿no se acercarían y la sacarían?".

Entonces toma la mano del hombre a plena vista de toda la sala. "Entonces, ¿es este hombre menos digno que una oveja?".

La multitud da un grito ahogado cuando la mano del hombre ya no es una garra seca. En cambio, está totalmente curada. Con su tarea realizada, Jesús inmediatamente se gira y se dirige a la puerta.

"¡Cómo te atreves!", grita Simón, agarrando su manto con ambas manos y rasgándolo delante de toda la congregación. Los fariseos que están cerca hacen lo mismo, dejando claro que han visto algo impuro y que desean el perdón de Dios.

Jesús no ve nada de eso. Solo Pedro, que se da cuenta de que le han dejado atrás y corre para alcanzarlos.

Simón no está muy lejos. Enfurecido por la conducta de Jesús, corre a la calle y agarra la mano del hombre curado. Con un tirón le hace detenerse y después eleva al aire la nueva mano. No hay manera de escapar a Simón, particularmente cuando otros fariseos llegan para reunirse, de modo que el hombre pronto es llevado por las calles como un trofeo. Él es evidencia para todos de que Jesús ha violado las Escrituras.

O peor. "Esta sanidad es obra de demonios", grita Simón.

Quienes están cerca quedan sorprendidos. Han conocido a ese hombre durante toda su vida. ¿Cómo es posible que su mano esté totalmente curada? Eso es una fuente de asombro, no de vergüenza.

Simón ignora sus miradas y defiende su caso. Él conoce a su audiencia.

"Él nunca ha estudiado la ley, pero se alegra de quebrantarla", añade Simón.

A pesar de su asombro por la sanidad, la multitud está ahora espantada.

Simón presiona. "Él recluta a recaudadores de impuestos y mujeres pecadoras para que hagan lo que les manda. Contamina la ley de Dios, y su sinagoga: la sinagoga de ustedes".

La multitud se vuelve agitada y revoltosa. Comienza a sentirse el peligro. Jesús están tan tranquilo como siempre. "Amen a sus enemigos", advierte a Pedro. "Amen a quienes los persiguen".

"¿Se supone que debemos aceptarlo?", pregunta Pedro con incredulidad.

Jesús, los discípulos y María Magdalena se abren camino con dificultad entre la multitud. Las calles de la ciudad están ahora en un estado de inquietud. Soldados romanos llegan hasta el disturbio, agarrando a los fariseos y arrastrándolos de nuevo a la sinagoga. Los romanos se alegran mucho de ejecutar el castigo con puños y palos. Jesús se va por un camino, llevando a sus seguidores a un lugar seguro. Los fariseos se van por otro. En las calles, aquello escala hasta convertirse en una sangrienta riña entre los oprimidos judíos y los legionarios romanos. Después, a medida que la tensión sigue aumentando, los fariseos traman cómo podrían matar a Jesús.

Jesús no tiene intención alguna de librar una batalla por el poder religioso. Pero a medida que su ministerio crece, se encuentra metiéndose en un complejo atolladero de movimientos políticos y religiosos. Dios, Roma y la religión se entrelazan por todo Israel, y dos facciones rivales luchan por el control. Aceptando solo la palabra escrita de Moisés como ley y rechazando todas las subsiguientes revelaciones, los saduceos piensan en sí mismos como los creyentes del Antiguo Testamento. Los fariseos además creen en la resurrección de los muertos, y también en una vida posterior de recompensas celestiales o de condenación eterna, tomando la tradición mosaica y el resto de la Torá como su texto autoritativo. Políticamente, los saduceos son una fuerza más fuerte y más poderosa; representan a la aristocracia sacerdotal y a la estructura de poder para Israel. Sus obligaciones religiosas están enfocadas en el Templo. Los fariseos representan al hombre común. Los saduceos ven la adoración en el Templo como el principal enfoque de la ley.

Los religiosos más poderosos en Israel constituyen el Sanedrín. Este consejo es la corte suprema para todas las disputas judías, e incluso tiene la capacidad de proclamar sentencias de muerte. A pesar del poder del Sanedrín, los romanos siguen siendo sus dueños. Está dirigido por un sumo sacerdote nombrado por los romanos, y Roma puede eliminarlo con la misma facilidad. Caifás, el sumo sacerdote de mediana edad, está en la incómoda posición de equilibrar las demandas materiales de sus amos romanos con las demandas espirituales del pueblo judío.

En el momento, Caifás se enfrenta a un dilema aún mayor. Pancartas militares que llevan el águila romana han estado colgando toda la noche en el gran Templo. Descaradamente y públicamente alardean de la prohibición de Dios de utilizar imágenes idólatras en el recinto del Templo. Todos los judíos saben que eso es una invasión de su lugar sagrado.

¿Qué debe hacer Caifás? Si adopta una postura contra los romanos, le arrebatarán su poder. Si no lo hace, su propio pueblo le considerará una marioneta y una figura: un hombre que finge poder pero carece de autoridad. Él sabe que debe adoptar una postura, y ante un único hombre: Poncio Pilato.

Desde la división de Israel después de la muerte de Herodes el Grande, prefectos romanos han gobernado la provincia de Judea. En Roma, Judea no se considera otra cosa sino la tumba de la ambición. Cuatro prefectos han ido y venido en veinte años. Pilato es el último en intentar controlar ese lugar lejano irritable y problemático. Al sentir la necesidad de hacerse un nombre y poner su autoridad sobre la región, Pilato ha trasladado a un nuevo escuadrón de tropas a Jerusalén. Como es práctica común dentro del imperio romano, la llegada de un nuevo grupo de soldados también significa la llegada de la norma de su unidad. De ahí las pancartas con el águila.

Caifás tiene temor a Pilato, y con buenos motivos: el nuevo prefecto es conocido por su dura conducta. No tienen ningún problema en oprimir al pueblo judío, porque cree que la plena fuerza del poder romano es a veces necesaria para mantener la paz.

Pero cuando más pospone Caifás su confrontación con Pilato, más complicada se vuelve la situación. La noticia de las pancartas idólatras, y de la profanación del Templo, se difunde como la pólvora por toda Judea. Pronto, miles se reúnen en la plaza principal de Cesarea, el hogar de Pilato, para protestar.

Cesarea está a ochenta kilómetros de Jerusalén, en una llanura costera acariciada cada día por la fresca brisa del Mediterráneo. Es el hervidero del gobierno romano en Judea, construida por Herodes el Grande pero ahora el hogar de Poncio Pilato. Él puede vivir en cualquier lugar en Israel que quiera, pero Pilato prefiere la tranquilidad de Cesarea y el aroma de esas brisas del océano en lugar del ajetreado y frenético ritmo de Jerusalén.

Pilato mira hacia abajo a la turba desde su residencia de mármol. Su pecho musculado está desnudo y cubierto de sudor. Él mismo un soldado romano, Pilato conoce el valor de la buena condición física, y ha pasado la última hora entrenando con espadas de madera. Aunque son más pequeñas que una espada de guerra, son igual de pesadas, y Pilato puede sentir la pesadez en sus antebrazos y sus hombros debido al esfuerzo.

Un ayudante entrega una túnica a Pilato. Fuera, el grito de la multitud y su canto es ensordecedor, como si ellos tuvieran el privilegio de decir y hacer cualquier cosa que quisieran sin recibir castigo alguno. Quizá no sean conscientes de que el imperio romano opera mediante una mezcla de iluminado interés propio y abrumadora fuerza. Pilato debe poner fin a todo eso. Se pone la túnica sobre su pecho y sale a las ventanas para que la multitud pueda verle. En un instante, el ruido cesa. Pilato se gira a su ayudante. "Haz que los hombres sellen la plaza. De inmediato".

"Sí, señor", dice el ayudante, apresurándose a dar la orden.

La multitud levanta la mirada a su prefecto, esperando a que él hable. Pero Pilato no dice nada, prefiriendo observar las filas de soldados que se reúnen en las calles fuera de la plaza. Un segundo grupo de soldados ahora se abre camino hasta el frente de la multitud, separando a los líderes de la protesta del resto.

Solo entonces habla Pilato: "Váyanse a casa. En nombre del emperador, les ordeno que se vayan a casa. Váyanse ahora y no se les hará ningún daño".

La multitud está callada.

Delante, sus líderes se arrodillan.

El oficial a cargo de los soldados mira a Pilato para recibir instrucciones. Pilato responde con un simple movimiento de su cabeza.

El oficial desenvaina su espada, y sus hombres inmediatamente hacen lo mismo.

Los líderes de la protesta, que aún están de rodillas, se apartan sus túnicas de los hombros para dejar al descubierto sus cuellos. Están dispuestos a ser decapitados.

La intimidación romana se apoya en el miedo. Los soldados se sienten claramente incómodos de asesinar a esos protestantes. La noticia de eso llegará a Roma, si él asesina a esa multitud. Será un mal reflejo de su rendimiento en el trabajo, porque Pilato ha sido enviado a gobernar a los judíos, no a asesinarlos.

Él se aparta de la ventana, sabiendo que hoy los judíos se han aprovechado de él. Pilato saborea la amargura de la humillación en su garganta, y anhela salir entre la multitud y traspasar con una espada a cada una de aquellas personas. Aún mejor, debería hacer que les crucificaran. Así es como los romanos tratan a quienes causan problemas: clavándoles a la cruz. Quizá la próxima vez. Pilato se retira a la intimidad de su casa y ordena que quiten todas las pancartas del Templo.

Lejos en el campo, a kilómetros de Cesarea y del Mediterráneo, Jesús y sus discípulos recogen después de su comida de la tarde. Descansan cerca de un arroyo, disfrutando de la calidez del sol sobre sus caras y el cosquilleo de fresca hierba verde en sus pies descalzos. Es un día maravilloso, y a pesar de sus escasas posesiones y la posibilidad de otra disputa con los fariseos cuando lleguen a la siguiente ciudad, se deleitan en esos sencillos placeres.

Pedro examina a un joven que se aproxima al grupo. Lleva una ofrenda de fruta. Las ropas que viste le marcan como muchacho de ciudad: demasiado brillantes, demasiado nuevas, no lo bastante toscas a causa de largos días en los campos o en una barca pesquera.

Pero no tienen razón alguna para dudar de su sinceridad, y Mateo acepta agradecidamente la fruta y conduce al joven hasta Jesús.

"Me gustaría aprender de ti", dice el joven tartamudeando. "Seguirte, si me lo permites. Y servir de cualquier modo que pueda".

Jesús ya se ha puesto al hombro su bolsa y está comenzando a avanzar por el camino; pero invita al joven a caminar a su lado.

Pedro mira al joven con sospecha. "Nosotros pasamos por todo tipo de pruebas para hacernos discípulos", le dice en voz baja a Mateo. "Y ahora ¿este muchacho sale de nadie sabe dónde y se une a nosotros?".

Jesús llama a Mateo, el exrecaudador de impuestos y contable profesional, a caminar con él y con el nuevo discípulo. Con solo unas pocas palabras y el traspaso de una bolsa con dinero de la mano de Mateo a la de ese desconocido, Jesús hace al nuevo discípulo el tesorero del grupo.

Pedro está enojado. Su instinto es confiar en la lógica, no en la fe; pero lo que Jesús ha hecho es claramente un acto de fe audaz y bastante espontánea.

"¿Cómo se llama?", pregunta Pedro a Andrés.

"Judas", responde. "Judas Iscariote".

Cae el atardecer y Jesús y los discípulos suben a pie una larga colina que conduce a la siguiente ciudad. Niños corren a darles la bienvenida, pero si no fuese por eso parece que se preparan para una noche común. Encontrarán un lugar donde dormir y cenarán; quizá Jesús enseñe, o quizá no. Con todo, están alegres de poder dormir con un techo sobre sus cabezas después de muchas noches durmiendo a la intemperie.

Pero mientras Jesús dirige el camino de subida a la colina, los apóstoles dan un grito ahogado de asombro. Miles y miles de personas llenan el valle que hay por debajo. Están en las orillas de un mar plateado, esperando ansiosamente para oír las palabras de Jesús.

En el instante en que las multitudes le divisan, se apresuran a subir la colina, todos ellos intentando conseguir un lugar delante donde Jesús comience a enseñar.

"¿Has visto a todas estas personas?", dice Pedro.

"Sí", responde Jesús. "¿Cómo vamos a alimentarlas a todas?".

"¿Hacer qué?".

"Darles de comer. Es tarde, y no veo ninguna fogata para cocinar. Deben de estar hambrientos", contesta Jesús.

Judas, intentando mostrar su naturaleza práctica, mueve la bolsa del dinero, y un pequeño puñado de monedas suena en su interior. "Necesitarás algo más que esto", le dice a Jesús.

Pedro lanza una mirada a Judas.

"Vayan a la multitud", les dice Jesús a los discípulos, "y traigan tanta comida como puedan".

Ellos regresan casi con nada: cinco panes y dos peces. No hay suficiente para alimentar a los discípulos mismos, y menos a unas cinco mil personas. La multitud consumió el contenido de sus cestas de comida hace horas, mientras esperaban pacientemente a Jesús. Ahora, esas cestas están bastante vacías.

Jesús no parece inquietarse. "Gracias, Padre", ora por la pequeña cantidad de alimentos que han reunido. "Gracias por lo que tú nos das".

Los discípulos comienzan a distribuir la comida, y las cestas vacías rebosan de panes y peces; tanto, que la multitud puede repetir, y después repetir otra vez.

Pedro, un hombre práctico, es una vez más humillado por la grandeza de Jesús. Mientras observa comer a la gente, recuerda su propia reunión milagrosa con Jesús, y cómo su barca se hundía por el peso de toda aquella pesca.

Jesús se acerca a Pedro y le mira a los ojos. Hay una amorosa calidez en la mirada de Jesús, que le recuerda a Pedro una vez más que deje su naturaleza práctica para poner toda su confianza en Dios.

La multitud pronto demanda más comida, y clama por proclamar a Jesús el nuevo Rey de los judíos. Pero él los despide, sabiendo que el milagro que ellos observaron será más que suficiente para fortalecer su fe durante algún tiempo.

En la mañana, cuando llega el momento de navegar por el mar para pasar a su próximo destino, no se ve a Jesús por ninguna parte. Les ha dicho que crucen al otro lado sin él, para poder estar a solas en los montes y orar. Guiados por Pedro, los discípulos toman su barca y comienzan el largo crucero por el vasto mar. La pequeña barca está llena hasta los topes de discípulos y de sus pequeñas bolsas de pertenencias. Pedro es el hombre de mar, así que es quien lleva el timón. Sus ojos examinan el oscuro cielo ansiosamente, porque conoce una próxima tormenta cuando la ve. El viento sopla fuerte y es frío. Olas golpean contra la barca, forzándola a cabecear de un lado a otro.

"¿Dónde estás?", musita Pedro a la vez que el agua cubre su cara. Sus ojos otean el horizonte, y tiene el ceño fruncido. El tiempo empeora cada vez más. Los vientos han llegado a fuerza de tempestad, haciendo que sea casi imposible para Pedro mirar hacia delante. Él ha doblado la pequeña vela para asegurarse de que la barca no se hunda, pero eso también significa que la barca no puede ser dirigida. Los discípulos reman furiosamente, y Pedro tiene una mano en la caña del timón, pero es inútil: la pequeña barca se balancea como un corcho encima de las furiosas olas, tan falta de dirección como un pecador que no conoce a Dios.

"Oh, ten misericordia", gime Pedro. "¿Por qué nos fuimos sin Jesús? Él sabría qué hacer". Brillan relámpagos. En la distancia, él ve una figura solitaria. *Quizá estemos más cerca de tierra de lo que yo creía*, dice Pedro para sí, mirando fijamente a la oscuridad. Otro relámpago. Y de nuevo, Pedro ve a un hombre de pie más adelante, aunque mucho más cerca esta vez. Pedro entrecierra sus ojos para ver lo que hay allí y siente el viento golpear contra su rostro. Si ese hombre está de pie sobre un muelle, Pedro debería afinar la vista, pues de otro modo la barca chocaría contra las rocas.

Otro nuevo relámpago es seguido inmediatamente por otro más. Pedro es cegado por la luz, pero se obliga a él mismo a examinar a ese hombre misterioso. Pedro da un grito ahogado. Ha visto a Jesús. Está seguro de ello. Intenta ponerse de pie en la barca, pero es como estar de pie en el lomo de una mula que se sacude. Los otros discípulos han visto a Jesús en la oscuridad y también intentan ponerse de pie para tener una mejor vista. "Siéntense", ordena Pedro.

Sus ojos miran a la oscuridad buscando a Jesús. "Maestro", grita, y sus palabras casi son tragadas por el viento. "¡Háblame!".

Y así, puede ver claramente a Jesús de pie sobre las olas. Es correcto: caminando sobre el agua. Pedro sabe que no está alucinando. ¿Qué otro hombre puede hacer tal cosa? ¿Es Jesús meramente un hombre? Pedro piensa en todas las veces que Jesús hizo mención a "mi Padre", como si Dios fuese verdaderamente su padre.

Pero quizá todo eso sea cierto. ¿Podría ser? En las profundidades de su corazón, Pedro encuentra un nuevo canal de fe. Intenta ajustar su mente a este nuevo concepto de que Jesús es quien dice ser: el Hijo de Dios. No solo un maestro carismático. No solo un profeta, sino el único Hijo de Dios.

"Es un fantasma", grita Tomás, uno de los discípulos, aterrorizado.

Pedro calma sus inquietos pensamientos. "Señor", grita, "si eres tú, haz que vaya a ti sobre el agua".

"Ven hacia mí, Pedro".

Pedro tiene ambas manos en la borda y se impulsa y salta al otro lado. No está empapado por las olas o batallando por respirar en el agua. Está de pie. Una aterradora sonrisa se muestra en el rostro de Pedro ante lo absurdo de todo aquello. Se ríe, una gran risa a carcajadas en medio de aquella feroz tormenta, y camina con confianza hacia Jesús, con sus ojos clavados en los de su maestro. Su corazón se hincha con una fe recién hallada, y Pedro sabe que nunca volverá a ver a Jesús de la misma manera. *El Hijo de Dios*, piensa Pedro. *Estoy mirando a los ojos del hombre que es verdaderamente el hijo de Dios.*

De repente, el lado práctico de su mente le dice que es imposible caminar sobre el agua. Mira a las profundidades, y lo único que le ha conducido a seguir a Jesús todo ese tiempo, su fe, de repente desaparece. Pedro se hunde. Su manto le empuja hacia abajo, y se hunde cada vez más en el agua. Mantiene su boca cerrada, desesperado por no sentir el agua inundando sus pulmones, pero siente que le va a explotar el pecho por falta de respiración. Entonces Pedro siente que Jesús tira de su mano, levantándole del agua. En un instante, está fuera de las olas y tumbado en cubierta, totalmente empapado. Pedro abre sus ojos y ve a un amorosos Jesús que está de pie a su lado, con su cara llena de bondad.

"Pedro", le dice. "Hombre de poca fe. ¿Por qué dudaste?".

Pedro es ahora un hombre cambiado, y quiere desesperadamente que Jesús lo sepa. "Tengo fe, en ti. Tú eres mi Señor".

Entonces Jesús calma la tormenta. Él ordena al viento que se detenga, y a las olas dice: "Enmudece". A su mandato, el viento se calma, y todo está tranquilo. Los discípulos le miran con la misma reverencia que mostró Pedro. "Verdaderamente eres el hijo de Dios" dicen, postrándose en adoración.

La escena de Jesús apareciendo en medio de la tormenta, y después caminando sobre las olas, no se olvida rápidamente. Al llegar a la orilla, los discípulos se sientan en una colina, observando salir el sol sobre el mar de Galilea, y no pueden dejar de relatar sus recuerdos individuales de lo que vieron. Jesús se ha apartado de ellos una vez más, orando a solas a una distancia donde pueden verle. Desde su lugar más elevado, ellos pueden ver de un lado al otro esa masa de agua antes tempestuosa y maravillarse de que ahora esté tan tranquila como un pozo de una aldea. Su fogata para cocinar es pequeña, porque hay poca leña en esos contornos. Pedro sigue estando mojado, de modo que se sienta todo lo cerca posible del calor para secarse.

Juan se sienta al lado de Pedro, quien está obviamente consternado.

"Le decepcioné", le dice Pedro a Juan. "Les he decepcionado a todos. Lo siento".

"No, aquel fue solo un momento, un momento para el que nunca podríamos haber estado preparados".

"¿Crees que fue una prueba?".

"Creo que todo esto es un viaje, Pedro. No se puede llegar allí en un solo paso".

Pedro se ríe. "¿Dónde está el 'allí'?".

Es una pregunta retórica, porque los dos saben que Pedro esta haciendo alusión a la Tierra Prometida. Juan mira hacia donde Jesús está. La de él es un tipo distinto de Tierra Prometida, no de esta tierra. Juan se maravilla en silencio ante las inmensas capacidades de concentración de su maestro.

Los ojos de Jesús se abren, y mira directamente a Juan. Es como si estuviera mirando directamente a su alma. En ese instante, Juan recibe seguridad. Sabe que Jesús es verdad realmente el Rey de los judíos, enviado por Dios para salvar a Israel, pero no de los romanos.

Ríos de sangre corren por las cloacas de Jerusalén. El sumo sacerdote Caifás observa mientras limpian aquella marea roja; su cara muestra preocupación y su corazón está lleno de tristeza. Pilato se ha vengado de los judíos por su revuelta en Cesarea. Cuando un nuevo acueducto necesitó financiación, Pilato había requisado los cofres del Templo. El pueblo de Jerusalén se rebeló, y esta vez Pilato no puso la otra mejilla. Cientos de judíos fueron traspasados a espada. Caifás es impotente para detener la opresión romana.

En su recargado palacio en Cesarea, Pilato se deleita en su triunfo. Los pisos de mármol resplandecen a medida que el sol del Mediterráneo se refleja en ellos por los grandes ventanales. Herodes construyó este palacio, pero para Pilato, es como si el lugar estuviera diseñado teniendo en mente sus propias necesidades personales. Lejos de los fanáticos de Jerusalén, cerca de un puerto desde el cual puede embarcar hacia Roma sin anticipación, y sobre todo, un bastión de civismo en ese miserable lugar con su problemática población. Algunos días hasta puede fingir que está de nuevo en Roma.

Pilato se sienta ante su escritorio mientras un escriba le lleva un montón de documentos oficiales. A medida que los firma, Pilato se congratula de lo bien que manejó esa última rebelión judía. Él sabe que su conducta será cuidadosamente examinada en Roma, y está seguro de que tiene más que suficiente justificación para su brutal respuesta. En su informe oficial, le dirá sinceramente al emperador Tiberio que su sensato enfoque de los problemáticos de Judea está funcionando.

El sello de Pilato aprieta con fuerza la cera caliente, sellando su informe oficial. Si es rebelión lo que quieren los judíos, es supresión lo que conseguirán.

En estos momentos duros, se hace obvio para muchos judíos que no pueden poner su fe en Caifás y en el Sanedrín, en los fariseos ni en ningún otro de la jerarquía religiosa judía. Todos los ojos se enfocan en Jesús. Algunos incluso dicen que tiene poder sobre la vida misma. Él ha devuelto la vista a ciegos, ha curado a paralíticos, ha expulsado demonios, ha sanado a enfermos, y ha resucitado muertos. Algunos dicen que si una persona tiene suficiente fe en Jesús y en sus enseñanzas, los enfermos pueden ser curados, el cuerpo físico puede ser sanado, y que la vida misma puede regresar.

Caifás no puede hacer esa afirmación, ni tampoco pueden hacerla los fariseos. Jesús pronto puesto a prueba, cuando él y sus discípulos pasan por una aldea disfrutando de los juegos que los niños juegan y del ambiente generalmente festivo de ese día. Un mensajero llega corriendo con un ruego desesperado. Le dice a Jesús que su amigo Lázaro, que vive en una ciudad vecina, está peligrosamente enfermo. María, la mujer que ungió los pies de Jesús en casa de Simón, y su hermana Marta habían abandonado la esperanza hasta que oyeron que Jesús estaba cerca. Consideran eso una señal de Dios. Ellas saben que Jesús puede salvar a su hermano, y le piden que vaya rápidamente y les ayude en su momento de necesidad.

Jesús conoce bien a su hermano Lázaro; sin embargo, no hace nada. Lázaro vive en una región de Judea cuyas personas habían intentado apedrear a Jesús y a los discípulos. Arriesgarían sus vidas al regresar allí. Los discípulos suponen que ese riesgo debe de estar en la mente de Jesús, aunque no es propio de Jesús retirarse de un desafío. "¿No vamos a ver a Lázaro?", le preguntan.

"Esta enfermedad no terminará en muerte", les dice Jesús. "No, es para la gloria de Dios, para que el hijo de Dios sea glorificado por medio de ella".

Pasan dos días. Finalmente, Jesús les dice a los discípulos. "Nuestro amigo Lázaro está dormido, pero voy allí para despertarle".

Los discípulos no están seguros de lo que quiere decir. "Señor", le dicen, "si está dormido mejorará".

"Lázaro ha muerto", dice Jesús claramente, forzado a describirlo. "Y por causa de ustedes me alegro de no haber estado allí, para que crean. Vayamos a él".

"Vayamos para que podamos morir con él", dice Tomás tristemente, pensando en el anterior intento de los de Judea de apedrearlos.

Algunos días después, Jesús y sus discípulos hacen el corto trayecto hasta la aldea de Lázaro. Encuentran una ciudad llena de tristeza. "¿Vienes por el espectáculo?", le grita María en medio de sus lágrimas. "Tú podrías haberle salvado".

Jesús no dice nada mientras sigue caminando hacia la casa de Lázaro.

"¡Creíamos en ti! ¡Confiábamos en ti!", llora María. "Tú eres el sanador. Podrías haberle salvado. ¿Por qué no viniste? ¿Por qué? Dímelo".

Marta, desprovista, simplemente gime cuando ve a Jesús.

Una enojada multitud de dolientes rodea a Jesús y a sus discípulos. El estado de ánimo es hostil. "Necio", dice una voz no identificada entre la multitud. "Si fueses tan poderoso, deberías haber salvado a Lázaro de la muerte. Los discípulos se ponen tensos.

"Yo soy la resurrección y la vida", dice Jesús a Marta y María. "Si alguien cree en mí, vivirá aunque muera. Y todo aquel que vive y cree en mí no morirá nunca. ¿Crees esto?".

"Sí, Señor. Yo creo que tú eres el Cristo, el hijo de Dios que debía venir al mundo". María llora mientras habla, y Jesús se conmueve profundamente.

"¿Dónde le han puesto?", pregunta Jesús. Lázaro lleva ya muerto cuatro días.

Ellos conducen a Jesús hasta la tumba de su hermano para llorar.

"Retiren la piedra", ordena Jesús cuando llega a la tumba.

"Su cuerpo olerá demasiado mal para que nos acerquemos", protesta Marta, pues es bien sabido que los cuerpos comienzan descomponerse después de tres días, y huelen. Horriblemente.

Los discípulos y los hombres de la aldea obedecen la orden de Jesús y retiran la piedra que cubre la entrada a la tumba. Se han difundido la noticia en la aldea de que Jesús está ante la tumba, y ahora algunos cientos de personas se han reunido, con curiosidad.

"Lázaro", grita Jesús.

Pedro no puede soportar la tensión y se aleja de Jesús. Para cubrir su incomodidad, agarra sin prestar atención un largo tallo de hierba y lo mueve entre sus dedos. Esta vez Jesús ha prometido demasiado, piensa Pedro. El hombre lleva muerto *cuatro* días.

Jesús grita con valentía: "¡Sal fuera!".

Las hermanas de Lázaro lloran, agotadas por las falsas esperanzas y después días de lamento y tristeza. Entonces surge un grito ahogado entre la multitud y muchos se postran en adoración, mientras miran fijamente a Lázaro, envuelto en sus lienzos mortuorios. Su cabeza está descubierta, y él entrecierra sus ojos al salir a la luz. Está vivo.

Jesús habla de nuevo, pero con una voz tan elevada y autoritativa que puede oírse a muchos metros de distancia. "El que cree en mí nunca morirá. *¡Nunca!*".

Marta se desploma de asombro. Su hermana María está temblando. Juan se ríe, incrédulo. Caen lágrimas por las mejillas de Pedro. "Es verdad", le dice a Jesús. "Tú eres realmente el Mesías".

Jesús se gira y camina hacia la multitud. Hay manos que se extienden para tocarle, y voces le dicen nombres como "Señor" y "el Rey".

Pedro corre tras él. Juan le sigue.

"Señor", grita Pedro, ¿dónde vas?".

"Es el tiempo, Pedro", le dice Jesús.

"¿El tiempo para qué?".

"¿Cuánto tiempo hemos caminado juntos, predicando mi mensaje?".

"Tres años, Señor".

"¿No crees que es tiempo, Pedro, de que finalmente vayamos al lugar que necesita oír mi mensaje más que ningún otro?".

Pedro abre su boca con asombro. Sabe que Jesús se está refiriendo a un lugar donde Roma y los sumos sacerdotes judíos tienen el control total. Ellos, de hecho, caminan directamente hacia el peligro.

Jesús sonríe, y mira fijamente a Pedro. "Eso es, Pedro. Vamos a Jerusalén".

OCTAVA PARTE

LA TRAICIÓN

Es la semana anterior a la Pascua, ese día santo que marca el tiempo en la historia judía cuando su pueblo fue librado de la muerte y sacado de la esclavitud en Egipto. Irónicamente, ellos celebran su libertad de los opresores del pasado a la vez que sufren bajo el yugo de nuevos amos paganos: los romanos. Parece no tener fin.

En este momento, incluso cuando todo Israel se prepara para celebrar esta ocasión tan importante y sagrada, un grupo muy selecto de peregrinos está realizando el viaje hasta Jerusalén. Jesús camina el primero en la línea de a uno, guiando a sus discípulos y a María Magdalena.

Ellos no están solos en el polvoriento camino que conduce a la ciudad. Miles de personas caminan obedientemente desde el campo y el desierto: niños sobre los hombros de sus padres, los ancianos. Hombres que empujan carretillas, mujeres que guían a los burros familiares. De vez en cuando la multitud se aparta para dejar pasar a soldados romanos, sabiendo que obstruir su camino podría conducir a un acto repentino de brutalidad.

El carro de una familia tiene una rueda rota, y ese carro está bloqueando el camino. La esposa agarra a sus hijos pequeños y el esposo se apresura desesperadamente para apartar el carro del camino antes de que bloquee a los romanos que se acercan, pero las columnas de legionarios se ven forzadas a detenerse. Su comandante, un hombre decisivo llamado Antonio, toma el control. "Échenlo a un lado", grita.

Todo lo que esa familia posee está cargado en ese carro, pero los soldados siguen órdenes y lo lanzan a una cuneta. La esposa llora suavemente; los niños se quejan mientras sus preciadas pertenencias son lanzadas a un lado de la ladera. Entonces la pareja observa que uno de sus hijos no se mueve. El carro ha caído sobre su hija pequeña y ella está tumbada y aplastada por su peso. Mientras los destrozados padres acunan a su niña muerta, los legionarios siguen adelante. Ni siquiera se dan cuenta.

Los peregrinos saben que ese no es un grupo de soldados común. Hay demasiados, sus escudos y sus corazas están muy pulidos, y marchan con una precisión y un sonido seco que normalmente no se ve en la guarnición de Jerusalén. Ellos observan mientras Antonio galopa en su caballo recorriendo la línea hasta una figura regia que va montada en un caballo negro. Es Poncio Pilato. Ese impresionante desfile está formado por soldados elegidos especialmente. Su tarea es protegerle y servirle. No se detendrán ante nada para asegurar que Pilato esté a salvo.

"¿Cuál es el retraso esta vez?", pregunta impacientemente Pilato a Antonio.

"Un carro roto, señor. Lo apartamos del camino".

"Estas sucias personas y su maldita fiesta", responde Pilato.

"Cada año es lo mismo. Yo lo prohibiría si Roma me lo permitiera".

Pilato está regresando a Jerusalén para tomar el control personal de la ciudad. Como gobernador de esta remota provincia romana, es su obligación mantener el orden durante este periodo potencialmente explosivo.

"¿Cuánto tiempo más?", pregunta la esposa de Pilato, Claudia. Ella va sola en una silla de manos tirada por caballos, abanicándose para mantenerse fresca en el calor del mediodía.

"Pronto llegaremos", responde Pilato. La silla de mano avanza mientras el desfile reanuda su progreso.

Claudia mira entre las cortinas. Lo único que puede ver son colas de caballo y pulidos escudos. Da un suspiro y se inclina hacia atrás, aborreciendo cada minuto del viaje hasta Jerusalén. Oh, ella desearía estar en Cesarea, y anhela su sillón favorito. Oye quejidos y ve al histérico dueño del carro acunando el cuerpo muerto, ensangrentado, de su hija. Claudia, que cree en los presagios, se estremece ante la escena. Claramente, es un presagio muy malo comenzar su tiempo en Jerusalén matando a un niño inocente. "Nada bueno saldrá de esto", musita, intentando apartar la imagen de su cabeza.

Para Jesús, sin embargo, la semana se dirige a un comienzo emocionante. El pueblo de Jerusalén ha escuchado sobre él durante años, y ahora celebran su entrada triunfal a su ciudad. Él va montado sobre un burro, lo cual no es nada normal para un hombre que camina a todas partes, pero es el modo tradicional en que llegaría un rey para visitar a sus súbditos si llegase en son de paz. Cientos de personas se alinean en su camino, lanzando ramas de palmeras al suelo para cubrir el camino. Ellos cantan "Hosanna", que significa "sálvanos", porque incluso más que un maestro espiritual, esas personas esperan que Jesús sea el nuevo Rey de los judíos. Creen que él ha llegado para salvarles de los romanos. "Hosanna", cantan. "Hosanna, hosanna, hosanna, hosanna". El sonido es ensordecedor, y Jesús los reconoce con una sonrisa y un gesto de su mano. Los discípulos caminan a ambos lados de él, en cierto modo deslumbrados por la emoción. Esa es su recompensa por tres años de dormir en el suelo y recorrer apartadas aldeas de pescadores. Esta noche dormirán en una cómoda cama, comerán una comida caliente y se lavarán. La bienvenida es abrumadora para los discípulos. Esta primera gran prueba de la popularidad de Jesús desde que salió de Galilea es un éxito que está muy por encima de cualquier expectativa.

"Miren a toda la gente", se maravilla María Magdalena.

"Yo nunca, ni en mis más osados sueños, pensé que vería algo como esto", está de acuerdo Juan.

Tomás no puede creer lo que está viendo, e incluso Pedro, el más práctico de todos los hombres, está deslumbrado. "Esto", resuella, "es increíble".

Es también audaz. Jesús ha escogido hacer su entrada en Jerusalén sobre el burro porque la Escritura anuncia que el Rey de los judíos entrará en Jerusalén como un hombre humilde montado sobre un burro. El simbolismo no queda perdido para la multitud, que conoce bien sus Escrituras.

"¡Está escrito!", gritan en medio de sus hosannas, aplaudiendo, cantando y moviendo ramas de palmera como señal de lealtad. Sus caras están iluminadas de esperanza, ya que imaginan el día en que se librarán del yugo romano. Ese es Él, el hombre que traerá una nueva era de paz, libre de pobreza y sufrimiento.

Pedro actúa como un escudo humano a medida que la multitud se vuelve cada vez más fanática. Tiene temor a que alguien sea pisoteado bajo las pezuñas del burro.

"¡Hosanna! ¡Hosanna!".

"¡Sálvanos! ¡Sálvanos!".

Está escrito.

"Hosanna".

"¿Un burro?", Caifás, el líder del Sanedrín, se enfurece cuando un sirviente le habla del modo de transporte de Jesús.

Los ancianos del Templo se ponen de pie con él, meneando sus cabezas. La llegada de Jesús representa un desafío directo a las autoridades judías. Afirmaciones de que Jesús es el Mesías han escandalizado y enfurecido al Sanedrín, a los fariseos y a los saduceos. Solo ellos pueden ungir al nuevo Mesías, y este carpintero de Nazaret sin duda no es tal hombre.

"Su rey viene a ustedes", cita Caifás de modo sarcástico de las Escrituras. "Triunfante y victorioso, humilde y montado sobre un burro".

Los ancianos no dicen nada.

"¿Y dónde se dirige?", pregunta Caifás al sirviente.

El sirviente baja su cabeza. Lo que está a punto de decir a continuación no serán las palabras que Caifás ni los ancianos quieren escuchar.

"Al Templo", dice.

"¡Al Templo!".

Uno de los ancianos, un hombre llamado Nicodemo, cita otro versículo: "Para guiar a su pueblo a la victoria y expulsar a los opresores".

"Las multitudes", demanda Caifás del sirviente. "¿Cómo están respondiendo?".

El nombre del sirviente es Malco. Él había esperado impresionar al Sanedrín llevándoles enseguida el paradero de Jesús. Sin embargo, parece que cada palabra que sale de su boca es solo otra variación de malas noticias. Por tanto, no dice nada.

Caifás sabe exactamente lo que eso significa. Él camina de un lado a otro animadamente. "Y los romanos", dice, ahora con preocupación. "¿Han hecho ya algún movimiento contra este hombre?".

Malco menea la cabeza.

"Aún no", dice un preocupado Caifás, que recuerda demasiado bien la masacre de su pueblo. No necesitamos que Pilato se sienta amenazado, o que intervenga en esta situación, particularmente durante la Pascua. Si tenemos una repetición de esas ejecuciones, no hay manera de saber qué tipo de anarquía surgirá".

Nicodemo está de acuerdo. "La última vez que Pilato se sintió amenazado, cientos de judíos fueron muertos por los romanos", dice él, afirmando lo que todos en la sala saben demasiado bien.

Caifás asiente ante Nicodemo. "Ve con Malco. Si él entra en el Templo, tú le observarás. Quiero conocer cada movimiento que haga".

Jesús alienta a su burro a seguir hacia el atrio exterior del Templo. Pedro, Juan y los otros discípulos aceleran el paso para seguir el ritmo. La multitud continúa cantando mientras se apartan para permitir pasar a Jesús. Los apóstoles se ponen tensos al darse cuenta de que la gente está esperando cosas increíbles de Jesús. Esta vez no son milagros, sino una completa revitalización de Israel. "Está escrito", gritan voces entre la multitud. "Será llamado Admirable, Consejero, Dios Fuerte, Padre Eterno, Príncipe de Paz".

Jesús normalmente evitaría esas profundas bendiciones. En cambio, para asombro del apóstol, él se dirige directamente al corazón de la identidad nacional de su propio pueblo: el Templo de Jerusalén. Eso puede significar una sola cosa: la situación está a punto de explotar. Juan examina cuidadosamente a la multitud, y ve por primera vez que los actos de ellos están siendo supervisados. Ve los duros ojos de espías y mensajeros, con sus caras indiferentes al gozo que muchos otros poseen entre la multitud. Los ojos de

Pedro van de rostro en rostro. Ve a Nicodemo con sus vestiduras sacerdotales, analizando estratégicamente su progreso. Entonces, al mirar por el lado de una calle, el corazón de Pedro se hunde al ver a soldados romanos que les siguen a pie.

Un fanático enloquecido surge entre la multitud. Su nombre es Barrabás, y cuando salta directamente delante de Jesús, grita la palabra "Mesías". Él no habla con reverencia; más bien se burla de Jesús, obligando a Pedro a moverse con rapidez para proteger a Jesús. Agarra el manto de Barrabás, que cae hacia detrás para dejar al descubierto la empuñadura de un largo cuchillo.

Pero Barrabás es demasiado fuerte incluso para el fornido Pedro. Se libra de él y se acerca más a Jesús. "Si eres el Mesías, entonces confronta a la escoria romana. Demuéstralo". Todos los judíos quieren libertad del gobierno romano, pero anarquistas como Barrabás creen que Dios quiere que utilicen la violencia para alcanzar esa meta. "Libéranos", desafía a Jesús, aunque Pedro intenta una vez más intervenir.

Pedro, Juan y Tomás trabajan juntos para formar un escudo humano. "Venimos en paz", dice Pedro.

Barrabás mira directamente a Jesús, cuyos serenos ojos se quedan clavados en los de él. Entonces Barrabás deja de hablar, como si estuviera hipnotizado. Baja su vista y regresa a la multitud. No sabe qué le ha afectado, pero siente el suave poder de Jesús.

Al fin Jesús llega al Templo. Desmonta del burro y comienza a ascender por la escalinata hacia la puerta exterior del Templo. Ni siquiera sus discípulos saben qué hará a continuación.

Los romanos observan cada uno de sus movimientos. Un paso equivocado seguramente demostrará ser fatal para este Jesús. Ven a Barrabás, un conocido revolucionario, acercarse a Jesús. Listos como siempre para aplastar cualquier señal de disidencia política, los romanos se preguntan si Jesús podría ser o no otro conspirador. Pero no hay romanos en el interior del complejo del Templo cuando Jesús entra. El palacio de adoración está lleno de oficiales del Templo y cambistas de dinero. Los ánimos están tensos, un claro contraste con el recibimiento que Jesús disfrutó tan solo momentos antes. Los discípulos están preocupados por si las cosas pudieran escaparse de las manos. Es un momento para permanecer completamente en calma, sin molestar a nadie para no dar la bienvenida a problemas.

Jesús llega al atrio exterior del gran complejo del Templo de Jerusalén: el atrio de los gentiles, como es conocido. Camina por delante de los discípulos. Hay propósito en cada uno de sus pasos y determinación en sus ojos.

"¿Qué sucede ahora?", pregunta Pedro.

"No lo sé", responde Juan.

Judas está asustado. "No me gusta cómo se ve todo esto", dice con un tono de voz bajo. Su fascinación por ser un discípulo se ha estado desgastando últimamente, y no está tan deseoso como los demás de entregar su vida por Jesús.

"Permanezcamos juntos y estaremos bien", añade con firmeza María Magdalena.

Alrededor de ellos, el gran atrio está lleno de actividad humana. Corderos, palomas y cabras están a la venta, y sus sonidos y olores se añaden a la cacofonía humana. Se oye el familiar ruido de monedas que son contadas y de manos que cambian. La cumbre de la Pascua es un sacrificio animal ritual. Los peregrinos pobres que viajan a Jerusalén desde todo Israel deben partir con su dinero tan difícilmente ganado para comprar los animales; pero sus monedas llevan imágenes de emperadores romanos o de dioses griegos, imágenes que los sacerdotes del Templo consideran idólatras. Por tanto, los peregrinos deben cambiar todo su dinero a moneda del Templo. Una parte de los beneficios del cambio está destinada a las autoridades del Templo, parte está dirigida en impuestos a los romanos, y el resto se la quedan los corruptos cambistas, que depredan a los peregrinos al cargarles más de lo que la ley permite por realizar el cambio de divisa.

Los discípulos se mantienen cerca cuando Jesús deja de caminar y estudia todo lo que está sucediendo a su alrededor. Su rostro y sus ojos son la imagen de la tristeza. Él ve algo más que solamente animales y cambistas de dinero: un anciano despedido por un enojado cambista, una familia pobre intentando comprar un cordero pero que solo tiene dinero suficiente para palomas, una frágil anciana a la que empujan, y una pequeña niña llorando. La conmoción hace imposible para nadie participar en la dedicada oración. La cara de Jesús se nubla de enojo y resentimiento. Camina lentamente hacia el puesto donde los cambistas de dinero han puesto su tienda. Hay monedas apiladas sobre la mesa; sus manos están sucias por contar dinero; charlan los unos con los otros. Jesús agarra el borde de la mesa con ambas manos, y la vuelca. Entonces va a la siguiente mesa y hace lo mismo. Todas las cabezas en el atrio del Templo se dirigen hacia el sonido de las monedas que caen, y los espectadores inmediatamente se apresuran a recoger el dinero caído. "¿Qué haces?", grita uno de los cambistas.

"¡Rabí!", ruega Judas, reuniendo algunas de las monedas en la palma de su mano. "¡No!".

Pero Jesús no ha terminado. No pueden detenerle. Pasa a la siguiente mesa.

Jesús vuelca otra mesa, la cual rebota sobre una jaula de aves y deja escapar a varias palomas.

Judas ve a un grupo de soldados romanos que se alinean como policía antidisturbios cerca de la entrada al complejo del Templo. "¡Jesús! ¡Por favor!", ruega Judas. Él no tiene estómago para la marca de revolución de Jesús. Judas quiere estar a salvo y protegido; teme que le metan en la cárcel junto con Jesús y todos los discípulos. Contrariamente a los otros discípulos, él es un hombre con educación formal que conoce las maneras de la gran ciudad. "Ojalá me escuchase", lamenta Judas.

Pero Jesús no escucha a Judas. No escucha a nadie. Otra mesa es volcada.

"¿Por qué?", pregunta un vendedor, desconsolado porque todas sus ganancias están esparcidas por el piso del Templo. "¿Por qué has hecho esto?".

"¿No está escrito?".

"Pero ¿qué quieres decir?".

"¿No está escrito?", responde Jesús, pero esta vez con una voz más fuerte que retumba por toda la estancia. En un instante, todo el atrio se queda en silencio.

"Mi casa…mi casa será llamada casa de oración", continúa Jesús. "Pero ustedes la han convertido en una cueva de ladrones".

Pedro y Juan retienen a los enojados mercaderes mientras ellos intentan castigar a Jesús, que ha terminado su tarea y está saliendo del atrio. Tras él quedan mesas volcadas, enojados mercaderes y una escena de caos total.

Nicodemo del Sanedrín se acerca. Judas está tan impresionado por sus caras vestiduras que casi tropieza él solo en su prisa por inclinarse ante el anciano del templo.

"¿Quién eres tú para decirnos esto? Cómo te atreves. Somos *nosotros* quienes interpretamos la ley de Dios, y no tú".

"Ustedes se parecen más a serpientes que a maestros de la ley", responde Jesús con un tono de voz acalorado.

Nicodemo está más que sorprendido. "Un momento. ¡No puedes decir eso! Nosotros defendemos la ley. Servimos a Dios".

"No", responde Jesús. "Ustedes hacen elaboradas oraciones. Recorren el Templo, impresionados por su propia piedad. Pero son solo hipócritas".

Nicodemo se queda pasmado. A los hombres de su rango sencillamente no se les habla de ese modo.

Jesús extiende su brazo y suavemente eleva el fino material del manto de Nicodemo, frotando los suaves hilos entre sus dedos. "Es mucho más difícil que un rico entre en el reino de Dios que es para un camello entrar por el ojo de una aguja", le dice Jesús soltando el manto.

Todos en el Templo han oído las palabras de Jesús. Los peregrinos judíos que han viajado desde tan lejos para estar ahí para la Pascua son inspirados por una postura tan valiente frente a los hombres ricos y poderosos del sistema religioso, quienes han oprimido a su propio pueblo tanto como lo han hecho los romanos. Solo que ellos han utilizado amenazas y la ley de Dios para controlar a las personas en lugar de la fuerza bruta.

Nicodemo mira a un lado y a otro incómodo. Se siente atrapado. La multitud está definitivamente de parte de Jesús. En uno de los extremos de la cámara, ve a los soldados romanos preparados para entrar si la situación se descontrola. Tal intervención desacreditaría aún más a los ancianos del Templo y al Sanedrín, de modo que Nicodemo no dice nada cuando Jesús se aleja. Tratará con Jesús otro día.

Nicodemo observa que uno de los discípulos, Judas, parece más impresionado por los procedimientos del Templo que por Jesús. Mira calmadamente al hombre, y es recompensado con una mirada de deferencia.

"¡Mesías!", canta la multitud espontáneamente, mientras Jesús sigue su camino de salida del Templo. "¡Mesías!".

Jesús no muestra temor alguno cuando pasa al lado de la fila de soldados romanos que están en la entrada, con sus escudos agarrados por si hay señales de problemas.

***

Los actos de Jesús en el Templo han confirmado los peores temores de Caifás. Él y un puñado de ancianos han estado observando la acción desde un balcón por encima del piso del Templo. El canto de la multitud sigue resonando por la gran cámara mucho después de que Jesús se haya ido. El pueblo ha sido vigorizado por Jesús, y eso pone muy nerviosos a los ancianos.

"Esto es atroz", dice enojado Caifás. Normalmente se enorgullece de su estoica conducta, prefiriendo resultar calmado y despreocupado en todo momento. Por tanto, el que sus iguales vean que Caifás se ve molesto es muy inquietante.

Un Nicodemo que se esfuerza ligeramente por respirar sube los escalones y se une a ellos.

"No fuiste de gran ayuda", dice Caifás.

"Él es inteligente", responde Nicodemo. "La multitud le adora. Hay algo inusual en él que hace que sea fácil que la gente se acerque".

"No hay absolutamente nada inusual con respecto a él", dice Caifás. "A excepción de su capacidad para causar estragos".

Caifás se da la vuelta para ver la escena. Justo a tiempo para ver a uno de los discípulos aproximarse a su sirviente favorito: Malco. Se produce un intercambio entre ellos. Al principio, Caifás teme que sus palabras sean de enojo, pero cualquier cosa que ese discípulo en particular esté diciendo sorprende a Malco. Los dos claramente llegan a un acuerdo y después separan sus caminos. A medida que el discípulo se apresura para ponerse a la altura de Jesús, Malco eleva su cabeza hacia donde está Caifás. La expresión de su cara es todo lo que Caifás necesita ver. Judas traicionará a Jesús.

Caifás se gira hacia los ancianos. "Puede que hayamos encontrado un modo de ocuparnos de este Jesús".

Cuando sale del Templo, Jesús es seguido por los discípulos, una multitud de emocionados nuevos seguidores, y unos cuantos ancianos judíos que quieren saber más de las enseñanzas de Jesús. Malco sigue por detrás, trabajando como espía de Caifás.

Jesús dirige ese extraño desfile de viejos amigos, nuevos amigos, ancianos y un espía por las escalinatas del Templo, y después se detiene de repente, se gira y se sitúa frente a ellos.

Malco hace todo lo posible para parecer que esta allí accidentalmente, pero su propósito ahora está claro.

Jesús le ignora. En cambio, a pesar de la inmensa multitud, habla a sus discípulos como si nadie más estuviese allí. "¿Ven este gran edificio?", les dice. "Les digo que ni una sola piedra de este lugar quedará en pie".

Pedro y Juan se miran el uno al otro. ¿Dijo realmente Jesús lo que ellos piensan que dijo? ¿Está realmente amenazando con destruir el Templo?

Un anciano judío ha oído las palabras de Jesús y le cuestiona. "¿Quién eres tú para decir estas cosas?".

Jesús sigue hablando a sus discípulos: "Destruyan este templo y yo lo levantaré de nuevo en tres días".

"Pero tomó cuarenta y seis años construirlo", responde el asombrado anciano. "¿Cómo es posible?".

Jesús no le contesta. Se gira de repente y continúa su camino, dejando a sus discípulos rascándose la cabeza con respecto a lo que Jesús quiere decir con sus comentarios.

"¿Qué quiere decir?", pregunta el que se llama Tomás, quien constantemente tiene dudas. "¿Destruir el Templo? No lo entiendo".

Juan tiene un don para la visión y la perspectiva que no tiene igual entre los discípulos. "Está diciendo que no necesitamos un templo de piedra para adorar. Él será nuestro acceso a Dios".

"¿De verdad?", le pregunta Tomás, mostrando de nuevo su certera capacidad para cuestionar cada cosa.

Con eso, Juan y Tomás se apresuran para alcanzar a Jesús.

La residencia en Jerusalén de Poncio Pilato es mucho más suntuosa que su casa en Cesarea, lo cual es bueno, porque él rara vez se siente cómodo cuando ha de aventurarse a salir cuando está en Jerusalén. La ciudad es totalmente judía, lo cual está en claro contraste con el diseño romano y la población romana de Cesarea. Se siente como un completo extraño cuando está en Jerusalén, viviendo en un pequeño mundo con un conjunto de reglas y un modo de vida totalmente diferentes.

Mientras Pilato y su esposa Claudia almuerzan en la terraza, Antonio, su máximo comandante militar, entra y saluda. Noticias de la confrontación de Jesús con los cambistas de dinero se difunden por Jerusalén en cuestión de minutos, pero es ahora cuando Pilato está a punto de oír de Jesús por primera vez.

"Estamos comiendo", grita Pilato.

"Siento mucho molestarle, señor; pero un judío ha estado causando problemas en el Templo".

"¿Interrumpes nuestro almuerzo para eso?".

"Señor, él atacó a los cambistas de dinero y dijo que destruirá el Templo".

Pilato se ríe. Es la primera vez que Antonio ha visto reír a Pilato, y la escena le hace sentir incómodo. "Él tiene un gran número de seguidores", se apresura a añadir Antonio.

La sonrisa de Pilato desaparece. "¿Cómo se llama?", pregunta.

"Le llaman Jesús de Nazaret".

Eso capta la atención de Claudia. "Mis sirvientas hablan sobre él", dice ella.

Pilato la mira con curiosidad, y después vuelve a mirar a Antonio. Ha cambiado de opinión. "Este Jesús este asunto de Caifás, no mío. Pero mantén tus ojos en esas multitudes que le siguen. Si se descontrolan, cerraré el Templo, haya o no haya fiesta. Lo digo de veras".

Caifás y los sumos sacerdotes están reunidos, hablando de la situación con Nicodemo, su sirviente Malco y su grupo escogido de ancianos.

"¿Dijo qué?", pregunta incrédulo Caifás.

Malco es el primero en responder. "Que destruiría el Templo".

"Estoy asombrado. Él afirma ser un hombre de Dios, ¿y entonces dice que planea destruir la casa de nuestro Señor?".

Caifás se queda en silencio, resistiendo las oleadas de asombro que golpean su cuerpo. Esto es mucho peor de lo que él pensaba. Finalmente habla.

"Debemos actuar de modo rápido. Muy rápido. Pero con cuidado. No podemos arrestarle abiertamente, pues sus seguidores se rebelarán y entonces Poncio Pilato aplicará mano dura". Caifás hace una pausa, pensando en un nuevo plan. "Debemos arrestarle tranquilamente por la noche. Antes de la Pascua. Malco, ¿cuál era el nombre de ese amigo de él, el que se acercó a ti?".

"¿Judas, sumo sacerdote?".

"Sí, Judas. Tráelo aquí. Discretamente".

Malco asiente y se va apresuradamente.

Jesús y sus discípulos acampan en la ladera del monte de los Olivos, rodeados por peregrinos que han llegado hasta Jerusalén para el día santo. Humo de las muchas fogatas del campamento se eleva hacia el cielo nocturno, y fila tras fila de tiendas cubren la ladera. Jesús bebe agua de un pequeño arroyo, y Pedro intenta en vano reunir a los discípulos para mantener una conversación.

"¿Ha visto alguien a Judas?", pregunta Pedro en voz alta.

Todos menean la cabeza. Jesús mira a Pedro pero no da ninguna respuesta.

Una figura sale de la oscuridad y con cautela se aproxima a Jesús.

"Judas", dice Pedro al ver una sombra al lado de los Olivos, "¿eres tú?".

Un hombre cuyo rostro está cubierto por una capucha se acerca hacia la luz del campamento. Lleva un discreto manto que cubre sus vestiduras del Templo. Cuando se retira la capucha, se revela la cara de Nicodemo. Él es un miembro del Sanedrín y un fariseo, pero han llegado bajo la cobertura de la noche para ver por sí mismo de lo que habla Jesús.

"¿Qué hace usted aquí?", demanda Tomás.

"Creo que se ha perdido, señor", añade Juan. Un hombre de la posición de Nicodemo normalmente nunca se relacionaría con personas comunes.

Nicodemo parece tenso, pero entonces Jesús se acerca. "Bienvenido", le dice con calidez.

El anciano del Templo está claramente inquieto. Descarta pensamientos y palabras bien preparados en su mente, inseguro de dónde comenzar a explicar por qué está allí. Pero la amable bienvenida de Jesús le desarma, y se une a Jesús al lado del fuego.

Una luna llena resplandece por el olivar. Nicodemo comienza: "Rabí, dicen que puedes hacer milagros. Que has visto el reino de Dios".

"También tú puedes ver el reino de Dios", le dice Jesús. "Pero debes nacer de nuevo".

"Nacer de nuevo. ¿A qué te refieres? ¿Cómo es posible eso? Sin duda, no podemos entrar en el vientre de nuestra madre por segunda vez".

"Debes renacer, aunque no en la carne, sino de agua y espíritu. Lo que es nacido de la carne, carne es; y lo que es nacido del espíritu, espíritu es".

Un repentino viento mueve el cabello de Jesús y también las ramas de los árboles. Nicodemo mira hacia las ramas. Cuando baja de nuevo su mirada, ve a Jesús que le mira fijamente.

"El viento sopla de donde quiere", le dice. "Oyes su sonido, pero no sabes de dónde viene ni a dónde va. Así es cuando el espíritu entra. Cree en mí, Nicodemo, y tendrás vida eterna".

"¿Creer en ti?".

"Porque de tal manera amó Dios al mundo que dio a su único hijo, para que todo aquel que crea en él tenga vida eterna".

Nicodemo está dividido. ¿Podría ser ese el Mesías? ¿O es solamente otro falso mesías, un individuo loco que afirma ser Dios?

Jesús conoce sus pensamientos. "Todo aquel que hace maldad aborrece la luz porque por temor a que sus obras queden al descubierto. Pero el que vive según la verdad viene a la luz".

Nicodemo siente que una gran paz le cubre. La luz de la luna resplandece con fuerza, y sopla una suave brisa.

Judas se oculta entre las sombras, con su cabeza y su rostro cubiertos por una capucha. Va de camino para reunirse con Caifás, y sabe que sería desastroso si alguien le viese. A la entrada del palacio de Caifás, Judas se quita la capucha para que los guardias del Templo le permitan entrar. Judas es conducido al santuario interior de Caifás, donde inmediatamente se siente tranquilo.

"No se puede negar que él tiene seguidores", comienza Caifás. "Especialmente entre los elementos menos educados de nuestra sociedad. Pero tú, Judas…por qué…me llenas de intriga. Tú no pareces ser uno de ellos. ¿Por qué seguir a ese hombre?".

"No puedo explicarle a Jesús. Él tiene poder. Es difícil expresarlo con palabras".

"¿Poder para alborotar las cosas? ¿O quizá, para causar problemas?".

Judas parece avergonzado. "Él dice cosas…cosas que otras personas ni siquiera piensan, y mucho menos dicen".

"¿Cosas como destruir el Templo?", razona Caifás.

Judas se siente muy incómodo. "Bueno, supongo que si él fuese el Hijo de Dios, si lo fuese, entonces podría destruir el Templo. Pero ¿por qué iba a abusar de la casa de Dios? Sin duda, el verdadero Mesías buscaría unir a Israel, no dividirlo".

"Quizá deberíamos hablar, ¿él y yo? Para solucionar las cosas".

"Jesús no vendrá aquí".

"Judas, tu amigo Jesús no sabe, posiblemente no puede saber, dónde conducirá todo esto. Si los romanos intervienen, la matanza será terrible. Ya lo han hecho antes y pueden volver a hacerlo. Será el final de nuestro Templo; y posiblemente el final de nuestra fe. ¿Quieres eso?".

Judas permanece en silencio mientras el sumo sacerdote continúa su argumento.

"Es importante que nos ayudes", dice Caifás. "Un amigo como tú podría conducirle hasta aquí; discretamente, desde luego".

Y ahora el sumo sacerdote mira directamente a Judas a los ojos mientras pronuncia su resumen: "Ayúdale, Judas. Ayuda a tu amigo. Sálvale de sí mismo mientras aún puedes".

"¿Y si lo hago? ¿Qué obtendré yo?".

Si Caifás tenía alguna duda de que el enfoque inicial de Judas era de traición, esas dudas se han desvanecido inmediatamente. Caifás se acerca a una mesa, sobre la cual descansa una pequeña bolsa, y agarra esa bolsa.

Judas traga saliva. Ese es un momento de decisión. "Lo haré", dice. Agarra la bolsa, y las monedas de plata resuenan en su interior.

Jesús regresa al Templo al día siguiente, haciendo milagros y predicando a las multitudes. Las multitudes en Jerusalén aumentan. Las personas son liberadas y vigorizadas por sus palabras, y utilizan el término *Mesías* casi de modo casual, como si fuera un hecho reconocido que Jesús es Señor. El aumento del apoyo popular, particularmente durante la Pascua, aterroriza a los sumos sacerdotes y los guardias del Templo. A toda costa, deben evitar una revuelta. Saben lo que Pilato haría, porque eso se consideraría una revolución. Pero las autoridades religiosas no pueden detener a Jesús. Él es demasiado querido, demasiado carismático y demasiado auténtico para que ellos realicen algún movimiento contra él.

No puede decirse lo mismo de Poncio Pilato. El fervor de las multitudes en el Templo es distinto a cualquier cosa que él haya visto jamás, y está seguro de que la situación está a punto de explotar y convertirse en una rebelión a gran escala contra Roma. Llama al sumo sacerdote Caifás a su palacio y lo deja todo bastante claro:

"Detengan las revueltas o el Templo será cerrado. No habrá ninguna Pascua". El enojo con que Pilato pronuncia las palabras es un recordatorio de que él es algo más que un administrador al azar, enviado por Roma para gobernar a los judíos. Él es un soldado, un hombre físico de acción que no considera nada el derramar sangre. Su desprecio por los judíos es completo, de modo que dar la orden para matar y crucificar a los culpables de disensión será una decisión que le resultará fácil tomar. Pilato es la ley en Israel. Caifás y los sacerdotes le deben a él su poder, y solamente a él.

Caifás se dirige directamente a sus sacerdotes, y entonces habla del tema que todos tienen en mente. "No podemos esperar más. Es casi la Pascua. Debemos arrestar a este causante de problemas, a este falso mesías, esta noche".

"¿Y cómo sabemos que él es un falso mesías?", pregunta Nicodemo.

La sala se queda totalmente en silencio.

Caifás resiste la urgencia de reprender a Nicodemo delante de los demás. "¿Ha cumplido él alguna de las señales de un verdadero mesías, como está escrito en nuestras leyes?", pregunta con frialdad.

Nicodemo se queda en silencio. No tiene sentido alguno discutir con Caifás.

"Bien, Nicodemo", dice Caifás. "¿Lo ha hecho?".

Nicodemo se sujeta la lengua. Hay muchas cosas que quiere decir, y muchos puntos que le gustaría debatir, peor no delante de las autoridades del Templo.

"Debe ser juzgado según nuestras leyes", demanda Caifás. "O eliminamos a este hombre, o los romanos intervendrán y destruirán todo aquello por lo que hemos trabajado toda nuestra vida".

Nicodemo no puede creer lo que oye. "¿Eliminar? ¿Estás hablando de ejecutar a este hombre?".

"¿Qué es la vida de un campesino enloquecido cuando las vidas de nuestro pueblo están en juego?", pregunta Caifás, mientras se aleja dejando solo a un sorprendido Nicodemo en la inmensa cámara.

Al otro lado del Jerusalén, las calles están en calma y el aire de la noche es fresco, mientras Pedro y Judas se acercan a una pequeña casa y llaman a la puerta.

"¿Para qué nos quiere?", pregunta Judas.

"Quiere que cenemos", le dice Pedro.

"¿Cenar juntos? ¿Antes de la Pascua? ¿No es eso extraño?".

La puerta se abre, y María Magdalena responde. Ella les da una cálida bienvenida para que entren. "Todos están arriba", les dice, haciendo un gesto con uno de sus brazos. María se queda abajo mientras los discípulos suben por las escaleras y entran en una pequeña habitación. Una única fila de mesas bajas llenan el espacio. Hay lugar para que cada uno de los doce discípulos se siente.

"Rabí", pregunta Judas a Jesús, quien parece tener algo que pesa mucho en su mente. "¿Por qué quieres compartir una comida hoy?".

Jesús le mira, y después mira por la habitación a los otros discípulos, pero no responde.

El grupo hace una oración, pidiendo a Dios que bendiga sus alimentos y su compañerismo. El pan sin levadura que hay delante de ellos está caliente del horno, y su olor a recién hecho llena el aposento. Después de la oración, los discípulos se relajan, reclinándose sobre almohadones y agarrando pedazos de pan. Pero antes de que puedan comer, Jesús les asombra con devastadoras noticias.

"Esta será nuestra última cena juntos", les dice con calma.

Todos ellos miran a Jesús, con gruesos pedazos de pan agarrados con sus dedos.

"¿Y la Pascua?", pregunta Judas con demasiada rapidez.

"Estaré muerto antes de la Pascua", responde Jesús.

Un silencio asombroso.

"¿Qué quieres decir?", demanda Pedro.

Jesús no responde, pero Juan se inclina hacia delante y susurra al oído de Pedro. "¿Recuerdas esa discusión en el camino a Jerusalén, donde él profetizó que sería traicionado, arrestado y condenado a muerte?".

Juan no tiene que continuar. Pedro lo recuerda. Ese pensamiento le llena de temor.

Pedro lo ha dejado todo para seguir a Jesús, y ha sido tan leal como puede serlo cualquier hombre. La idea de que Jesús pudiera morir aplasta el espíritu de Pedro y traspasa su corazón.

"No se preocupen", les ordena Jesús. "Confíen en Dios. Confíen también en mí. Ustedes ya conocen el camino a donde yo voy".

Tomás está casi llorando. "No sabemos dónde vas. ¿Cómo podemos conocer el camino?".

"Pero Tomás, yo soy el camino. Yo soy el camino, la verdad y la vida".

Los discípulos no son hombres con educación formal. Al igual que Pedro, la mayoría de ellos se ganaban la vida con sus manos, y asistieron a la escuela solamente lo suficiente para aprender lo básico. Por tanto, este concepto que Jesús está introduciendo les resulta difícil de entender.

Entonces Jesús hace que sea aún más confuso. Parte un pedazo de pan y se lo entrega a Juan. "Este es mi cuerpo", les dice a todos. "Tomen y coman".

Juan tiene lágrimas cayendo por sus mejillas, pero entiende. Abre su boca y Jesús pone un pedazo del pan en su lengua.

Entonces Jesús levanta una copa de vino. "Esta es mi sangre. Derramaré mi sangre para que sus pecados puedan ser perdonados".

Pan y vino pasan de mano en mano en la habitación. "Recuérdenme cuando hagan esto. Pronto iré a estar con el Padre, pero cuando coman mi pan y beban de mi copa, proclaman mi gloria, y yo estoy con ustedes siempre".

Judas parte un pedazo de pan. Pensamientos de esas treinta monedas de plata bailan en su mente. Él está dividido cuando vagamente oye a Jesús decir a los discípulos: "Ámense unos a otros como yo les he amado". Judas recobra la atención cuando Jesús comparte otra información.

"Pero debo decirles", pronuncia Jesús mientras los discípulos prestan mucha atención, "que uno de ustedes aquí en esta sala me traicionará".

Le pasan el vino a Judas. Él se esfuerza por mantener la compostura, y sus ojos ahora se fijan en Jesús.

"¿Quién es?", pregunta Juan. "¿Quién de nosotros haría tal cosa?".

Jesús parte un pedazo de pan y lo pasa. "Quien coma esto me traicionará".

Todos los discípulos se quedan mirando, extasiados, cuando el pedazo de pan es pasado a Judas. "No soy yo", protesta Judas agarrando el pan en su mano, pero no lo come. "Sin duda, yo nunca te traicionaría, Señor".

Los ojos de Jesús están fijos en Judas. Mirándole otra vez fijamente, Judas toma el pan. Se lo come y se estremece.

Todos los discípulos le miran con una expresión de puro horror.

"Hazlo rápido", ordena Jesús a Judas.

Aterrado, Judas se pone de pie y se dirige a la puerta. Un disgustado Pedro sale tras él, sin estar seguro de si golpeará a Judas hasta dejarlo medio muerto, o meramente le seguirá para asegurarse de que Judas no lleve a cabo su traición.

Pero Jesús llama a Pedro a que regrese. "Pedro, déjalo. Todos ustedes se alejarán. Incluso tú, Pedro".

"Nunca, Señor. Yo soy leal. Yo nunca te traicionaré".

"Pedro", le dice Jesús, "antes de que cante el gallo al amanecer, habrás negado tres veces que me conoces".

Antes de que Pedro pueda protestar, Jesús se pone de pie. "Vamos. Salgamos de aquí".

Caifás está de pie en su palacio con el ansioso Nicodemo. El sumo sacerdote tiene un humor calmado y deliberado, mientras que Nicodemo está profundamente turbado por lo que está a punto de suceder. La ley dice que un hombre debe ser juzgado a la luz del día; sin embargo, Caifás claramente quiere condenar a Jesús esa misma noche.

"Judas le traerá ante nosotros antes del amanecer", dice Caifás.

"Pero la ley no lo permite", insiste Nicodemo. "¡El juicio debe realizarse de día!".

"¿Y permite nuestra ley las revueltas? ¿Invita nuestra ley a los romanos a derramar sangre judía? Tú estabas allí. Tú oíste lo que dijo Pilato".

Judas entra apresuradamente en la sala.

"¿Dónde está él?", pregunta Caifás.

"No lo sé". Caifás le mira fijamente, y él admite: "Pero sé dónde va".

Caifás señala a Malco. "Lleva a mi sirviente hasta él".

Cuando Malco y Judas se van, Nicodemo confronta a Caifás. "¿Por qué vendría él aquí?".

"Oh, vendrá, Nicodemo. De un modo u otro, estará delante de mí esta noche para dar cuenta de sus mentiras y sus actos de rebelión".

***

Las antorchas resplandecen sobre la cara de Judas mientras Malco, el sirviente de Caifás, y diez hombres armados con palos y espadas caminan con Judas. Judas está metido hasta el cuello, pero incluso si tuviera dudas, es demasiado tarde para eso. El deshonesto discípulo no tiene otra opción sino guiarles hasta Jesús. Él va de camino a Getsemaní.

"¿Dónde vamos?", pregunta Malco.

"Al huerto", dice Judas tristemente. "Vamos al huerto".

***

El huerto de Getsemaní está desierto, a excepción de Jesús y sus discípulos, quien sabe que el momento de dejar a sus discípulos, y este mundo, se aproxima con rapidez. Él ha pasado la última hora en ferviente oración, pero si los discípulos están ansiosos con respecto a Jesús, tienen una manera extraña de demostrarlo: acurrucados en el suelo, profundamente dormidos.

"El espíritu está dispuesto, pero la carne es débil. Despierten", demanda Jesús después de observarlos por un momento. Él necesita que ellos sean testigos. "Permanezcan despiertos. El momento ha llegado".

Pedro se ha guardado una larga daga en su cinturón, y comprueba para ver que sigue ahí, haciendo planes de darle un buen uso en caso de que alguien ataque a Jesús.

Jesús se aparta de ellos, caminando lentamente otra vez por la ladera, para estar a solas con su Padre. Él sabe que Judas está a punto de llegar, guiando a un grupo de hombres que le arrestarán por la fuerza. Para soportar lo que está a punto de suceder, Jesús necesita fortaleza. Cuando llega a lo alto de la colina, inmediatamente se arrodilla en oración, postrándose con su frente tocando el polvoriento suelo, con sus manos juntas, y ora: "Padre, si es posible, aparta de mí esta copa. Sin embargo, no se haga mi voluntad sino la tuya". Él está acosado por la confusión porque es a la vez humano y divino. Cae sudor de su frente como si fueran grandes gotas de sangre que caen al polvo. Está rodeado de temor humano a los horribles golpes y el gran dolor que pronto experimentará. Morirá una muerte humana y, después de tres día, su cuerpo—el Templo—será levantado de la muerte, para que toda la humanidad pueda ser salva del castigo de la muerte. El Jesús divino lo sabe, pero el Jesús humano cuestiona y teme. Esos tres días parecen muy lejanos. El Jesús terrenal ruega a Dios que le evite el sufrimiento y la muerte, una forma de tentación parecida a cuando Satanás le tentó en el desierto tres años atrás. Sin duda, Satanás ahora acecha en el huerto, observando a Jesús aferrarse a la esperanza de que su vida pudiera ser salvada.

Jesús oye el sonido de una turba que se aproxima. Sus antorchas iluminan la base de la colina, y sus enfurecidas voces resuenan en la noche. La cabeza de Jesús sigue inclinada, y en este momento ora por la fortaleza para llevar a cabo el plan de Dios. Sigue cayendo sudor. Ahora que la voluntad de Dios está confirmada, la resolución le inunda. No paz, porque lo que está a punto de soportar no puede producir la tranquila calma de la paz, solo resolución. "Tu voluntad, Padre, es la mía".

Jesús se levanta y está de pie solo en el huerto de olivos. Sus discípulos de repente aparecen con la conmoción y le rodean de modo protector. Una fila de antorchas se cierne en la oscuridad, marchando con paso firme hacia Jesús.

"El tiempo ha llegado", dice Jesús a todos y a nadie.

Judas da un paso al frente y se arrodilla delante de Jesús, como si estuviera en oración. Entonces se inclina y besa a Jesús en la mejilla.

Jesús no siente enojo ni desprecio. Le dice a Judas: "Judas, ¿traicionas al hijo del hombre con un beso?". Jesús entiende que el papel de Judas es necesario para que se cumpla el plan de Dios.

Un furioso Pedro desenvaina su daga y corre hacia Judas, quien intenta en vano escapar. Pedro le apuñala, pero falla. Llega Malco con la guardia del Templo, y Pedro maneja el cuchillo, cortando la oreja a Malco. "Corre, Jesús", grita Pedro. "¡Corre mientras puedas!".

Malco da vueltas por el dolor, con sangre que sale del costado de su cabeza. Su oreja cortada cae al suelo, mientras un círculo de antorchas rodea a Jesús y a los discípulos. Jesús con calma recoge del suelo la oreja cortada de Malco y se dirige con su mano a la sangrienta cabeza. Malco se encoge, como si Jesús quisiera golpearle. Es pillado fuera de guardia cuando Jesús desafía su postura defensiva y toca suavemente su herida. Cuando Jesús retira su mano, Malco queda asombrado y confundido al sentir que los pocos momentos de dolor indescriptible son como un sueño pasajero. Su oreja está curada.

"¡Llévenselo!", grita uno de los guardias, mientras Malco sigue asombrado, tocándose su oreja.

"Jesús", gime Pedro.

"Es la voluntad de mi Padre, Pedro. Debe suceder de este modo".

Un horrorizado Pedro observa mientras se llevan a Jesús; dos hombres fuertes le agarran por los dos brazos, rodeados por la otra media docena de encapuchados, y se alejan.

Los aterrados discípulos huyen corriendo en la noche, sabiendo que sus vidas están en peligro, y con temor a ser pronto arrestados. Solamente Pedro ignora los ruegos de Juan para que vaya con él, y en lugar de correr, sigue secretamente la fila de antorchas que bajan por la colina, desesperado por ver dónde llevan a Jesús.

Judas va detrás de él, como en un trance, por el largo camino desde el olivar.

NOVENA PARTE

LA LIBERACIÓN

Es mitad de la noche en Jerusalén. Jesús ha sido golpeado. Sale sangre de su nariz rota; su cuerpo está magullado, sus manos están atadas y sostenidas por un guardia. Los guardias del Templo conducen a Jesús mediante una cuerda hasta el sumo sacerdote Caifás.

"Cúbranle", grita Malco. Ponen una pesada manta sobre Jesús para ocultar su rostro de los muchos peregrinos que le apoyan. "Digan a Caifás que tenemos a Jesús", dice Malco mientras llevan a Jesús a la casa del sumo sacerdote.

Judas sigue la marcha hasta la casa de Caifás. Malco, sin embargo, pone una mano firmemente sobre el hombro de Judas y le empuja para que salga por la puerta.

"Tú no", dice Malco con tono de burla. "Hemos terminado contigo".

Judas sale a la oscuridad de la noche, perseguido por el vacío.

Se cierra la puerta. Caifás está de pie esperando. Los guardias del Templo llevan a Jesús hasta el centro de la sala. Malco quita la manta que cubre a Jesús y regresa a las sombras. Jesús y Caifás se ponen en guardia, aunque ninguno de los dos hombres dice nada. Los dos son un estudio en contraste. Jesús está magullado y sangriento, con sus manos atadas, y sus sencillas y a la vez elegantes ropas están sucias y desgarradas. Caifás lleva coloridas túnicas finas, y su cuerpo está limpio. Caifás mira a Jesús a los ojos y se queda momentáneamente paralizado. Esa mirada perseguirá a Caifás durante el resto de sus días. Caifás se ubica, en un intento de recuperar su autoridad perdida, mientras Jesús permanece de pie solo, sin un amigo en la sala, de modo surreal al mando mientras espera lo inevitable.

Nicodemo y los ancianos entran en la sala. Debido a que le han golpeado tanto, la cara de Jesús está horriblemente desfigurada.

Nicodemo y algunos de los ancianos dan un grito ahogado ante la terrible escena. "No puedes continuar con esto", le dice Nicodemo a Caifás. "Esto no es legal. Nuestra ley dice que un juicio capital debería realizarse en un tribunal, a la luz del día y en público".

"Esto es necesario", responde Caifás.

"¿Por qué la prisa?".

Caifás se gira hacia Nicodemo. Su furia es una mezcla de envidia y ansiedad. "Tú oíste lo que dijo Pilato", gruñe. "Él cerrará el Templo si hay cualquier otra interrupción. Debemos librarnos de este Jesús, o Dios nos castigará a todos".

"Pero ¿y si él realmente quien dice ser?", pregunta Nicodemo. "¿Y si él *es* el Mesías?".

"¡*Nosotros* decidiremos eso!".

"*Dios* decide eso", responde Nicodemo.

"La guía de Dios estará sobre nosotros", contesta Caifás.

"¿Pero cómo puede?", cuestiona Nicodemo. "Porque Dios manda que obedezcamos sus leyes".

Jesús es conducido por una cuerda por un largo pasillo hasta la sala donde tendrá lugar su juicio. Los ancianos van detrás de él.

"Permíteme recordarte lo que dice la ley", sermonea Caifás a Nicodemo mientras los dos hombres caminan juntos. "Dice que cualquiera que muestre desprecio por el juez o el sumo sacerdote debe morir. Cualquiera...". Se detienen.

Los dos hombres se evalúan el uno al otro, y después continúan en silencio.

La hostil sala está llena de gente. En la sala donde normalmente Caifás pasa tiempo a solas, para relajarse al final del día, los ancianos que componen el Sanedrín se han reunido para el juicio de Jesús. Quienes hacen y guardan las leyes religiosas de Israel, lo que esos hombres decidan es vinculante. El sol está a punto de salir. "Hermanos", comienza Caifás, "gracias por acudir a esta hora. Ya saben que no les pediría esto si no fuese un asunto tan grave". Entonces hace un gesto con su mano y grita con burlona reverencia: "El único y singular Jesús de Nazaret".

Jesús no levanta la mirada ni habla.

"Jesús de Nazaret", entona solemnemente Caifás, "eres

sospechoso de blasfemia. Ahora oigamos a nuestros testigos". Caifás llama al primer testigo.

"En el Templo", dice el hombre que pasa adelante, claramente intimidado. "Él sanó a una mujer coja en el Templo".

Nicodemo no puede soportar mirar a Jesús. Está claro que todo aquello va a ser una farsa. A un segundo testigo se le pide que hable.

"Él dijo que destruiría el Templo".

"Yo también le oí decir eso", interviene un anciano del Templo.

Caifás señala con su dedo a Jesús. "¡Tú destruirías el Templo! Cómo te atreves. Eso es rebelión contra el Señor nuestro Dios. Dime, ¿cómo respondes a estas acusaciones?".

Jesús no dice nada. Nicodemo le mira fijamente, deseando que hable. Pero Jesús permanece impasible. El resultado ya está decidido. Jesús reúne sus fuerzas para el sufrimiento que pronto llegará.

"La evidencia de los testigos es clara e inequívoca. Hermanos míos, hemos hecho frente a falsos profetas en el pasado y haremos frente a los falsos profetas en el futuro. ¡Pero dudo de que tengamos que hacer frente a uno tan falso como este!".

La sala se llena de murmullos de acuerdo.

Una nueva voz grita, es la de un anciano. "Un profeta nos da nuevas palabras de parte de Dios. ¿No es así?".

Nicodemo se queda asombrado. Finalmente alguien está de acuerdo con él.

"Si cada nueva voz es aplastada, ¿cómo conoceremos a un profeta cuando oigamos a uno?", continúa el anciano.

Caifás se queda descolocado, y decide desviar la pregunta. "Tienes razón, José de Arimatea. ¿Cómo lo conoceremos? Yo te lo diré: debemos escuchar y entonces juzgar. Por tanto, invito a este hombre, a este profeta, a hablar". Se gira hacia Jesús. "¿Eres tú el Cristo, el Hijo de Dios?".

La cabeza de Jesús está inclinada, y permanece en silencio. Corre sangre por sus heridas.

"¿No tienes nada que decir?", pregunta Caifás.

Jesús levanta su cabeza lentamente, y su cuerpo se tensa. Está erguido, y mira a Caifás directamente a los ojos. "Verán al hijo del hombre sentado a la diestra de Dios y viniendo en las nubes del cielo".

"¡Impostor!, grita Caifás, rasgando su manto para buscar perdón de Dios por oír tales palabras. "¡Blasfemo! Debemos votar, ¡y debemos votar ahora!". Caifás está tan enfurecido que ha perdido el sentido.

Jesús conoce el veredicto y la sentencia que leerán antes de que se realice la votación.

José de Arimatea y Nicodemo menean sus cabezas ante la farsa, sintiéndose indefensos para detenerla.

"La sentencia es muerte", clama Caifás.

"Esto está mal", grita José. "Este veredicto trae vergüenza sobre este concilio".

Caifás le ignora.

Los seguidores de Jesús se han reunido en el Templo, el lugar normal para que Jesús sea llevado allí, lo cual es exactamente la razón de que Caifás haya llevado a Jesús a su casa en cambio. Los discípulos María y Juan se abren camino entre la multitud de tiendas y de peregrinos que duermen, y que no tienen educación formal ni tampoco en gran parte sofisticación. Los guardias del Templo les miran fijamente, reconociéndolos por sus muchas apariciones con Jesús.

María Magdalena observa el rostro consternado de María, la madre de Jesús. Ella recorre la multitud, y ellos se apresuran a ir a su lado.

"¡María! ¡Juan! ¿Dónde está mi hijo?".

"Jesús ha sido arrestado, pero no sabemos dónde le han llevado", responde María Magdalena.

"¿Arrestado?", replica María. "¿En la noche?". Desde aquel día en que el ángel Gabriel le dijo que iba a dar a luz al Mesías, María ha sabido que llegaría este día.

Juan echa una mirada a las multitudes. "No está aquí. Deben de haberle llevado a algún lugar secreto, para no tener ninguna protesta".

El sol sale bajo y rojizo sobre el Templo.

Las puertas del palacio de Caifás se abren de par en par. Pedro está de pie justo al lado cuando sacan a Jesús. A lo largo de la noche, su propia vida ha estado en peligro mientras ha esperado para oír lo que le ha sucedido a Jesús, esperando poder ayudar de algún modo.

Otros han acudido fuera de la puerta de Caifás, a medida que la noticia del arresto de Jesús ha viajado rápidamente. Esta multitud de quienes le apoyan está devastada por la escena del cuerpo golpeado de Jesús, con sangre reseca en su cara y heridas alrededor de sus ojos.

Malco lee de una proclama: "Sea conocido que Jesús de Nazaret ha sido juzgado por la corte suprema de los ancianos del Templo. Ha sido hallado culpable de blasfemia y de amenazar con destruir el Templo. La sentencia es la muerte".

La multitud da un grito ahogado. Judas, que ha permanecido fuera durante toda la noche, lanza la bolsa de plata a Malco. "¡Toma otra vez tu dinero!", le grita, consternado. Aquello no es en absoluto lo que él pretendía. Las monedas resuenan al chocar con el empedrado, a los pies de Malco.

Un guardia muy alto se acerca a Pedro. "Tú…Te conozco".

Pedro no se asusta fácilmente. "No sé de qué me hablas".

"Tú le conoces", dice el guardia agarrando a Pedro. "Te vi llamarle Rabí".

"No", dice Pedro. "Él no tiene nada que ver conmigo".

"Él es uno de ellos", grita una mujer, señalando a Pedro.

Él se da la vuelta y la confronta. "Te digo que no le conozco".

Pedro ve a Jesús cuando se lo llevan, y está frustrado por su incapacidad de ayudar a Jesús, quien significa tanto para él. El gallo canta, y Pedro recuerda las palabras de Jesús de que negaría conocer a su querido amigo y maestro antes del amanecer. El hombre tan rudo y fornido llora en agonía. Busca a Jesús, reuniendo toda su valentía. Pedro quiere acercarse a Jesús, aunque él está rodeado por guardias, y presentar sus disculpas, incluso morir intentando liberarle de los guardias. Pero busca en vano. Los guardias del Templo ya se han llevado a Jesús.

"¿Dónde está mi hijo?", pregunta María. Ella está con Pedro. La multitud se ha dispersado, y ella ha encontrado al lloroso pescador que yacía junto a la cloaca.

"Le han condenado".

María suspira con asombro.

"Se lo han llevado. No sé dónde, pero se ha ido". Pedro se levanta lentamente, ayudado por Juan. Una mirada de humillación aparece en el rostro de Pedro. Juan lo nota pero no le dice nada a su amigo.

"Yo les dije que no le conocía", dice Pedro inconsolable. Se aleja y desaparece por la calle.

María se desploma al suelo, mientras el sol brilla sobre los altos muros del complejo del Templo. El corazón de su madre entiende claramente que el amanecer del día trae poca nueva esperanza. Los discípulos están destrozados y son impotentes contra la autoridad del sumo sacerdote.

Pero Caifás está teniendo problemas. Mientras se cambia para ponerse sus vestiduras elaboradas de la Pascua, sabe que él no puede ejecutar a Jesús, porque una ejecución pública tal por parte del alto consejo judío enfurecerá a los seguidores de Jesús y creará precisamente el tipo de interrupción que él quiere evitar. Pero los romanos no pueden hacer nada. "Necesito hablar con Poncio Pilato", grita Caifás a Malco.

Pilato está de pie delante de un lavamanos en su residencia. Cuando termina de lavarse la cara, un sirviente le entrega una toalla. "¿Dónde está mi esposa?", pregunta Pilato. "Ya ha amanecido. Debería estar ya levantada".

Justamente entonces, la sirvienta de la esposa de Pilato aparece en la puerta. "Maestro, venga rápidamente. Por favor".

Pilato la sigue de inmediato. Corren por el pasillo vacío hasta la habitación de su esposa, donde Claudia está sobre la cama llena de sudor y respirando aceleradamente. Él se acerca para consolarla.

"Vi a un hombre", dice Claudia. "En un sueño".

Los sueños son un asunto serio para los romanos, comunicadores del futuro que nunca debería ser ignorado. "Háblame de ese sueño", dice Pilato.

"Vi a un hombre ser golpeado y muerto. Era un hombre inocente. Un hombre santo", dice ella, y después añade: "Un buen hombre".

Pilato mira a la sirvienta. "Ayuda a tu señora a regresar a la cama".

Claudia se resiste. "Mi amado, presta atención a este sueño. Creo que es una advertencia".

"¿Y por qué?".

"Porque en mi sueño, eras tú quien mataste a ese hombre".

Las ramas de un antiguo olivo gigante se mueven con la brisa del amanecer mientras Jerusalén da la bienvenida al nuevo día. Sus retorcidas y gruesas ramas se elevan hasta una altura considerable. Judas Iscariote se sienta sobre la rama que ha escogido, con prisa por terminar con aquello. Ha localizado un cabestro de caballo, que no quedara tan ajustado alrededor de su cuello como una horca, y puede que batalle durante más tiempo antes de perder la conciencia que con una cuerda, pero incluso el dolor lento y angustioso que soporte será merecido. ¿Tendrá Dios misericordia de su alma?, se pregunta.

Judas desliza el cabestro alrededor de su cuello. El cuero es áspero contra su piel. Entonces da la vuelta al otro lado del cabestro alrededor de una gruesa rama y tira un poco de él para asegurarse de que quede seguro. Echa una última mirada a Jerusalén. Entonces Judas salta.

Nicodemo sale del Templo, perplejo por la hipocresía y la arrogancia de las que acaba de ser testigo. Es temprano en la mañana, y los peregrinos acampados en las instalaciones están cocinando sus desayunos, apresurándose para prepararse para la fiesta de la Pascua.

"¡Usted debe de saber dónde está Jesús!", grita una voz.

Nicodemo se gira por el sonido. Eso es de lo más inusual. Los ciudadanos de Jerusalén normalmente no desafían a un anciano del Templo. Nicodemo no reconoce la voz de Juan, el discípulo, y sigue caminando.

"Espere", grita Juan. "Por favor, le conocemos. Usted vino a verle. Yo estaba allí. Usted habló con él".

Nicodemo se detiene y se gira. "Él se ha ido".

"Dónde... por favor. Dígamelo".

"Los romanos le tendrán pronto".

"¿Romanos?", pregunta Juan confuso. "Él nunca dijo nada contra Roma".

"Caifás va a entregarlo a los romanos, explica Nicodemo con pesadez en su corazón. Y no hay nada que nosotros podamos hacer para que regrese".

Mientras el perplejo Juan piensa en lo que eso significa, Nicodemo sigue caminando. Porque lo que él ha dicho es una verdad muy sencilla: cuando un hombre ha sido entregado a los romanos, la posibilidad de que evite la cárcel o la ejecución es casi inexistente.

Pilato está atendiendo asuntos del gobierno dentro de la residencia del gobernador romano cuando Caifás es anunciado. El sumo sacerdote está preparado; sabe que sus siguientes palabras deben ser expresadas del modo más preciso posible.

"Prefecto, necesitamos su ayuda", dice Caifás. Hemos condenado a un peligroso criminal y le hemos sentenciado a muerte".

"¿Y? ¿Cuándo es su ejecución?".

Caifás se acerca un poco más, extendiendo sus manos como si diera explicaciones.

"Nosotros, el Sanedrín, no podemos hacerlo. Es la Pascua, ya sabe. Va en contra de nuestra ley". Caifás puntúa su frase inclinando su cabeza a manera de deferencia. Pilato le mira con desagrado.

"Entonces háganlo después de la Pascua", dice Pilato. "Sin duda, el hombre podrá vivir unos días más".

"Normalmente, yo diría sí; pero este hombre es una amenaza

urgente, no solo para nosotros sino también para Roma. Él afirma ser nuestro rey, y está utilizando esa mentira para instar a mi pueblo a la rebelión. Este hombre muy bien podría desgarrar Jerusalén".

Pilato mira a Caifás. Se pregunta cómo un individuo tan pomposo llegó a ser la voz principal en la religión judía. La paciencia de Pilato con el hombre está a punto de terminarse. "Yo soy rápido en castigar a los criminales", dice, "pero solamente si quebrantan la ley. Necesito pruebas de que ese hombre lo ha hecho, o Roma no se agradará".

"Él ha quebrantado la ley, Prefecto. Se lo aseguro", responde Caifás.

"Será mejor que tenga razón", replica Pilato, mirando a Caifás con una mirada mortal. "Si me está haciendo perder el tiempo, pagará por ello". Mira a sus guardias. "Veré al prisionero".

Una harapienta capucha manchada de sangre cubre la cabeza de Jesús mientras Él languidece en las oscuras mazmorras de la residencia de Pilato. Este lugar fue una vez el hogar de Herodes el Grande, quien desterró a sus propios hijos a esas mismas celdas. Su destino, tal como decidió su padre, fue la muerte. La misma suerte siguió Juan el Bautista. Ahora Pilato decidirá si Jesús se enfrentará al mismo castigo.

Entra el gobernador romano. Un guardia retira la capucha a Jesús. El Mesías levanta despacio sus ojos y mira directamente a Pilato, que se pone nervioso, al igual que Caifás se puso nervioso por esa misma mirada.

"Entonces", comienza el gobernador romano, "¿eres tú el Rey de los judíos?".

Jesús no dice nada.

"Ellos dicen que afirmas ser el Rey de los judíos".

"¿Es eso lo que tú piensas, o es lo que te han dicho de mí otros?", responde Jesús con calma, porque no tiene temor al hombre. Pilato da un paso atrás y desvía momentáneamente su mirada.

"Tu propio pueblo dice eso", responde Pilato recuperando la compostura. "Entonces dime: ¿eres tú un rey?".

"Mi reino no es de este mundo", responde Jesús. "Si lo fuera, mis siervos se opondrían a mi arresto".

"Por tanto, ¿eres tú un rey?".

"Tú dices correctamente que soy un rey. Nací para venir al mundo y testificar de la verdad; todo el que es de la verdad oye mi voz".

"¿Verdad? ¿Qué es la verdad?", demanda Pilato.

Jesús no dice nada. Sonríe y levanta la mirada hacia el único rayo de luz que penetra en la oscuridad de la celda; baña su rostro. El enfurecido gobernador siente deseos de dar una bofetada al insolente prisionero, pero algo le detiene en seco. Mira a Jesús durante lo que parece una eternidad. Entonces, da media vuelta y se va; hay algo inusual en este prisionero.

Claudia le saluda cuando él regresa a su oficina. "¿Bien?", le pregunta.

"Quieren que sea crucificado", responde Pilato.

"No puedes hacerlo. Te lo ruego".

"¿Por qué? Este hombre es solo un judío. Ellos dicen que quiere comenzar una revolución".

"Te digo, amor mío, que este es el hombre que vi en mis sueños. El hombre que tú mataste. Por favor, no lo hagas. Su sangre estará sobre tus manos".

"¿Y si no lo hago? ¿Cómo explicaré una rebelión a Roma? Caifás seguramente testificará que fue culpa mía. Si hay una revuelta, César me culpará a mí. Ya me ha advertido una vez, y no va a advertirme de nuevo. Estaré terminado... *nosotros estaremos* terminados".

Pilato camina hacia la ventana. Los ruegos de su esposa se añaden a las presiones de su oficio, presiones que nunca antes ha sentido. Mira a los peregrinos que hay en las calles por debajo, con sus animales para el sacrificio recién comprados. Pilato comienza a desear haberse quedado en Cesarea, aunque solo fuera para estar lejos de ese despreciable Caifás y de sus maniobras políticas. Pero si lo hubiera hecho, este personaje de Jesús bien podría haber causado una revuelta, y cuando Pilato respondiera con fuerza, Jerusalén podría haber quedado reducida a cenizas. Ocurrió antes, y podría suceder de nuevo. No... Pilato se alegra de estar en Jerusalén, decidido a sobrevivir a los siguientes días y regresar a su villa junto al mar. Pero Claudia tiene razón: Pilato no quiere tener sangre de Jesús en sus manos.

Claudia pone una mano sobre su hombro, aunque no le dice ni una sola palabra, sabiendo que su esposo con frecuencia necesita enfocar sus pensamientos antes de emprender la acción.

"Tráiganme a Caifás", dice Pilato un momento después. "Tengo un plan".

Pilato saluda a Caifás y a los ancianos con un desprecio finamente velado. "He conocido a su Jesús y he llegado a la conclusión de que él no es culpable de ninguna otra cosa que de ser un loco. Eso no es ningún crimen en Roma".

"Ha quebrantado la ley", protesta Caifás.

"La ley *de ustedes*", responde Pilato suavemente. "No la de César". El gobernador mira con dureza a Caifás. "Enseñen a ese hombre a mostrar respeto. Denle cuarenta latigazos y déjenlo fuera de los muros de la ciudad. Ese es mi decreto".

"¿Nada más? Prefecto, yo no puedo ser responsable de lo que el pueblo hará si usted pone en libertad a un hombre que ha quebrantado nuestras leyes sagradas. Especialmente en este día, cuando nuestros ojos están en Dios".

"¿El pueblo?", responde Pilato con sarcasmo. Pilato conoce su próximo movimiento, incluso mientras Caifás intenta tomar el control. Pero Pilato habla primero. "César decreta que yo puedo liberar a un prisionero en la Pascua. Dejaré 'al pueblo' decidir cuál de los prisioneros que están en mis cárceles será crucificado, y cual será liberado".

Caifás sabe que ha sido engañado. Se queda demasiado pasmado para poder hablar.

"Envíen a buscar al prisionero", ordena Pilato.

Una multitud se ha reunido en la puerta fuera de la residencia de Pilato, mirando a través de una gran puerta de barras de hierro a un patio que está vacío. Se ha difundido la noticia de que Jesús será azotado. A muchos les gusta ser testigos de la brutalidad pública y deleitarse en los procedimientos parecidos a un carnaval que acompañan a una buena golpiza.

Jesús es arrastrado al patio por dos soldados romanos. Su cara está ensangrentada, y sus ojos están ahora hinchados y cerrados debido a nuevos golpes.

María, su madre, da un grito ahogado. Ella está fuera entre la multitud, mirando al patio a través de la puerta.

Jesús es atado al poste de los azotes. Le quitan la túnica de su espalda, dejando a la luz la carne. Los soldados ahora sacan sus látigos. Un único golpe es un ejercicio en sufrimiento, que sin duda marca a un hombre para toda la vida.

Jesús está a punto de soportar treinta y nueve.

"Van a matarlo", susurra María a María Magdalena, con el corazón desgarrado. Juan mira a las dos mujeres de modo protector. Los dos soldados están preparados para azotar, uno a cada lado de Jesús. Cada uno tomará turnos. Un tercer soldado entra en el patio, llevando un ábaco, o contador. Será su tarea contar cada uno de los golpes e informar a Roma de que se ejecutaron exactamente treinta y nueve.

Jesús mira hacia su madre. Su dolor es enorme, pero sus ojos miran fijamente los de ella, y ella siente una fuerte conexión con él. Es como si él le estuviera asegurando y recordándole que así debe ser.

Comienzan los azotes. Jesús no grita, aunque la multitud sí lo hace ante la severidad de lo que están viendo. El horroroso castigo y el sufrimiento que Jesús ha de soportar han sido ordenados de antemano. El profeta Isaías escribió que llegaría un salvador que "fue traspasado por nuestras transgresiones. Fue aplastado por nuestras iniquidades. Y por sus llagas somos sanados".

Desde una ventana con vistas al patio, Pilato y Claudia observan el horrible procedimiento. Ella cierra sus ojos con cada movimiento del látigo, pero Pilato ha visto muchos de esos azotes. "Es como si él supiera que esto debe suceder", se maravilla Pilato.

Una última bola en el ábaco se desliza de izquierda a derecha. Treinta y nueve azotes están ahora en los libros.

Jesús cuelga del poste, apenas con vida pero ciertamente con respiración. Cuando desatan sus manos, no se desploma al suelo, sino permanece erguido, golpeado pero inquebrantable.

Ahora es llevado de nuevo a la mazmorra. Los guardias, que se sabe que nunca muestran bondad hacia sus prisioneros, especialmente los judíos, han estado ocupados mientras él no estaba. Tener a ese enloquecido Jesús en medio de ellos afirmando ser un rey es material para la burla, y no pueden esperar para aprovecharlo. Un guardia ha entretejido una corona de espinos. Es terrible verla, con largos espinos que sobresalen por todos los ángulos. Ahora la presiona con fuerza sobre el cráneo de Jesús, haciendo correr sangre cuando esos agudos espinos se clavan hasta el hueso. "¡Rey de los judíos!", dice exultante el soldado, haciendo una exagerada reverencia delante de Jesús, y después un pequeño baile.

Uno de los soldados que ha golpeado de Jesús acaba de limpiarse la sangre de sus manos. Pone la toalla enrojecida sobre los hombros de Jesús como si fuese una orla real. A todos los carceleros aquello les resulta bastante divertido.

Pilato ordena que se abran las puertas del palacio. Las multitudes entran, sin estar seguros de lo que va a suceder. Saben que se permite a Pilato liberar a un hombre que ellos escojan antes de la Pascua, en uno de los muchos eventos que se realizan durante la Pascua. Se preguntan quién será puesto en libertad. Sin duda, Jesús ya no sigue siendo una consideración. Él ha pagado su castigo y probablemente ya habrá sido liberado. Así es como funciona la ley. Por tanto, esperan pacientemente, para considerar sus opciones.

Pilato ha desviado astutamente la demanda de Caifás de que él crucifique a Jesús, y ha entregado el veredicto final a esa masa de peregrinos.

Caifás permanece resuelto, sin embargo, y se está asegurando de que los peregrinos a quienes se permite entrar en el patio votarán en contra de Jesús. El pueblo judío en general no tiene voz en el asunto. Malco, su sirviente, y los guardias del Templo están ahora en las puertas, negando la entrada a cualquiera que apoye al hombre de Nazaret. Surgen peleas cuando muchos en la multitud desahogan su frustración porque les ha sido negada la entrada. Gritan en protesta; gritos que son totalmente ignorados por los soldados romanos que protegen el palacio.

María, Juan y María Magdalena están entre aquellos a quienes no se ha permitido entrar. Observan con incredulidad mientras una turba de simpatizantes a favor de Caifás está lista para decidir el destino de Jesús.

Poncio Pilato aparece en una ventana superior, y la multitud hace silencio para oír lo que él tiene que decir. "Hoy", comienza Pilato, "comienza la Pascua. César les muestra un gesto de buena voluntad por medio de la liberación de un prisionero escogido por ustedes".

Un asesino calvo es sacado al patio, seguido por Jesús, que aún lleva puesta su corona de espinos.

"Les doy a elegir", les dice Pilato. "Pueden escoger entre Barrabás, un asesino. O pueden escoger a este otro hombre, un maestro que afirma ser su rey".

Surgen risas y burlas de la multitud. Caifás, que ahora está al lado de Pilato, grita: "No tenemos otro rey sino César".

Los guardias del Templo se mueven entre la multitud, susurrando instrucciones y recibiendo señales de aprobación. "¡Crucifícale!", gritan espontáneamente personas en la multitud que han permanecido en silencio hasta ahora.

María, la madre de Jesús, está horrorizada. Se tapa la cara con sus manos, y cubre su boca con consternación.

Pilato ve la expresión en el rostro de Caifás y sabe que él tiene una respuesta.

"¡Decidan!", grita Pilato a la multitud.

"Barrabás", responden gritando. "Libera a Barrabás".

Fuera de las puertas, María, Juan y María Magdalena gritan en defensa de Jesús, como hacen también muchos a su alrededor; pero sus voces no pueden oírse por encima del grito "¡Barrabás! ¡Barrabás! ¡Barrabás!" en el patio.

Pilato está perplejo. Mira a Caifás y después otra vez a la multitud.

"Ustedes escogen a un asesino", les dice meneando la cabeza, y después levanta una mano para silenciar a la multitud.

"Háganlo", les dice a sus guardias. Los asombrados soldados

desatan a regañadientes los cepos a Barrabás. La multitud aplaude; los ojos del insurrecto están llenos de deleite.

"Y este desdichado", grita Pilato a la multitud. "¿Qué haré con él?".

"¡Crucifícale! ¡Crucifícale!".

"Sálvale", llega la voz desde fuera de la puerta. "Sálvale".

"¡Crucifícale! ¡Crucifícale! ¡Crucifícale!", grita el patio.

Pilato silencia a la multitud. "¿Cómo pueden condenar a este hombre y salvar a un asesino?".

"¡Crucifícale! ¡Crucifícale! ¡Crucifícale!".

"Muy bien", les dice. "Sea crucificado".

Pilato se acerca a una jarra de agua y lava sus manos. Es un gesto deliberado, que refleja una costumbre de los hebreos y los griegos para mostrar que él no es responsable. "Yo soy inocente de la sangre de este hombre", dice, esperando quitarse la culpa.

Pilato sabe que Jesús es inocente y que él puede evitar su muerte. Él tiene el poder, y sencillamente debería dispersar a la multitud; pero en lugar de defender la verdad, toma la ruta más fácil de la conveniencia política. Es un tiempo peligroso en Jerusalén, el hogar de más de un millón de judíos y menos de mil soldados romanos. Pilato no puede arriesgarse a ese tipo de tumulto, pues supondría su regreso a Roma y a César.

Pilato se seca las manos. Esta crucifixión ya no es asunto suyo.

Han pasado solo seis días desde que Jesús fue bienvenido a Jerusalén. Ahora ha de ser crucificado en una colina fuera de los muros de la ciudad, porque la ley judía no permite ejecuciones dentro de la ciudad. Dos criminales también serán crucificados al mismo tiempo.

Crucifixión, el acto de clavar a un hombre a una cruz de madera, es la norma romana para el castigo capital. Es brutal. Un hombre puede tardar días en morir, colgando solo de la cruz hasta consumirse. A esta muerte atroz para Jesús se añade el tormento de arrastrar la cruz por las calles de Jerusalén. Él tropieza, seguido por un guardia a caballo preparado para azotarle si se cae o si deja caer la cruz. Muchos a quienes se negó la oportunidad de salvar la vida de Jesús están en las calles, forzados a quedarse atrás por un grupo de infantería de soldados romanos que se aseguran de que nadie ayude a Jesús a escapar.

Jesús está en agonía mientras avanza batallando hacia su muerte. Su cuerpo está inclinado por el peso de la cruz, y la corona de espinos inflige una nueva oleada de dolor siempre que la cruz choca contra ella. Los muchos latigazos que ha soportado en las horas desde su captura hacen que sea difícil respirar, porque sus carceleros le han pateado y golpeado en las costillas una y otra vez.

Sin embargo, él lo ve todo. Las caras tanto compasivas como no compasivas en la multitud. También ve a María, su madre. Jesús tropieza y siente el golpe de un látigo romano cuando se cae. Intenta ponerse de pie, apoyando la palma de su mano en un muro de piedra, donde deja una huella sangrienta. A medida que Jesús avanza para seguir su atroz marcha, una mujer en la multitud pone su propia mano sobre la huella de Jesús. Ella llora; sabe quién es verdaderamente Jesús.

El piso está empedrado, de modo que la cruz rebota en lugar de arrastrarse con suavidad. La distancia desde el palacio de Pilato hasta el Gólgota, el lugar donde Jesús morirá, es de casi medio kilómetro.

Jesús sabe que no podrá llegar. Escupe sangre y cae de rodillas. Deja caer la cruz y se desploma en el suelo. Soldados romanos están sobre él en un instante, haciendo llover golpes y patadas sobre su cuerpo indefenso. María se acerca rápidamente para salvar a su hijo, pero un guardia romano la agarra bruscamente y la aparta.

"Por favor", dice Juan, arriesgando su vida al salir de entre la multitud. "¡Es su madre!".

Caen lágrimas por las mejillas de María. El guardia romano avanza hacia Juan con mirada amenazante en su cara, pero el discípulo no se amedrenta. "¡Ten compasión, por favor!".

María no puede evitarlo. Se lanza hacia delante y cae de rodillas, cerca de su hijo. Le rodea amorosamente con sus brazos en el que seguramente será su último abrazo. Los ojos de Jesús están cerrados por la hinchazón, y apenas puede reaccionar.

"Hijo mío", llora María.

Jesús se fuerza a abrir los ojos. "No tengas miedo", le dice a su madre. "El Señor está contigo". Repite exactamente lo que Gabriel le dijo en su visita cuando ella era una joven virgen. Sus palabras le dan fortaleza, y su mirada de amor le llena de valentía. Ella intenta ayudarle con la cruz. Si ella pudiera, la llevaría en su lugar, pero sabe que eso es lo que él vino a hacer.

Entonces, de repente María es apartada de su hijo. Los soldados azotan al Jesús caído, pero está claro que él no puede seguir llevando la cruz. Un hombre, Simón de Cirene, es escogido por su ancha espalda y obvia fuerza, y es obligado a llevar la cruz en lugar de Jesús. Sus ojos se cierran, y entonces sus manos se disponen a levantar el pesado madero. Juntos, comparten la carga. Doloroso paso a paso, los dos completan la larga caminata hasta el lugar de la crucifixión.

En su palacio, Poncio Pilato continúa su batalla con Caifás. La ley romana dicta que todo hombre condenado debería tener un cartel sobre su cruz que indique su delito. Pilato dicta las palabras para el de Jesús: "Pongan estas palabras en arameo, latín y griego", le dice a un escriba. "Jesús de Nazaret: Rey de los judíos".

"¡Él no fue nunca nuestro rey!", dice Caifás, que está de pie al lado de la ventana observando el progreso de Jesús hacia el Gólgota. "Sin duda, debería decir que él *afirma* ser el rey de los judíos".

"*El rey*", le corrige Pilato. "Se queda como he ordenado". Mira al otro lado de la habitación, desafiando a Caifás a responder. Pero el sumo sacerdote no dice nada.

La multitud disminuye a medida que Jesús deja atrás los muros de la ciudad. María, Juan y María Magdalena caminan por un lado del camino a la vez que se va haciendo más empinado, fuera de la vista de Jesús, pero siempre ahí. Esta colina es conocida como Gólgota, o "lugar de las calaveras", porque se cree que la calavera de Adán está enterrada allí.

Un polvillo que ahoga llena el aire, y Jesús apenas puede respirar. Tropieza y es inmediatamente golpeado. Se levanta y vuelve a tropezar. Y una vez más, inmediatamente siente el golpe del látigo.

"Mi Señor", clama una mujer cuando se acerca a la calle. A pesar de la amenaza de castigo por parte de los guardas, ella lava amorosamente su cara con una tela. Pero cuando le insta a que beba de una pequeña copa de agua, el guardia se la arrebata y la tira al suelo.

Jesús y Simón de Cirene finalmente llegan al lugar de la crucifixión. Simón baja la pesada cruz y rápidamente se va. Jesús, que ya no puede mantenerse en pie, se desploma y cae al polvo. Los guardias romanos pasan a la acción. Rollos de cuerda se desatan y se estiran. Cavan con palas el exceso de tierra que hay en los agujeros en el suelo que con tanta frecuencia se usan para las crucifixiones.

"Quiero verle", murmura la madre de Jesús mientras intenta separarse de los brazos de un guardia romano que le impide que se acerque a Jesús.

María Magdalena se arrodilla y comienza a orar. María se mantiene decididamente de pie, manteniendo una vigilancia distante de su hijo. Juan está a su lado, preparado para agarrarla si ella se desploma debido a la tensión.

Jesús es puesto en la cruz. Los guardias estiran sus brazos y clavan clavos en sus manos. Sus pies son clavados a la cruz, uno encima del otro. El sonido de sus huesos que se rompen llena el aire, y Jesús jadea con cada nueva oleada de dolor. Después de todo lo que ha soportado ese día, nada duele como los momentos en que los clavos traspasan sus pies.

El cartel de Pilato es clavado a la cruz por encima de la cabeza de Jesús: Jesús de Nazaret: Rey de los judíos.

Para elevar la cruz, se utilizan cuerdas, un extremo en la cruz y el otro al caballo que tirará de ella hasta que quede en posición vertical. Se oye un latigazo, y el caballo avanza. Jesús ya no ve solamente el cielo; ahora ve toda Jerusalén en la distancia, y a su amorosa madre que está vigilante en la base de la cruz.

Apenas puede respirar. Sus brazos extendidos hacen que sea casi imposible dar un suspiro. Jesús sabe que se asfixiará. No son los clavos los que matan, sino el firme debilitamiento del cuerpo hasta que se hace imposible que los pulmones se expandan.

La cruz está erguida. Jesús cuelga de ella. La tarea de su ejecutor está hecha. Los soldados que crucificaron a Jesús se dividieron entre ellos sus ropas y echaron a suertes su manto.

Mientras tanto, quienes han observado la crucifixión se acercan. María, su madre, llora con un dolor insoportable.

"Viniste a salvar a otros, y no puedes salvarte a ti mismo", se burla un fariseo.

Jesús lo oye todo. Se lamenta, y después habla a Dios: "Padre, perdónalos porque no saben lo que hacen".

Los dos criminales han sido crucificados a cada lado de él. El primero se mofa de Jesús: "¿No eres el Mesías? ¿Por qué no te salvas a ti mismo y a nosotros?".

El segundo criminal responde: "Nuestro castigo es justo; pero este hombre no ha hecho nada malo". Se dirige a Jesús y habla suavemente. "Acuérdate de mí, Mesías, cuando vengas en tu reino".

Jesús se dirige a él: "De cierto te digo que hoy estarás conmigo en el paraíso". Hace un gesto de dolor. Los romanos puede que hayan terminado su trabajo, pero no se irán a su casa hasta que los tres hombres crucificados estén muertos. Ahora es solo cuestión de tiempo.

María, Juan y María Magdalena están en la base de la cruz de Jesús. Él está inmóvil y parece muerto. Es mitad de la tarde, casi el tiempo para que comience la Pascua, justo antes del atardecer. Los soldados romanos saben que ellos deben bajar su cuerpo de la cruz, y están pensando en romperle las piernas para matarle más rápidamente, pero no necesitarán hacer eso.

"Dios mío", grita Jesús de repente. "Dios mío, ¿por qué me has abandonado?". Esta es la primera línea del Salmo 22, el lamento del rey David por los judíos y un clamor pidiendo ayuda. Jesús mira a María. "Madre, ese es tu hijo", le dice, refiriéndose a Juan mientras él está a su lado. "Juan", añade. "Esa es tu madre".

María está de pie, y silenciosas lágrimas caen por su cara. Juan pone un brazo protector sobre ella.

Jesús retira la mirada, consumido por el dolor en su cuerpo mortal. Mira al cielo mientras se levanta un fuerte viento. Un trueno recorre la tierra. "Tengo sed", dice Jesús. Como respuesta, un soldado moja una esponja y la acerca a sus labios pinchada en una lanza.

Pedro oye el trueno, mientras se sienta a solas en la habitación donde tuvo lugar su última cena con Jesús hace menos de veinticuatro horas. Sus ojos están enrojecidos por el agotamiento y las lágrimas, porque no puede perdonarse a sí mismo por haber negado a Jesús. El trueno que llega le aterroriza, y no sabe hacia dónde correr.

Pilato lo oye, mientras espera al atardecer en el interior de su palacio. Claudia también lo oye. Ella está segura de que es un augurio que su esposo hizo lo incorrecto al matar a Jesús, y está furiosa con él. "Te dije que no lo mataras", sisea mientras suena el trueno.

"Es apenas el primer judío que hemos matado", responde Pilato. Está boca abajo sobre un banco, con su torso desnudo y una toalla sobre su cintura mientras un sirviente masajea su espalda con aceite.

"Él era distinto", clama Claudia. "Te lo dije".

"Confía en mí", le dice Pilato a su esposa, poniendo fin a la conversación, "él habrá sido olvidado en una semana".

Jesús, apenas consciente en una neblina de dolor, oye el trueno. Negras nubes de tormenta llenan ahora el cielo a la vez que él sabe que ha llegado su momento de dejar este mundo. "Consumado es", dice Jesús en alta voz. "Padre, en tus manos encomiendo mi espíritu".

Suena el trueno. Este conjunto de energía, vibración y puro poder explota sobre Jerusalén. En el Templo, la gran cortina se rasga por la mitad, y multitudes asustadas corren para huir del edificio, dejando atrás sus endurecidos animales del sacrificio.

María sabe que es la señal de que su hijo ha muerto. Mira fijamente a Jesús con una expresión de profunda calma. Todo el dolor que ella ha estado sufriendo se ha ido, sustituido por la paz de entender que su hijo ya no sufrirá más.

Los aterrados guardias romanos creen que el trueno es un augurio, y se apresuran a partir las piernas de los crucificados para poder llevarse los cuerpos antes de la Pascua. Rápidamente agarran palos de metal y los golpean con fuerza sobre las piernas de los dos criminales que están a ambos lados de Jesús. Pero ven que Jesús ya está muerto. Para asegurarse, el comandante romano atraviesa su costado con una lanza.

"Está muerto", confirma el comandante, sacando su lanza de Jesús. Mira a la madre de Jesús, después otra vez a Jesús, y dice lentamente: "Ciertamente, este hombre era el Hijo de Dios".

Normalmente, los cuerpos de los crucificados se dejan para que se pudran o son lanzados a pozos poco profundos. Pero Nicodemo y José de Arimatea han conseguido permiso especial de Pilato para llevarse el cuerpo y enterrarlo decentemente. Sepulcros que miran a Jerusalén normalmente están reservados para los ciudadanos más ricos, pero José ha dispuesto que un sepulcro nuevo y recién cavado sea el lugar de descanso final del Mesías. Normalmente, un sepulcro contenía los cuerpos de varios familiares, pero el cuerpo de Jesús sería el primero y único cuerpo en ser puesto allí.

Los dos señoriales ancianos, la María más mayor y la María más joven, y Juan bajan con cuidado el machacado cuerpo mesiánico y lo preparan para el enterramiento e, inconscientemente, para su próxima resurrección en cuerpo. Su madre lo lava amorosamente con una esponja, limpiando toda la suciedad y la sangre seca, mientras que la otra María prepara tiras de lino. María, su madre, pone una de ellas sobre la cara de Jesús. Nicodemo unge cada parte limpia del cuerpo con aceites fragantes. Nicodemo ora por Jesús todo el tiempo. Entonces comienza el proceso de envolver su cuerpo en lino. Es un proceso largo y emotivo, el comienzo oficial del luto judío.

Una inmensa losa de piedra es la apertura de una cueva, y el cuerpo de Jesús es puesto en su interior. El cuerpo de Jesús, inmaculadamente envuelto en lino, está solo en una roca cavada. Fuertes sirvientes de Nicodemo y de José de Arimatea hacen rodar la piedra sobre la apertura del sepulcro para asegurarse de que el cuerpo no sea profanado. Ha caído la noche, y el grupo enciende antorchas para guiar regreso por el camino. Cuando el grupo comienza a partir, se sorprenden al ver un par de guardias romanos que llegan para hacer guardia. Pilato tiene miedo de que si el cuerpo de Jesús desaparece, toda Jerusalén será una revuelta. Es mejor asegurarse de que no salga del sepulcro.

Por toda Jerusalén, la gente está celebrando la Pascua. Pero en el pequeño aposento alto donde Jesús y sus discípulos tomaron su última cena, los ánimos son sombríos. Los discípulos esperaban que el Reino de Dios llegase cuando ellos entraron en Jerusalén hacía seis días. Ahora, todo aquello en lo que creen ha sido destruido. Su esperanza se ha esfumado. Lo han perdido todo. Hacen una pequeña cena juntos, seguros de que momentos después Caifás o Pilato enviarán soldados para arrestarlos.

La mañana del tercer día después de la muerte de Jesús, María Magdalena se ocupa de ir a visitar el sepulcro. Extraña a Jesús enormemente, e incluso la expectativa de sentarse fuera de donde está enterrado es una fuente de consuelo. Sus ojos están cansados mientras ella asciende por una pequeña colina. Sabe que incluso en la neblina de la mañana temprano, podrá ver el sepulcro desde la cumbre, y comienza a mirar cuando llega allí. La entrada del sepulcro está abierta. La piedra ha sido quitada. Ella da un grito ahogado. Alguien ha robado el cuerpo de Jesús. María temerosamente da un paso hacia el sepulcro abierto pero no se atreve a entrar.

Quizá ladrones de tumbas siguen dentro, preparados para golpearla por interrumpir su labor. Entonces, una figura distante e irreconocible que está de pie en la colina, capta su atención. "¿Maestro?", pregunta María con voz baja y aterrada. Por un momento, María cree ver a Jesús con vida. Pero no puede estar segura. Pronto la figura desaparece de la vista. El hecho sigue siendo que el sepulcro está abierto y el cuerpo no está allí.

¿Dónde está Jesús?

DÉCIMA PARTE

EL NUEVO MUNDO

María llora delante de la tumba vacía y entonces, aún acongojada, da un profundo suspiro y conquista sus temores. Está muy oscuro, pero sus ojos pronto se ajustan. Ve la losa donde fue puesto el cuerpo de Jesús. Los lienzos que estaban atados alrededor de su cuerpo ahora están en un montón María huele el dulce perfume que pusieron en el cadáver de Jesús para minimizar el olor de la descomposición.

"¿Por qué estás llorando?", dice una voz de hombre en la apertura del sepulcro. "¿A quién buscas?".

María no puede ver quién le habla. Aterrada, reúne valentía para decir desde la oscuridad: "Si tú te lo has llevado, dime dónde está".

"María".

Es la calmada y sabia voz que ella conoce muy bien. El corazón de María se aviva cuando se da cuenta de quién está hablando con ella. "¡Jesús!". Sus ojos se inundan de lágrimas de gozo y de sorpresa a medida que sale hacia la luz del sol.

"Ve y diles a tus hermanos que estoy aquí".

María mira fijamente a Jesús con asombro. Puede ver las marcas en sus manos donde los clavos atravesaron su carne. Una rápida mirada a sus pies revela lo mismo. En torno a Jesús hay un aura, algo mucho más celestial que ninguna cosa que ella haya experimentado en todos los muchos días que pasaron juntos. Es como si estuviera mirando a dos caras del mismo ser: Dios y hombre. Después, él ya no está. María, abrumada de alegría, regresa rápidamente a Jerusalén para contar a los discípulos la buena noticia.

Los discípulos han estado aterrados desde la ejecución de Jesús debido a que las autoridades religiosas y los romanos trabajan en unísono para poner fin a todo indicio del ministerio de Jesús, y eso significa apagar también a sus discípulos. Ellos están ocultos, temerosos de esa llamada en la puerta en la oscuridad de la noche que les diga que han sido descubiertos.

Pedro mira por una ventana. Ya no es el hombre que antes era, y nadie le confundiría con el brusco pescador a quien Jesús reclutó hacía tres años. Soldados romanos marchan por un callejón cercano, y sus escudos y espadas resplandecen con el sol de la mañana.

No hay ninguna llamada en la puerta. En cambio, una María Magdalena claramente enloquecida entra apresuradamente, gritando a todo pulmón. "¡Le he visto! ¡Le he visto!".

"Cierra la puerta", grita Juan.

María la cierra de un portazo. "El sepulcro está vacío", resuella. "Él no está".

"Él está muerto y enterrado", dice un lúgubre Pedro. "Eso es imposible".

"Tienen que creerme. ¡Yo lo vi!".

"Creo que estuviste en el sepulcro equivocado", musita Tomás. "Debe de haber sido otra persona".

"¿No creen que sé cómo es Jesús? ¿Creen que estoy loca?",

"Ha sido un tiempo estresante, María. Para todos nosotros".

Eso le hace enojar. Agarra con fuerza la muñeca de Pedro y le empuja hacia la puerta. "Ven conmigo. Ahora".

Pedro mira a Juan. Después a los otros discípulos. No sería seguro que todos ellos se aventurasen a salir, pero quizá puedan salir dos de ellos.

Pedro asiente. María conduce a Juan y a Pedro a la luz del día.

Ellos se quedan mirando con asombro e incredulidad al sepulcro vacío. Al mirar tímidamente desde cierta distancia, no pueden ver huellas ni ninguna otra señal de que haya habido allí ladrones de sepulcros, pero saben que esa es la respuesta obvia.

"Ladrones", dice Pedro.

"Eso es: ladrones de tumbas", añade Juan.

Pedro se acerca más a la apertura. Un círculo blanco de luz brilla de repente en el interior. Pedro se mueve hacia la luz y ve al inconfundible Jesús. "Mi Señor", dice con voz apagada. Pedro se adelanta para tocar a Jesús. Y entonces Jesús desaparece.

Un asombrado Pedro sale de nuevo del sepulcro. María ve la expresión en su cara. "¿Ahora me crees?", le pregunta.

Pedro le entrega a Juan uno de los lienzos del sepulcro. "Pero no está", dice Juan, perplejo.

"No, hermano mío", le asegura Pedro, que ha recuperado esa vieja confianza. "Él no se ha ido. ¡Ha regresado!". Un exuberante Pedro emprende una carrera bajando la colina. De camino, compra un pan a un vendedor.

"¿Qué ha sucedido?", pregunta Mateo cuando los tres regresan al interior de su refugio oculto.

"Una copa", responde Pedro. "Necesito una copa".

Pedro le da a Juan un pedazo del pan sin levadura, quien se lo mete lentamente en su boca. "Su cuerpo", le recuerda Pedro. Se encuentra una copa y Pedro la pone en la mano de Juan. Pedro la llena de vino. "Y su sangre", dice Pedro.

Pedro, repentinamente transformado en la roca de fe que Jesús siempre supo que podría ser, mira a un discípulo tras otro. "Crean en él. Él está aquí. En esta habitación. Justamente ahora".

Juan bebe profundamente de la copa mientras Pedro sigue hablando. "Recuerden lo que él nos dijo: 'Yo soy el camino, la verdad...'".

Jesús termina la frase: "'...y la vida'".

Pedro se gira. Jesús está de pie en la puerta. Los discípulos se quedan boquiabiertos cuando él entra en la habitación.

"Paz sea con ustedes", les dice Jesús, el Mesías resucitado.

"No", dice Tomás. "Esto no es posible. No hay manera de que tú seas Jesús aquí entre nosotros. Todo esto es una fantasía, una aparición causada por nuestro loco lamento por un hombre al que queríamos mucho".

Jesús camina hacia Tomás y agarra su mano. "Tomás", le dice Jesús, "deja de dudar y cree". Él pone los dedos de Tomás en los agujeros que hay en sus manos, y después en el hueco que hay en su costado. Con la vista hacia abajo, Tomás puede ver claramente las horribles marcas en los pies de Jesús donde los clavos traspasaron carne y hueso y después llegaron al madero de la cruz.

Tomás no sabe cómo responder. Ha viajado a todas partes con Jesús, y conoce la voz y el aspecto de Jesús tan bien como conoce el suyo propio. Pero lo que Jesús pide de él es imposible. Tomás es un hombre de hechos, un hombre comprometido a la verdad que no puede ser contestado por la emoción o el engaño. Se le ha pedido que crea que está tocando a Jesús, tan vivo como la última vez que todos partieron juntos el pan en el aposento alto. Parece imposible, pero es real. Es Jesús, y no algún sueño o visión. Tomás toca las heridas y oye la voz de su maestro. Abrumado, Tomás mira a los ojos de Jesús. "Señor mío y Dios mío", tartamudea con sus ojos llenándose de lágrimas. "*Eres* tú".

Jesús mira a su discípulo con compasión. "Creíste porque me has visto. Pero bienaventurados son quienes no me han visto y aún así han creído".

La fe inunda a Tomás por todo su ser mientras lentamente acepta lo que significa creer que cualquier cosa es posible por medio de Dios. Esta es la fe en Jesús que transformará vidas. No ver y aun así creer.

Jesús pronto da tristes noticias a sus discípulos: él no está ahí para quedarse. Su trabajo en la tierra está completo. Ha muerto en la cruz como sacrificio por los pecados de todos los hombres. A lo largo de la Historia, un cordero ha sido sacrificado con el mismo propósito. Jesús ha sido el Cordero de Dios, que quita los pecados del mundo. Él ha conquistado la muerte.

Él se aparece a sus discípulos una última vez antes de ascender al cielo. Pedro ha estado pescando toda la noche y ha sacado más de 150 peces. Los otros discípulos han pasado la noche en la playa. Mientras Pedro recogía sus redes, Jesús les invitó a compartir el desayuno. Cuando terminaron de comer la pequeña comida de pan y peces, les habló del futuro. Dos veces preguntó a Pedro: "¿Me amas?".

La respuesta llegó en forma de sorprendido sí cada vez. Y en ambas ocasiones, Jesús le dijo que alimentase sus corderos y cuidase de sus ovejas. Pero cuando Jesús le preguntó una tercera vez, Pedro se sintió herido. Pedro también sabía que había negado a Jesús tres veces, de modo que esas respuestas fueron su momento de redención. "Señor", suspira Pedro, "tú sabes todas las cosas. Tú sabes que te amo".

"Alimenta mis ovejas", le dice Jesús la tercera vez. "¡Sígueme!".

Jesús se despide de sus discípulos después de cuarenta días de nuevo en la tierra. Durante tres años completos les ha entrenado, equipándoles con las capacidades para guiar a otros a seguir sus pasos y adorar a Dios. "Recibirán poder cuando descienda sobre ustedes el Espíritu Santo", les dice. "Mi cuerpo solo puede estar en un lugar, pero mi espíritu puede estar con ustedes dondequiera que estén. Vayan por todo el mundo y prediquen el evangelio a toda criatura".

Los discípulos escuchan atentamente, sabiendo que esa es la última vez que verán a Jesús. Él no está diciendo que el Espíritu Santo vendrá sobre ellos enseguida, así que saben que deben esperar ese gran momento. Jesús está de pie delante de ellos y les da la paz. Todo lo que ha dicho que sucedería ha sucedido, y está claro que el poder de Dios se extiende mucho más lejos de lo que ellos se atrevieron nunca a creer. No tienen ningún temor; ni siquiera a la muerte. Es una manera adecuada de decir adiós. Pedro es ungido como el nuevo líder de los discípulos en ausencia de Jesús.

"Paz sea con ustedes", dice Jesús.

Las palabras resuenan en los oídos de los discípulos. Esta paz late en ellos, infundiéndoles energía y una calmada resolución; esta es la paz que les fortalecerá a medida que hacen la obra de Dios.

Él entonces asciende al cielo.

Los discípulos sienten la pérdida, ya que la presencia física de

Jesús entre ellos ya no estará. Los ojos Pedro se llenan de lágrimas. Ladea su cabeza hacia arriba, como si parpadease ante el sol. Pedro reprime las lágrimas y siente que su aliento regresa. Se pone de pie y se dirige a los discípulos; sabe que Jesús siempre estará con ellos, y con todas las personas. Él ha aceptado el mandato de Jesús seguirle, a pesar de cuál sea el costo físico. Ahora es momento de salir al mundo y dar a conocer a la gente la grandeza de Dios.

"Sean fuertes, hermanos míos", dice Pedro, con seguridad y valentía en su voz. "Tenemos trabajo que hacer".

Este momento en que Jesús se separa de sus discípulos, también conocidos como "los apóstoles", es conocido para siempre como la Ascensión. Diez días después de este suceso, miles de peregrinos una vez más llegan a Jerusalén para la fiesta conocida como Pentecostés. Es un periodo de agradecimiento, cuando el pueblo judío recuerda la abundancia de la cosecha y la procedencia de las leyes dadas a Moisés.

Para Caifás, esto significa un regreso a la normalidad después de la conmoción de la Pascua. Desde las escaleras del Templo, observa con placer cómo la vida cotidiana gira a su alrededor: peregrinos que charlan en las calles, caminando con fardos de trigo, cestas de pan y bultos de fruta y olivas. Esos son los frutos de la cosecha; frutos que pronto serán prodigados en el Templo y, como representante, en Caifás.

"¿Algo que debería saber?", pregunta Caifás a su sirviente Malco.

Soldados romanos se han visto en la periferia de la multitud, pero no hay ninguna señal de la rebelión o de las revueltas que marcaron la Pascua.

"Las multitudes están tranquilas", le dice Malco. "Los romanos solo están haciendo guardia".

"Así debería ser", dice él, haciendo después una pausa. "¿Alguna señal de seguidores de Jesús?".

"Ninguna. Solo podemos suponer que han huido a la pequeña Galilea".

"¿Tú lo supones? ¿De verdad? Asegúrate de que los guardias

del Templo estén preparados. Si regresan, tú tendrás que tratar con ellos. Yo no puedo acudir a los romanos pidiendo ayuda una segunda vez".

Pero los discípulos de Jesús no están en Galilea. Se están reuniendo en Jerusalén, fácilmente ocultos entre las hordas de peregrinos. Jesús les ha prometido que el Espíritu Santo llegará a ellos, pero no están bastante seguros de lo que eso significa. Por tanto, permanecen ocultos, esperando. Pedro ahora se arrodilla en medio de la sala, con sus ojos cerrados en oración. Tomás camina cerca, musitando en voz alta, inconsciente del momento de quietud de Pedro con Dios. "¿Qué forma adoptará este espíritu?", pregunta una y otra vez. "¿Qué es un Espíritu Santo y dónde llegará?".

Un irritado Pedro abre sus ojos. "Jesús dijo que lo único que tenemos que hacer es pedir. Yo he estado pidiendo cada día; de hecho, estoy pidiendo en este momento. El Espíritu Santo vendrá cuando sea el momento apropiado".

María Magdalena se une a la conversación. "Tomás", dice pacientemente, "Moisés esperó cuarenta días para recibir los mandamientos. Nuestro pueblo vagó cuarenta años por el desierto, esperando. Así que ten paciencia. Jesús prometió que vendrá; y el Espíritu Santo vendrá".

Juan, Santiago, Mateo y Esteban entran en la sala. "Hay romanos por todas partes", dice Juan.

Se sientan y miran a Pedro, quien ve claramente la ansiedad en sus rostros. "Sé que es peligroso que todos estemos aquí a la vez, pero Jesús dijo que cuando dos o tres se reúnan en su nombre, él estaría con nosotros". Nota que sus palabras están produciendo poco efecto. "Vamos, oremos". Pedro cierra sus ojos. Estira sus brazos y agarra las manos de los dos discípulos sentados a ambos lados. "Padre nuestro que estás en los cielos, santificado sea tu nombre...".

Juan y los demás reconocen las palabras, y todos unen sus manos. "Venga tu reino, hágase tu voluntad, como en el cielo así también en la tierra".

Tomás no puede evitarlo. En medio de la oración duda de que estén a salvo, y abre sus ojos para mirar a las calles buscando señales de romanos que se aproximen. Al no ver a ninguno, regresa a su oración. "Danos hoy el pan de cada día…".

Las lámparas en la sala parpadean y humean a medida que la oración continúa. La sala se oscurece de repente. El viento fuera aumenta y el sonido llena el aposento. Se abren las persianas. Asustados pero impasibles, los discípulos siguen orando. Lenguas de fuego entran en el aposento y se posan sobre cada apóstol. El Espíritu Santo los llena. Poco después, cada uno de ellos está orando en diferentes lenguas, aunque ninguno de ellos ha entendido nunca esas lenguas anteriormente. De ese modo, están siendo preparados para salir a todas las naciones y predicar la Palabra de Dios.

Sus oraciones y sus palabras extranjeras llegan ahora milagrosamente a la ciudad. Personas pueden oír a los apóstoles, aunque no pueden verlos. En los últimos días de Jesús, él había prometido derramar su Espíritu sobre toda carne, y ahora está sucediendo. Las oraciones de los discípulos son oídas y entendidas por todas las personas que se están reuniendo para la fiesta, israelitas y extranjeros por igual, atrayendo a esas personas a la palabra de Dios.

El viento sopla en Jerusalén. Incluso un soldado romano entiende la sencilla frase que ahora resuena en los oídos de cada hombre, mujer y niño en Jerusalén: "Todo aquel que invoque el nombre del Señor será salvo".

Caifás se detiene y eleva su mirada, después se rodea con su manto y entra en el Templo.

Incluso mientras los discípulos siguen su inconcebible oración, puede oírse conmoción en las calles fuera de su aposento alto. Se están juntando multitudes, aunque no están seguros de qué les atrae hacia ese lugar.

"Seremos descubiertos", lamenta un asustado Tomás.

"No. Esto es bueno", dice María Magdalena. "El pueblo debe sentir el mismo espíritu que nosotros sentimos. El Espíritu Santo los está trayendo".

Pedro se pone de pie. "Debemos hablar con ellos, y hacerles saber que esto es una señal de Dios".

Capacitados y renovados, los discípulos bajan las escaleras y abren la puerta. Miran a la multitud buscando señales de romanos, de fariseos o de guardias del Templo. "Pueblo de Israel", dice Pedro, con un sentimiento de aplomo y autoridad que sorprende a todos los discípulos. Pedro ha sido radicalmente cambiado por la gracia salvadora de Dios.

"Dios prometió al rey David que uno de sus descendientes sería puesto sobre su trono. Un hombre cuya carne no pudiera ser corrompida. Ahora, Dios ha resucitado a Jesús. Jesús de Nazaret es el Mesías. Él es el Cristo. ¡Únanse a nosotros!".

Juan interviene. "¡Únanse a nosotros!".

La multitud grita su aprobación, cantando: "¡Jesús es el Señor!". Ellos claman por la bendición de Pedro, estirando sus brazos para tocarle. Pero la conmoción no pasa desapercibida. Momentos después, un centurión romano asoma por el perímetro del grupo.

"Nos estamos arriesgando", susurra Juan a Pedro.

"Jesús arriesgaba su vida cada día", responde Pedro.

Llegan más romanos. Sus manos están sobre sus espadas. La multitud oprime cada vez más alrededor de los apóstoles, al borde de la virulencia.

"No podemos difundir las buenas nuevas si estamos muertos", le recuerda Juan a Pedro.

Tiene razón, y Pedro lo sabe. Con un gesto de asentimiento, dirige a los discípulos y se alejan por un estrecho callejón.

Es por la mañana en Jerusalén, y otro más de los muchos mendigos de la ciudad comienza su día. Las piernas del hombre no le sostienen, de modo que utiliza sus brazos para arrastrarse y llegar a su lugar habitual. Sus nudillos están callosos y su piel sucia debido a años del mismo ritual; arrastrarse y después sentarse, su cuerpo está demasiadas veces envuelto en la suciedad y el polvo de una ciudad ajetreada que lleva a cabo las actividades del día.

Un extranjero deja caer una moneda en su mano. El mendigo le da las gracias asintiendo con su cabeza, pero no establece contacto visual.

Pedro se acerca. El mendigo no le conoce y extiende su mano, con la palma hacia arriba. Pedro se detiene y se agacha. El mendigo le mira con ojos curiosos, como si un gran mal estuviera a punto de caer sobre él. Pedro ha sido seguido a distancia por una pequeña multitud de nuevos creyentes, y ellos se acercan más, deseosos de ver si Pedro hará lo que ellos esperan que haga. Pedro y el mendigo se miran a los ojos. "No tengo oro ni plata", le dice Pedro. "Pero lo que tengo te doy". Pedro eleva al cielo la palma de su mano. "En el nombre de Jesucristo, nuestro Señor y Salvador, ponte de pie". Pedro pone su mano derecha en la del mendigo. La levanta suavemente, pero entonces la suelta. El mendigo se pone de pie por sus propias fuerzas.

"Es un milagro", grita una voz entre la multitud.

Pedro responde girándose para estar de cara a esos nuevos creyentes. "¿Por qué se sorprenden? ¿Creen que él es sanado por *mi* poder? ¿O por el de mis compañeros apóstoles? No. Este hombre camina por el poder de Jesús. ¡Jesús es el Mesías!".

El mendigo tiene una atontada sonrisa en su cara, y camina por primera vez en toda su vida.

"¡Jesús hizo esto!", grita la multitud. "¡Jesús hizo esto!".

No muy lejos, en el interior del gran Templo, el sumo sacerdote Caifás oye el sonido.

"¿Qué están diciendo?", pregunta a Malco. Como siempre, su sirviente está muy cerca; pero Malco no tiene oportunidad de responder, porque un furioso Caifás ha descifrado por sí mismo esos sonidos. "¿Por qué están diciendo el nombre de ese desdichado?", demanda Caifás. "¿Por qué?".

Malco permanece en silencio mientras Caifás lanza un arrebato de furia. "Tendremos a los romanos sobre nosotros en cualquier momento. Te dije que tratases con esas personas antes de que esto pudiera suceder. Y ahora ya está, y una vez más me veo obligado a ocuparme de ello. ¡Tráeme a los cabecillas!".

En la hora siguiente, los guardias del Templo han apresado y golpeado a Pedro y Juan. Los arrastran a la cámara de Caifás y los lanzan al piso. El mendigo sanado, que ahora está claramente aterrado, es llevado hasta allí por el brazo.

"Levántense", dice Caifás secamente al entrar en la sala. Acaba de recibir noticias de que más de cinco mil personas se han convertido en seguidores de Jesús desde que oyeron que el mendigo fue sanado. Esa es una cifra enorme. Deben detener eso.

Juan y Pedro se esfuerzan por ponerse en pie. Dan la cara a Caifás, con expresión desafiante.

"Díganme", demanda el sumo sacerdote, "¿qué les hacer pensar que es aceptable predicar en el nombre de ese criminal muerto?".

"Jesús vive", le informa Pedro.

"Imposible".

"Este hombre camina debido al poder de Jesucristo", le recuerda Pedro.

"¿De verdad?", responde Caifás, intentando parecer divertido. "¿Es eso cierto?", le pregunta al mendigo.

Malco susurra a Caifás. "He visto a este hombre en las calles durante años. Ha sido paralítico toda su vida, y Sumo Sacerdote...es cierto".

Caifás hace una larga pausa, sin quitar un solo momento su enfoque de Pedro y Juan. Entonces finalmente habla: "Les prohíbo hablar de su supuesto Mesías desde este día en adelante".

"Juzga por ti mismo si es mejor ante los ojos de Dios obedecerte a ti antes que a Dios", responde Pedro.

"¡Yo tengo una obligación con nuestro Templo, nuestra nación y nuestro Dios!", responde Caifás enojado. "Repito: ¡se les prohíbe hablar de su Mesías!".

"No podemos evitar hablar de lo que hemos visto y oído", dice Juan.

"Entonces serán golpeados", amenaza Caifás. "O permanecen en silencio o sufrirán el mismo destino que su Jesús".

"Debemos obedecer a Dios antes que a los hombres", dicen los discípulos casi al unísono.

Sin importar qué código de silencio pudiera intentar hacer cumplir, Caifás se siente impotente para detener este movimiento. Personas están entregando su corazón a Jesús en cifras récord. Caifás no puede detener a los cinco mil, pero silenciará a los apóstoles, uno por uno; aunque no ahora. A regañadientes, Caifás deja ir a Pedro y Juan. Volverá a verlos pronto.

Peregrinos se juntan en una calle para oír al joven discípulo llamado Esteban predicar sobre Jesús. A pesar de las amenazas de Caifás, los seguidores de Jesús se niegan a mantenerse en silencio. "Sean bautizados en el nombre de Jesucristo para el perdón de sus pecados", insta Esteban. "Él fue crucificado, pero resucitó de la muerte".

La multitud se aferra a cada una de sus palabras, enamoradas de todo lo que él tiene que decir.

"Imposible", grita Saulo. Es un hombre duro, un intelectual, y un fariseo que habla varios idiomas. Su padre también era fariseo y su madre era romana. Esteban sería un necio si debatiera con él públicamente. Saulo esta preocupado por esta "nueva" manera de ver al Dios de Abraham. Contrariamente a Caifás, cuya principal preocupación es el poder que deriva del liderazgo religioso, la fe de Saulo en la ley y la tradición judía es tan apasionada que considera traidor a cualquiera que se desvía de ella. Y aunque Saulo es judío, es también ciudadano romano, lo cual le otorga privilegios especiales por todo el imperio. Saulo es celoso en su fe.

Esteban tiene a Jesús de su lado, así que hace un lado sus propios temores y lanza un ataque. "¿Por qué resistes a Jesús? Él es tu Salvador, el camino a la vida eterna".

"Jesús está muerto", grita Saulo como respuesta, intentando hacer que la multitud apoye su argumento. "Y tú pronto recorrerás el mismo camino, blasfemo". Saulo se abre paso entre la multitud y queda frente a Esteban.

Esteban no tiene miedo. "No. Jesús está vivo. Ellos lo mataron, pero él conquistó la muerte. ¡Él es nuestro verdadero Mesías!".

"¿Qué sabes tú sobre los profetas? Tu Jesús se situó a sí mismo por encima de la ley; y ningún hombre está por encima de la ley".

"Sé que las Escrituras prometen al Mesías, y Jesús...", intenta responder Esteban.

"¿De verdad?", interrumpe Saulo, disfrutando del momento. "Si conocieras las Escrituras, entonces conocerías Deuteronomio:

'porque buscó atraerte para que te alejaras del Señor tu Dios, su manos será contra él'". Saulo se gira hacia la audiencia, donde tres hombres se han despojado de sus mantos, han agarrado piedras del suelo y las están lanzando a Esteban. "'Y le apedrearás hasta que muera'", continúa recitando Saulo, mientras que el resto de la multitud está vigilante y comienza a lanzar piedras. A medida que se acerca a su muerte, Esteban habla: "Señor, por favor perdónales este pecado". Saulo se queda a un lado y sujeta sus mantos mientras ellos siguen apedreando a Esteban, el primer mártir cristiano.

Caifás envía a buscar a Saulo y le pregunta. Está preocupado por la revuelta que podría haberse producido si el celo de Saulo hubiera dejado que las cosas se descontrolaran. Pero también admira el entusiasmo similar de Saulo por desarraigar este nuevo movimiento que él considera herético; y Caifás se lo dice. Cuando Saulo pide dinero y cartas de presentación para poder continuar ese trabajo, Caifás se alegra mucho de concedérselo.

Pronto, gracias a la bendición y los amplios recursos de Caifás, Saulo comienza a perseguir brutalmente cualquier rastro de los seguidores de Jesús. Se abren puertas de par en par. Hombres y mujeres son arrastrados a las calles por el ejército escogido de Saulo o por guardias del Templo. El mensaje que Saulo está enviando a las calles es bastante claro: ya no es seguro para nadie seguir a Jesús.

"¿Dónde están los demás?", le grita Saulo a un hombre que es acusado de ser un creyente. Es mediodía en el centro de Jerusalén. El desafortunado hombre se ha estado retirando de Saulo y sus secuaces, pero tuvo la mala fortuna de tropezarse con un abrevadero. Se queda sentado indefenso en el borde del abrevadero, sin poder levantarse mientras Saulo avanza para aplastarle.

"De repente, nadie está hablando de Jesús", dice Saulo. "Pero no creo que se hayan olvidado de él. Creo que se están ocultando. Y creo que tú sabes dónde están".

Saulo empuja al hombre en el abrevadero. Lo sumerge bajo el agua con sus propias manos, manteniéndole así hasta que el agitado hombre está al borde de la muerte. Solo entonces, Saulo lo saca del agua.

"Damasco", dice el hombre. "Alguien dijo que están en Damasco".

Saulo emprende camino hacia el norte, a la culta y hermosa ciudad de Damasco. A pesar de los peligros de ser creyente en Jesús, pequeños grupos de sus seguidores han estado aumentando lentamente dentro de las comunidades judías. Un hombre llamado Ananías es un líder dentro de este movimiento secreto, y está partiendo el pan en un jardín vallado en las afueras de la ciudad cuando oye un ruido a sus espaldas.

"Bienvenido, amigo", le dice Ananías. Un pequeño grupo de cristianos están apunto de comer, y ahora están orando por ese pequeño festín. "¿Te gustaría unirte a nosotros?".

"Créeme. Yo no soy tu amigo", responde Saulo. "¡Agárrenlos!".

Los hombres de Saulo entran al jardín. Algunos en el interior se las arreglan para dispersarse a tiempo, pero la mayoría son agarrados y golpeados. Ananías es golpeado, y después arrastrado hacia la puerta para interrogarle. Pero uno de sus captores se distrae, y en ese momento Ananías se suelta y sale corriendo. Los hombres de Saulo persiguen a Ananías, y a quienes han huido de la escena. "Diles a todos tus amigos", grita Saulo a un hombre que yace indefenso en el polvo, "que encontraré a todos los seguidores de Jesús. Dondequiera que vayan, dondequiera que estén, yo les encontraré. Porque Dios está de mi parte. Él me guiará a ustedes, como me ha dirigido hoy aquí". Entonces Saulo monta sobre su caballo para emprender viaje a Damasco. Él se siente justo en sus persecuciones, porque sabe que está salvando a esas desgraciadas almas del juicio de Dios. Es un largo viaje, y Saulo pasa horas pensando en cómo rastreará a los seguidores de Jesús en Damasco.

De repente, el caballo de Saulo va de lado a lado sin motivo alguno. Allí, de pie en el camino delante de Saulo, está Jesús. Saulo no sabe que es él. Una brillante luz resplandece alrededor de Jesús.

"¿Quién eres?", demanda Saulo, batallando por controlar a su caballo. Entonces, el caballo de Saulo se encabrita y él cae al sucio camino. Saulo se golpea con el duro suelo.

Jesús se agacha delante de Saulo mientras él está en el camino.

"¿Por qué me persigues?", pregunta Jesús.

Saulo no puede saber quién es. "¿Quién eres?", demanda. Intenta alejarse de Jesús rodando, pero ve que Jesús está ahí. Lo intenta de nuevo, pero se gire hacia donde se gire, Jesús sigue estando ahí.

"¿Por qué?", le pregunta Jesús otra vez.

"¡Demando que me digas quién eres!".

"Yo soy Jesús, a quien tú persigues".

Una luz cegadora golpea los ojos de Saulo. "¡No!", insiste. "No". Levanta su mano para proteger sus ojos de la blanca luz, pero la luz le rodea antes de desaparecer.

Los hombres de Saulo han visto caer a su líder al suelo, y ahora se apresuran en su ayuda. Le encuentran quebrantado y derrotado, de ninguna manera como el arisco Saulo al que conocen tan bien. Otra cosa que pronto descubren cuando él se pone de pie tropezando y tambaleándose es que la luz ha cegado a Saulo.

Se ha difundido la noticia de las persecuciones de Saulo. Incluso en Damasco, donde los seguidores de Jesús anteriormente se consideraban a salvo, los creyentes se están ocultando. Entre ellos está Ananías, cuyo grupo de adoración fue recientemente atacado por el ejército de Saulo. Las calles de Damasco eran antes muy consoladoras para él; pero ahora, mientras lleva su colchoneta rodando por una calle vacía en las afueras de la ciudad, Ananías mira ansiosamente a las sombras, inseguro de dónde o cuándo se producirá el siguiente ataque.

"Ananías".

Él se gira hacia la voz que le llama, haciéndole temblar de miedo, pero todo su cuerpo se relaja cuando ve al Mesías a un lado del camino. Las marcas en sus manos y sus pies son demasiado claras, haciendo que sea obvio a quién está mirando Ananías.

"¿Señor?", dice, cayendo de rodillas.

"Por favor, levántate", le dice Jesús.

Ananías, temblando de alegría, se levanta. Sus preocupaciones desaparecen de repente, y su fe se ha convertido en un profundo pozo que nunca se secará.

Jesús camina hacia él, y pone suavemente una mano sobre su hombro. "Debes ir a la calle que se llama Derecha. Allí, pregunta por un hombre al que llaman Saulo de Tarso".

"Señor", dice Ananías vacilante. "Saulo nos golpea y nos arresta. Nuestros seguidores son perseguidos por ese hombre". Ananías sabe en su corazón que Jesús ya es consciente de esos hechos, pero parece importante repetirlos.

"Ve". Jesús le sonríe a la vez que se lo ordena, y su voz es suave y consoladora. "Yo he escogido a este hombre inconcebible para proclamar mi nombre al mundo. A los gentiles, a sus reyes, y a todos los hijos de Israel".

Ananías sigue incrédulo. Sin duda Jesús está equivocado. La sola idea de pronunciar en voz alta el nombre de Saulo llena de temor a Ananías. ¿Saulo va a detener sus persecuciones y difundir la Palabra de Dios en todas las naciones?

Jesús desaparece tan rápidamente y misteriosamente como llegó, dejando solo a Ananías para meditar y reunir valentía.

Ananías hace lo que se le dice. Encuentra a Saulo y se sorprende al saber que está ciego e indefenso. En lugar de llevarle de nuevo a Jerusalén, los hombres de Saulo le han dejado en Damasco, esperando que unos días de descanso le hagan recuperar la vista. Ananías le encuentra solo en un cuarto rentado, durmiendo acurrucado en un rincón. El posadero abre la puerta y se retira rápidamente, dejando a Ananías a solas con su atormentador.

Es una escena penosa. Saulo no ha tocado la comida que le llevaron la noche anterior, y se ha tropezado con un plato mientras palpaba en la oscuridad. La comida derramada está por el piso, y Saulo ha dado vueltas sobre ella mientras dormía.

Ananías siente que surge enojo en su interior. Sus puños se cierran y se abren. Mira a Saulo y se sorprende al comparar la triste escena que tiene delante con el cruel perseguidor que le confrontó en el jardín hacía poco tiempo. Ananías recuerda los gritos mientras sus amigos y compañeros creyentes eran pateados y golpeados. Ananías no ha dicho a ninguna de esas personas que Saulo está aquí ahora. A pesar de su abundante fe, existe toda probabilidad de que ellos pudieran buscar venganza por su sufrimiento. Es una venganza que a Ananías también le gustaría ejecutar.

Saulo se despierta asustado. "¿Quién está ahí?".

"¿Tú eres Saulo?", pregunta Ananías, con su garganta seca y sus palabras medidas. Agarra una jarra de agua que hay cerca. Es de arcilla, y pesada. Romperla sobre la cabeza de Saulo sería una manera muy fácil de matar a ese miserable hombre.

"¿Quién eres tú?", demanda Saulo. "¡Habla!".

"Yo soy uno de los que tú deseas destruir".

Saulo se pone de rodillas. "Perdóname. Por favor, perdóname".

Ananías deja la jarra.

Saulo se incorpora, con su mano titubeante por agarrar la de Ananías. Su cuerpo se convulsiona por el remordimiento. "¡Por favor, perdóname! Te he ofendido. He ofendido a Dios. Mi alma está ardiente. ¡Ayúdame! ¡Sálvame!".

Ananías pone sus manos sobre el rostro de Saulo. Saulo parpadea como si hubiera sido golpeado, e intenta apartar las manos de Ananías.

Entonces se detiene.

Porque el toque de esas manos ha hecho recuperar la vista a Saulo. Él reprime sus lágrimas mientras la luz del sol llena el cuarto. Una sucesión de rostros aparece delante de sus ojos; son las imágenes de aquellos hombres y mujeres a los que él ha perseguido. Lamenta el dolor que ha infligido, pero ese sufrimiento es pronto sustituido por el perdón sanador de Dios. Él entiende eso, y rompe a llorar.

"Shh", le dice Ananías. "Dios me ha enviado. Por ti".

Saulo mira hacia la voz que le ofrece tal consuelo, y reconoce el rostro del hombre que tiene delante. "Te conozco", dice.

Ananías asiente.

"No me dejes", ruega Saulo. Se aferra desesperadamente al manto de Ananías.

Una vez más, Ananías agarra la jarra de agua y ahora la derrama sobre la cabeza de Saulo. "Yo te bautizo, Pablo de Tarso, en el nombre del Padre, del Hijo y del Espíritu Santo".

Saulo es una nueva persona. Incluso su nombre es cambiado. Desde ese día en adelante, Saulo se ha ido. El hombre llamado Pablo, el apóstol que sin temor alguno va al mundo y comparte las buenas nuevas de Jesús, ahora ocupa su lugar. El agua corre por la cabeza de Pablo y llega a sus ojos y su boca. Él tose, se ahoga y batalla por respirar.

Ananías continúa: "Porque él te ha escogido para cambiar el mundo en su nombre".

Lentamente, Pablo se lleva las manos a su propia cara. Una calma le inunda. "¿Por qué a mí?".

Ananías se encoge de hombros.

Pablo se pone de pie. "Por favor, perdóname por lo que te he hecho".

"Ya estás perdonado".

———

Caifás está de pie en el atrio del sacrificio en el Templo. Los otros miembros del Sanedrín acaban de acercarse al Sumo Sacerdote con las más terribles noticias. "¿Saulo ha hecho qué?".

"Se ha unido a los seguidores de Jesús", le informa su sirviente Malco. "Incluso se ha cambiado de nombre. Ahora le llaman Pablo".

Caifás se queda mirando a Malco. Él no dice nada.

Malco está una vez más deseoso de adoptar el papel de secuaz. "Yo le encontraré para ti", dice, anhelante por salir del Templo y que se le otorgue poder autónomo. "Reuniré a los hombres".

Los ojos de Caifás relucen de esperanza. Se gira hacia Malco, como si fuera a entregarle la misión, como ha hecho tantas veces antes. Pero esta vez no. "¿Y entonces...?", pregunta Caifás. "¿Qué sucede cuanto *tú* te unas a ellos? ¿Tendré que enviar a alguien a buscarte? ¿Y después a otro para buscarle a él?", Caifás mira al cielo, y da un suspiro.

"Déjalo estar", dice Caifás suavemente las palabras del líder del Sanedrín, Gamaliel: "Si esto es obra del hombre, no prosperará. Si es obra de Dios, no podemos luchar contra ello". Con todos los ojos puestos en él, Caifás sube las enormes escalinatas del Templo. Entra y cierra la puerta. La vida antes había sido muy sencilla aquí, muy ordenada. Era un mundo que él controlaba; pero ahora todo está cambiando. Caifás deja fuera ese mundo y todas sus nuevas confusiones. Él nunca volverá a ser el mismo hombre.

Pero para los seguidores de Jesús no termina con Caifás. Los romanos y Herodes Agripa están eliminando todos los desafíos al status quo. El hermano mayor del discípulo Juan, Santiago, que es también un discípulo, es arrestado y sentenciado a muerte por Herodes. Su decapitación tiene intención de ser una advertencia para todos los que siguen a Jesús; y tiene éxito.

Los apóstoles se reúnen secretamente para reagruparse. Junto con María Magdalena, se reúnen en el pequeño aposento alto que ha marcado sus reuniones tantas veces. Pero este no es un tiempo de paz o ni siquiera de conexión. Los discípulos están inmersos en un acalorado debate en cuanto a su futuro. Un asustado Tomás no puede soportar el conflicto, y está a punto de abandonar tan solo momentos después de haber llegado. Juan, por otro lado, tiene un estado de ánimo particularmente malo, deseoso de plantear batalla.

"Se está volviendo demasiado peligroso", dice Tomás. "Si nos quedamos en Jerusalén moriremos; todos. Igual que mataron a Santiago".

"Yo no tengo miedo a la muerte", dice Juan desafiante.

"Ninguno de nosotros", dice Pedro adoptando el papel de pacificador. "Pero ahora no es el momento. No podemos difundir estas palabras si estamos muertos".

Los discípulos dejan de discutir. Pedro tiene su atención.

Da un profundo suspiro y comienza a explicarse. "Jesús dijo: 'Prediquen a toda criatura'. Nuestra tarea es ahora difundir la Palabra".

"Yo creía que eso es lo que estábamos haciendo ya", desafía Tomás.

"Y lo hemos hecho", le recuerda Pedro. "Pero ahora debemos salir al mundo, más allá de Jerusalén".

"¿Dónde iremos?", pregunta María.

"Donde el Espíritu nos dirija", dice Pedro.

"Yo me siento llamado a viajar al norte, quizá a Éfeso", dice Juan. Sus ojos se llenan de lágrimas cuando recuerda el sacrificio de su hermano, y sabe que una muerte así también podría esperarle cuando salga él solo al mundo.

Los discípulos se levantan. Se toman de las manos y oran. Ese será su último momento como grupo. Después de tantos años y de tantas experiencias transformadoras, su trabajo será ahora solitario y peligroso, sin el consuelo o el apoyo de ese grupo de hermanos.

Juan, con su don de perspectiva, es lo que ofrece. "Nos reuniremos de nuevo", les dice a todos. "En la tierra o en el cielo".

Uno por uno, los discípulos se despiden, derramando más de una lágrima y compartiendo más de un recuerdo gráfico. Nunca se han considerado a ellos mismos como solo amigos, sino como compañeros para toda la vida que se han juntado y lo han dejado todo en el nombre de Jesús. Su vínculo es profundo, lo cual hace que las despedidas sean más difíciles.

Salen a la calle y se dispersan.

Sus viajes les llevan lejos. El imperio romano es inmenso. La persecución es rápida para aquellos que intentan producir un cambio, pero los discípulos pretenden cambiar el tejido religioso de esta cultura, creyente a creyente y alma a alma.

***

Pedro limita sus viajes a las comunidades judías en Israel y sus alrededores. Es un trabajo agotador, y nunca se ha sentido tan solo. Pero hay consuelo al permanecer tan cerca de Galilea, de su hogar. A pesar de su llamamiento a dirigir los discípulos, Pedro es un hombre muy sencillo. No habla idiomas del mundo como latín o griego. Hay simplicidad al predicar en las aldeas y las villas apartadas en el campo. Él toma un cuarto al final de un día particularmente agotador. Tiene poco dinero para comida, y por eso su estómago le ruge mientras camina por el espacio vacío y se tumba en la cama.

"Pedro", le dice una voz. Pedro reconocería esa voz en cualquier lugar. Se gira y ve a Jesús. "Has hecho mucho".

Los ojos de Pedro se abren con asombro. Ve a Jesús de pie delante de él, con esas heridas que siguen marcando los clavos en sus manos y sus pies.

"Estoy orgulloso de ti, mi pescador de hombres", añade Jesús.

"Señor mío", dice Pedro, sentándose rápidamente en la cama.

Jesús sonríe.

"Extraño nuestro trabajo en Galilea, Señor. Regresaría contigo en un momento si me lo pidieras".

"No, Pedro. Ese tiempo ha pasado. Debo pedirte algo más".

Pedro sabe lo que Jesús está a punto de decir. Ese sentimiento ha estado en su corazón durante un tiempo, pero ha tenido temor a reconocer esa difícil verdad.

"Tienes que avanzar", le dice Jesús.

Pedro no responde. Tiene temor. Mucho temor.

Jesús continúa: "Ahora tienes hambre, y sin embargo tienes temor de viajar a Cesarea para encontrar comida".

"Es una ciudad romana", protesta Pedro. "La comida y las personas serán impuras".

"¿Acaso no hay almas en Cesarea que merecen ser salvas?".

"Pero la pureza nos mantiene cerca de Dios".

"Pedro, tú no podrías estar más cerca. Yo estoy contigo siempre. Y soy yo quien hace todas las cosas puras".

Pedro está confuso. Todo el tiempo, él ha pensado que solamente los judíos pueden ser guiados a la fe en Jesús. Es una idea radical creer que cualquiera, de cualquier credo o nacionalidad, también pueda recibir la bendición de Dios.

Hay un fuerte golpe en la puerta. Pedro se gira asombrado. "¿Qué hago, Señor?".

"Contesta, Pedro. Ve con ellos. La puerta está abierta para todos".

El pescador de hombres se levanta para abrir la puerta. Cada paso hacia delante supone agonía, porque él sabe lo que le espera cuando abra la puerta. Pedro abre la puerta. Tres soldados romanos están allí. Pedro instintivamente se retira, aunque no hay ningún lugar donde ocultarse de Roma. "¿Eres tú Pedro?", pregunta el más alto que está en el centro.

Pedro se gira y mira otra vez a Jesús, pero el Mesías ya no está allí. "Yo soy", dice Pedro con un nudo en su garganta.

"Debes venir con nosotros", le dice el soldado secamente. "El centurión Cornelio te espera".

Sabiendo que es inútil luchar, Pedro agarra su bolsa y su cayado, y después se va con los romanos para reunirse con el centurión Cornelio. Sabe que no debe cuestionar el plan de Dios para su vida. Pero en este momento, Pedro desearía que fuese un poco más fácil.

Los romanos han dominado la tierra de Israel tanto tiempo como Pedro puede recordar. La conquistaron mucho antes de que él naciera, y hay muchas posibilidades de que esté en sus manos mucho después de que él haya muerto. Traen con ellos una constante presencia de temor y control. La imposición de la voluntad romana sobre el pueblo israelita es asfixiante y opresiva. Hacer justicia a la manera romana es su castigo por desobedecer a Roma.

Pedro medita en todo esto mientras es dirigido al patio de la villa de Cornelio junto al océano. Esa no es la vista a que está acostumbrado el directo Pedro, porque está rodeado por todas partes por el tipo de opulencia y de riqueza que un pescador nunca podría imaginar ni en un millón de años. Incluso los esclavos van mejor vestidos que Pedro, y los soldados ahora reunidos alrededor de él parecen incluso más educados y pulidos.

"Señor, ¿por qué estoy aquí?", ora Pedro.

En el centro del patio, rodeada por todas partes de sirvientes, está una familia romana. Padres e hijos igualmente visten togas blancas inmaculadas, y el centurión Cornelio también lleva collares de brillante oro. Es un hombre imponente, que se ha ganado su posición mediante la política y el campo de batalla. Cornelio se levanta para aproximarse a Pedro. Mientras lo hace, cada soldado y sirviente en el patio se inclina y después se apoya sobre una de sus rodillas en el suelo.

Pedro sigue de pie. Los soldados arrodillados ponen sus manos sobre sus espadas, preparados para saltar y matar a Pedro a señal de Cornelio. Pero el centurión no hace esa señal con los dedos. En cambio, avanza hacia Pedro, situándose cara a cara. Cornelio es más alto que Pedro, y quizá tiene los hombros más anchos. Será fácil para él infligir castigo físico a ese predicador que causa agitación. Pero Cornelio se arrodilla y se postra ante los pies de Pedro, lo que hace avergonzar al discípulo. Los pies de Pedro están sucios y polvorientos por su largo día en el camino; sin embargo, Cornelio los besa. "Un ángel del Señor", se explica el centurión, "vino a mí y me dijo que te buscara. Y que escuchara todo lo que tú tienes que decir. Por favor, sálvame". Cornelio levanta la vista y mira a Pedro, quien le devuelve la mirada.

"Por favor, ponte de pie", le dice Pedro. "Yo soy un hombre igual que tú".

Cornelio es renuente. "Las palabras del ángel eran poderosas y claras".

"Yo no puedo salvarte", le dice Pedro, "pero Jesús sí puede. Si crees en él, tus pecados serán perdonados". Pedro toma de la mano a Cornelio y le levanta. Entonces dirige al romano a una alberca que hay en el centro del patio. Pedro es muy consciente de que es un momento que hay que aprovechar, porque es una oportunidad dada por Dios de conducir al primer romano a Jesús.

Cornelio y él se meten en la alberca. "El mensaje de Jesús para todas las personas en todo lugar es que todo aquel que se arrepiente y cree en Jesús puede recibir perdón de sus pecados", le dice a Cornelio y también a todos los que están cerca, y sus palabras resuenan por todo el patio.

El romano asiente, y Pedro le sumerge en el agua, bautizándolo. "Yo, Pedro, te bautizo, Cornelio, en el nombre del Padre, del Hijo, y del Espíritu Santo".

El patio comienza a aplaudir. Un Cornelio empapado, con su túnica blanca chorreando, hace señas a su familia. "Vengan conmigo, todos. Sean llenos del Espíritu Santo", les dice con alegría.

Uno a uno, entran en la alberca. Mientras lo hacen, las palabras que Dios habló a Abraham hace tanto tiempo siguen haciéndose realidad: "Te daré descendientes tan numerosos como las estrellas".

Así, el evangelio, como son conocidas las palabras de Jesús, entra en el mundo romano. Pedro es incansable en su trabajo, al igual que lo son los demás discípulos. Pero un hombre hace más que ningún otro para llevar la Palabra al imperio. Es el hombre que antes hacía todo lo posible por aplastar a los discípulos de Jesús: Pablo. Su pasado como cazador de cristianos no se olvida fácilmente. Siempre que se reúne con otros creyentes oye las mismas acusaciones: asesino; opresor; incrédulo. Muchos dudan de sus afirmaciones de que ha cambiado, y con razón, porque sus recuerdos de seres queridos que fueron arrebatados en la noche o aplastados delante de sus propios hijos son demasiado gráficos. Pero Pablo repite su historia una y otra vez, sabiendo que el amor de Dios fluye por medio de él y cambiará corazones. "He cambiado", dice una y otra vez. "Antes era ciego, pero ahora veo".

En una pequeña iglesia, una mujer se acerca y le escupe en la cara. "¡Mentiroso!", le grita.

Pablo no se limpia. "Por favor", le dice a ella y también a los demás en el pequeño cuarto. "Escuchen antes de juzgar".

El cuarto se queda en silencio, pero la ira contenida tiene un sonido propio que resuena en los oídos de todos y es una carga en sus corazones. Puños se abren y se cierran. Pies golpean el piso con impaciencia mientras los hombres debaten en su interior si hacer a un lado la paz de sus creencias el tiempo suficiente para matar a ese horrible hombre que está delante de ellos.

Pablo continúa, con miedo y a la vez sin miedo, sabiendo que no tiene otra opción sino decir lo que esta apunto de decir. "Yo hacía lo que hacía porque estaba seguro de tener razón. Yo estaba seguro de conocer la voluntad de Dios. Tan seguro como ustedes lo están ahora".

Mira alrededor de la habitación, sabiendo que está comprando un poco de tiempo.

"Pero entonces Jesús vino a mí. No con ira justa o con juicio, sino con amor. Su amor".

Los ojos se humedecen. Cabezas asienten. Sí, ellos también lo han sentido.

"Sin amor no somos nada", les dice Pablo. "El amor es paciente. El amor es bondadoso; no es celoso; no se envanece; no es orgulloso".

Hay murmullos de descontento. ¿Qué sabe este hombre sobre el amor?

Pero Pablo continúa: "No guarda rencor. Se regocija en la verdad, soporta todas las cargas, todo lo cree, todo lo espera, todo lo soporta. Cuando todo lo demás desaparezca, seguirán permaneciendo la fe, la esperanza y el amor. Pero el mayor de ellos, con diferencia, es el amor".

Uno por uno, miembros de la congregación se levantan de sus asientos y caminan hacia Pablo. Al principio, para ellos es difícil tocar a este hombre cuyos puños han causado con frecuencia tanto dolor. Pero pronto se acercan y le abrazan, aceptándole a él y sus enseñanzas.

Un hombre se mantiene alejado. Es un hombre erudito, claramente molesto por las palabras de Pablo, y quiere mantener una discusión intelectual de lo que significan.

Finalmente, Pablo se dirige a él. "¿No crees en el amor de Dios?", le pregunta.

"Sí", dice el hombre, cuyo nombre es Lucas. "Pero yo soy griego. Un gentil. Sé que hay leyes y rituales que debo seguir primero para convertirme en judío".

La cara de Pablo se pone seria, y menea su cabeza. "No. No. No necesitas hacerte judío para conocer el amor de Dios. Está a disposición de todos".

"Pero las leyes", le recuerda Lucas.

"Si pudiéramos ser salvos solo por seguir leyes, Jesús habría muerto en vano. Pero Jesús murió para salvarte del pecado. Para salvarnos a todos del pecado".

Una vez más, Pablo se dirige a toda la congregación. "Ya no hay judío ni griego, varón o hembra, esclavo o libre. Todos somos uno en Jesucristo".

Esas son palabras transformadoras, y la congregación grita un sentido "Amén" mostrando su acuerdo.

"Únete a nosotros", le dice Pablo a Lucas. "Dios estará contigo".

Pablo es un radical y un revolucionario, predicando este nuevo evangelio del cristianismo con un fervor que pone su vida en peligro y le lleva a la cárcel una vez tras otra. Esta nueva fe se difunde por todo el imperio romano, gracias al celo desprendido e incansable de Pablo.

Pero de nuevo, es Pedro a quien Dios llama a realizar algunas de sus tareas más difíciles. Pedro acepta el arduo trabajo de viajar hasta el centro del imperio para cambiar corazones y mentes. Pedro, el pescador de hombres sin educación formal, va de camino a Roma. Como Daniel cuando caminaba en el foso de los leones. Para un hombre racional, el destino de Pedro sin duda será la muerte; pero mientras camina lentamente por el imperio de camino a Roma, Pedro se recuerda a sí mismo la historia de Dios y de todos nosotros. Las palabras y las historias le dan fuerza y sirven como recordatorio de su propósito.

"En el principio, Dios aceptó a Abraham. De él provino una familia que se convirtió en doce tribus, las cuales llegaron a ser un pueblo y una nación. Ahora, por medio de Jesucristo, nosotros debemos aceptar al mundo entero".

Así fortalecido, Pedro entra en Roma. La ciudad es exótica y emocionante, con olores y especias de todo el mundo que recorren las serpenteantes calles. Él se siente fuera de lugar, y al principio cree que su sencilla vestimenta y aspecto de extranjero le marcan como marginado. Pero entonces entiende que como el centro del imperio, es el hogar de hombres de todo el mundo conocido. Toda forma de dialecto y modo de vestir pueden verse a su alrededor. Pedro entiende que puede que sea un marginado, pero no está solo.

Con determinación renovada, Pedro se acerca a una fila de esclavos esposados. Se apoyan en una galería, esperando a que les lleven para realizar alguna tarea u otra. Él les ofrece agua de su odre. "Por favor", le dice a uno de los hombres encadenados, "toma un trago de agua".

El esclavo le mira agradecido y toma un deseado trago. "Tengo buenas noticias", le dice Pedro. "Noticias que aliviarán tu sufrimiento. Se trata de un gran maestro llamado Jesús".

Suenan cadenas cuando los esclavos se ponen de pie y se reúnen en torno a Pedro. Se acercan por el agua que Pedro ofrece, pero él también añade un mensaje de esperanza. "Jesús dijo que si alguno tiene sed, puede acudir a él y beber del pozo de la salvación".

Tal conducta no pasa mucho tiempo desapercibida. Pronto, soldados romanos miran fijamente a Pedro. El emperador romano Nerón ha acusado a los seguidores de Jesús de comenzar un incendio que ha quemado gran parte de Roma. Es un tiempo peligroso. Ha surgido la persecución una vez más; sin embargo, el discípulo que antes tenía tanto miedo y falta de fe no deja de predicar. "Los romanos crucificaron a Jesús, pero él resucitó de la muerte, y en su infinito amor dio a sus seguidores las llaves del Reino de los cielos. Crean en él, y las puertas les serán abiertas".

Los esclavos caen de rodillas, uno por uno, aceptando a Jesús.

Pero en una repentina oleada de violencia, Pedro es tumbado al suelo cuando soldados romanos están sobre él. Le dan golpes en la espalda, en los riñones y en la cabeza. El mercader de esclavos se une a ellos, sin querer que su preciada carga se contamine con peligrosas nuevas ideas y emociones. El final llega pronto para Pedro. Es encarcelado, después es juzgado en un tribunal de ley y hallado culpable de fomentar rebelión. Los romanos le crucifican. Pero justamente cuando están a punto de clavarle en la cruz, Pedro protesta. Ya ha sido golpeado, le han quitado sus ropas y ya ha llevado la cruz hasta la colina donde será colgado en ella. "No soy digno de morir del mismo modo que Jesús", les dice Pedro, batallando por hacerse entender en la lengua romana. "Por favor, crucifíquenme boca abajo".

Los romanos están más que contentos de hacer eso.

Dondequiera que viajan los discípulos, pagan el precio definitivo. Pedro es crucificado en Roma. Mateo es despedazado en Etiopía. Tomás es muerto en India. Y Juan también cae víctima de los romanos, pero finalmente sobrevive. Del grupo original de hombres que partieron de Galilea con Jesús, todos ellos son ejecutados como evangelistas. Y de ese número, todos los discípulos vieron la cara de Jesús una vez más al estar delante de él en el cielo.

Lucas, el nuevo servidor que Pablo ha reclutado para Jesús, al igual que Mateo y Marcos antes que él, tiene fervor por escribir la historia de Jesús para que sea transmitida de generación en generación. Está sentado a solas en un aposento alto en Roma cuando oye el sonido de un ejército que se acerca. Lucas sabe lo que eso significa, y al instante se apresura hasta el cuarto donde Pablo esta sentado en oración.

"Pablo", le advierte Lucas. "Vienen a buscarte".

Pablo ha estado esperando ese momento durante años. A pesar de las muchas veces que ha estado en la cárcel por su fe, algo le dice que ese será su último viaje "Toma", asiente a Lucas. "Estas palabras y cartas tienen que sobrevivir". Lucas agarra los rollos y los escritos de la mesa.

Pablo se levanta, tan audaz y desafiante como el tiempo en que perseguía a los cristianos. Pasos romanos pueden oírse subiendo por las escaleras. "Vete", le ordena a Lucas. "Sal de aquí. Necesitas permanecer vivo para continuar nuestro trabajo".

Lucas vacila, pero después asiente y sale por el balcón.

Pablo está solo. Durante casi tres décadas ha predicado la Palabra de Dios. Ha sido una vida difícil, llena de privaciones y sufrimiento. Sin embargo, en medio de todo el caos y la matanza que han marcado el crecimiento de la iglesia cristiana, Pablo sabe que la Palabra sobrevivirá a él. La Palabra es amor. "He peleado la buena batalla", se recuerda a sí mismo mientras está sentado para esperar su destino. "He terminado la carrera. He guardado en la fe".

Da un suspiro. Ha llegado el momento. Oye a los soldados en las escaleras, y se gira para hacerles frente cuando entran apresuradamente en el cuarto.

Pablo será decapitado en la cárcel Mamertino.

Los rollos de pergamino escaparon con Lucas y forman una gran parte del Nuevo Testamento.

Juan es el último discípulos que queda; el que posee el don de la intuición es un milagro viviente. Él se ha negado a aceptar al emperador romano como su dios, y de algún modo ha sobrevivido a todos los intentos de los romanos para matarle. Vive sus días en una pequeña cueva en una isla lejos de la costa de Asia Menor. Es un hogar escaso, pero es suficiente para este discípulo anciano. Los romanos no pudieron matarle de ninguna de las maneras, pero han exiliado a Juan a la remota isla de Patmos. Su rostro está curtido por el viento y el sol, y sus labios están resecos por el calor y la sed. Los romanos suponen que su aislamiento significará la muerte, que le harán trabajar hasta morir, como han hecho con muchos otros, en las minas romanas que hay en la isla. Pero Juan sabe pescar. Él vive del mar, sabiendo que el trabajo de su vida significa descendientes tan numerosos como las estrellas. Los romanos puede que le hayan enviado lejos, pero como al cristianismo mismo, no pueden eliminar sus recuerdos. O su don de la intuición.

En su momento más bajo, y hay muchos de ellos en esos días finales y solitarios, Juan tiene una revelación de esperanza. Mira atrás al pasado, a todo lo que ha sucedido en los años desde que conoció a Jesús. Él oye la voz de Jesús como un recuerdo, pero el recuerdo se hace cada vez más claro. Su visión cambia del pasado al presente, y después al futuro, un futuro infinitamente mayor que cualquier cosa que haya llegado antes. Jesús está de pie delante de él.

"Yo soy el Alfa y la Omega", dice Jesús, apareciendo a Juan en la pequeña cueva. Un pescado descansa en los rescoldos, esperando a que le den la vuelta. "El primero y el último, el principio y el fin".

El rostro de Juan se transforma en gozo. "Señor, perdóname. He estado esperando la muerte, pero eres tú".

Jesús sonríe. Su mano hace un gesto a Juan, indicándole que salga de la cueva. "Ya no habrá más muerte, ni lamento, ni lloro, ni dolor", le dice Jesús. "Yo hago nuevas todas las cosas". Le ofrece a Juan un vaso de agua, que el discípulo lentamente acerca a sus labios resecos. "A quien tenga sed, yo le daré agua del río de la vida. He aquí, yo vengo pronto. Porque yo soy la luz del mundo".

Un exultante Juan entiende plenamente lo que Jesús le está diciendo.

"Bienaventurados los que leen las palabras del libro", le dice Jesús. "Y prestan atención a las palabras que están escritas en él. Que gracia del Señor sea con todo el pueblo de Dios".

"Amén", susurra Juan. Mira a los ojos de Jesús, unos ojos que vieron el principio del tiempo. Vieron a Adán y Eva, vieron a Noé, Abraham y David. También ven el futuro, miles de millones de seguidores de Jesús, tan numerosos como las estrellas del cielo, repitiendo las palabras que Juan acaba de susurrar.

"Amén".